全彩插图本

白蛇全传

【清】梦花馆主 著

岳麓书社·长沙

图书在版编目(CIP)数据

白蛇全传:全彩插图本/(清)梦花馆主著. --长沙:岳麓书社,2024. 8.
ISBN 978-7-5538-2096-5

Ⅰ. I242. 4

中国国家版本馆 CIP 数据核字第 2024P61K0 号

BAISHE QUANZHUAN(QUAN CAI CHATU BEN)

白蛇全传(全彩插图本)

作　　者:[清]梦花馆主
绘　　者:阿　正　七　宝
出 版 人:崔　灿
责任编辑:牛盼盼
责任校对:舒　舍
装帧设计:贺红梅
封面绘图:贺红梅

岳麓书社出版发行
地址:湖南省长沙市爱民路 47 号
直销电话:0731-88804152　0731-88885616
邮编:410006

版次:2024 年 8 月第 1 版
印次:2024 年 8 月第 1 次印刷
开本:880mm×1230mm　1/32
印张:16
字数:372 千字
书号:ISBN 978-7-5538-2096-5
定价:98. 00 元

承印:长沙鸿发印务实业有限公司

如有印装质量问题,请与本社印务部联系
电话:0731-88884129

前言

故事的力量，穿越物的世界与人的生活，常有点石成金的奇迹。人类天生的故事讲述能力，创新了语言，丰富了色彩，传播了音符。这些语言、色彩、音符共同建构的故事迷宫，是大道至简的隐喻，也是洞见历史的密码。人在故事中成长，故事在人际之间演变。亘古不息的故事讲述记录了非凡的人类历程，从宇宙开辟到人类起源，从蒙昧野蛮到文明开化，从生计困境到爱情婚姻……故事犹如时间长河里击水中流的弄潮儿，随波逐流而又方向坚定，传递着人类梦想的光辉、善良者的好运，以及美与爱的伟大力量！

一

翻开厚重的人类史册，在不晚于公元二世纪的地中海西岸，可以发现土耳其地区流传着诱惑青年男子的美女蛇形象。其实，早在古希腊史诗中，自然生物的蛇，已有神灵的鲜明形象，显示其佑护人类的积极价值，医神阿斯克勒庇俄斯的绕蛇权杖即具有起死回生的作用。崇拜蛇、以蛇为图腾，折射其出入大地、蜕皮重生的神秘存在，蛇是大地女神的化身，也是人类仰赖生存的关键神灵。《圣经》还讲述了大地女神这位使者所做的另一件划时代大事：它趁上帝外出之机，引诱亚当、夏娃打破上帝的严酷禁忌，偷食智慧树上的禁果，赋予人类是非认知与善恶意识，为人类获取走出自然界的文化密码立下汗马功劳。蛇神蜕变为专食男人精魄的蛇妖，甚至堕落为蛇发女妖，大概是因为女神圣殿被男权英雄蚕食侵占的原因吧，在此漫长过程中以污名化的方式，击败蛇神使其跌下神坛，继之以除妖降魔的名义，驱逐并取代其神主地位。这其中也有蛇神还原为普通生物的祛魅显形的因素。

不过，男权时代，人们仍无法忘却蛇神的威仪与诱惑，排斥的同时塑造了美艳的蛇神形象：青春、柔情、性感，散发着难以抗拒的生命原欲的芬芳魅力，让无数男权英雄竞折腰。蛇神作为大地女神使者的化身，一方面，化育万物、生生不息；另一方面，引发灾难、荼毒生灵。蛇神还兼有生殖力与破坏力的双重特质，由生殖力崇拜所延伸出的性的复杂观念，使其既渴求性爱，又恐惧性的反噬。这种充满反讽的男权意识，本质上揭示其源于母性文化而又抗争母性文化的矛盾品格。

那么，为何大地女神使者具有美女蛇形象呢？西方文化为什么始终认定其为美恶对立的妖性形象？

地中海文明孕育了爱与美女神，这种将爱与美视为传统的文明，可能是创造大地女神使者为美女蛇形象的深层动因。跨界阴阳、冷艳神秘的自然习性，则是蛇被塑造为大地女神使者形象的表层动因。美与恶、生与死的一体两面形象在欧洲有着古老基因。刻有“送给最美的女人”的金苹果，却是“不和女神”厄里斯复仇的工具。直到 19 世纪格林童话采录整理的《白雪公主》，还有皇后因嫉妒白雪公主的美貌而施加种种恶行的情节。英国诗人济慈的叙事诗《拉弥亚》，塑造的为爱而生的主人公拉弥亚，也是美女蛇，后为高人识破而现出原形，终为悲剧。诗中的美女蛇不再直接与恶连接，但以高人的法力间接证明其有恶的来源，仍然延续了西方传统对美女蛇妖性形象的终极定格。

历经两千年的故事演化，欧洲美女蛇形象始终无法逃脱妖性定位，个中奥秘我们可从故事史的文化逻辑中寻找答案。美女蛇故事作为广泛流传的世界性故事类型，起源悠久，异文丰富，影响深远。著名故事学家、美籍华人丁乃通先生曾做过系统研究，撰写了《高僧与蛇女——东西方“白蛇传”型故事比较研究》长文，将世界各地多达数百篇异文的美女蛇故事进行探源和分析，全面系统地勾勒出这一故事在世界范围内的传播发展史。就美女蛇形象而言，具有两个典型特征：一是交好青年男子的美女形象，二是为害青年男子的蛇妖形象。美女形象的稳定性与女神崇拜和爱情理想有关，蛇妖形象与欧洲文化传统特别强化的特征有关，基于交好青年男子的美女形象而延伸出其蛊惑凡人的妖性特征，这种异类、异化、异端的属性定位，即是恶的根源。异类与崇尚一神宗教信仰的正统观念形成尖锐对立，从而使美女蛇形象在故事史的千年传承中始终无法超越妖性的定位。

二

中国神话体系的始祖神女娲，也是人首蛇身，抟土造人、炼石补天，并于末世灾难之际拯救人类再生。由此可见，敬畏蛇神是人类较为普遍的信仰。传统中国的美女蛇故事有着更为丰富、多元的生活史。目前已知最早记录这一故事的唐人传奇集《博异志》，收录的《李黄》一篇，即为美女蛇故事，至今已有1000多年的历史。《李黄》篇具有本土出产的故事特性，男主是官二代，女主是白蛇，青蛇为其仆从，主人公相遇场景为集贸市场，热恋在古代官宦府院。与地中海美女蛇故事的主要差异在于，突显了蛇身为白的外表，多了仆从身份的青蛇，缺乏替男主识破并收服蛇妖的得道高人。大约12世纪初，宋代的政治、经济和文化中心临安传入地中海美女蛇故事，这一外来异文客观上推动了美女蛇故事在中国的情节发展。16世纪中叶明代作家冯梦龙将美女蛇故事改写为通俗小说（《白娘子永镇雷峰塔》），增加了关键人物得道高僧法海，他以降妖之名将白娘子镇压在雷峰塔下。小说重新塑造了为爱情而褪去妖性的白娘子，经典文本《白蛇传》初具规模，美女蛇故事受到中国家文化的深刻影响，实现了区别于欧洲宗教文化的世俗转型。可以说，唐传奇的本土讲述与欧洲异文的外来叙事，成为明代重述美女蛇故事的两个基本来源，尤其是外来异文融入中国的家观念，不再止于美女蛇故事的“引诱—受害”的单一结构，不再拘泥于妖性的束缚，而强调爱情的神圣价值，异类的危险也因神圣的爱情得以谅解和包容。清代戏剧进一步塑造为感恩而结识青年男子的美女蛇白娘子，故事情节丰富，人物关系多元，白蛇形象完全蜕去妖性，成为一名温柔贤淑和勤勉奉献的家庭女性，《白蛇传》的经典文本自此基本定型。

现代中国的百年影视传播，开启了《白蛇传》新兴艺术领域的华丽转身。口头讲述与戏剧表演以在场的互动性为特征，影视艺术超越其故事在场的局限性，以镜头、画面、演员的拼接和技术化，完成了故事的机械复制与自由创新。特别幸运的是，20世纪20年代，《白蛇传》的故事情节深受导演喜爱，邵氏天一影片公司出品了影后胡蝶主演白娘子的默片《义妖白蛇传》，成为中国电影史上第一部被改编成新艺术形式作品的民间文学作品。这部电影开启的“义妖”传统，成为《白蛇传》影视化过程中的鲜明主线。此后的百年间，《白蛇传》被反复改编为影视剧，相继有中、日、韩、新、英等国和中国港台地区的影视公司拍摄了20多部影视剧。其中，值得关注的是20世纪90年代的两部作品，一是夏祖辉导演、赵雅芝主演白娘子的50集电视剧《新白娘子传奇》，一是徐克导演、张曼玉主演小青的电影《青蛇》。《新白娘子传奇》以情节精彩、雅俗共赏而广受市场好评，影响巨大，塑造了美丽、贤淑、奉献的中国传统女性形象；《青蛇》以白娘子向小青的主角转换而具有鲜明的女权主义特征，塑造了崇尚自由、还原妖性、感情多元的后现代女性形象。前者是美女蛇故事中国异文的经典形态，折射了蛇妖形象人性化背后的中国家观念，后者是美女蛇故事两个主角形象的转换与新生，反映了后现代社会视野下蛇妖形象所蕴含的更为丰富、驳杂、真实的人性，电影《青蛇》改编自李碧华小说，开创了《白蛇传》21世纪之后的发展演变逻辑。

三

从1926年首部《白蛇传》电影问世，已近百年历史。从传统戏曲表演到当代影视表演的技术化提升，使得《白蛇传》的故事结构更为简明紧凑，人物形象更为生动逼真，多元文化碰撞而生出更多的变化与惊喜。比如白蛇与青蛇从主仆关系向人格平等转换；法海与许仙各行其道，却在修炼俗身的日常中发生剧烈冲突。

今天，我们正在进入信息化的全新时代，曾经为中国家喻户晓的《白蛇传》故事还会引起当代读者的兴趣吗？答案是肯定的。主要基于三个因素的判断：爱情是人类常谈常新的永恒主题；白娘子美丽贤淑的才女形象浸润了中国文化的家观念，具有温馨持久的亲和力；故事蕴含有人类文化的神圣与世俗、感恩与复仇、个体与群体、传统与现代等基本关系，具有深刻的现实意义。为爱、为家、为人类，《白蛇传》的丰富价值在近年来出现的多部改编作品中已得到明证。好的人物，经典的故事，新的艺术形态，是《白蛇传》仍然饱有强劲生命力的根本原因。

岳麓书社以朴实的文化情怀与睿智的文学眼光，重新以图文来演绎出版《白蛇传》这部经典作品，源文本为清末梦花馆主的白话章回体小说《寓言讽世说部前后白蛇传》（又称《白蛇全传》，电视剧《新白娘子传奇》即是以此书为蓝本改编的，很多细节也是从此书吸取而来）。此前贵社已出版有纯文字版《白蛇全传》（2011），传播广远，深受读者喜爱。为了回馈读者的阅读热情与审美需要，适应当代人的图文阅读习惯，将传统意味浓郁的白蛇故事与百年来影视化、唯美化的表演形态深度融合，岳麓书社精心打造了全彩图本《白蛇全传》，并随文添加了少量注释，以便读者理解。一定意义上可以说，彩图本是融媒介时代的故事新编！

今天人们的情爱观念具有极大的包容性，立足当下，回望传统，对《白蛇全传》这部经典作品的再认识，或许可以使当代读者，以未来之惑，来获得自己的创新理解与建构！

是为序。

孙正国

序

世俗常说美人蛇蝎，他的意思，以为大凡妖冶女子的居心，大率都是险毒。表面上事事媚惑男子，心中却是包藏奸恶心计，破坏他的家庭，戕害他的生命，以图自己的欲念。那些好色的登徒子，往往受了她的妖惑，不能勘破情网，只爱其美，不知其毒，终究弄得家破身亡，还是不知悔悟的，历来也不知有多少。照这样说起，那美人岂不是毒如蛇蝎么？但是也有许多贤能女子，可以牺牲自己的一切利益，来卫护男子。只因不善妖媚，反而不能得到男子的欢心，而被遗弃的，也不知有多少。这不是世间上一件大不平的事么？

《白蛇传》中的白素贞，本是一条蛇精，因为要报答许仙的恩情，所以她爱护许仙，无微不至，甚至不顾自己的生命，冒险去偷盗仙丹，救治许仙。这种牺牲的精神，何等的伟大勇敢！即明明知道她是蛇精，并不恶毒，也当敬爱她啊！但是许仙竟然忘恩寡情，听信了法海的话，将她禁压在雷峰塔中间，简直要使得她永远不得超脱，才得甘心。这件事在稍有人心的人看了，谁不替白娘抱屈，痛骂许仙？直到《后传》

中许仙、白娘和好如初，梦蛟替国家建立功业，一同超升仙界，才使得人人心中大快。这完全是作者深心讽世的寓言，不可当他是怪诞无稽。不过原本是唱词，很是鄙俚不雅，而且前后传两相矛盾的地方很多。经过梦花馆主重行编纂，大加修削一番方才成为完本。现在已经排印完竣，特地介绍给诸位读者。

不侮

目录

前白蛇传

后白蛇传

前白蛇传

第一回　仙踪

作者生存在科学昌明时代，素不迷信神怪的事实，为什么偏要把那部《白蛇传》唱本，编成了寻常白话小说，却有一点儿缘故在内。因为这书看似神怪，颇含着讽世的深意。就是开章仙踪一段，也不过提纲挈领，做个全书总冒，说明报德的来源罢了，完全与《西游记》《封神榜》及各种剑侠小说等大不相同。所以他这种弹词，风行于江浙两省。虽是妇人孺子，说到白娘娘、小青青，没有一个不知道的。并且忘了他是个妖怪，反恨那许仙的薄情，仿佛实有其事一般。妙在他说得入情入理，又借用着雷峰塔古迹，使人以假作真。这也是

从前做书人的姑弄狡狯，不要上了他的当。总之，原书的本意，是说做了一个人，不可以忘恩负义；就是一个妖怪，也要报答前世的恩德，才能够修成道果，位列仙班，何况明明是个人，非但不知报恩，还要以怨报德，岂非蛇妖都不如吗?《大学》有云“可以人而不如鸟乎”一句，作为引证，并望阅书诸君，勿看做神怪就是了。表明本旨，言归正传，正是：

仲尼不语斯为圣，庄子寓言亦足多。

四川有一座峨眉山，虽不与五岳并列，却也是天下名山之一，古来在这里修仙学道的人，不胜枚举。我今一概不说，单说山上有一小小洞府，洞府中有一白蛇，修炼了几百年，采取天地灵气，收受日月精华，已能幻化人形。那天晚上，月光十分皎洁，万里无云。白蛇探身向外，眼前透起一道光华。中有一粒鲜红的舍利子，是人物精灵结成的内丹。转头向上一望，见半山腰里，坐着一个老和尚。认识他是得道的癞虾蟆精，到此山中已有多年，他的行为，平日颇不正道，因此很看不起他。可巧今夜月光之下，他从嘴里吐出一粒内丹，这还是初次看见，腹中暗暗称羡，不觉起了贪心。妙在这颗舍利子，从下而上，正及面前，相距不到丈许，便即耸身而起，运气一吸，把这舍利子吞入腹中，急忙退入洞里，也不管下面和尚的生死。幸得这和尚功行甚深，虽失去内丹，打掉了五百年道果，还可重行修炼。后来他脱去凡胎，是否要来报复，今且不表。

仍说白蛇吞下内丹后，功行顿添了五百年。他便化成了一个绝色女子，自己取名素贞，时常出外闲游。这日正在山中采取琪花瑶草，走到白云深处，见一古貌清奇的道姑，知是神仙中人，忙上前叩问法号。那道姑见他虽是异类，却未曾伤生害命，是个参修正道的精灵，便说："我乃西池金慈圣母门徒蕊芝仙子便是。"素贞急忙跪下，恳求收录。蕊芝仙子怜念他一片至诚，就收为弟子，赐名叫做六支。当时把他带到西池，派他在桃园中打扫落叶。只因为从前齐天大圣偷取蟠桃之后，凡在桃园充当职事的人，须得要法力兼全，所以他的师父传授他九九玄功，和那捉怪降妖移山倒海等各种法术。他虽心中喜欢，却有一事还未满意：在此修炼了又是二百多年，尚未见过金母一面，不能够名登仙箓（簿籍。箓，lù），位列仙班，也是一桩憾事。这天因师父往广寒宫去了，他仍取了拂尘，来到园中打扫，吾且慢说。

此刻要说到西池极乐金慈圣母了。因南海慈航大士，请金母去赴盂兰胜会；又因梨山老母相约，要往海上三山游览，所以金母先到梨山，同老母赴过胜会，一路游览十洲三岛，携手回转瑶池，观看桃园风景。众仙迎接入内。金母便传唤职掌桃园的蕊芝仙子，众仙奏说："蕊芝仙去赴广寒宫之约，尚未归班。只有扫叶女郎，权掌此职，可要叫他来伺候圣驾？"金母微微一笑，含有愠意，深责蕊芝擅离职守，太觉疏忽了。还亏老母从旁劝解，金母方起身陪着老母，一同来到桃园。见那园中胜景，真是世上所罕有的。这时顶上蟠桃却还未熟，颗颗放出红艳的毫光。

二人正在游玩谈论之际，素贞慌忙赶来接驾，双膝跪下报名道："专司桃园蕊芝仙姬班下女婢素贞迎接二位慈驾。"金母问道："你就是素贞么？抬起头来。"素贞道："慈尊在上，婢子怎敢抬头。"金母道："恕你无罪！"素贞听了，心中好生欢喜，暗想："我自到此间，从未见过他的金面。今天有幸得来迎驾，不负我平日的一片虔心了！"心里这般想，早把头抬了起来。金母目运神光，看那

素贞尚有俗世之缘未了，便道：“可将蕊芝交仙部议处，把素贞贬下凡尘！”梨山老母代恳道：“素贞虽是出身微贱，可怜他千载修行，一心向道，从未伤害生灵，还求格外施恩，指示根由，叫他下山了此尘缘。如能坚贞不变，将来可回仙岛，修成正果。”金母道：“只是他属异类，难列仙班。”梨山老母又替他代辩说：“上八洞果老仙翁，也非人形；南极班下的鹤鹿二仙童，亦属异类。怎说不能位列仙班呢？”

这样一说，金母方才点点头，吩咐道：“我和老母到上苑丹霞阙，把这素贞发落便了。”老母即叫素贞快谢了圣慈，随往丹霞候旨。素贞过来谢恩，又谢了老母，胸中一喜一忧，彷徨不定。一同到了丹霞阙，二母分宾坐下，众仙侣请过圣安，分班站立左右，素贞却跪伏在旁，听候发落。少顷金母开言，唤他进前，问道：“你既身登仙境，可知道本来面目么？”素贞道：“婢子愚昧无知，还求圣慈指示。”金母道：“今日胜会，合当你的造化。只要你心虔顶礼，将来定有厚福。若说你的出世之期，你且听了：你在汉光武中兴的时候，那年是辛巳年，二月十二正逢辛巳日，在午前巳时降世。只为东海白龙奉命行雨，龙性最淫，忽然有感，落下几点龙精，正滴在峨眉山前，受了日月精华，和那雨露的滋养，化作一条长蛇。蛇的形体属五行，按干支而论，大千世界，炁属金，故体象纯白；辛属阴，故为女身。形体虽然属蛇，因是龙身，却未脱去龙形。幸得你修炼千年，不离正道，所以有此机缘。但功行未足，怎能够名登仙箓呢？”

素贞听了一番训示，不觉心惊胆战，脸泛桃花，失声道：“阿呀！如此说来，婢子是蛇身变化的了。怪不得当年师父赐号六支，原来有意思的。一向如在梦里，直到今日惊醒。还望圣慈垂怜超度，脱此躯壳，感恩不尽！”金母道：“你好妄想呀！全不想业障缠绵，深恩未报，姻缘注定，岂可违逆天意呢？”素贞道：“婢子仔细想来，恩怨两字，心里从来没有的。”金母道：“想是你已忘怀了。你从前身在凡间，露出原形，难逃劫数，要死在刀斧之下。幸得遇见一个善士，心存恻隐，愿出钱二千文，买了放生，才能够到得今日。救命之恩，还未报答，如何妄想成仙！”

素贞听金母这般一说，便问道：“婢子的恩人，如今还在尘世中么？”金母道：“你的恩人，世世为善，已经转过轮回二十世了。现在托生佛地天堂，一到西池，便可相见。只等到凡间清明佳节，你看飞来峰石畔，见此人在万人丛中，要算他最长的，就是你救命的恩人。报恩后功成缘满，方许你脱壳登仙了。”这几句话，暗藏哑谜，素贞一时难以参解，却不敢烦言多渎，冒犯慈颜，只好唯唯应命。暗想此去，那怕走遍天涯海角，也情愿拼此微躯，找访恩人，完成功果的。金母知他很有良心，存心要提拔他，赐给他一盏琼浆，又取出锦囊一封，命他好生收贮，下凡后慢慢开看；还有偈言四句嘱咐道：“遇黑而明，逢青而有，见海而惊，闻雷而寂。你须牢牢紧记，细细参详，自有应验。”素贞问道：“小妖下凡寻觅恩人，不知可有甚冤业么？”金母道：“那冤字不须问得，自有人前来找你。只要你忍耐承受，自能消免。惟有传帐由关，你当留意。”

两下正在谈论根底时，旁侧仙姑送上琼浆。又吩咐另取一杯，赐给素贞吃下，好叫冲破卵胎，消除毒气，方可亲近凡夫，生出这个状元郎来。梨山老母便唤素贞叩谢圣恩，又嘱他勿忘偈言。素贞即忙双膝跪倒，接取琼浆饮下。异香扑鼻，脏腑清凉，精神倍长。

金母复道："你是白龙精气所化，此去凡尘，以白为姓。但不可任意强暴，伤害生灵，待将来了明恩怨，方可归班。倘有异心，上天降罚，岂容你逃避呢！"素贞道："谨依恩命！小妖如果伤残生命，永坠地狱不得超生。"金母点头道："若得如此便好，你可速速下山去罢。"素贞叩了一个头，谢过金母，起身告辞而出。

便不说二位圣母仍在园中游览。单说白氏素贞离了丹霞阙，回到自己修炼的地方，取了几件应用的东西，也等不及候师父回山告别，匆匆向外。走至山前，正欲驾云而去，忽觉腹中疼痛异常，胸前一阵难过，想是要呕吐了。急忙奔入树林，吐出许多黑水，知是千年毒气，被那琼浆赶出来的。但留毒在此，岂不要遗害生灵，违了圣训？便在身上解下一个葫芦，把那毒水一齐收入，好在将来自有用处。又想起金母训示，却不知天堂现在何方，怎生去寻访恩人？心里十分踌躇，只有口中默祷金母。

忽听得山下樵夫在那里唱歌道："上有天堂清明界，下有苏杭锦绣城。人生欲觅姻缘路，南土西池仙可成。"素贞听了这歌声，心中早已觉悟，记下苏杭两字，立刻驾起云头，向南而行，瞬息已过万里程途。路过镇江，遇见了黑鱼精，自称黑风大王，蒙他款待甚殷，结为兄妹，赠送奁资。分别后又到武林，武林是杭州的别名，在钱塘江口收服了青蛇精。那青蛇精也有七百年道行，变作一个女子，便叫他做了随身的婢子，取名小青。

要知到了杭州，是否遇见那有缘人，报答从前救命深恩，且看下回分解。

第二回　游湖

话说白素贞到了杭州，收得小青作伴，俨然一主一婢。打听得后天便是清明佳节，他们隐避在荒僻清静的地方。捱到这一天，同来到西湖塘上，果然春色无边。见那西湖十景，都在眼前，虽不及西池仙界，超出尘凡，但看到六桥三竺间，水碧山青，桃红柳绿，楼台亭阁，掩映清流，真不愧有天堂之称。且喜今日天气清和，游人更多，来来往往络绎如梭：男的女的，村的俏的；有三五成群的，有独自行乐的；有来访古凭吊的，有来寻芳猎艳的。说不尽游人许多的兴趣。

这时素贞和小青也是随波逐流的走去，热闹异常，却惊动了一班看客。你想：白氏的姿容，真可称得天仙化人，“闭月羞花”四字，还不足以描写他的美貌，就是小青也出落得妖娆动人，十分可爱。看他身上的打扮，显见是一主一婢。引得当地这班浪荡少年，风流子弟，纷纷的挤将过来，一个个垂涎欲滴，口口啧啧称赞。有的品头评足，说那不好听的话；也有交头接耳，访问是谁家的眷属。因此看的人越聚越多，跟着他们主婢行走，一路行到飞来峰畔。

白娘装出走不动的样子，便拣一块光洁的大石，把手中的绢帕，拂了几拂，和小青并肩坐下。那些看客还不肯散开，围绕了一个圈子。白娘都不在意，偶然瞟目向上一看，见那峰石上，站着一位俊俏后生，心中一动，暗想：“当日下山时，金母对我说此去临安，清明午后，在湖塘飞峰石畔，人丛中最高的，就是你的恩人。我今在此等候多时。这人实居众人之上，好似鹤立鸡群，有矫然独出的态度，分明是夙世救命恩人无疑。”便回头问小青道：“你可知有缘人即在目前么？”小青问在那里，娘娘丢了一个眼色，小青早已会意。手扶着娘娘起身，娘娘却暗中在小青左手上写了一个“迷”字，又向他耳边轻轻的说了几句话。小青点点头，便请众人让路。嘴里说着，这双俏眼，只注视那峰石上的美少年。这一来不打紧，众人也跟着他的视线，向上一看，都说这个后生，一定是两下有情分的。当时众人你一句，我一言，说得峰石上的后生，面皮也红了，自觉无颜，急从上面下来，一直向前跑去。

要知道这个含羞奔避的后生，是否救命恩人，书中不能不细细表白一番。此人姓许名仙，字汉文，祖籍浙江钱塘县人。父名仁远，在日开过一爿药材行，所生一子一女。他在幼小时，父母不幸相继病故，家业萧条。还亏姊姊已经出嫁，他的姊夫陈彪，把他抚养成人，今年已是一十七岁了。现在王员外行中，仍学本行生意，脩金每年只有数两银子，仅不过添补衣服鞋袜罢了。

今当清明佳节，家家要去上坟祭扫，他因自己是单传一脉，也须前去上坟。隔日便到姊姊家中，预先办了祭物纸锭，今早带了小二同往西湖孤山扫墓。祭拜已毕，烧化黄阡，就打发小二挑了东西，先行回去。他却顺便到西湖塘上，游玩春景，一个人独自行乐。见有许多人要到飞来峰去耍子，便跟着众人信步而行，过了玛瑙寺葛封岭，又在岳王坟观玩一回，方来到得飞来峰。望见许多人围绕着圈子，不知看些什么；因前面挨不进去，却喜山脚下有一块尖角的峰石，他便爬将上去，一手抓住葛藤，才得站定了脚。注目向人丛中一看，原来是两个绝色的女子，坐在石上，可称为千娇百媚。许仙看得也呆了。此刻见他们站起身子，那个形似婢子的一双俏眼睛，正对着自己打个照面；又见众人在那里指手画脚，说长道短，讲什么相好不相好，羞得耳根发赤。急忙从峰石上下来，径向湖塘边跑去。这一段我算表过。

仍说主婢也从人丛中走出，跟着许仙而行，后面许多看客，仍旧相随不舍。这时小青忽紧行一步，超出许仙之前，娘娘在后面叫一声："青儿走来！"小青答应，回转身躯，正与许仙面对面，相近身边，将身一侧，做出要跌的样子。许仙看不过，用手来搀扶他，说声"看仔细！"小青便把左手在许仙胸前一拍，然后走到娘娘跟前，低声说了几句话。那知小青这一拍，将"迷"字拍入心中。从此许仙官虽是聪明，也带着三分呆钝，不然，终究要猜疑的呢！表过不谈。

只说后面的许多人，见了这个形状，哄然一笑。笑得仙官满面通红，低了头只望前走。娘娘一想："不好！可恨这班人随来随去，怎好同他细谈衷曲？不如我作法驱散了众人，再作道理。"想定主意，口中便念动真言。忽然西北角上飞起一朵乌云，遮住了太阳。霎时间天昏地黑，大雨倾盆。这一来，众人四散奔逃。只可怜那班妇女们，更是怨天恨地，有叫船的，有坐轿的，有躲入茶坊酒店的，纷纷不一。

那许仙官越发着急异常，又可惜身上新衣鞋袜，一时找不到藏身的地方。见那边有一株大柳树，急忙过去躲避，看看自己浑身是水，好不肉痛。娘娘见他躲着不走，又使神通，举手向树上一指，顿起一阵狂风，把树摇动，上面积的雨一齐倾下。许仙那里还立得定，连忙走到湖边。可巧芦苇中荡出一只小船，船上摇橹的是个老人家，便高叫船家快些摇过来。船家见是一位相公，便问："叫船要到那里去？”许仙道：“到钱塘门去。你要多少船钱？”船家道：“下雨天气，至少要一百大钱。”许仙还价，从五十文加到一百文，且不准另外搭人。船家总算答应。许仙上了船，进舱坐定。

船家正待撑篙离岸，听得岸上娇声高叫：“船家！你肯趁我们过去，多给你一些船钱。”船家回说：“有人叫定，不肯搭人的。”又听得岸上哀求说：“可怜我们女流行路艰难，望你做些好事，趁了我们罢！”许仙在舱里句句听得。从船窗口向外一望，却好就是飞来峰相遇的两个佳人，顿生恻隐之心。便叫：“船家趁了他罢。”船家道：“只要相公答应，不扣我的船钱就是了。”又向岸上道：“船虽可以趁得，但是我相公要到钱塘门去的，不知你们便不便？”娘娘道：“只要你答应，没有什么不便的！”便说：“钱塘门也有亲戚人家可以住得。”当由小青搀扶娘娘上得船来。

许仙见他们很有宦家气象，让入中舱坐下，自己却守着男女授受不亲的古训，反坐在头舱篷外，涨红了脸，连头都不敢回转来。娘娘看他年轻老实，不肯进舱，怎好同他说话？因此暗暗弄一阵风，吹入舱来。许仙连说：“不好！雨点打进来了。”主婢二人忙叫许仙进内，许仙还是不肯。娘娘道：“相公若不进来，我们只好上岸的了！”许仙因他如此说法，只得勉强进舱，在舱门口坐下，脸儿依然向外。娘娘暗赞他少年老成。启口问他姓名籍贯，府居何处，许仙都据实相告。娘娘又问他作何贵业，他却说小本经营，自己开了一爿药行。这句分明是谎话，不觉对他微微一笑。此时许仙也问：“小姐尊姓？贵府何处？”小青从旁代答道：“我家小姐姓白，不是这里本地人。原籍四川，先老爷官居处州总镇，只因奉旨征讨番邦，战死沙场。太夫人得此凶耗，也归地府。小姐欲待奔丧，又苦无依无靠，难以料理。故而权且住在此间，等待家信来时，便要走的。”许仙听了这番话，心下也觉惨然。

两下正当谈话之际，那船家在那里高喊道：“前船让开些，船里的客人要上岸哩！”这一喊，惊动了娘娘，晓得钱塘门已到，难道我也跟他上岸不成！当即默念真言，又起一阵狂风，吹得自己这只船，滴溜溜一转，直向湖中心泻去。吓得船家魂飞魄散，双手拿住了船舵，闭了眼睛，嘴里只念着：“救苦救难观音菩萨。”等到风定船停，睁开两眼，还说：“吓杀吓杀。”忽又称奇道怪，揩着眼睛一看，诧异道：“怎么不多一回儿，就到了这里清波门了呀？”许仙接嘴道：“既如此你与我摇回去！”船家那里还肯再摇，说：“我这条老命很重的，还想多活几年，一定不摇的了。”小青道：“这一阵风，倒凑着我们的便了。只是相公回去远些。”许仙道：“原来尊府就住在这里么？”小青道：“是的，上岸不多几步就到。既是船家不肯再摇，便请相公到我家去，暂坐片刻，吃一杯粗茶，借了雨伞，然后回府不迟。”

许仙道：“怎么惊吵小姐府上！”娘娘也道：“今日承蒙不弃，许我同船，也是三生注定的缘分，何必这样的拘拘见外呢？”小青又在旁说道：“小姐欢喜老实，当作自己人看待，请相公不要客气了。”许仙被主婢二人，说得过意不去，便道：“我也在这里上岸，只是造化了船家。”便在身边摸出钱来，统共只有一百文，要想开串，觉得有些难为情，便说：“内中二十文，是小姐的酒钱。”船家伸手接着，并不计较。那娘娘转头向他称谢破费，便请许仙先上岸去，小青也扶了娘娘上岸。娘娘吩咐小青赏给船家两锭酒钱，小青手术很快，摸出两锭银子，递给船家，说是小姐赏你买酒吃的。船家接

银在手，连声称谢，开船自去。行至半途，取出银子一看，却已变了颜色，原来是两个田螺，连说晦气，望着湖中一抛。毋须细表。

再说许仙同着主婢二人，转过清波门，走不多几十步路，见有一座高大墙门，主婢二人立定说道："这里就是了。"许仙抬头一看，果然十分气概，八字门墙，上有"总镇第"三字匾额，真是个大官宦家。小青上前举手敲动门环，听得里面有人应道："来了，想是小姐回来了么！"小青答言："正是。"那扇门便"呀"的一声开了。

要知开门的是谁，以及怎生得成亲事，且看下回分解。

第三回　说亲

却说小青上前叩门，里面有人答应，分明是老人家口气。将门开放，娘娘招呼许仙入内。许仙走进二重门，只见小青把门闭上，却不见那个老家人，心中甚是疑惑："难道他到隔壁门房中去了么？还是先进去了么？"其实那个人并不是人，乃是黑风大王所赠的五鬼，随身伺候，听凭使唤。为什么开了门即便隐去？只因为鬼脸难看，恐被仙官疑惑，所以避了开来。

当下娘娘先自进去，小青请许仙到书房中坐下，说一声"我去取茶来"，便回身到里边去了。上楼见了娘娘，问道："有缘人现在书房，不知怎生的打发他？"娘娘便托小青作伐，前去说亲。小青一想，你们贪图欢乐，我却没有好处，自己太不合算，连连摇头道："我是一个丫嬛（丫鬟，婢女），怎么好做媒妁呢？还是娘娘亲自去的好。"娘娘听了，知道他有心作难，便假意说道："你能把亲事说合，将来和你夫妻三七均分，你道好么？"小青听得自己有份，虽是娘娘为正，我是偏房，倒也罢了，就变了口气道："如此，待丫嬛到书房中去说来。"说罢，转身下楼，忽然暗叫了一声："且住！此刻没有香茗细点，怎好进书房去见他？且待我吸取了来，再作计较。"主意已定，即便驾起云光，远远向城中四处一望，见一大户人家，有个小书僮手捧一只方盘，盘中摆着四样点心，一碗好茶，是送与主人吃的。小青就隐身下去，夺了他的盘子便走，也不管那僮儿惊骇啼哭，急匆匆驾云而回。暂且慢表。

先说许仙独坐书房，好生纳闷。等了多时，还不见小青出来，觉得没趣。立起身来，看看壁上挂的书画；又候了一回，见那天色将晚，多有不便，不如不别而行去了罢；况且天已放晴，更不必向他告借雨具了。打定主见，心里还记得门户在这边，便来找看，却是没有。四面一瞧，尽皆墙壁，不觉暗自称奇："方才我从什么地方进来的呢？难道门在庭心里么？"踱步向外，立在阶下一看，非但门户不见，却见墙边几堆死人的枯骨。这一吓非同小可："阿呀，我莫非误入迷魂阵，遇见了花妖木怪不成！"

许仙正在心头着急，背后小青一只手拍他的肩头，低声说道："相公请用茶。"许仙惊问道："阿呀！青姐，你从那里走进来的？"小青用手一指道："我从这扇门里进来的呢！"许仙道："我方才四处寻门，简直没有，怎么此刻便有了门，真是奇怪得很！"小青道："只怕是相公眼花看错了，那有房屋不开门户的道理！"许仙道："这便算我眼花，墙边那几堆骷髅白骨，不知是什么缘故？"小青被他一说，自知有失检点，好比说书的有了漏洞，必须要修补的。忙把指头对着两堆枯骨一指，口中却向许仙道："相公问我的，可是这两堆么？这是太湖石堆成的假山呀！"许仙仔细一看，果然是假山，不觉笑道："哈哈！我真是眼花看错了。"

小青见这桩事已经遮饰过去，便请许仙坐下吃些茶点。许仙正当腹中饥饿，因为今天清早起来，只吃了两碗炒冷饭，一直出来扫墓游春，并未吃过别的东西。到了此刻，实在饿极了，连忙坐下呷了一口茶，把盘中的几样糕饼点心，一齐吃了，觉得香甜味美，十分可口。腹中暗暗好笑："我今日白吃了人家，少停一走就完了。"

忽听小青在旁启口道："我有一句话，奉恳相公，总要你相公应允的。"许仙一听不好："敢是要问我借银子的。但我做一小伙计，也是个穷人，怎好回答他呢？"既而一想："却也不妨，凭他说什么，我都一口应承。停歇离了这里，他到那里去寻找啊！"便问道："不知青姐有何吩咐，倒要请教。"小青道："不瞒相公说，只因为我家老爷太太，早已归天，现在寄住客边，家下乏人照顾，零丁孤苦，实是可怜。若说我家小姐，也不是闺女，攀对了人家，那位姑爷便死了。"

说到这里，许仙插口道："照你这般说，小姐是个望门寡了？"小青点点头，又道："我家小姐自怨命苦，立誓永不改嫁，情愿守节到老。如今实因缺人照料家务，我便在旁再三相劝，小姐虽已回心转意，却不肯嫁给做官的人。他深知那些做官的，身在朝廷，伴君如伴狼虎；若迁调了外任，又不免万里奔波。莫说别人，就像父亲战死沙场，弄到眼前这般田地，倒不如嫁给平民，那怕睡到日高三丈，也是不妨事的。"许仙又搀言道："那么，小姐要嫁那一样的人呢？"小青道："只要像相公这样做生意的人。所以今日船中，便看中了你，命我丫头来作伐，愿托终身，请你不要推却，丫头面上也有光辉了。"

许仙一听，做亲是用得着，但自知一个穷汉，那里娶讨得起！就是定亲也很难，怕不要数百两银子，还是回绝的好。忙摇手道："这个动也动不得！小姐是宦室千金，我是卑微穷汉，怎能仰攀得上！还请你善言回覆了罢。"小青见他不允，无非为着缺少银钱，这还好办，只要他不费半文，总可应允的。便道："我家小姐主意已定，无可更改。况且郎才女美，六礼完全，可称是坐产招夫，各样东西都有。只要相公应允，不费你半个钱，今夜便好成亲。”这几句话，听得许仙十分有趣，这种便宜事体是难逢难遇的，错过了未免可惜。所以并不决绝的回答道：“多承美意。但我家中清苦，自问也觉惭愧，且慢慢的商量商量，再作道理。”嘴里这般说，却把头点了几点。

小青见他点头，知已应允，便说：“相公请坐，待我回覆小姐去来。”说罢回身入内禀告娘娘，当即料理一切。娘娘差遣五鬼分头搬运，又托小青主持遣派，凡结亲时应用的物件一样一样的吸了来，总算勉强齐备。只有乐人鼓手等，五鬼变不来的，却到荒野孤坟上去，召了几十名鬼魂，内中拣七八个能够吹弹歌唱的，充为掌礼音乐，其余做了婢仆人等。洒扫厅堂，张灯结彩，供奉三牲，红毡铺地，直忙到黄昏过后。小青见诸事停当，各物完备，便吩咐音乐吹打起来。这时许仙在书房中坐着，隐隐听得笙歌奏乐的声音，心里诧异道：“难道真个成亲了么？”

再等了一回，只见小青一手拿了灯照，一手提盘，走进书房，口称“恭喜相公”，把灯照放在桌上，盘中取出大红海青方巾皂靴，复道：“请相公换了吉服，到堂前交拜天地。”许仙忙道：“青姐，莫非拣的好日子，就是今晚成亲么？只怕来不及的。”小青道：“小姐道拣日不如撞日，况且今天本是好日。一切应用各物，家中原有现成的，更不劳相公费心。”仙官听了一想：“足见大

户人家，果然比众不同。若是平等小家做亲，只怕一年半载，也办不完成呢！”

想未毕，又见两个家人，都是罗帽直身乌靴，走将进来，叫声：“姑爷在上，小的们叩头！恭喜姑爷，请姑爷上堂行礼。”小青吩咐他们在外伺候，便替许仙更换了衣巾吉服，打扮得宛似公子模样，态度翩翩。耳听外边奏乐已及三通，即引导着许仙缓步而出。将到堂前，只闻乐声嘹亮，入耳洋洋；又见堂中高悬灯彩，红烛辉煌；桌上供着天地纸马，地下铺着五彩绒毯。陈设得十分华丽。正看时，笙歌迭奏，赞礼传声，却不见这些乐人。许仙问道：“这班乐人在那里啊？”小青答道：“他们都在厢房里。这是我家的规

矩，不许这班人上堂的。”说着，又闻赞礼念了诗句，请新贵人缓步抬身，升单行礼。许仙先立在红毡单上，少时一派笙歌，引出新娘。双双参拜天地，送入洞房。这许多礼节繁文，毋庸细表。

只说到了洞房中，小青替新娘挑过了方巾，夫妻并坐，共饮合卺杯儿。见那些喜娘伴妇，过来叩头，嘴里却不发一言，都向外边去了。仙官在灯光底下，好似云里雾里，并不曾看清他们的面目。结末小青过来恭喜，许仙身无半文，只好说声：“得罪请起，明日酬劳。”因他是一位大媒，不可以轻慢的。此刻腹中又觉得饿极了，要想举箸便吃，却有些不好意思。亏得小青在旁说：“相公请用酒，随意吃些。”仙官也不再客气了。见有五碗小菜，一碗是小馒头，不像花烛夜饭，简直是上坟菜。这样的局面，怎么配得上呢？转念一想，却也怪不得他们，仓猝之间，原是来不及的，这不过家常便饭，随便吃吃罢了。当下连吃了几杯酒。看看房中的摆设，五光十色，美丽异常；又看看这位新娘，可称得沉鱼落雁，盖世无双，不觉令人心醉。所以饮过两次成双杯，便叫小青收去。小青送过脸水香茗毕，忙到厨下去收拾，无非把吸来的东西什物，一一仍归原主。又打发众鬼魂去讫，只有五鬼常川伺候。诸事停当，回到房中，便说道：“相公，娘娘，夜深了！新婚燕尔，早些安息罢。”说罢，将身退出，带上房门去了。

娘娘见仙官涨红了面，老不开口，只得先开口道：“官人请睡罢。”那知许仙是老实人，从未近过女色，今夜是第一回，忸怩着答道：“娘子叫我睡在那里啊？”娘娘听他的话，好像是个呆徒，微笑道：“自然睡在床上。”仙官道：“那么娘子睡在那里呢？”娘娘道：“夫妻自然同睡。官人先请睡罢！”仙官方将外衣卸去，脱了靴袜，却留着短衫裤不脱，便钻入锦被中睡了。直等到娘娘卸妆上床，并头睡下，得着甜头，真是说不尽的欢乐。睡到旭日东升，二人方才起身。小青送进银盆脸水，梳洗完毕，小青又去转了一转，手脚真快，摄得参汤点心，送进房来。二人吃过之后，要知赠银回去一节，怎生祸到临头，且看下回分解。

第四回　　赠银

却道娘娘多得小青助力，昨夜得与有缘人团圆花烛，遂了心愿。此刻起身后，和许仙梳洗方毕，又见小青送进参汤点心，知道是他吸取来的，颇合大家风范。二人用了参汤，吃过点心，娘娘方启口道："官人，本欲相留吃饭，怎奈你昨晚一夜不归，今朝定要着急，故而不敢挽留。还请早些回府，到晚上候你回来，免得做妻的悬望。"许仙点头应是。其实他的心里，得着这种好地方，只管住下去也不妨，还想什么家里呢！现在被娘娘提醒，只好应了几声是。

娘娘即忙取了钥匙，起身来到箱边，去了锁上三簧，捧出雪花银子，放在桌上，始向许仙嘱咐道："这两锭元宝，你今带了回去。见有热闹的市房，你不妨租了下来。若说开店的资本，我这里还有，只要你留意就是了。"嘱毕，就把手帕包好，递给仙官手内。仙官只顾听话，并未细看银两。双手接过，便愁眉不展的起身告别。娘娘在后相送，仙官很有些依依不舍，几次回头观看姣容，懒洋洋走到楼梯跟

首，娘娘止住了步，吩咐小青代送出外。仙官便说：“娘子请进去罢，我傍晚就要回来的。”说着，走下扶梯。不知怎么一来，一脚踏空，谷碌碌跌了下去。娘娘忙问：“不妨事么？”仙官回说：“还好还好！”小青把他扶起，心知娘娘用的遮眼法，看是好好的扶梯，实在缺少了几级，以致跌了一交。当时又替他拂去衣上灰尘，一路引领他出了大门墙。许仙道：“我去了，你关上了门罢。”小青恐他少刻回来，认不出地方，又把仙官唤住，说：“你回来休要认错了。记着门前有两株槐树，旁边有一带竹篱，那首是财神庙，东墙内放着桃花，正中八字高大门墙，隔岸还有照墙一座。你须认得清楚，早些回来，免得娘娘悬望。”许仙连称晓得，兴匆匆一路进城去了。

小青关门入内，回复娘娘说：“相公已经去远，不知晚上来与不来，还请娘娘细查一查。”娘娘便抡动指头，把他阴阳一算，不觉失声惊讶道：“阿呀！不好了，主人有大祸临头，捉到当官，此罪非同小可呢！”小青道：“如今怎么是好？到底为着何事？所犯何罪？”娘娘道：“是非都从元宝而起。这元宝乃是钱塘县库银。现他县官命捕役四处查缉，十分紧急，你主人正值归家，被他姊丈见了，赃证分明，尚有何办！”说至此，顿了一顿，又道：“这也是他命中注定的劫数。二年徒罪，算来是不能免的。若讲眼前，有官差来到这里，你可如此这般的发付他们。我却暗中运用神通，好救夫君出此县衙，你道好么？”小青点头称善，准备公役到来查勘。但是书中所说的元宝，娘娘从那里得来的呢？原来娘娘下山后，在镇江遇见黑风大王，结为兄妹。知道他访见了良人，报答大恩，要去出嫁凡夫，想世间最重的是金银，所以就在钱塘库内，盗取了一千两银子，连同五鬼跟随使唤，一并送与妹子，作为添妆之用，娘娘却并不知情。也不曾将银子细看，一时失于检点，转赠了许仙，弄出事来。这一节，我算数言表过。

再说许仙进城，一路回到家中，见了姊姊。他姊姊是陈彪的妻子，正在那里悬望兄弟，此刻见他回来，便说道："你好、好、好！怎么昨日上坟湖塘，竟然一夜不归？行中也差人来问过几次，到底存留在何处？你是个少年人，为甚这样的不学好呢！"仙官道："昨夜不归，原是小弟之罪。但今日有天大的一桩喜事，所以特来告知姊姊。"他姊姊忙问有何喜事。仙官便从头至尾，把昨天经过的事实，滔滔不绝的说了一遍：如何游春遇雨，如何逢见二美，如何同舟到他家中，如何当晚交拜成亲，如何赠银命我回来找觅市房开店。说到这里，双手打开绢帕，取出两锭元宝，向桌上一丢，又道："姊姊不信，请看这银子，便知小弟不是说谎话了。"他姊姊见了，自然十分欢喜。究竟是个妇人家，那里晓得什么呢！

姊弟二人正说得高兴，外面陈彪来了。那陈彪是许仙的姊夫，精通拳棒，智力过人，现充钱塘县里捕役头儿。县官知他办事能干，如遇一切疑难案件，都叫他前去办理。今日因本官唤他入内，说库房中封皮不动，门户不开，失去了一千两银子。着他多带伙伴，分头访捉贼人，限五天定要破案，如违比责（同"责比"，谓立期限责令办好某事或追查某案，若到期不完成则加重责）。陈彪奉命退出。暗想此案离奇，定非寻常可比，因此急急回到家来，准备别了妻子，带了用费，然后会同伙役，好去办案。当下到得家中，一见许仙，就埋怨他一夜不归，后生家太不老诚。许仙忙道："姊丈且休埋怨，只问姊姊，便知明白。"

他姊姊便在旁接嘴，把兄弟告诉他的一番话儿，详述始末。陈彪听了，笑道："如此说来，我倒失贺了，哈哈哈！"嘴里虽说笑着，心中却不相信，世上那有这种事情。就算富贵人家，办事容易，东西都是现成的，也没有才得见面，当晚成亲的道理。况且陈老大是个捕快头儿，怎能骗得信他。所以笑了一笑，又道："既然这样，银子现在那里呢？"许仙便在那边桌上取了两锭元宝，递给姊丈。陈彪接银在手，仔细一看，上有本县的印子，大吃一惊，暗暗的叫苦不迭："这就是库银，怎么在他的手中呢？莫非他做了窃贼不成？或者结交了强盗，把这赃银送他的么？我若顾了亲情，隐匿不报，日后发觉起来，连我的身家性命也不保，岂不是两败俱伤吗？"既而一想："仙弟素来诚实，决不结交匪类；况且年轻胆小，怎敢做出这种事来。大约昨夜他去嫖妓，却巧另有一个强盗，宿过娼家，把这赃银浪用。那妓女贪恋仙弟生得貌美，暗贴银子与他，也未可知。我今前去出首，一来顾全自己要紧，二来他未做大盗，误受赃银，谅无大罪，还可向官府讨情，从轻办理。但妻舅之情，怎好下手呢？"眉头一皱，计上心来。便道："仙弟，你要房子，很是凑巧，县前却有一所房子空着。前临大街，后通河道，我同你去看一看。言明房价，便可成交。"许仙欣然答应。便依着姊夫的话，把元宝包好带去，跟随陈彪出了家门。

到了县前，陈彪心里好生难过。也叫没法，回头说道："这里是孙隆兴银店，你可在此等一等，我去约了房主，取了钥匙，和你去看房子。如果合用，今日就好成交。但这两锭元宝，不好使用。少停换些零碎银子，才能够活动呢。"嘱毕自去。

不说许仙在此等候，只说陈彪来到一爿酒店里，踏步上楼，他手下一班伙计见了，大家起身叫老大，说船已备好，行李也发到船上，只等老大吃了酒，就好上船去了。陈彪摇头道：“兄弟们，如今不要去了，盗赃已经并获。”众人咋舌道：“这一来，足见头儿能干，船也不开，案已破了。究竟强盗是那一个，现在什么地方？”陈彪道：“若说这个强盗，连你们也都认得的，就是妻弟许仙。”众人不信，道：“汉文兄自然认识。但他是文文雅雅，一个本分生意中人，不像做强盗的。据我们看来，内中定有个委曲，不知你老大心里以为怎样？”陈彪道：“话虽如此，真赃现在他手中，实是不解。但我与他是至亲，不便伤了情分。所以相烦兄弟们，悄悄到孙隆兴银店门首，认明元宝赃证，将妻舅锁拿，暂时押在班房，待我去禀明本官，再行定断。”众人应是，取了练子要走。陈彪又嘱托伙计不要惊吓了他，那伙计答应自去。随后陈彪也下了酒楼，径往县衙中去了。

先说许仙在银店中呆坐等候。那个柜内开店的，很巴结生意，看见许仙手捧着大锭元宝，料想这一桩交易不小，便和许仙尊姓大名的攀谈起来。许仙是老实人，便说：“我在此等候一个人来，还要作成宝店，把这两锭元宝，换些零碎银子。”店主一听，果然是主顾，忙请他柜内坐下用茶，又叫他取出元宝看看成色，放在天秤上称了一称，问：“先生自己可有成数？”许仙道：“大约一百两光景，不知秤有多少？”店主道：“只有九十九两三钱二分。不信，银子现在这里。”说着，仍将元宝放在柜上。这时候，见有两个公差，走入店来，说道：“仙官，你在这里兑换银子么？”许仙应了一声是的，那差人又道：“你把银子借给我看看。”拿来手里，便说：“一些不差，正是许仙。伙计快来上了练子！”就把这两锭元宝，揣入怀里。后面一个差人，将练子套在许仙颈上。许仙大惊，忙问：“你们为何锁我？”那差人道：“你的真赃现在，你是个盗元宝的强盗，到这里来变赃的！

迴避
肅靜
迴避
捕
捕
捕

伙计，快把他拿进衙门，当堂回话！”不由许仙分辨，拉了就走。还有一个差人，身边摸出练子，顺便向店主敲诈，叫他拿出十八只元宝补数。吓得店主连称冤枉，说了许多好话，总是没用。还是银子可以开口，从十两加到四十两，方始买得“路获”两字，不与店家相干；那两个公差才离了店，把许仙带入县衙，在班房中暂押。

陈彪得信，走将进去。见本官已坐早堂，审问别案。等了一回，见已完毕，然后跪到案前，说道：“禀大老爷，小的奉命捕捉盗库银犯人，今已拿到。并有原赃两锭元宝呈上。”知县喜问道：“你把人赃一并拿到了么？”陈彪道：“拿到了，现在押锁班房伺候。”知县道：“你把盗犯捕到，重重有赏。但是这个盗库银的，是客路呢，还是本地，叫什么名字？”陈彪道：“小的不敢隐瞒，就是妻弟许仙。”知县道：“既是你的妻舅，快把他带上来！”一声吩咐，差役便将许仙带上公堂，到案前双膝跪下。知县问道：“你就叫许仙么？看你小小年纪，有这样大的胆子，敢盗库中银子，这还了得！”许仙连呼冤枉。那知县便变了脸，逼他从实招供。

不知许仙是否供出赠银情由，且看下回分解。

第五回　踏勘

却说知县听许仙口呼冤枉，怒道："本县知道你不止一个人，总有余党。一共多少人数？怎生到得库中盗银？从实的招上来！若有虚言，哼哼，看大刑伺候！"许仙经此威吓，自然据实招供。先说自己籍贯年纪，药店生理，是个安善良民，素不结交匪类的；然后说到清明扫墓，湖上游春，忽逢大雨。知县道："胡说！该打嘴巴。昨日好好天气，怎说下雨！"

这时候，许仙还亏得有照应，众公役上前说道："禀老爷：昨日城中没有雨，西湖上果然下雨很大。因为小的们也到西湖上坟，所以知道的。"知县听了点点头。又问道："遇雨以后便怎样呢？"许仙续供道："小人在堤边雇船回去，来了附舟的两个女郎，自称一主一婢。那小姐谓白秀英，婢女叫小青，他父亲是处州总镇，阵亡在川中。他们因为奔丧无力，寄居在这里的。约我到他家去，许借雨具。那知留我在书房中，用些茶点，偶然谈及家事，说小姐尚未对亲，那小青便从中撮合，愿为媒妁，当晚就此成亲。今天早上，赠我银子两大锭，不知是库中国宝，还望老爷详察。"知县道："既然自称宦室千金，他公馆现在那里？"许仙回说："住在清波门外大墙门。"

那知县听罢供词，细细一想，分明是一派胡言。那里有相逢片刻，便可成亲！此话断难取信。又对着许仙看看，不像为非作恶的人。也罢，我今发出朱签，且把白秀英、小青拿到，再作道理。

佯怒道："那里什么千金小姐！据本县想来，若不是青楼妓馆，定然是狐妖花妖。且去捉来再说！"立刻判了朱签，吩咐陈彪、金升道："朱签一支，你们二人，押了许仙到清波门外，捉那白氏秀英和婢女小青。速去速来！"县官说罢退堂。这里差役伙计押了许仙就走。陈彪在旁假意蹬足（以足顿地），推说伙伴们弄出事来，叫我也难顾亲情。如今没有别法，待我同你到妻家去，我是当马快（骑马的捕快。旧时官署中协管缉捕盗贼的公差）的，看了便能明白。

一路说话，已出了清波门。公差去找本图地方，叫他领捉。这里地方叫王十千，寻到他家里一问，知他在小酒店里吃酒。过去一看，那个王十千正和酒保相骂，一边吃醉了还要添酒，一边酒保不肯，说他前后欠了六千八百文，你须还了再好赊；一边说："我是老主顾，只欠得六千八百文，你要我不再来吃，你找结我三千二百文，和你清账，可晓得我叫王十千呀！"两下正当争吵时，公差走将进去，高叫一声"王十千"，顿时把他吓醒了一半。抬眼一看，见是县里的几个公差，忙道："我道是谁，原来是几位大叔。请坐请坐！酒保快拿一瓶酒来，写在我的账上。"

公差道："此刻不是吃酒的时候，有公事要紧。你看朱签一支，在你图内，要捉白氏秀英、婢子小青，快快领行，官府立等回话的！"王十千道："住在我的图内，紫黄赤黑都有，并没有姓白的人家。只怕你们写错了。"公差道："怎么会写错呢？现有许仙活口，昨夜在你图内成亲的。"王十千道："阿呀！如此说来，在我图内，为什么喜酒也不请我吃一杯呢！"公差道："你不要再说混话了！在你图内要人，你若不认得，许仙和他同去就是了。"于是众人一同出了店门，兜弯曲折，仙官领路向前，只可怜颈上锁了一条铁练。

仍从原路走来。到了这里门前，不觉大吃一惊：怎么好好的总镇门墙，变成了祠堂景象！战兢兢的说道："各位，这里就是了。"陈彪抬头一看，门上悬有匾额，写着"曹锡公祠堂"五字，诧异道："这是祠堂，怎说是人家？"许仙道："姊丈，说也奇怪：今早还是气概门庭，为什么此刻变了这般光景？连小弟也不明白了。"公差道："这里面有人家住着没有？"王十千冷冷的答道："有两家人家住着。一家姓妖，一家姓怪，每到下雨天气，时常出来迷人，很可怕的。"

那几个差役听了，齐声说道："我们奉公差遣，如果空回白走，怎好回答本官呢？倒不如我们大家进去，叫许老大领头。"许仙道："我听你们这样一说，连我也害怕起来。"差役道："你昨夜亲也成了，今天倒怕起来了？快些走！"许仙只得勉强推入门去。只见庭心里面，小青朝内扫地，便问道："小青，为什么房子这般光景，是何缘故？"小青答道："相公，你走错路了。这里是后庄，早上出去是前庄呀！"许仙和小青说话时，后面众人跟来，见四周围坍塌不堪；又听得许仙叫他小青，谅必无误，便叫地方上去拦腰抱住，我们好上练子。王十千道："我不去。倘然是邻舍人家，我去捉他，他就叫唤起来，这个强掠妇女的罪名，担当不起的。"众人道："他是小青，朱签上有名的犯人，有什么拿不得！"

内中有一差人道："那么我去拿他，你们拿练子来锁。"众皆答应。那差人便轻轻的走到小青背后，用力一搿（两手抱住。搿，gé），嘴里说声："在这里了，你们快来！"来字还没喊出，忽然平地刮起一阵狂风，飞沙走石，对面不见人影，似在云雾中一般。那差人怎能抱得住他！小青的身子向上一冲，这叫做抽心逃走。吓得陈彪失声大叫，许仙满面通红，众人也心惊胆战。

直等到风定后，方始睁开两眼。问小青可曾捉住，那差人道："拿

是拿住的，却现了原形，变成一把扫帚。”众人却说：“不要管他，就把扫帚锁入城去，见本官回话。但是朱签上还有个白氏秀英，大约是粪箕精了。也要擒他去。只怕不在后面，定在楼上呢！”说着，向上一看，扶梯缺少了两层，好像无人上下的样子。正猜想时，听得楼上“呀”的一声，楼窗开了。众人一齐退到庭心，昂头注目，见有一位绝色佳人，身倚窗前。许仙忙叫道：“娘子，你害得我好苦呀！”陈彪便问道：“你们是何等样人？你且说个明白。”

白氏就叫了一声姑夫。陈彪道：“谁是你的姑夫！何方妖怪，盗取库银，陷害我妻弟许仙，快快说来！”白氏不慌不忙的说道：“我想翁姑去世的时候，因他年幼无知，临终重托姑夫。可怜家业萧条，只剩下三百两银子，要赖你扶养成人。当时你一口应承，为什么平地忽起风波，连郎舅亲情都不顾，移花接木害我丈夫？”

陈彪道："明明你盗取库宝害人，反说我移花接木，岂有此理！"白氏道："若说元宝，并非赃物，乃是先君任上的俸银，你休弄错了。"陈彪道："你说些什么话！元宝上都有印记，岂有拿错的道理。如今许仙若不交出真赃，难免受刑问罪。你既说是父亲传下，于心无愧，何不自到公堂分辨，以脱许仙之罪？"白氏道："要我去也不妨。只是我生长名门，抛头露面，去到公堂，未免惭愧罢了。"道罢，关上楼窗。

楼下众人听说白氏情愿同去，等候了好一回，不见动静。正商量上楼去拿捉，忽见白氏一声不响的站在那人背后。吓了一跳，问道："娘娘，你什么时候下来的？大家都没有看见，倒叫我们吃了一吓。"娘娘却不回答。那人又道："女娘子鞋弓袜小，不好走路。我去唤一乘小轿，抬了去罢。"娘娘方答道："我夫犯了王法，做妻的怎好再坐轿子！"众人听了，却说他倒是一位贤德娘娘。但是脚小伶仃，步行到县前，约有三四十里路呢，如何走得。王十千道："这样罢，你把一只手搭在我肩头上，慢慢的走。你道好不好？"娘娘点头称谢。众人叫伙计拿了扫帚，带了许仙，同着娘娘，一并出了祠堂，从街坊上一路行来。只有王十千心中得意，这一只玉手搭在肩上，弄得骨软筋酥，低声说道："阿奶奶，你放心到县，各事有我照料，包管无事。"嘴里这般说，却不便捏他的手。只好低着头，将下巴搁在娘娘手背上，移来移去寻开心。娘娘早知道他不怀好意，少停停叫他吃些苦就是了。此时众公役押解人犯进城，在热闹街坊行走，惊动了许多闲人，议论纷纷。将近到县衙前，差人对着娘娘说道："有一句不中听的话：带进衙门里去，照例要套上练子的。停一回就开，你道使得么？"娘娘道："这是朝廷王法，理所当然，有什么使不得！"那差人便取出练子，对准娘娘头上套下，嘴里说一声“得罪了”，陡然起一阵狂风，呼呼呼的几响，眼睛也睁不开了，那条练子仍搭在地方肩上，众人只喊着：“好大风，好大风！”

一径奔到县衙，钱塘县正坐堂上。公差先上堂跪下，交还朱签，回禀：“白氏已经拿到。小青婢女，小的们将他捉住，他就变了一把扫帚。”知县问：“可曾把他带来？”差人说带来的。知县便吩咐带上堂来，差人即将扫帚呈上。知县也是一时糊涂，问道：“你可是小青么？”差人忙禀道：“他是没有嘴的。”知县听了，自己觉得好笑，命将扫帚用火烧毁。一面吩咐把白氏带上来。少顷白氏带到，去了练子。知县道：“你是年轻女子，琐琐裙钗，怎敢盗取库中银子？你有多少羽党？从实招来，免受刑罚。快讲！……怎么你不开口啊？”差人也在旁催促道：“老爷问你银子怎样盗的，快快说上来！怎么一句供也没有，反在那里笑呢？”

知县怒道：“你笑什么？掌嘴！”旁边衙役过来，就把他粉面上，一二三四五，把面皮打坏了，一看不对，转身禀道：“白氏变了一个地方王十千了。”知县道：“说是地方，怎么变起白氏来？”王十千道：“小的领捉白氏小青，到了曹锡公祠堂内，当时先捉小青，变了一把扫帚。后捉白氏，帮同押解进城。忽起一阵狂风，见一恶鬼，将一张白纸，贴在小的脸上。这张纸只有三个小洞，所以两眼看见，口中好出气，却说不出话来。一直云雾漫漫，进县来见太爷的。”知县道：“既然说不出话，为什么只对我笑呢？”王十千道：“太爷对着小的叫白氏，所以小的笑起来的。”知县道：“这妖怪果然利害！待本县亲自踏勘去。”

要知踏勘详细，以及讯配情由，且看下回分解。

第六回　讯配

却说知县虽知妖怪利害，但是库银被盗，事关重大，只得亲自前去踏勘。吩咐打轿，把许仙一同带去。传齐三班衙役，簇拥着官轿，打道出行。一路上吆吆喝喝，出了城关。只可怜许仙带了锁练，押在轿后，眼泪双垂。不一时，到了祠堂跟首。地方跪下道："禀老爷，这里就是了。"知县停轿，出轿将祠堂一看，蛛网尘封，是长久无人出入的所在。便唤许仙近前问道："你昨晚在这里成亲，可就是这个样儿么？"许仙答道："昨天原是这里。若就门户房屋，好生气概，如今却是大不相同了。"知县道："这就是作怪呢！且同到里面去看一看。"便叫地方在前引路，后面公役三班押着许仙，跟随知县一同入内。

知县见四处墙坍壁倒，柴草盈庭；祠堂正面，坐着曹公偶像，袍帽凋零；两旁木主，摆设歪斜；后边有三座堂楼，也是潦倒不堪。堂中桌椅，一些没有；楼板也参差不齐。便对从人道："这样的破坍屋宇，怎说许仙昨晚成亲？岂有此理！"又唤地方过来，问道："这祠堂现在可有经管的人么？"地方道："禀老爷，向来却有子孙春秋祭祀，后来子孙穷绝，便不来祭祀了。近时出了妖怪，常常到外边迷人，因此有人知道的，都不敢经过此地了。"知县道："竟敢如此作祟，那还了得！且上楼去看个明白。"差人道："这扶梯少了几级，不好走上去。"知县忿怒道："总须上去看一看，倘然没有，

迴避
迴避
捕
捕

只把许仙带回严讯，追究库银在那里，不怕他不招出来！”

话未毕，楼上“呀”的一响，窗已开了。知县便晓得有人在上面。和众人退到天井中，抬头一看，只见一个绝色佳人，身靠楼窗。许仙高叫：“娘子！你害得我好苦啊。”娘娘道：“官人，受了冤枉了！但此银并非库银，官人但请放心，自有做妻的承当。”知县道：“你是何方妖怪，胆敢殃民盗库，还不下来领罪！还在那里妖言惑众么？”娘娘叫一声“老父母”，便说道：“奴本是名门闺女，我父官居处州总镇官，名叫白远芳，籍贯四川。只因征伐蛮方，沙场战死。家中既无叔伯，又无手足，不能奔丧前往，暂住钱塘。若说这两锭元宝，是我父任上的俸银。还望父母详察，不要屈陷我的夫君。”

知县道：“你说不是妖魔，是个宦家之女，为甚飞沙走石，改形换貌，婢女也变为扫帚，这是什么缘故？”娘娘道：“不瞒父母，奴在七岁时候，得遇梨山老母，说我与他有缘。度我到仙山上去，传授呼风唤雨之术；且能抡算阴阳，得知过去未来之事。三年学成归来。所以我方才略施小术，怎说我是妖魔呢！”知县道：“好好好，说得倒也干净，真像一个千金小姐。也罢，你既是千金小姐，可晓得我老爷姓甚么、叫什么名字、是什么出身、那里人、家中怎么样、共有多少亲丁人口？说得明白，我就信你是仙家传授。”娘娘道：“怎么不知！父母是世代书香，府居北直良乡县。嫡姓周，继姓欧，两榜出身。”知县搀言道：“这两句不算出奇。那一个不知道本县是两榜出身、世代书香、姓周么？你可知我太爷是什么官？”娘娘道：“太爷叫周天禄，官为翰林院学士左春坊。太夫人今年六十一岁，上年八月做过寿的。令正夫人韩氏，乃系姑表联姻。可是么？”知县道：“这句话差了！若说夫人，现在衙门，怎说在家？”娘娘微笑道：“说来还怕得罪父母。现在衙中的，并非结发，乃是夫人裙带上的小丫嬛呢！”

知县忙道：“这个不用说。我问你：我有几个儿子？几个小姐？”娘娘道：“一位小姐，今年十三岁了。两位公子，大的十一岁，小的九岁，现在书房中读书。那个教读先生，便是你的重堂叔父。”知县道：“这话虽是，你可知我住在城内城外？共有多少房屋？门面是朝南还是朝北呢？”娘娘道：“你家住在城中。门面朝南向阳，东首是城隍庙，大小房廊四十五间。后有园亭桂树，东边新造八幢楼房，尚未油漆完工。不知是也不是？”知县点头道：“奇呀！好像到过我家中一般。你既然是仙家传授，但本县库银，封皮不动，门户不开，千两花银，从那里拿出来的？况且我又是个穷官，赔补不起，叫本县怎生结案呢？”娘娘道：“奴只求老父母好好释放我夫。这些须银两，我来赔偿。你若不识时务，把我夫略受损伤，我便驾云先到良乡县，立即散派瘟殃，管教你家老少亲丁，一齐绝灭。到那时再来求我，是没商量的。”说罢，闭上楼窗进去了。

这时知县被这一吓，暗思：“我就算把许仙释放，这库银如何结案？”正愁闷间，蓦地一阵狂风，吹得天昏地暗。众人都吓得无处奔逃，只有闭着眼睛等死。只有知县口中默默求告娘娘仙女，指示原赃，决不敢难为许仙，即刻开放便了。祷告方毕，风已定了，云雾也散开了。众人眼见青天，都说道：“天将晚下来了，请老爷回去罢。”知县正要起身，瞥见堂楼下正中央白光照耀，足有一大堆。吃了一惊，只道妖怪又作起法来。仔细再看，原来是一堆元宝，正是库银，不多不少，只有十八只。知县大喜！便吩咐地方，到家取了包袱两块，将银包好，带回衙中入库。此时县官出祠堂上轿，众差役带着许仙，簇推进城回署。许仙仍押班房，听候明天发落，因为此刻天已晚了。知县回到上房，一夜不曾睡着。心中又是害怕，又是踌躇，想不出两全的妙法。

天明以后，便请师爷到签押房中计议。这刑名师爷很有才干，说此事都不打紧，幸得宝银已经入库，就办他一个真赃假盗的罪名，从宽发落，只不过打了几板，发配两年，就可回来了。知县点头称善。便传该房书吏入内，备好文书，通详各宪，待三天后上司批准。这一日，知县升坐大堂，书吏差役分立两旁。吩咐将许仙提出班房，带上堂来发落。将文书填了年月，发放到苏州徒罪二年。其时娘娘在祠堂中早已算过阴阳，知道丈夫发配苏州，后日相逢，定在金阊门内。但发落的时候，难免要当堂受责。所以娘娘驾云赶来，立在云端里往下注视，要保佑夫君不受痛苦。这个当儿，许仙正带到堂上跪下。知县道："你是个安分良民，虽不曾亲自盗库，却不该贪恋女色，苟合成亲。本县念你无知，格外施恩，问你二年徒罪，也不冤了你。"许仙道："实是小人该死，自投罗网。今蒙老爷开豁，感不尽再造之恩。"知县道："既如此，拉下去打二十板起解。"伸手在签筒里拔出四根签，往下一掷。旁边行刑的衙役，当即一声吆喝，过来拉着许仙，好似鹰拿燕雀一般，把他底下的裤子褪下，到案前献过了板子，便将板子高高提起，嘴里吆喝着。正要打下，娘娘看见了，好不心酸：照这样雪白的肚腿，怎好受此苦刑！心里实在舍不得。只得口中念念有词，将一个指头，向空中一划，抵桩划到老爷屁股上去。一想勿好，究竟他是朝廷命官，我若惊动了他，岂不有犯天条？亏他转念得快：倒不如划到上房夫人腿上去罢。好在这位夫人，并非正室，是裙带上的梅香，难为他一些也不罪过的，便划了过去。这一划不打紧，苦了上房这位奶奶，正从净桶上立起来，裤子还没有上束，觉得眼前黑暗，被两个恶鬼一抓，按倒在床沿上。只听得“豁挞”一声响，腿条上已着了一下，痛得他杀猪般叫将起来，说：“老爷坐堂打人，怎么打起我来？丫头，快出去报告老爷呀！”

其时老爷正在拍案大怒，因为许仙口中并不呼痛乞免，还道差役容情卖法，连打了几次倒板。忽见里面送出一张纸条，押在茶碗底下，上写着“奶奶打死了”。知县暗说不好，又来作怪了！急忙吩咐停板放起，把许仙带上来。谕话道：“许仙，本再打你二十板，念你年轻身弱，姑且饶恕，只把你徒配胥江，格外施恩，你可知道么？”许仙道：“多谢老爷恩典。”知县即点解役张升、李贵两名，命他们押解许仙到苏州，投文收管，守了回批即回。又向许仙训斥了几句话，就此退堂。慌忙去看奶奶，方知妖魔暗里作怪。一面用好言安慰，一面请医生调治，毋须细表。

单说许仙同了解役，走出头门。先有姊丈陈彪过来，叫声“仙弟”，道：“这叫做闭门家里坐，祸从天上来。也是你年灾月晦，不必悲苦。解役是张兄弟、李兄弟，一路全仗照应。”二解役道：“老大尽可放心，令舅汉文兄，一路都在小弟等身上，决不轻慢就是了。”陈彪道：“全仗大力。我有碎银几两，仙弟权为路费，你的铺盖衣服，我已叫人到行中取去了。”许仙连声称谢。陈彪便同他们到酒楼中坐下，吃了几壶酒，先向许仙劝慰了一番，又对张、李两解役嘱托了几句。正说之间，药店中的老员外来了。就坐后，便先开言道：“贤侄！不料你平地风波，竟遭此祸。内中委曲，我已明白。听得你起解姑苏，特来相送。你的衣服，都已发在舟中。白银五两，作为路上零用。还有荐信一封，你可收好，此去苏州地陌生疏，我有胞弟王永昌，现在西濠卢家巷内，开张大生堂药材行，你可到彼投送，便向驿中取保出来，在他店内做生意，免得受苦了。”

许仙即忙跪谢道：“叔父如此恩待，恨难报答。今因官事羁身，就在这里拜辞了！”老员外口称“不敢”，双手扶起。原来并非叔侄，实是师徒。因许仙的父亲和王永春、王永昌都是至交好友，结为盟兄弟；又承临终嘱托，所以许仙长大后，便送到王家学业，一直总是叔侄称呼。此时解役在旁催促动身，许仙回头向陈彪道：“相烦姊丈回家，说我多多拜上姊姊，叫他不必悲切，不过两年之久，我就回来了。”陈彪道：“仙弟路上保重，诸事全仗二公。我因县中有事，不及登舟相送了。”说毕，解役就同许仙离了酒店，登舟往苏州去了。欲知到苏逼丐情由，且看下回分解。

第七回　逼丐

且说许仙解到了苏州，船抵胥江停泊。解役先把文书投入驿中，照例要打几板，却亏得二役使用机谋，才得免打，安歇在驿中。那解役守得回文，回杭覆命，过去不提。如今说到白氏娘娘了。娘娘暗中保佑仙官上船去后，便叫小青料理一切，备好许多木器什物，连箱笼床帐以及绫罗缎匹零星杂用等类，无不应有尽有。又雇定了两号沙龙大船，一齐装载上去，充作官宦人家模样，船头上立着家人，果然气概轩昂，所以主婢乘轿上船时，引得岸上人多来观看。见有旌旗高挂，上写着“都督府”，却不知谁家官眷，搬往那里去的，大家都啧啧称赞。你道他这许多家伙物件，是几时买来的？谁知他们的东西，不用钱买，都由小青和五鬼吸来，原不过用那搬运法儿罢了。只有吸取银子，最为十分留意，因被库银吓怕的缘故。专吸那班浪荡败家子弟和赌场里的银子，东也一百两，西也二百两，从整千整万里取出，无可查考的。一言表过。

只说主婢下船后，立即吩咐开船，一棒锣声，径向苏州而去。船上小青暗向娘娘问道：“我们到了苏州，不知在那里去安身呢？”娘娘道：“我把阴阳算过，早已安排定了。苏城金阊门内，有一条专诸巷，巷中有一所高大楼房，无人居住，空在那里。乃是王姓的房屋，主人叫王锡章，久任太仆京乡，他的儿子名万青，出身两榜，现官祥符知县。只因前年搬取家眷，上任到河南去，把房屋空锁，

郡督府

托左右邻居照管。我和你正好借此存身，管教有一日会见我夫。”小青道：“只怕不妥当的。我与他们从未认识，又没有真凭实据，倘被他们盘问根由，这便怎处？”娘娘道：“不妨事的。我把王锡章认为母舅，他儿子便是我的表兄。只说他任上有命，叫我到来居住，谅必邻里不会生疑的。”主婢计议了一回，别无他说。

过了两天，舟抵金阊门外码头停泊。金锣筛动，岸上早来了许多扛抬脚夫。便吩咐将船上装载的东西，扛抬进城。已是黄昏时候，命五鬼押担而行。一时灯球火把，照得明亮，灯上写着“都督府”，宛然是大乡绅的样子。又唤了一乘大轿，一肩小轿，娘娘和小青坐着。一进城关，闹哄哄转入专诸巷，惊动了左右大小邻居，有的说：“这种热闹，敢是人家失火吗？”有的说：“不是火着，一定是强盗来打抢了。”却不敢出来开门，都推开沿街窗子，往下一看，但见许多人扛的扛，抬的抬，押的押，灯球火把，照耀如同白昼。惊问道：“这时候人声鼎沸，是强盗打劫呢，还是在那里火着啊？”不防下面操着京腔骂道：“不开眼的狗忘八！咱们是河南任上，送小姐回来的！什么强盗不强盗，好混帐的忘八蛋！”

苏州人一听弯舌头的京话，吓了一跳。还没有弄清楚，亏得有几人听明白的，说不是强盗火着，是间壁王家送小姐回来，所以这样热闹呢。有的人说，他家没得小姐，明朝倒要问问他的。还有一个老乡邻，姓陆，排行第三，年老诚实，所以王家接眷到任上去，把这空屋封锁，托他照应。早被娘娘阴阳算准，先命家人前去投送书信，见了陆老，说：“我们从祥符县来，奉家主命，特送小姐到苏居住。今有书信一封，礼物四色，请老相公收了。内中一切情由，看了信自然明白。”

陆老听了，连称不敢收受，多谢你家老爷太费心了。那家人递过书信礼物，并不多言，告辞而去。

陆老只得关上了门，回身进内。拆开书信一看，上写道：

陆老先生惠鉴：久未问候起居，深以为歉。前年某选任祥符，搬取家眷，舍下多蒙照拂；又将空房奉托，代为管理，多费清神。但某既入仕途，归期难卜，故致书杭城表妹，特地接彼来苏，在舍居住。还祈照顾为祷。送呈微礼四色，伏维笑纳。一切叨蒙庇护，容异日还乡后，登门面谢。专此布达，并请台安。

邻弟王万青拜启

陆老看毕，又看看四色礼物，是绸绫两匹，桃枣两匣，心中大喜："我到了明天也应当登堂送呈贺礼才是。我虽是王家的老邻居，知道他没有姊妹，如今看了信上的话，方晓得是他的表妹了。"不言陆老欢喜。

听那间壁王家，扛抬什物，忙乱纷纷，直闹到二更过后，方才停当。又开发轿夫脚夫，找给船钱，外加喜封酒钱，十分丰富。所以人人讨好，个个奉承。末后娘娘吩咐小青，将厅堂房户应用的家伙物件，摆设齐整。有五鬼帮忙，揩抹打扫得干干净净，真所谓蓬荜生辉。正厅上供着佛马，红烛高烧，内外挂灯结彩，通宵明亮，开了正门送神，百子连声。直到天明，将兴隆吉糕果子等，分送四邻八居十二红。

到了午餐后，各乡邻都来道喜，就是陆三老阿爹领头，同了张王李沈四乡邻，到来叩门。小青走出把门开放，便道："原来是陆老相公和众位高邻。里面请坐！”众人到厅上坐下，小青入内禀报。少停娘娘步出屏门，众人便起身作揖称贺。娘娘还过了礼，仍请就坐，方问道：“这位是陆老相公么？”陆老道：“不敢，正是小老。昨承厚礼，特来恭贺叩谢。”娘娘道：“些些薄物，何足挂齿！”众人也说道：“今早蒙赐喜糕馒首，多谢多谢！还要请教娘娘：你和王老爷是什么亲谊，为甚送到这里来呢？请道其详。”娘娘知道他们一定要问，早已预备好了。便不慌不忙的答道：“此地我也曾到过，算来已有十多年了。太仆王公是我的亲母舅，祥符县是我的表兄，祖居浙江临安府，也是世代做官的。”

陆老问道：“从前听说杭州有一家亲眷，不知贵姓甚么？”娘娘道：“我家姓白。父亲官为总镇。”众人道：“怪不得昨夜灯笼上面写着‘都督府’呢！此刻却便怎样？”娘娘就捏成一番谎话，答道：“众位高邻，容我一言奉告：我因父母双亡，孤立无助，早发音信到河南去了。但我在去年冬间，已经婚配，不幸丈夫不理家务，终日出外闲游，寻花问柳，奴把良言相劝，反生气恼，怪我有妒忌心肠，不别而行，追寻无着。幸亏母舅差人到家，并得表兄来信，命我来苏居住，真是一举两得，可以留心寻访我夫。”众人道：“怎么晓得他来到苏州呢？”娘娘道：“有个缘故的。我夫在家时，常常道及姑苏是天堂，所以料想他定在此间。还要有烦各位高邻代为留意，得寻我夫回来，感恩非浅！”众人都说：“岂敢岂敢！既承相托，自当留心就是了。但不知姑爷贵姓大名？”娘娘道：“姓许名仙号叫汉文，原籍浙江武林。”众人道：“知道了姓名，便容易找寻了。”正谈话间，小青送出香茗来。众人饮毕，说：“昨天晚上，看见府上尊纪（旧时对别人家仆人的一种敬称）很多，到今日一个也不见，不知到那里去了？”娘娘道：“这许多人，有回杭州去的，有回河南去覆命的，所以都不在此。想我今日多蒙众位惠临，又赐厚礼，实不敢当。本欲略备水酒，聊表寸心，怎奈舍下乏人，多有简慢，且待夫妇团聚，再行补情的了。”众人又说了几声“岂敢”，一齐告退而出，都称赞这位娘娘美貌，又是贤德，我们应当帮他寻访丈夫，使他们夫妇重圆。议论一番，大家各自散归，我且不表。

再说到许仙在驿中安身。起初还有剩下来的银子使用，过了几时，渐渐的用完了。那知驿子便是乞丐的头脑，苏人叫做甲头，心肠最狠。现在见许仙手中没有了钱，顿时变了脸面，对着许仙发作起来，逼他出去讨饭。许仙欲待不肯，定要挨打，只得勉强答应。受着甲头指教，改变做乞丐的样子，把自己衣服脱下，头上戴一只破蒲包，身穿一件破衲袄，下身裤子上有不少的补丁，腰间束着一条麻绳，脚上套一双半新的草鞋，手里拿一根青竹竿，还有一只篮，一只碗，扮得很像。那甲头又教他怎样的行走，怎样的叫喊，怎样的求乞，自有仁人君子，肯

发善心，给你银钱了，快些去罢！许仙被逼不过，心中虽不愿意，却想到此番出去，正是大好的机会。他便回到里面，取了王员外的荐信，藏入怀中，就此离了驿中。走到街上，又想："我此刻正好到南濠走一遭，投递这封书信。但我做了乞丐，像这般的形状去见他，唉！世态炎凉，他怎肯容留着我呢？这不容留，岂不要死在苏州，做一个饿莩（饿死的人。莩，piǎo，通"殍"）么！"心里这般思想，一路行来，见两旁店铺林立，这条胥门大街上，来往的人挨挨挤挤，十分热闹。

他低着头，满面羞惭，又恐怕回去无钱，被那甲头鞭打，没奈何将身跪下，伏在地上哀哀求告，引动街坊上一班人都来看他。有的说他品貌端整，又不是残疾，为什么不做生涯，做一个讨饭的化子；有的说此人生成的穷苦命，谅必是连年晦气，生意折本，弄得这般光景的。便从袋内掬出二三十文钱，丢给与他。说也奇怪，只要一个起了头，随后就有许多人各发善心，你也三个，我也五个，也有数十个不等。不消片刻，篮里已有好几百文了。这是许仙前世结下的善根，所以到了今世里，能使人一见生怜呢！少时再向前走，还有那些软心肠的妇女们，凑出钱来给他。因此许仙讨到傍晚时候，回到驿中，检点篮里的钱，约来九百有零。那甲头看了大喜，买些酒菜替他称贺，要算是驿中的状元了。

这天已过，又到来朝。许仙是否到南濠去投信，且看下回分解。

第八回　驿保

且说许仙被逼做了乞丐，讨得许多钱回来，心中本非所愿，总须将书信投送才是，所以一早起身。那甲头反拍他的马屁，请他吃了一些点心，又指教他一番讨饭的经济。许仙口中唯唯答应，那里放在心上，仍换了乞丐的装扮，出了驿门，并不去跪街求乞，一路匆匆向前。问信到得南濠卢家巷，抬起头来，便见“大生堂”招牌，并写着“发兑人参”和“川广道地药材行”几个大字。侧首一间是饮片店，果然气象轩昂。许仙此时也顾不得自己身上蓝缕，硬着头皮踏上街沿，把书信拿在手中，走进店门。见有几个店伙立在柜边，便装着笑容，拱手叫一声：“先生请了！”那些店伙见他走入，都说：“这个告化子，怎么对我们拱起手来！”许仙也知道自己原是告化子，并不和他分辨，便说道：“我从杭州来。有信一封，要送交王员外的。”店伙听了，说：“大员外既然有信，怎么偏叫这告化子送来呢？”

接了许仙手中的书信，就叫喜官拿进去。那喜官是行里的出店（旧时在商家担任接送货物等杂务工作的员工），他有一个毛病，见了钱一定要落下几个的，听得呼唤，他就拿了这封信，直到里边，便叫："员外！杭州大员外有信寄来。酒钱三十文，我已经交付了。"那位员外就是王永昌，接信在手，拆了开来，从头至尾细细一看，问道："喜官，这个送信的人呢？"喜官道："已经去的了。他因为有要紧事，所以立刻便去的。"员外骂道："混帐的东西！这一些些的小事，你便想落钱了！可知道这封杭州来的书信，是他自己拿来面交的，要什么酒钱，真是在那里放屁了！"喜官道："那个送信的，是一个告化子呢！"

员外道："他是杭州大员外的爱徒，叫做许仙官。因为误被妖怪陷害，问成徒罪，到此送信，是来投奔我的，要什么酒钱呢？"喜官强辨道："员外果然有眼力的，一看了信里的说话，你都明白了。我并不要酒钱，原不过试试你的才学，肚子里到底通也不通。"员外道："一派胡说！你不要假撇清了。我且问你：可是一个年轻小后生么？"喜官点头应是。员外又道："料想他身上狼狈不堪，这个样子进来，太觉难看。你先到我书房里去，拿我的旧衣巾鞋袜，引领他到黑暗处换好了，然后请他入内，好让我出来相见。"喜官答应出外，照着员外吩咐的话，取了衣巾袜鞋，领许仙到旁侧门房里，叫他上下通身更换。只是衣服宽大，不称身材，也只好将就的了。

喜官方进内通报，员外便出外迎接。先开言叫一声："老贤侄。"许仙已走到庭心中，急忙抢上一步，连称："不敢！敢劳叔父大人降阶相迎，岂不要折杀小侄么！"员外道："贤侄说那里话来，里边请坐！"就挽着许仙的手，同上厅堂。许仙鞠躬行礼，口称："叔父大人在上，小侄拜见。”员外也还了一礼。礼毕，分宾坐定。喜官送过香茗，许仙道：“叔父大人一向纳福。”员外道：“托赖粗安。我和老贤侄久违了，多年不见，这般长大了。从前我和令先尊何等亲密！不想去世多年。幸留后代，可接香烟，高阳有望。”许仙道：“这是多蒙大叔父提拔，感叨厚德，教育成人。”员外道：“托在世交，分所应当，这都是老贤侄少年英俊，所以如此。我还要请教贤侄：此番的事，信中已详载明白，但我想贤侄少年老成，是个见色不乱的人，怎么上了这个当呢？”

许仙便把此事原委，细述一遍，又说：“做事如在梦中，今虽醒悟，怎奈玷辱了家声，使我百身莫赎的。凡事全仗叔父提挈，推念先父母之面，小侄感德不忘！”员外道：“老贤侄但请宽心。各事都有老朽承当。不要说家中有信重托，就是没有信来，今番贤侄来到苏州，理宜尽力资助。驿中取保，我当差人前去。现在屈留贤侄，在我店中帮忙。待等二年徒罪满期，送你还乡便了。”许仙称谢不尽。员外吩咐阿喜去买点心，顺便在巷口兴隆馆内，定一桌一两六钱的菜肴，停一回叫他送来。喜官答应自去，但是他的毛病，终不能改，银钱经他的手，总要扣头回用的。又返身叫了馄饨。店家认得他是药材行里的人，任他拿去。喜官临走时，说：“铜钱我就送来，勿必来收的。”叮嘱好了，方才端了汤炉，回到行里，在桌子上一摆。又取了四只碟子，四角一放，又炖了半斤药烧，请许相公、员外用点心。

员外便同许仙过来坐下，喜官在旁斟酒，两人谈谈说说，无非叙述家常。吃到中间，员外吩咐喜官：“到帐房里去，替我写一张保状，取我的名帖，再备四色礼物，兑足八两银子，拿了拜匣，挑了礼物，到姑苏驿中，必须面见老爷交待。说我多多拜上，因为有个问徒罪的许仙，是我的亲戚，我已收留在店内，今具保领，并备微仪，聊伸敬意，倘使朔望点卯，请人代替。许相公的衣服物件，你就挑了回来。总总叨光，容日后自来面谢。”喜官奉命，即刻走进帐房，备办端正（妥帖；停当），仍到跟前侍立。员外道：“礼帖备好了，你就去罢！立在这里做什么？”喜官道：“我要等你们吃完了，拿了五十六个钱，把这汤炉送还了，那时再去也不迟。”员外晓得他的毛病，喝令快去，喜官没法，只得答应就去，连忙拿了花银拜匣，肩上挑了四色礼物，出了店门，竟向驿中投保状去了。毋烦细表。

再说许仙见喜官已去，心里还有些惶惑不定，因问道：“叔父如此费心，深感大德。但取保状不到驿中，只取叔父一张名帖，驿官那里就能准保么？”员外微笑道：“贤侄放心，此事无有不准。驿官和我相好，时常到我行中来便饭的。这不是我做叔父的夸口，就是城内那些佐二杂职，也都来亲近的呢！”许仙道：“原来如此！足见叔父盛名。”谈讲了一回，用过点心，自有小僮收拾开去。见那点心店里的走堂，前来收取汤炉，只要三十五个钱。员外听说，骂道：“阿喜这个混蛋，怪不得他要自己送去。原来他想落我的钱哩！”又回头叫一声：“老贤侄，我和你到外边账房中去罢！”

于是两人移步向外，走入账房，与众伙友一一施礼。员外便在中间介绍道：“这是家兄的爱徒，只因含冤负屈，发配到此。他姓许名仙，表字汉文，一向在家兄行中办事。今日得见来信相托，欲留在我店中帮办，还望各公照拂，指教一切。”众人都说：“岂敢岂敢！员外吩咐，自当领教。”员外又指着二伙道：“这位是邱先生，那位是周先生，贤侄有事不妨请教。”许仙又作了两揖，二伙也拱手道："原来是杭州汉文兄。久仰久仰！"许仙连称："惶恐。"员外道："贤侄在店中停坐，少刻水酒一杯，聊申敬意。"许仙道："多谢叔父，不必劳心。"员外道："这个算不得什么，如果你的铺盖来了，就在店楼上安歇罢了。此刻我到里面去，有些小事，少停再来相请。"说罢，王永昌回身进去了。

隔不多时，喜官从驿中回来，奔得热汗淋漓。入内见了员外，把回信一封、谢帖一张呈上。员外看过后，问："驿官可有甚话？"喜官道："他说许仙既是令亲作保，领去何妨？开发脚钱，倒有两封。许相公并无什么行李，只有一条被头，几件旧衣服，其余都是当票。一齐拿回来了。"员外就叫他发到店楼上去。喜官听得吩咐，却还在那里东张西望，员外道："寻些甚么？汤炉已经拿去了。"喜官道："铜钱想必还未拿去。"员外道："也拿去了。我看你这混帐的东西，不论什么事，一经你的手，定要落下几个钱的。就是现在他要三十五，你便要五十六。以后再是这样，只好滚你妈的蛋！"喜官强辨道："想必新店里今朝特别大减价，所以这般便宜呢！"员外道："你不要在这里放屁了，快去端正（安排；准备）了饭，少停请许相公进来罢。"喜官答应退出。当晚员外盛席接风，十分款待。又面许每年脩金五十两，四季衣服。许仙连连称谢，感德不尽。自此以后，他便一心一意做着生涯，勤劳耐苦，营业比前更为发达。

不觉已过了半月。员外十分敬重他，只有邱、周二伙心生嫉妒，常在旁边察看。许仙也并不放在心上，日间照常勤力办事，但是到了晚间，心中常常挂念着妻子。因为他着了"迷"字，再也抛撇不开。想起娘子这般恩爱，生生的拆散了鸳鸯，不知他现今耽搁在何方，何日才能够破镜重圆。想到伤心之处，眼泪便淌了下来。起初不过

在枕上嘤嘤啜泣，后来禁不住失声一哭，弄得夜夜难以安睡。那一天，王永昌提了灯笼，前后照看，忽听得店楼上隐隐有悲苦的声音。暗想半夜三更，谁在那里哭泣？他便撩衣走上楼来，脚步放得很轻，一眼看见许仙身坐床沿，双眉紧蹙，口中不住的悲欢。虽未曾听得清楚，却已被永昌猜透。便启口问道："贤侄，为什么这般的悲切？"许仙见是永昌，未免呆了一呆，忙把眼泪揩干，答道："小侄有些心事，偶然想起，故而如此，反劳叔父动问。"永昌道："我听你哭的是妻子，并非记念父母，难道你还不怕妖怪缠扰么？这真是笑话了。但我也不来怪你，大凡做了一个人，到了这般年纪，总有娶妻之念，不过你要认清头路才好。这个妖怪，想他做甚！只贪眼下欢娱，总有相害的日子。你若要家小何难？只消做叔父的作主，凭你看中了合意的人，讨娶一房，我行中空屋也有，收拾两间住下。我只要你认真生意，就花费了三百五百银子，也是平常。两年徒罪满后，或者送你归家，或在苏州入籍，你都可以自由行动了。"许仙道："多谢叔父恩待。"永昌略顿一顿，又道："我看你这几天心事不宁，明日就托你进城干些小事，顺便去散散闷罢。此刻我要去睡了，你也睡罢。"许仙送他下楼去后，也就上床安睡。

到了来朝，是否进城遇见妻房，且看下回分解。

第九回　复艳

却说王永昌昨夜听得仙官在楼啼哭，知道他思念妻房，执迷不悟，有意要叫他出去散散心事，所以命喜官去请许仙进来。许仙走入内账房，见了永昌便问："叔父有何见谕？"永昌道："老贤侄请坐。我因为你这两天有些心事，坐着也没有兴趣，倒不如替我出去讨账，顺便散散闷的好。况且你自到苏州，从未出门闲逛。今朝趁此机会，你进了阊门，右首转湾，问到黄鹂坊桥堍（桥两头向平地倾斜的部分。堍，tù）下寿元堂药材店，有票子一张，你代我讨人参银子五十两。出来一直朝东，就是城隍庙，还算不得十分热闹；再望东走，那里是玄妙观，观中医卜星相，三教九流，无一不有，倒可以游玩一回。这里有二百文钱，你带在身上，连点心也都有了。"许仙道："多承叔父厚待。"永昌又叫喜官把前天裁缝新做的海青，取来与许仙穿了，又道："只要你生意认真，四季衣服都在我处。"许仙就将新衣穿上，不长不短，果然称身，连声称谢，即起身告别而出。走到店堂里，向那邱、周二伙道："二公少陪片刻，我去讨账，就要回来的。"二伙道："可是寿元堂的一笔欠款么？"许仙点头应是。

就此一径上了街坊，沿路问讯。进了阊门，依着永昌的话，转湾抹角，见两旁店铺林立，问到了黄鹂坊桥。抬头一看，就是寿元堂药铺，挂着金字的招牌。他便走上街沿，立在柜台前一问，那店伙道："大生堂的参银，方才带出南濠面交去了。"许仙只得回身退出。要想到玄妙观去游玩，不觉叹了一口气，想："我那有什么心情，还是早些回去罢！"拿定主意，仍从原路而行。

正走到专诸巷口，恰巧小青在那里等候。一见许仙官，暗暗称赞娘娘的道行高深，确是真的。连忙急步上前，一把拉住了衣服。仙官吃了一惊，便道："像什么样儿，还不放手！"小青道："相公！丫头不放手，总要同去的。"这时候看的人聚了不少，那不认识小青的，七张八嘴，立在旁边胡闹，早惊动了四乡邻，过来询问。小青道："他就是我家的许官人。"邻居道："原来是许汉文兄！娘娘早已托过我们的了。若说夫妻淘气，甚是平常。有一句俗语，叫做'船头上相骂，船梢上答话'，何必这个样子？出外了多时，一些消息都没有，快听我们大家相劝，一同回府罢！"许仙忙答道："嗳！你们不知其细，我家娘子不是人呀。"

众邻又劝道："这都是气话，不必说了。停一回夫妻见面，自然明白。快些同走同走！"可怜许仙说不出妻子是妖怪，被他们推推拉拉，竟到门前。小青道："这里是了，请相公进去。"众人也随声附和，都说许姑爷进去罢。许仙见是高大门墙，十分气概，与间壁房屋不同，只怕又是祠堂了。回头问道："请教各位，这里可是祠堂么？"众人道："此处是王大老爷的住宅，就是你娘娘的母舅家。说什么祠堂不祠堂，快些进去罢！"小青手拉着仙官，同到厅堂。后面众邻人大半散去，还有两个想吃白食的，跟了进来，小青招呼他们坐下，便与仙官走入里边，高叫一声："主母，相公回来了！"

那娘娘今朝打扮时新，越显得十分娇媚。一听说相公回来，好像一只美丽的花蝴蝶，直扑出来。叫声"官人"，眼泪便像断线珍

珠般滴下，呜咽着说道：“奴在闺中日夜思念官人，谅必你也思念着做妻的！”许仙道：“这个自然。”小青在旁禀告，说外面有二邻人坐着。娘娘就在袖里一算，听得这两个是小人，吩咐小青：“取二两银子，分作两包，随我出去。”又向着许仙道：“官人请坐，待我打发他们出去，就进来的。”说罢，轻移莲步，走至堂前。只可笑这两个邻人，想今朝有些微功，一定请我们吃点心的，所以装出规矩样子，坐在厅上等候。此刻见娘娘走出，连忙起身叫应。娘娘便说：“今日蒙二位帮忙，劝得我夫回家，理宜备酒相待，怎奈家下乏人，连点心都没有，真是待慢极了。”说到这里，小青走来，娘娘就从他手里取了两个红纸包，又道：“这些些薄礼，请二位收纳，莫嫌轻微。”二邻喜出望外，假作不肯收受，略推一推，就此接了过去，同声称谢，告别而退。小青送出关门，然后跟了娘娘，走入内堂，端整备茶。

娘娘向许仙动问别后事情。许仙便将前后经过的苦楚，一一细述。直说到发配落驿当街求乞，眼泪就落了下来。略顿一顿，又说：“幸蒙王员外赠我荐信一封，投见南濠二叔，方将我驿中保出，帮他为伙，想不到今日进城索取欠账，可巧在专诸巷口遇见小青的。”娘娘道：“如此说来，真是害了你了。”许仙也问娘娘别后情形。娘娘道：“奴和你成亲后，赠送花银，原是好意，那知反累你遭此冤枉。”许仙道：“这元宝是库中国币，竟使我有口难辨。”娘娘道：“内中有个缘故的。只为昔年我父征讨蛮寇，领兵前往，那个解粮官便是周上达，迟到三日，应该斩首，当时众兵求免，恕了他的死罪，责打军棍四十。他如今做了钱塘县令，因此怀恨在心，把这俸银认作库银，公报私仇。幸亏做妻的略使梨山仙法，跳出他的网罗。后来打听得你发配苏州，累奴日夜啼哭。谁知祸不单行，老家人夫妇相继而死，弄得我零丁孤苦，无可奈何。还亏母舅来信，差人接我到此居住。此地是我母舅锡章王公的府第，现今伴驾在京，我的表兄也赴任到祥符县去了，所以这所空房，就叫我在此照看。今早我忽然心动，便把阴阳一算，知道午后定可相逢，因此特命青儿在巷口等候的。”许仙听了娘子的一番假话，说得句句有理，全无妖气，况且专诸巷是人烟凑集的地方，决不是祠堂变化，可见旁人之言，听信不得的。原来他有“迷”字在心，怎么就能够省悟呢！

此时小青送过香茗，又用了些点心。娘娘道：“官人可去看看这里的房屋。”便伸玉手挽着许仙，先到外边，见是双开间门面，高大向阳，说此地街市热闹，将来可以自己开张店铺的。许仙点头称是。缩身进内，看那库门用着方砖砌成，正中是三间大客堂，侧首里是书房，翻轩内有长窗，外面装着金漆栏杆，朝外摆着天然桌子，左右屏风两扇，上挂天官轴子，两旁大字对联，上联是“欲平天下须弓马”，下联是“要安社稷赖文章”。笔法十分苍劲。临窗排着藤机，里边分列着六把紫檀椅子，四只方茶几。从白垩（用白色涂料粉刷。垩，è）屏风推进去，是三间小小的楼房，后面还有仓廒（储存粮食的处所。廒，áo）等零星小屋。此刻二人走进厨房，见廊下挂着许多的风鱼火腿等物，内间里应用的东西，样样完备。一座五眼灶，收拾得十分洁净。

许仙举目一看，突然问道：“娘子，为什么不供灶君呢？”这一问，分明起了疑心：此等大户人家，怎说没有灶君？难道又是祠堂变化的么？娘娘听他问及，自怪失于检点，露了马脚，不觉脸上一红。急中生智，答道：“其中有个缘故的。从前我外祖做过吏部，所以不供灶君，连外面家堂也没有的呢！”许仙道：“原来如此。”娘娘不等他说下去，便道：“我们到外面去罢。”于是手拉着许仙向外，省得再看出什么破绽来了。两人到了楼下，娘娘用手一指，说：“这一间是内坐室，楼上三间是奴的卧房。”许仙道：“楼上既是娘子卧房，这倒要上去看看的。”娘娘道：“扶梯就在西首厢房里面呀！”说着，并肩挽手，同上扶梯。前面隔开的一间，是小青的房。走过中央一间，把东首房门推开，一阵兰麝的香气，钻入许仙鼻孔，不觉令人心醉。许仙跨入房内，见床是床，帐是帐，橱是橱，箱是箱，排设得十分齐整。样样华美，色色精奇，妆台上摆着各种奁具，无不应有尽有。

两人坐下后，小青又送香茗进来，茶罢收杯退出。这时候，许仙面对着娘子这般美貌，打扮得异常娇艳，早把那祠堂搜赃一事，抛入九霄云外去了。说话之间，色心大动，勾勾搭搭，欲求片刻欢娱，却被娘娘婉言拒绝。说：“我与你是正大光明的夫妇，比不得私下偷情的男女。倘被丫头进来碰见，还像什么样儿！”这几句话，说得许仙欲念冰消，暗想：“他这般的正经，可称是贤德的妻房。若再有人说娘子是妖怪，我一定要和他拼命了。如果是妖怪，那有不喜淫欲的道理？”如此一想，心中疑惧尽释。又略谈了些浮文，起身告别，娘娘道：“少间早些回来，做妻的端整薄肴，在此等候接风。”许仙连声答应，便说：“自己家中，何必送我，况且我晚上就要回来的。”娘娘就叫小青送相公出去关门进来，自己却送到楼梯跟首，看许仙和小青下去了，方始回房，毋须细表。

单说许仙出了这里大门，一径回到南濠街。走入行中，来见叔父。王永昌看他满面春风，含着笑意，先启口问道：“贤侄今天出

外游玩，想必很快活的。城隍庙、玄妙观两处，可热闹么？”许仙道：“我都没有去过。寿元堂的银子，他们说早已送来的了。”永昌道：“果然已经送来，你真是一个老实人。我今日原叫你出去散散心的，你却未去顽耍。且待过几天，我陪你同去如何？此刻你来得正好，有一个姓焦的客人，他从山西原籍来，昔年和你的父亲，很有交情，他十多年不曾来过，现在他到杭州，听得你父亲早经去世，你后来又到了苏州，所以他带货至此，我连忙备酒接风。他却固执得很，定要见过贤侄，方肯入席饮酒。如今你已来了，好极好极！快些同我进去会客罢。”立即起身拉着许仙走入。

不知许仙见了焦客人，有何话说，今晚是否归家，且看下回分解。

第十回　客阻

却说这位山西的焦老客，坐在内厅等候。见王永昌同一少年走入，从中介绍，知是许氏的后人来了，好生欢喜。许仙上前拜见。那焦客操着山西口音，说道："啊吓！乖乖我的儿，想死噜子了！"许仙听了，气得发昏："刚才见面，就讨便宜，叫我儿子，岂有此理！"暂时权且忍耐，深深拜下。焦客道："罢了罢了，只行常礼罢。"许仙道："老伯请坐。"于是三人坐下。喜官再送香茶，焦客道："咱同你老子是老朋友，噜子十多年不到杭州，怎知你老子早经去世，不能见面了！幸有后代留传，稍宽我心。咱为今带来药材，杭州不卖，情愿在你行中销了罢。"许仙免不得称谢了一声。焦客又道："你看他好一个标致脸蛋儿，真是许门有幸。"旁侧喜官微微一笑，低低的说道："焦客人看中了许相公了。"弄得许官脸涨通红，羞惭无地，心中已是不悦，也只得忍耐下去。

少顷厨房中菜肴备好，天色已晚，点上灯烛，把酒席摆设在正中八仙桌上，便请入席。自然焦客人坐在中间，员外和许仙东西对坐。连连敬酒，焦客满面堆着笑容，酒到杯干，一连吃了十几杯。喜官端菜忙碌，看见许仙一只手，被焦客捏住，口中不住的赞好。仙官此时脱身不得，又羞又恨。并听那更楼上已经起鼓，一心记着妻房嘱咐，好生难过。那知焦客存着一番美意，酒至半酣，很亲热的说道："小许我的儿，你老子和咱是知己好友，只要你有志气，咱当发本

开行，继承父业，管教你耀祖荣宗了。”这几句话原不打紧，忽又问道：“你的卧房在那里啊？”许仙道：“就住在店楼上面。”焦客道：“这样很好。咱的铺盖也发在店楼上，你和咱可以早晚盘桓了。”他的用意，要想试试小许的才学。谁知许仙一听，误会他别有邪心，竟气得目瞪口呆，站起身来，叫声：“老伯，晚生酒已过量，要告退了。”焦客还想拉住他饮酒，许仙却忍耐不住，脱身向外而走。

来到账房，一声长叹，流下两行泪来。想起焦客这种说话，又呼我为儿子，如此戏弄欺侮，叫我还好做人么！越想越气。其实山西的焦老客，性情直爽，说的都是亲热的好话，不过他操着乡音，反弄得两下误会，为好成歹了。这一来，可见得我们中国人，言语不通的弊病。莫说许仙不曾交接过远方人，就是王永昌也难免听错，觉得焦客似太无礼，我须去安慰他几句。所以站起身子，说道：“老客请坐，待我去唤他来。”说罢，立即赶到账房中，看见许仙气恼，连忙安慰道：“老贤侄不必动气，明天打发他起身，不替他销货就是了。”许仙道：“这还不妨，但小侄禀明叔父，今夜要回去了。”永昌听说回去，还道是气话，便道：“你要想回到那里去啊？就算你好回去，夜已深了，你要到什么地方去呢？”许仙道：“不是的，就在苏州。我家娘子已从杭州来了。”永昌道：“据大员外信上说，他是一个妖怪啊。”许仙道：“并不是妖怪。现在专诸巷内，大房子住着。王锡章就是娘子的母舅，命人接他来住，岂是妖怪么？请叔叔放心，容我回去，明天一早到店便了。”永昌道：“王锡章我也认识，早年和他通过谱的。既是这样，你回去也不妨，但是要留心一点。倘然再入网罗，我做叔父的也难救护你呢。”又吩咐喜官：“点灯送许相公回府。如果城门关了，你叫一声就来开的。”喜官答应，便张灯送去，一路回家。这里王永昌仍去招待焦客人，毋须细表。

再说娘娘和小青在房中闲谈，觉得时候已经不早，怎么相公还不回来？娘娘抡指一算，知道被远客所阻，饮酒陪待，难以脱身。“少停归家，只怕城门要关闭了。你可替我走一遭，等你主人进了城，便在墙门首等候便了。”小青奉命，飞身来到城门边。那管城门的兵目共有五个，听得天交二鼓，两个兵起来关城门，一人推一扇，素来是这样的。那知今夜作怪，再也关不上，凭你费尽气力，仍旧不动分毫。忙去唤齐了五个人，一同用力来推。个个弄得浑身大汗，也不济事，嘴里都说今夜关上这扇门，除非要请李存孝［唐末代州飞狐（今河北涞源）人，本名安敬思，李克用收他为义子，赐名李存孝。相传他勇猛善射，孔武有力，为一时猛将］，再请那二十八罗汉……仙人。他们刚刚说出“汉”字，却巧许仙已经赶到，便对喜官道：“幸喜城门未闭，你把

这灯交与我，我进城了，你回行中去罢。”喜官道：“那么我去了。相公明朝早些回店啊！”许仙也不回答，一径进了城门。这五个门兵正当齐心用力，不妨一声响亮，两扇门突然转动，一齐跌倒在地，连称奇怪：“怎么这个人进了城，城门就活动了呢，难道进来的是汉代仙人吗？”许仙也听错了，认做叫自己的名字，顺口应道：“岂敢！小可正是。得罪了，少陪各位。”那些兵缺乏智识的，只道他真个是仙人了，把门关上，自去睡觉不题。

只说许仙转湾进了专诸巷，到门前轻轻一叩，小青正在门边等候，将门开放，故意问道：“相公怎么此刻才回？娘娘等候得心焦了，在那里怨恨着你，说你是个负心汉呀！”许仙心中着急，忙将灯笼递给小青，三脚两步，先自进去。到堂楼下站定身子，听得楼上隐隐的哭声，他便放轻脚步，上得楼梯，再侧着耳朵一听，果然怨恨着他。说他心肠太狠，“把奴当作妖怪，倘然今夜不回，明天待我到南濠去，把这条命和他拼了罢！”许仙听到这里，暗叫一声“险呀”！急即推进房门，装着笑容，上前说道：“娘子休要气坏了身子。我已来了半晌，因恐娘子在盛怒之下，所以未敢惊动呢！”

此时娘娘早将身子站起，把眼泪揩干，方开言道：“做妻背后之言，官人休要见怪。女人家惯好啼哭，还望官人宽恕这第一遭。”许仙道：“娘子言重了。实是我来迟的不好，怪不得娘子生气。我也本想早回，因被客人缠绕，不能脱身，也叫出于无奈呢。”娘娘便说：“官人请坐，这话不必提了。”许仙正要问娘子可曾用过夜膳，见那小青送茶进房，方开口问道：“你们吃过饭没有？”娘娘道：

"整备酒肴，要候官人回来同吃。"许仙忙道："岂不要饿坏了身子！小青快去端上来罢。"一言吩咐，那消片刻，酒菜并至，摆满了一桌子，和那前番成亲时吃的菜肴，大有天渊之别，色色精工，样样都好。夫妻入席，对面坐下，娘娘执壶斟酒，许仙连吃两杯，方说道："我和娘子自己夫妻，只须家常便饭，何须如此盛席，未免太费了。"娘娘道："并不是做妻的糜费，只因当日成亲一夜，便告分离，所以今天晚上，当做二次小登科。你看妆台上面，不是一般的点着花烛么？"

许仙方知娘子的用意，点头称是。正所谓酒落欢肠，又觉得下酒的菜蔬，十分可口，一连吃了几杯。小青端菜添酒，实在忙得很。直吃到二更过后，方命小青收过残肴，又送进脸水香茗。事毕，小青出房去了，顺手将房门带上。夫妻对坐谈了一回心，方始上床安睡，不必细叙。若是在弹词中唱起来，定要描摹得淋漓尽致了。其实夫妻同床，本是常事，那一个不知道呢！闲话少讲。

只说这一回是专诸巷二次重逢，一宵已过，又到来朝，许仙仍回店中办事去了。自此以后，朝出暮归，照旧很巴结的做着生意，王永昌也没有什么话说。但是娘娘心里一想："我为着报恩来的，他替人家做一个伙计，终非了局。我须要叫他大显门风，做一番荣耀的事业，方称我心。不过王永昌如此恩待，情谊难却，一时怎能分手？总要用一条妙计，使他们疏远才是。"想了好一回工夫，暗说："有了有了，只消使一离间之计，管教他宾主分开。"娘娘主意想定，便渐渐的试演起来。要晓得这个法子，待我书中略表几句，自然明白了：本来许仙早出晚归，如今要他迟出早回。倘使他这天起身得早，说要到店，娘娘却有意款留，说做妻的有些小事奉托，即写一篇细账，无非鱼肉柴米油盐茶炭等项，交与许仙。又说："本不敢有烦夫主，只因家下乏人，小青丫头年纪已大，差他出去，未免旁观不雅，故烦官人一办。带些零碎银钱去，如果价值大的，只叫他送货还钱便了。”

许仙一听，明知这一番兜搭，到店就要迟了；欲待不去，又是不好。仔细想来：“现在我不费半个钱，做了当家人，只怕天下没有这种好处。一切开门七件事，都是妻子的钱，丝毫不要我用，只要替他代办代办。若再推托，良心何在！”因此一想，只得依允，拿了银子，照账而办。办毕到店，已将近午餐时候了。店里这班伙计，自然在员外面前言三语四。永昌却不以为意，原谅他新婚燕尔，未免要办些什物，暂时来得迟些，也属平常，并没有一句话埋怨他。那知娘娘有心用那调虎离山之计，朝朝有事牵缠。或是叫他去剪取绸缎，或是差他去看裁衣裳，有时要他坐着看梳头，有时还要请他吃点心，亲自去烧起来，并且备了几样好菜蔬，叫他吃了饭去。

照这个样子，不过半月光景，起初员外还不在心上，后来渐渐有些留意；再加上邱、周二伙在旁冷言冷语，说：“员外既然爱他，尽可以不必到店，在家食俸就是了。”这几句话，说得员外气恼起来。邱、周又说许仙已另寻生意，就在巷口拥珠堂参行，每年脩金有二百四十两呢！所以他故意迟来早回，只要你员外一声回绝，他便趁势进新店了。二伙把这小扇子连连几扇，登时炉内生烟，怒气勃勃，骂一声：“弃恩负义的小畜生！”便吩咐喜官道：“明天如果仙官来迟，你就叫他进来，我有话要问他一问，究竟他的心肠，是怎样生的，真叫我气死了！”

这里王永昌被二伙激怒，不知到了明朝，许仙是否清早到店，且看下回分解。

第十一回　辞伙

却说许仙自知连日到店太迟，也觉得不好意思。所以一早便要起身，却被娘娘兜搭了一回，方得穿衣下床，红日已经照上纱窗。小青端进脸水香茗，娘娘替他梳洗毕，又见小青送上点心。许仙欲待不吃便走，娘娘说："时光尚早，我今日想要绣一条五彩湘裙，托你去买些花线。"说时，便将一张线账、二两银子，交在他手了。许仙没法推却，料想买线还容易，去去就可回来，只得胡乱吃了一些点心，拿了线账、银子便行。谁知花线照账配选颜色，最为麻烦：或深或浅，或退或换，往返了几次，直弄到吃饭过后，方才停当。娘娘还要叫他吃了饭去，许仙摇摇头，急忙忙出城到店，忍着腹中饥饿，脸带羞惭。又被邱、周二伙嘲笑了几句，心里暗怨着妻房作难，这也是无可奈何。

只见喜官出来唤道："许相公，员外叫你进去呢！"许仙嘴里答应，明知要被叔父埋怨，懒洋洋的走入。喜官高叫："许相公来了！"永昌便借题发挥的骂道："好一个混账的东西！既然许相公来了，为什么不去早些端整夜饭出来呢？老贤侄请坐。"许仙忙问："呼唤小侄，有何见谕？"永昌冷笑道："呼唤两字，是不敢当的。只怕将来请你也请不到了！"许仙道："不知叔父此言何来？"永昌道："做了伙计，自有伙计的样子。你怎么好一厢情愿呢？"许仙道："原是小侄来迟的不好。只因家事纠缠，出于无奈，还望叔父原谅。"

永昌道："我何尝不原谅你，但是家务事体，那一个没有？无非开门七件，或是添补衣服、置备器具等项。办好后，也要隔几天再办，断没有天天要办的。就算天天买些新鲜蔬菜，也只消清晨一办，就可到店。你看此刻日已斜西，有这个道理么？"

许仙连连自认不是。永昌却一时气愤，又道："哼哼！你还当着我不知道么？你的来迟，分明是有意的。只要我动了气恼，把你职歇，你就可以进新店了！"许仙道："断无此事！小侄怎敢？叔父休得听信人言。"永昌道："若要人不知，除非己莫为。你还要瞒我则甚？但我在此想，用不着这种办法，只要你老实对我说，别人家肯出多少脩金，我也可以照样。如果你另换新店，有人敢用你，那怕他铁包头、铜包脚，可要试试我做叔父的手段！饶他也没有这个胆量。我虽然这样说，并不是要你一世做我的伙计。你若能够自己开店，我决无一句说话，这叫做人望高走，鸟望高飞。倘然到别家仍做伙计，我的面皮，被你削尽了。唉！我叫你一声老贤侄，你

也要想想前后，怎样来，怎样去，不要去了青竹竿，忘了讨饭时啊！”许仙听到了这两句触心话儿，又羞又恨，不觉面涨通红，眼中流泪，暗暗的叫苦。永昌也自知失言，连忙住口。

却巧喜官送进饭来，笑嘻嘻的说道：“许相公，吃夜饭了。”永昌就趁势脱卸到喜官身上去，骂道：“混蛋！一些规矩都不懂。我同许相公祖父相交，况且是大员外的徒弟，只有我可以埋怨两声。你是什么样人！也敢胡言乱语。我这里用不着，快与我滚出去！”喜官道：“我只说得一声吃夜饭呢。”永昌道：“你不用强辨了。停一回儿，你去买两尾鲫鱼、一斤肉，把肉切成圆子，塞在鱼腹中，请许相公吃夜饭。此刻老贤侄将就先吃一些罢。”许仙对小菜一看，无非三四碗百汁汤。暗想喜官狗眼看人低，有意端出来的。便答道：“小侄已经吃过，吃不下了。”永昌道：“既然如此，少停再吃罢。方才为叔的也是一时气话，你不要放在心上，店里去罢。”

许仙告退而出。走入店堂，邱、周二伙见他满面愁容，眼眶含泪，晓得他受过员外埋怨，自以为得计，还在旁边说几句风凉话。许仙更觉得坐立不安，店里的生意都不顾。只看那太阳西下，好容易巴到黄昏时候，便唤喜官过来，托言身子不快，要想回家早些安睡，员外跟前代禀一声，说我明天到店，决不迟延。喜官道：“今夜员外叫我端整的鲫鱼塞肉，请许相公吃了回府。”许仙道：“多谢你家员外，实是吃不下了。你拿了灯来，我就要回去了。”喜官将灯取出，叮嘱他明朝早些到店，许仙点点头，接灯在手，急急忙忙出了店门。

一径进城回家，把门乱叩。小青把门一开，便问：“相公今日为何能早？”许仙满腔怨恨，无可发泄，便道：“哎，早又不好，迟又不好，你要派定我几时回来才好？”小青听得惹气，暗想：“我若不看娘娘的面，触恼了我的性子，我就一口把你吞下肚去！”现在只好忍气吞声，关上了门，跟随入内。见许仙撩衣直上扶梯，一脚尖踢进房门，把灯笼丢过一旁；娘娘连忙过来吹熄。看他将衣巾一齐卸下，坐上床沿，抛去脚上两只鞋子，身体横下去一滚，早钻入被内去了。娘娘目睹这般光景，心里也有些慌乱，忙过来问道：“此刻黄昏才过，谅必未曾夜膳。可要吃些么？”许仙道：“那个要吃这硬饭！我如今要死的了，活在世上，还有甚面目见人呢？”说罢，翻身向里而睡。娘娘知道他动了真气，气坏了不是耍的，我们要安慰他才好。便说：“官人不可如此。”嘴里说着，忙宽下了衣裙绣鞋，挨身入被去偎他，用手按摩他的胸前。又道：“你不要气坏了身子，今日好好的到店，为什么回家这般样儿？可能够说与妻房的知道？”

许仙叹了一口气，答道：“我只恨自己八字生得不好，不幸幼年父母双亡。若得至今还在，我岂不是摇摇摆摆一个小店官么！可怜现在家贫为伙，只向他人手内讨针线呢。”娘娘道：“莫非二叔埋怨了你么？”许仙道：“是的。二叔埋怨我恋家不顾店务，每天到店太迟，这倒也罢了；又说我有意迟到，欲换新店，那是万万不能。”娘娘道：“这般说来，难道终身替他做伙计不成？”许仙道：“只可自己开店，他却并无一言。这句话，他明明笑我无力开张。初时是求乞上门的，所以他又说做人总要来去明白，不要抛了青竹竿，忘了讨饭时。这样的讥笑我，叫我还好做人么？”娘娘安慰道：“官人切莫伤心。可知道古时的伍子胥，尚且在市上吹箫乞食，有甚可耻？如今王公已许你自己开店，决无他言，你正可以趁此机会，明早到店辞职，回来准备开店便了。”许仙道：“娘子又说笑话了。可叹我囊空如洗，怎能开店？今生不敢妄想的了。”娘娘道：“这是正事，何敢取笑。若说开店，只要你二叔跟前，准你辞职，那开张的资本，自有做妻的独力担当。我家门前，现空着三间屋子，正不必另觅店基，你道好么？”许仙听了，哈哈大笑道：“不料娘子果有厚奁，能替我争这一口气，你真是我的恩人了。我明日一准到店辞伙，决不延迟。只是腹中饥饿了，快取夜饭来吃罢！”

原来许仙这一天粒米未进，直到此时才觉饥饿，身子早已坐了起来。娘娘见他有些孩子气，也不去笑他。二人重又起身穿好衣服，同下床来。可巧小青送茶走入，便叫他快端夜膳上楼。少顷夫妻对坐而食，先吃了些酒菜。娘娘忽问道：“你今番开店，不知要多少资本才够？”许仙道：“白银千两，便可开张；若要兼兑人参，还须另添资本。”娘娘点头道：“这也容易。你不妨兼兑人参，更觉得场面大些。”许仙连声称谢。吃过了饭，又呷了一杯茶，天已二鼓，两人上床安睡。

只有许仙心事未了，清早起身梳洗毕，辞了妻房，匆匆离家，出了闾门，直到大生堂本店中，将身走入；邱、周二伙起立问笑道：“汉文兄怎么这样的早啊？”许仙道：“早又差了，到底什么时候到店，方称你们的意呢？”气烘烘的竟向里边去了。二伙被他蹧蹋了几句，互相埋怨起来。不必说他。

只说王永昌见许仙走进，先说道：“老贤侄来了，请坐请坐。照这样子，我还有什么话说呢！可知道我昨天的埋怨着你，因怕行中各伙看样，说了几句，原不过遮人耳目，贤侄休要见气。”许仙道：“叔父金玉良言，教训得极是，怎敢见气。小侄今有一事，要与叔父商量。”永昌不等他说完，便道：“我明白了，现在贤侄成了家，家用一定很多，不知十两银子可够？就是二十两也不妨。”许仙道：“小侄非为脩金而来，特地到此辞伙的。”永昌惊讶道：“你要辞伙，可是昨天埋怨了你，定要进新店了么？”许仙道：“小侄若到别家帮伙，听凭叔父处置便了。”永昌道：“你既不来帮我，难道回家坐吃不成？”许仙道：“小侄自从配到苏州，事事多蒙恩待，理当效犬马之劳。怎奈家务纷繁，不能遵守规则。昨日回家与妻子商量，他却略有私蓄，愿与我充作资本。只要叔父允许，便可准备开张了。”永昌道：“原来如此！实是可喜，老贤侄但请放心，自己开店，再无异言。不过开店二字，颇非容易。先要聘请伙计，置办器具家伙物件，然后进货。你只得一个人，怎生料理得开呢？”许仙道：“一切还望叔父指教。若得生涯发达，自当连前补报厚恩。”永昌道：“我和你先翁交情很厚，理宜效劳。只可惜你开了店，我却少了一个帮手了。”

这两句确是本心话，嘴里说着，心中好生难过。暗想他既完全托我，我不妨暂时坏一点良心，略略运用机谋，好教他店业闭歇，仍旧到我店内帮伙，方称我意。又说道：“老贤侄先请伙计，倒有两个凑巧在此。张、李二公，都是年轻有才，生意精明，为人诚实，可以荐与你的；还要用一个出店，就是喜官的兄弟，住在乡间，也可以叫他出来的。更有一桩事太为凑巧，开店应用的柜台家伙，铜锡磁瓶，以及铡刀斫磨筛扁等物，件件备足，却有现成的在那里呢！”许仙忙问：“何处去买来？”永昌装出很诚恳的样子，叠起指头再说。

不知又有何话，且看下回分解。

第十二回　开店

却说许仙问到店内生财（旧时指商店等所用的家具杂物），现在何处，王永昌续说道："老贤侄有所不知，这还是去年冬间，有一药店，欠了我的银子，就把这店底全副生财，抵还欠账。如果贤侄合用，不妨照账取去，岂不是现成的么？"许仙道："如此甚好。不知要多少银子？"永昌却并不多要他，便道："这还不算多，只准得一百二十两银子。不过招牌要改换字号，旧的用不着。不知你改用甚么堂名？"许仙道："据小侄的意见，到是向日的保和堂罢。"永昌点头称好，赞成他重兴旧业。就在账箱里取出原账，交给许仙道："这篇账你先带去，便可照账点收了。讲到药料，就在我行中交易，包你格外道地。我当留心拣定，配好多寡，陆续发来，不用贤侄劳心。"许仙听了，感激万分。就说："明天送上白银五百两，请叔父收在账上，后当总结。"永昌道："银子有甚要紧，慢些也不妨。"许仙见事已停当，就此告辞回去，得意洋洋，很感激叔父恩待：不但许我开张，又且仰仗他的大力，推荐伙计、出店，事事替我劳心。因此心头快活，只当王永昌是个好人。谁知他暗里放刁，把这些霉烂走性药材，发了过来。二伙为何并不说破？因念着推荐的恩情，含糊过去。那个出店吕小二，又有臌胀病的，只能吃饭，不能做事。这是后话，我先略表几句。

许仙此时还在梦中。喜孜孜回到家来，将细情告诉妻房。娘娘也是庆幸，未把阴阳抡算，料不到他暗使机谋，所以晚上取出花银一千两，交付许仙检点毕，上床安睡。

一宵已过，又到来朝。王公那里把家伙一齐发来，照账点毕；还有种种药料，也按着账单收清。许仙先交去五百花银，其余找结再算。此时张、李二伙已至，唤匠人来收拾店面，装好橱柜栏杆，加上油漆，便觉鲜明，和那新的一般。铜锡磁瓶，安置停当，又将药料配搭均匀，短的铡，长的切，或是焙炒，或是研磨，分门别类，也要费几日功夫。正当忙碌之际，出店小二也来了。许仙见了，顿然吃了一惊，因他的脸儿，好似猴子一样，生来手脚很小，只有肚皮像斗一般大，形状变做了一个橄榄，分明成了臌胀病，怎么荐他来做出店呢？幸亏我有一丹方，很为灵验。只要煎汤服下肚去，泻出许多恶水，包管病体除根。当下如法泡制。这也是小二合当有命，不多几日，果然体健身轻，格外感恩效力。

可巧新做的招牌送到，便选定明日黄道大吉，悬牌开张。备好了佛马财神。许仙入内报告，娘娘叫他去办两席酒，差人送到卢家巷，聊表多时同店的情谊；再办四席，备帖邀请邻舍；还有那甲头、坊长，各秤二两银子相送。许仙一一领命照办。店中结彩张灯，忙了一回，诸事都已备妥。又见各邻送来贺礼，一概璧还不受，只请他们来饮酒。

这里仙官开店好生得意，那边王永昌懊悔异常，自知失言，无从反悔。到了许仙开张这一天，早上送来两席酒肴，这也是他的意思，所以永昌虽暗藏奸计，却不好不去贺贺他；再者要去看看这位娘娘，到底是人是怪，谅他逃不出我的眼光。便吩咐阿喜叫账房里秤了一只银锭，封了一个兴隆代仪。不必上账，料想他也不受的。又叫阿喜：“跟我去恭喜，你倒有脚钱到手。快去端整好了！”阿喜去不多时，

寶和堂

寶和堂
五味子

回身见员外换过衣服，他便手捧拜匣，跟随在后，一路进城。到了专诸巷，留心观看，早见保和堂的招牌，果然气概轩昂。双开门朝阳店面，装饰得金碧辉煌。招牌密密层层的挂着，无非是花露丸散、龟鹿仙胶，以及饮片药材等类，分列左右。正中是保和堂，写着杭州分此。

主仆走至近前，又见柜台上铺着蓝布镶滚的细席，后面一排隔幔纱窗，其余一切陈设，样样完备，不觉暗暗赞叹。并且今朝是新开店，挂灯结彩，热闹非常。当即步上阶沿，把手一拱。许仙见了，慌忙出接，叫声“叔父”，迎至中堂。便说：“叔父大人请上，待小侄拜谢厚情。”永昌道：“贤侄说那里话来！今日特来贺喜，反蒙厚赐盛席，太不敢当了。”许仙道：“粗肴便饭，不足以报大德。请叔父上首坐。”永昌坐下，许仙侧首相陪。小二送过香茗，员外见他精神有力，想必病已全愈，问了几句，小二道：“我是亏得许相公医好的。”永昌道：“这也是你的福气。一到福地，病就好了。”小二收杯退下。

永昌方又说道：“今日一来拜贺贤侄，二来要见见令正娘娘。你进去请他出来。”许仙道：“这是理当如此，待小侄唤他出来拜见。”立即起身入内，说：“外面来了王永昌。他来送礼贺喜，定要面见娘娘。不知你肯见他么？”娘娘听了，就在袖中巧算阴阳，知他暗存妒念，又想窥我行藏。但你是个凡夫肉眼，只怕转世投胎也看不出的。我若避不见面，反被他背后谈论嘲笑了。主见打定，就说：“你先出去陪待，待我整理衣裙，然后出来拜见。你可命人到菜馆中，再添一席，留他多饮几杯。”许仙应“是”而出。娘娘换过一身衣服，叫小青拿了大红毡单，走到屏门跟首，说一声：“娘娘出来。”

这时许仙已命小二去添一席酒，摆在书房，返身到厅上陪待。听得娘子出堂，便起立道："侄媳出来拜见了。"永昌鼻边香风阵阵，留神一看，见这位娘娘珠围翠绕，耀目争光，金莲窄窄，跨出屏门。小青在前，便把毡单铺地，娘娘向上而立，便说："叔父大人在上，容侄媳拜见。"永昌连忙推让，却被许仙扯到正中坐定。娘娘就端然拜下，弄得永昌心里着急，连说"请起请起"。见礼已毕，大家就坐，小二又送过一道香茗。只有永昌十分难过，又不好不出见面钱，白受人家的头，暗想："我招文袋里，有两锭压袋的小元宝。计重不过十两，把红绿线穿好，自己也舍不得用，此刻只好割爱。"伸手摸将出来，递给许仙道："这两只小锭，不算什么，送与娘娘买些花粉，作为见礼之资。"

许仙欲待不受，想不到娘娘接嘴道："长者赐，不敢辞。辞之不恭，受之有愧。既是大人抬举，拜领了罢。"许仙就此领谢。旁侧小青也过来磕头。永昌自知无钱开发，只得叫许仙代出，后来在账上划算。这一节，分明表出王永昌的性情吝啬，脱不掉市侩气，却也算不得他不是好人。因此娘娘对他伸说了几句，无非感激恩情，述明开店缘由，又托他从中照拂，永昌明明谦逊。娘娘就说："请叔父便饭，酒席摆在书房中，官人必须多敬几杯，缓日还要请叔母大人到舍盘桓。"永昌道："本当要早来的，只因家务烦多，抽身不出，且待秋凉，前来拜望罢。"娘娘不再多言，就此告退进去。永昌暗想："这位娘娘出言文雅，体格温柔，一点妖气全无。照我的眼光看去，只怕杭州大员外信上，简直弄错了！"

心里这般想，许仙便请叔父到了书房里面，酒席已经摆好，推他正中坐定，自己侧首相陪，连连执壶敬酒。小二端菜忙碌，就在旁边值席。员外开怀畅饮，酒到杯干，口中不住称赞娘娘贤德。外面喜官，另有小二，在厢房中吃酒，一连吃了二十多杯，已是酩酊大醉。小二还要去照料他，忙乱异常，比别人加倍辛苦。少时内外酒阑席散。小二从账房中拿了拜匣，来看他的哥哥，说："员外要起身了，快些吃饭罢。"喜官道："肚皮里已经塞满，再也吃不下了。"小二便把拜匣交给了他，说："银子璧还，在外脚钱二百四十文，你拿好了，快进去伺候罢。"其时许仙和永昌也吃得都有醉意。永昌道："据杭州大员外信上说，他是个妖魅，岂知一派虚言。今日我亲自见面，实情是一位贤德的娘子。可喜你有此妻房，何愁家业不兴！"说罢起身告退。

许仙挽留不住，从书房里相送到厅堂上。喜官正要进来伺候，永昌便叫他跟了回去，就此走到外边。店堂里张、李二公都叫应员外，说："我等因店务在身，未曾进来陪待，得罪之至。"永昌道："不必客气，改日再会罢。"便带着喜官跨出店门。许仙在后送到门外，一拱而别。眼看那一主一仆，都已吃醉，脚步歪斜，向着那边去了。一路上酒鬼打浑，主仆忘形，回到行内，不须细表。

再说许仙缩身进内，料理一切。送过佛马财神，在门前放了百子高升，天已晚了。又请邻舍都来吃酒，欢呼畅饮，直等到酒完人散，已是二更时分。端正闭门结账，盘算银钱，今朝第一日生意，计有银子十二三两，铜钱七千几百文，收藏在柜内。诸事停当，来到房中交账，娘娘见了欢喜，料想以后生意，定然兴发。夫妇谈了一回心，上床安睡。

到了第二天，许仙一早起身到店，生意更忙。上半日已卖了二三十千文，谁知到了下半日，却是不好了：主顾多来退换。问他们什么缘故，他们就打开药包，尽是霉烂不堪，蛀虫咬坏；并说吃下非但不效，反添重病，所以要来退还，到别家去买了。许仙把药细看，果然霉烂虫蛀，只好退还钱文，十有八九，心中暗暗叫苦，明知是永昌奸计，二伙容情瞒蔽，要我闭歇生涯。不觉恼恨起来，便向张、李二伙道："二公果然大才，名不虚传。小二你把店门关了罢，还要做什么生意！二公承情少陪了。"说完，起身进入里边。二人听得店东发话，走了进去，料想自己生意不保。张伙道："他说少陪，是再会的意思，歇生意的别名。你想是不是？"李伙道："本来我也说过，员外发来的走性药材，理当对汉兄说一声。都是你不好，要替员外隐瞒，如今弄得这样，连累我一同滚蛋。倒不如把店关闭，上楼去打铺盖罢！"张伙道："就算今夜辞歇我们，夜饭总要吃的。况且不是真的歇生意，停一回等他再出来，方好定夺。此刻急些什么呢？"当下二伙惶惑不定。

要知许仙入内去见妻房，娘娘是否有振兴店业的法子，且看下回分解。

第十三回　散瘟

且说许仙进内见了娘娘，愁容满面，口中只说：“此店开不成了。”娘娘问：“是何故，出此不利之言？”许仙道：“多蒙娘子一片美情，发本开张，指望我争一口气。谁知王永昌暗使机谋，把这走性的药材发来，害得娘子亏本。唉！也是我生成的苦命啊！”说到这里，止不住腮边落泪。娘娘却并不着急，反加劝慰道：“不妨事的。虽是王公心存不良，你总要厚道待人，不必对他伤了和气。常言道：除了灵山，别有庙宇。将来药料，可向别行去贩买的。”许仙发恨道：“难道把这二三百斤的走性药料，一丢抛弃不成！”娘娘道：“做妻的自有道理。我想起自幼在梨山学法，到现在还记在心上。老母曾经说过，说那走性药材，偏是无价的珍品，能医腹痛的最好良方呢！”许仙听了，将信将疑，沉吟不语。娘娘又道：“做妻的平日抡算阴阳，须知上天震怒苏邦，只因这里民间造孽，多杀生灵，轻贱五谷，不日便要降下瘟疫来了。你今快去将此药多多准备，煎汤服下，病即消除。管教你坏药销完，财源茂盛，并且仙名可以传遍四方，岂不是名利双收么！”

许仙不觉笑道：“依着你这般说来，倒是因祸而得福了。但不知怎样的办法呢？”娘娘便吩咐他：“快到外边，请二伙努力办事，速将走性药材，一齐翻了出来。长的切成短的，杂在一处和匀，不必开方配搭，只要秤准三钱，用纸包好，包面上写明：天泉水一盏、老姜两片。包得越多越好，明天生意加倍忙碌，只恨店中人手尚少，再叫小二也在旁相帮。你可把招子写好，命人在桥头巷口贴上几张，好叫人家知道。”许仙问：“招子上怎样写法？”娘娘回说：“这张招子，字还不多。上写‘专诸巷内保和堂，发兑肚腹痛药。每服三分，不折不扣，煎汤服下，立刻见效如神。’还有一说，我预算后天生意更忙，就是我和小青也要来相帮的。但是今夜二伙做到更深时候，精力疲乏，理当备一餐稀饭才是。到了天明，早饭要轮流替换。另外不妨备些糕饼，免得饥饿。”

许仙一一领命。来到外边，心里总有些不信，单怕没得这种好处呢！但是我也只算做伙计，不好违背他的命令。所以先叫小二置办各物，然后步入店堂中来。这时二伙正在心焦，指望吃了夜饭，打铺盖回去。忽见许仙走出，叫了一声：“二公，今夜不要睡了。”张伙道：“汉兄，不好叫我们连夜转身的。就算不用，今天夜饭总要叨扰，一夜总要耽搁，到了明朝，听凭你打发便了。”李伙也说：“总要东翁保全我们的脸面。”许仙道：“此话何来？那个停歇你们的生意？”李伙道：“因为汉兄说今夜不要睡了，分明要我们连夜回去的意思，所以这样说的。”许仙道：“二公弄错了。我叫你们不睡，是要费神办事，并无别意。”张伙道：“嗄（惊讶声。嗄，á），要我们办事，理应效劳，无不从命。”许仙就照着娘子吩咐的话，叫他们把霉烂走性的药，尽行搬出，切短配匀，每包三钱，包上写字，越多越好，包到天明，自有用处。因此说不要睡了。二伙一齐答应，却不知他的意思。只有叫小二翻出坏药，等到吃过夜饭后，紧紧赶办，不消细说。

单说许仙写好了几十张招子，命小二在城内城外，桥头巷口，四处分贴。然后回到房中，娘娘叫他今晚早睡，明日好做生意。所以用过夜膳，听得更鼓已起，娘娘替他宽衣解带，安顿丈夫先睡，自己在灯下做些针线，候他睡熟。那知许仙睡不安稳，从帐中探出头来，定要娘子陪他同眠。却被娘娘正言厉色的说了几句，只得翻身向里而睡。少顷鼻息呼呼，已入梦乡。娘娘方站起身子，轻轻拿了锁匙开了箱子，取出四寸长的葫芦来。一手执着灯照，悄悄地走出卧房，低声唤小青起来。小青问有何事，娘娘道："今晚要托你帮我去办一桩事。因为日间东人进房，愁恨异常，他说南濠王永昌，坏了良心，把那走性药材发来，买去都来退换。弄得我无计可施，只好假造虚言，说天上要降灾殃，那些走性药料，能治瘟疫。所以叫你驾云前去，带这葫芦里的东西，散布四方。见有瓜果菜园，以及井泉水缸，都可分散。但远处官塘大河，切勿洒下。恐有过路商人，沾染疾病，虽然吃了也不损命，却难免几日痛苦呢。"小青问道："自己井缸可不妨事么？"娘娘道："就算误入井缸，只用贯众、连香、沉香等药可解。因我在金母驾前曾经立誓，不敢损害生灵草木，所以你须小心谨慎，向四处均匀散派，恐防受疫过重，伤人性命。我本该亲自腾空飘洒，又怕你主人醒后唤我，只得今夜重托你了。"小青应命，立即化一阵清风，穿窗而出，驾起云光去了。娘娘见他已去，回房安睡。

只说小青起在空中，先向四处一望，然后把手中的葫芦，拔去盖头，却不知葫芦里卖些什么药。"我且不要管他，遵奉施行便了。"心里这样想，身子宛似莺梭燕翦一般，在那云雾中穿来穿去。只见葫芦内透出一条黑线，随风散开，东西南北，四处皆有。周围十余里，瘟疫普遍郡城，那怕人家门户紧闭，黑气也能飞入。幸得不伤

生命，上天还可以宽恕。照此说来，白氏这番行动，也出于大不得已呢！此时小青把瘟疫散毕，回到房中，交还葫芦，已相近四更时分，又去安排稀饭，毋须细说。

如今要表明葫芦中的药味，究竟是什么东西呢？原来娘娘这个葫芦里，并不是药。因蒙金池圣母赐他一盏琼浆，吃了下去，顿时腹中作痛，伏在山林里，吐出许多黑水，乃是千年积成的毒气。娘娘恐害生灵，故将葫芦盛起，随身带来。现在因为欲解夫忧，没奈何借他一用。好得四处派开，沾染了也不伤命，四五天自能全愈的。

表过后，要说许仙一觉醒来，已是五更天气，急忙起身办事。走出外来，见张、李二伙手忙脚乱，把这走性药材，切的切，秤的秤，包的包，包上还要写字，足足有几万包。凡店中一应柜内抽斗栲栳（用竹篾或柳条编成的盛物器具。栲栳，kǎo lǎo），都已放满。便吩咐小二开店，专候生意大忙。

不一回，天将明亮，赌场已散，走出两个人来，都是唉声叹气，自怨赌运不通，连遭大败，输得床头金尽，回家见不得老婆，如何是好？”伸手摸摸衣袋里，只剩下十几个零钱。二人一路叹苦，觉着腹中饥饿。看见陆三阿爹的汤圆店已经开了，就此走入坐下，各吃了三个汤圆。那知不吃犹可，一吃之后，都捧着肚子呼痛。起初还道夜里受了风寒，后来越痛越利害，觉得不对，说汤圆一定下了毒药。三阿爹当他们是诈人，有意来冤枉我，自己也吃了一小碗汤。正想要骂他们几句，腹中一样的绞痛起来。顷刻间三人痛倒在地，滚来滚去，叫痛连声。哄动了过路的人，多来询问原由，实在希奇得很，料想水中有毒，也未可知。正纷纷议论间，内中有一人说道：“你们可曾见巷口贴的招子么？专诸巷里保和堂，有专治肚腹痛药，每服三分。快去买三服来，吃了就好。”

那开店的三阿爹听了，不管此药灵不灵，忙差阿四买了三服，并在一锅，加六片生姜，天泉水煎好；三人吃下，立刻全愈。众人一见，个个称奇，都说保和堂的药，真是仙丹。逢人传布，到处传扬。那里知道城内城外的肚里痛，多得极了。不论男男女女，老老少少，各处大街小巷，一大半喊着腹中疼痛。忽听得有人传说，要买止痛的仙丹，除非保和堂的灵药，包管一吃就好。照这样的一人传十、十人传百，四散宣扬开去，自然满城都知道了。所以此刻专诸巷里，热闹非常，保和堂门前买药的，堆山塞海，挨挤不开。有买三包五包的，也有买十包数十包的。因此店中东、伙连出店四个人，一时那里分发得开！又恐怕外边的栏杆挤坏，再用挡木拦住，你想买药的人，多也不多？弄得店里粥饭也不好吃了，还亏娘娘料事在先，预备下糕饼充饥。今日这般的盛况，怎能交代得许多！只不过择要说说就算了。

现在却说到南濠的王永昌。他本欲阴谋暗算，反累着自己遭殃。一家老小都患腹痛，叫苦连天。听见街上来往的人，纷纷传说，要买仙丹止痛，快到保和堂去买药。永昌没法可想，立刻差人买了一服回来，拆开来仔细一看，却是不多几样霉药，平常得紧。他便照样搭配，煎汤服下，一些功效全无，仍是疼痛难当。怎奈买了一服，只好一个，不觉暗暗称奇道：“想不到这种走性药，一进许仙店里去，竟然发起财来了。我照样把好药合成煎服，也无应验。唉！实在痛得熬不过，只好再去买了罢。”回头唤喜官过来，吩咐道：“你到账房中取钱一千，到许相公店里买五十服，快去快来！好得行里人多，谅情大家也要痛的。”

喜官奉命，拿了钱进城，走到保和堂门前，那里挨挤得上。半日方能拥入柜边，忙叫许相公道："铜钱一千，买五十服。欠找明日带来。"许仙道："你是喜官，难道员外家也痛么？"喜官道："一齐痛倒了。"许仙道："既然如此，员外那里，分文不要，竟拿五十服去。你替我多多拜上员外，说我缓日要来亲自叩谢，你去罢。"喜官连声称谢。心里暗喜，一径回来，把这一千钱落入腰囊，只拿五十服药送入书房。永昌看了，照旧和前一样，真令人难解难评。但眼前救痛要紧，就命将五服一煎，分送各人吃下，果然应验如神。好生奇怪：究竟是甚么意思呢？猜想了多时，自以为醒悟，道："大约走性的药，可以医治肚子痛的，这个倒容易办到呢。"便叫人搬出两担药来，堆在一间空屋里，浇上两大桶水，等他霉烂起来，合成肚腹痛药。每服也卖三分。那知六七天后，无人腹痛买药，反弄得大亏其本。这是后话休题。

仍说保和堂今日生意，一直忙到三更过后，只得打烊关门。要知道生意一连五日，总共发了多少财，是否有他事发生，且看下回分解。

第十四回　赠符

且说许仙见这些走性药料，得有销路，自然精神抖擞。第一天保和堂门前，直闹到三更后才歇，除将银两收拾包好外，那些散钱无暇计数，尽行装入叉袋，暂放在空栈房中。此时二伙也得饱餐一顿。看看存下的药包，明日不敷应市，再将坏药搬出，小二切，二伙包，仙官写，连娘娘、小青也在里面帮忙。忙到四更敲过，又包了不少。大家略睡片时，等不及天色明亮，外边人声嘈杂，又在那里打门了。二伙起身，唤小二开了店门。许仙也走了出来，吩咐今日长价，每服四分。众人都说只要吃得好，那怕四两也不妨。有的五服十服，有的三十、五十服，生意比昨天加倍。一连五日，价钱从三分长到六分。及至第六日肚痛少了，生意也定了。

原来人的身子有强弱，受毒有浅深，发作有迟早，过了五天，也就不发作了。所以六日之后，稍有空闲的时候，把栈房里堆积的散钱，从许多叉袋中倒出，足足盘了几日。又将银子秤过，一总计算，共卖了六千数百两有零。许仙快活进房，交付娘娘执管。从此，“保和堂”三字，名播姑苏，人称为“许半仙”。而且发了这次财，资本充足，更可以内看人参。店中张、李二伙，连日辛苦，各酬劳白银十两；小二也另赏二千文，以后还要加添薪工。一个个心满意足，内房夫妻和好，只指望兴家立业，育女生男，称了娘娘下山报恩的心愿。

谁知好事偏多磨折，孽障又来牵缠。那一天，许仙坐在店堂中办事，见街上游人络绎如梭，十分热闹，不知为了什么缘故。二伙道：“今日是四月十四，吕祖（即吕洞宾。相传农历四月十四是八仙之一吕洞宾的诞日）诞期。此地苏州风俗，名为挤神仙，亦叫做轧神仙，一应九流三教，和那小本摊场，姑苏要货，多在庙内营生，有好几天热闹哩。”许仙听了，暗想：“吕祖乃是药材的祖师，我且瞒过妻房，备了香烛，一来虔心烧香，二来游玩神仙福地，有何不可！”便叫小二把香烛买来，用一方帕子包好，拿在手中，起身欲去。张伙道：“汉兄，可是真要去烧香么？”许仙点点头。李伙也道：“我们吃了药材饭，吕祖必须敬重。求福得福，求子得子，应当要去烧香的。”

张伙忽想起一事，又道：“汉兄且慢些走。现有二两人参，托你顺便带了去罢。因为汉兄出了门，我们就走不开了。”许仙道：“吴趋坊是顺路，待我带去也不妨。”当即取了人参，出店走上街坊。本欲从吴趋坊兜抄过去，既而一想：“不好，我是虔心特地去烧香的，未便先办他事，倒不如回来送去为是。”故而一直朝前，过了皋桥，绕到下塘，行近神仙庙，只见人山人海，擦背挨肩。好容易挤到山门跟首，上写着“福济观”三字，果然气概轩昂。当下进了山门，两旁边是摊场，九流三教、医卜星相等类，般般都有。那些做小生意的，也都借着神仙名称，譬如卖花的，叫做神仙花；卖要货的，或是神仙皮老虎、神仙扳勿倒；卖动物的，就是乌龟也叫做神仙。诸如此类，色色神仙，样样神仙，连那说书、出戏法、卖画张、看西洋景，无一不是神仙了。

许仙格外诚心，并不东看西看，从人丛里穿过，走上月台。宝鼎中烟云绕缭，香气氤氲。缓步跨进长窗，一半是游人玩耍，一半是虔诚拜祷。抬头见吕纯阳祖师像，高坐中央，旁侧站着柳仙，忙将香烛呈上，一心拜祝。怎奈拜单上面，人已跪满，并无空隙之处。见有一人跪在当中，磕头不止，嘴里“通诚保佑弟子生意兴隆财源茂盛”，颠颠倒倒，总是这几句。旁人催促他起身，说他已经磕了八十六个头，他却总不肯让。许仙也等得不耐烦了，走将过来，叫一声“仁兄，叩光略让些”。那人转头一看，便说：“我道是谁，原来是认得的许仙，奉让请拜。”许仙连称“得罪”，即便跪倒在拜单上，默默祝告道：“弟子许仙，求祖师保佑我店中生涯鼎盛，夫妇齐眉，四季平安，早生贵子。”拜罢抽身站起，退出殿来。见那些青楼妓女结伴同行，惹得一班轻年浪子，随来随去的观看，仙官却见如未见，也不到各处游览。

才从月台上走下，偶一举头回顾，正望见东南角上，搭着一座平台，上面坐一位道士，生得浓眉暴目，阔口大鼻，高颧阔额，两耳招风，金发红须；头上戴一顶如意金冠，身上穿一件天青色嵌金八卦道袍，脚踏棕鞋白袜；面前放着一张桌子，上有纸墨笔砚，七星旗，宝剑令牌，一只拜匣，内藏零星物件；还有盗取师父几张玉印灵符，乃是镇山之宝，所以这般的卖弄神通。口中朗诵，声若巨雷，对着台下围观的许多人说道：“贫道张英，出家茅山，奉师父法令，往天台进香回来。路过贵地，缺少盘费，借此神仙福地，出卖风云雷雨灵符、驱邪镇宅符、逐疫治病符，每道只卖三分银子。要者就买，不可当面错过。”说完几句江湖上的话，自有一班好事的人，拿出银子来，当场试验。有买雷的，有买雨的，也有买风云的。道士命众人伸出手来，在手心里画一道符，喝一声“太上老君急急如令敕”。

一一画过，各把拳头捏紧，到空处去试放。说也奇怪，果然灵验。买雷的放出一声霹雳；买雨的滴下一场大雨；买风的刮起一阵狂风；买云的飞上一朵乌云。因此台前的人越聚越多。

此时许仙正来观看热闹，那个道士举目一望，不觉大呼："奇怪！见那边走来一位居士，顶上透起两道妖光，家中定有妖魔缠绕。"便站在台前指着说道："这位居士请过来叙话。"许仙听得叫唤，便请众人让开一条路，走近台边，问："道长唤我何事？"那道士就请他上台，问明了姓名，方说道："贫道见你头上透起一青一白两道妖光，知道妖怪在你府上作祟，可有么？"许仙回说："那有此事！"道士又道："妖怪迷恋，怎能辨别。但是平日总有可疑之处，你却自己不能省察罢了。"许仙被他点醒，想起盗库搜赃一事，便道："事虽有因，却也无碍。"道士道："可见你迷而不悟，只要孽缘已满，性命就难保了。"

这句话，说得许仙害怕起来。忙问："可有解救的方法？"道士道："我有灵符收镇，管教立刻降妖。但此符非同小可，须化二十两银子，方可请得。"许仙道："银数却也不多，只是今日出门未带。仅有二两人参，我把他权为抵押，明日将银取赎，不知可使得么？"道士应允，请他亲自封入匣中。然后提笔在手，口中念咒，画成三道灵符。嘱咐道："一道贴在妖魔出入之所；又一道是护身符，藏在自己发髻里面；这一道焚化在水内，喷在妖魔身上，好教他立现原形。"许仙忙道："若现原形，必然要来害我，这便怎样？"道士道："不妨。有了护身符，自有神灵保护，还怕甚么！"许仙方告辞下台，藏着三道灵符回去。我且慢表。

先说娘娘偶然问及小青："方才你送茶出外，相公可在店中？"

小青道："听说相公因为今日吕祖诞期，往神仙庙烧香去了。"娘娘心中一动，暗想："烧香也是常事，少停便可回家。且待我算一算阴阳，看内中可有别情。"算他初时却还好，焚香祝告，原存着一点良心；再算到后来，连叫："不好了，我们有大祸临头了！"小青忙问何故，娘娘就说："他回来时候，遇见茅山道士。看他顶上透出妖光，便用言语煽惑我夫，竟将二两人参抵押，请得灵符回来，要把你我降伏。你快快逃避去罢，我是走不掉的，只有听天由命的了。"

小青听了大怒，要到庙中去杀死贼道，却被娘娘阻止道："你若在人烟凑集的地方，杀伤人命，岂不要累及主人么？"小青愤恨道："娘娘这样的待他，他下得那般的毒手，还要顾他则甚！"娘娘道："青儿！你难道尚未知晓么？我此番奉命下山，原为报酬恩德，了却尘缘，并非贪恋色欲。曾经在金母面前，立誓不伤草木生灵。岂可以怨报德，反结冤仇？所以任凭郎君无情无义，我也甘心受死。你却与他风马不相关，应当远遁为是。少顷灵符一到，性命便难逃了。"小青道："娘娘法力高深，怎么反怕这茅山道士来？"娘娘道："我岂怕他！因他带着镇山之宝，玉印灵符，非同儿戏，故而心中害怕，一时恐遭不测呢。"

小青下泪道："一旦与娘娘离别，叫婢子怎生放心得下？"娘娘道："你若舍不得我，不妨离开苏城百里以外，在高山僻静处，远远瞭望。如见天上红光下降，白光上冲，红白二光相合，我已被天神收伏。只要白光一灭，我就死了，你也不必回来。若是红光散去，白光仍在，还可和你相叙。"说到这里，鼻边闻着微微香气，耳旁听得隐隐雷声，知道天神将降，说声："不好了，青儿快走罢！"小青心中痛苦，向娘娘叩头告别，急忙化一道青光，穿窗而走。已见红光满目，不能向前，便从斜刺里奔逃。约离苏城百里以外，在无锡惠泉山落下，等候红消白透，方回家来。我今慢说。

再说娘娘心胆俱寒，见窗外光芒射入，知是天神下降。“我不妨诉此衷情，谅必神明也讲道理的。”想定主意，连忙端一张半桌，摆在窗前；炉内焚香，低头跪下，通诚祝告道：“素贞虽是蛇形所变，恪遵金母慈训，奉命报恩，完此夙愿，实非贪淫好色；又不敢伤害生灵，只待恩怨一清，即便回山。伏望天神垂怜宽恕，鉴我微忱。”祝告时，红光满目，天神已经下降。你道天神是谁？就是黑虎玄坛赵天君。听得娘娘一番诉告，深合情理，何忍伤他性命；况且他另有结局，与我无关。所以赵天君回归天阙，霎时红光渐散，白光上升。娘娘见大难已过，感谢天神，起身把香案搬开。且待他回来试过了法，方能解去他的疑心。故而身倚妆台，假作朦胧睡着的样子，等候他来。这时候，许仙走进店门，心中突突乱跳，也不顾二伙叫唤，一直跑到厨房里。不见小青，他便回身轻轻上楼，步入房中。见娘娘倚靠妆台，托腮而卧，正合己意。

要知许仙如何下手，妖怪是否现形，且看下回分解。

第十五回　斗法

却说娘娘倚靠妆台而卧，正中许仙的机会。连忙又到厨房，取了净水半杯，拿出三道灵符，将一道塞在发髻，一道焚化在净水杯中，再有一道拿上楼去，贴在房门上面。战抖抖托着净水杯，要想下手，却觉得心中不忍；又恐他遗害他人，罪在自己，使我欲罢不能，所以暗说一声："娘子休怪！"便将符水吸入口中，照定娘娘面上一喷。只见娘娘身子略动，把头一摇。许仙只道摇头之下，即现原形，慌忙退出房门。那知娘娘声色不动，仍然熟睡，外貌虽是那样，内里十分难过，好似万箭攒心，急将修炼的元神相迸，咬紧牙关忍耐。许仙又喷一口，喝声："变！"娘娘越发难熬。还亏得道行高深，迸了过去。若换了小青，早已身子跌倒，现出原形了。弄得许仙诧异起来：分明这道人一派虚言，自己上他的当。已把疑心，去了大半。

此时娘娘知道第三口符水还要难降，倒不如早些醒罢。便伸了一个懒腰，睁开两眼，软洋洋的站起身来，对着自己一看，问："那一个把我衣衫淋湿的？"许仙暗说不好了，娘子醒了，只得答应"是我"，反着手退缩就走，要想放下这符水杯。谁知放了一个空，符水和杯子一并打翻在地。娘娘就取出手帕，揩抹衣上的湿水，方说道："原来是官人。为什么这般慌张局促啊！"许仙道："没有什么，我和你取笑罢了。"娘娘道："那有这般取笑之理！内中定有缘故，待我算一算阴阳，看是怎样。"

许仙知要淘气，却又阻止不住，更觉局促不安。那娘娘假意用指头抡算，算到其间，顿时双足乱跳，发怒道：“你今干得好事啊！我一向道你是个多情种子，把一片真心待你，助你成家立业，想不到你今天行此毒手，要害做妻的性命，我好恨啊！”许仙忙摇手道：“没有这件事的，休要多心。”娘娘道：“你还想瞒我么？我平日怎样嘱咐你的？切勿与僧道相商。你却完全不听，瞒着我前去烧香，倒也罢了，不该听信贼道谗言，说你家中有怪物害人，你便把二两人参作押，换得灵符回来，降伏我妻婢二人。好好好，你且过来细认一认，看做妻的到底是什么妖怪啊！”许仙连连赔礼道：“娘子不要气坏了身子。总是我误听谗言的不好，以后再也不敢胡为了。”娘娘道：“你就算我是妖怪精灵，也该念及前情，稍加宽恕。你怎么一些不顾，忍心害死我呢？”说得许仙无地自容，身子跪了下来。娘娘反觉过意不去，连忙用手扶起，说：“今番就算罢了，以后若再如此，我和你决不干休！”此时许仙好比皇恩大赦，胸前搬去了一块大石，连说：“再也不敢了。”

忽见小青送茶进房。原来他在无锡避难，遥望红光已散，白光渐起如前。知道娘娘太平无事，他便驾云回家。听他们说话已完，方始取茶送入。见娘娘衣衫打湿，动问：“为了何事，弄得这般光景？”娘娘就从头至尾告诉了一遍。小青有意做作，走近身来说道：“相公谅情看得准确了，娘娘是怪、婢子是妖，快来收呀！快来降呀！”许仙道：“阿呀，你也来说我了。快去送水上楼，与娘娘揩拭换衣罢。”娘娘道：“此事虽然罢了，但明日一早，命小二备了香烛，唤一乘小轿伺候。”许仙道：“未识要来何用？”娘娘道：“一来做妻的为要烧香，二来要会会这茅山贼道，讨还人参。”许仙连连摇首道：

“这个动也动不得！那里人山人海，挨挤不上，还有一班无赖棍徒，在彼混闹。男子去烧香，尚且费力，何况女流之辈！恐怕要吃亏的，劝你不要去的好。”娘娘暗想：“我若出去，谁敢惹我！”嘴里却说道：“难道这人参不要讨还了么？”许仙道：“人参待我明日自去讨还。这些些小事，娘子若亲身往讨，未免有失雅道。”娘娘忽然冷笑道：“你今看做些些小事么？不是我有意埋怨你、嘲笑你，把这旧事重提。你在王家半徒半伙，一载脩金能有多少？现在自开药店，兼兑人参，何等体面，就将人参二两看得轻微。虽说店中生意甚好，那一件不亏我暗里调排呢？”许仙道：“实是我叨光不尽。一时失言，娘子幸勿着恼。”娘娘道：“我明日定要去讨还人参，问问这茅山贼道，为甚妖言惑众，欺侮着我！”许仙听见娘娘执意要去，只得唯唯退出，吩咐小二安排一切。当日别无话说。

到了来朝，小二香烛办好，小轿已经唤来。娘娘起身梳洗后，小青在旁伏侍，便道：“娘娘，可要小青跟去么？”娘娘道：“你的功行浅薄，更兼性情急暴，恐怕惹出事来，不要同去的为是。”少顷许仙上楼来回话，说：“香烛轿子都已整备，是否叫小青跟去？”娘娘道：“他要在家做事，不必跟随。”许仙道：“如此可叫小二跟去了罢。”娘娘也说：“不用，只命轿夫拿着香烛去就是了。”许仙听了，自去吩咐轿夫在外等候。

不多片刻，娘娘打扮停当，出外上轿。许仙连忙过来搀扶，顺手把毡单放入轿中，又嘱咐轿夫抬稳，回来多给酒钱。轿夫一声答应，抬出店门。才到巷口转湾，就见行人挨挤，轿马纷纷，大半是去烧香的。从大街抄到下塘，过了杨家园子巷，更是热闹非常，轿子已不能上前，有的偏要过去，弄得轿子轧坏，坐客跌了出来。娘娘见此光景，只好作些小法，嘴里叫轿夫小心抬上去，却用一个指头，向前一指，轿前的许多人，顿时大乱起来，你打我，我推你，不由自主，分开一条去路，娘娘坐的轿子正好过去，毫无阻碍。一直抬进山门，在人丛里穿过，引得两旁看的人，个个称赞娘娘美貌，娘娘却无心观看景致。

到得月台下出轿，步上丹墀（古时宫殿前的石阶以红色涂饰，故名。亦指官府或祠庙的台阶。墀，chí，台阶），轿夫拿着香篮毡单，跟随在后。娘娘跑进长窗，抬头一看，果然神像端庄，殿庭气概，真是个神仙福地。那轿夫认得这个老香工，是他的娘舅。就把香烛香金交付与他，并说："今天我抬专诸巷许家娘娘来烧香的。"老香工格外讨好，要请娘娘拜佛，怎奈烧香人众，无从拜跪。立等了多时，亏得轿夫想出一条计策来：拿了毡单，走出长窗外，嘴里高叫"官府来了"，就将毡单一折，套在头上，一路么么喝喝的来。众人只道真的官府来拜，大家连忙立起闪开。轿夫趁势把毡单一铺，说："娘娘快来拜罢！"娘娘方得深深叩拜，默诉衷肠。这许多话，和前回祝告赵天君相似，不过说明要会茅山道士，还望神仙暗中保佑。

拜祷已毕，就命轿夫跟随，要去会会这茅山道士，讨还那二两人参。轿夫道："茅山道士出卖风云雷雨，就在东首角里，那边是很热闹的。"娘娘点点头，步行过来。见那道长身坐高台，下面围着一个人圈子，所以走近台前，便说："诸位请让一让。"众人认道这位美貌娘娘，也来买风云雷雨，让他走入。那道人瞧见白蛇进来，大喝一声："蛇畜！休得近前。"娘娘道："你这贼道，还敢骂人！妖言惑众，拐骗人参。快快还我，万事全休；如若不还，把你这贼道送官究治！"气得道人嘎哗哗的说道："你这孽妖，如此猖狂，还当了得！看我的法宝，定叫你死在眼前。”说完，要想拿宝剑，宝剑不好拿；要想拿令牌，令牌也拿不起；要想化符念咒，又是动不得。

你道究竟什么缘故呢？原来娘娘运用玄功，早差五鬼上台，把道士的两只手捏住。故此虽有法宝，不能施展出来。又怕他说破此事，有关夫妻脸面，又加念了几句禁口咒，好叫他不能言语。弄得这茅山道士，有法难施，有符难画，好比张天师被鬼迷住，有法也无法了，只在台上嘎哗哗的叫着。谁知他内里的缘由，作者却有一句话交代。本回名为“斗法”，其实唱弹词的人，所唱的斗法一事，说什么“道士拿起葫芦，放出许多白鹤，飞舞空中，娘娘便将鞋底棉花扯碎，变做寿星，吹入云中，只见许多老寿星，骑鹤四散而去。又拿起令牌宝剑，架起天空，耀武扬威，都被娘娘破掉。又把茅山道高高吊起，鞭打再三，然后放下，抱恨而去”。这一种说法，虽觉得热闹好听，但是和情理不合。你想神仙庙在城市大街人烟稠密的地方，岂容那妖魅斗法，各显神通么？将今比古，世事原是一样的，郡府那有不来访拿的道理！只怕许仙也不能在苏地存身了。所以把这些荒诞的话，还是删改的为是。

这一节表过明白。仍说台下围观的许多人，有几个开口问道：“请教娘娘，可是这道士赊欠你的人参，要向他取讨么？”娘娘道：“并非赊欠，实是拐骗去的。”众人道：“岂有此理！不知怎生被他拐骗的呢？”娘娘便造出一番言语，说：“我夫在专诸巷开设保和堂药店，昨天来庙烧香，遇见这茅山道，被他用恐吓手段，说有妖怪在我家中。我夫受了他的愚，把二两人参押换灵符，回家吵闹，好似痴颠一般，吓得仆婢人等几乎寻死。所以我特地来讨人参，要问他一个妖言惑众的罪名。”

这些话很合情理，听得众人个个动火。都说这贼道骗了人参，害人的性命，大家去拖他下来，送官究治！内中有一老者调解说道：“与其送官追究，多费衙门使用，还要同他上堂质对，倒不如罚他磕两个头，还了人参，不许他再在这里妖言惑众，放他去罢。”娘娘一听，正合己意。便道：“既承各位讨情，只是造化了他。”众人即对道士说道：“亏得娘娘宽宏大量，快些磕几个头，把人参拿出来，还是你便宜的。”那道士嘴里虽是嘎哗哗，却将桌子拉开，

跪在台上乱磕头，并不是真情赔罪，实是五鬼作耗，不由自主，叩头不止。众人问他人参在那里？却见他叩头不答，料想藏在拜匣里。便上台开匣一看，果然在内，取出送给娘娘收了，请娘娘饶了他罢！娘娘道："如此叫他起来，放他便了。"五鬼奉命放手。道士就站起身说一声："罢了嘎罢了。"拿了令牌宝剑等物，即便下台，在众人中一溜烟走了。到后来要报此仇，今且不表。

此刻娘娘向众人道谢，见轿子已抬了过来，就此上轿回家。不知以后当有何事发生，且看下回分解。

第十六回　端阳

却说娘娘回到家中，许仙迎入，知道人参已经讨还，便重赏轿夫去讫，然后进内闲话。娘娘取出人参，问："可是官人亲笔加封的么？"许仙道："这是我一时糊涂！不知娘子怎生向他讨还的？"娘娘道："非但他自愿奉还，并且叩头不止，再四求饶，我才放他去的。"许仙道："为何道人见了娘子，这般的低头伏小呢？"娘娘道："只因我袖里阴阳有准，知他的本来面目，是三百年修炼的老狐狸。我本待送官究治，又恐累夫上堂，只要人参到手，所以我顺手推舟，放他走的。"许仙道："足见娘子仁慈，令人可敬。我今想起此事，懊悔无及！以后再若如此，便凭娘子处置便了。"夫妻叙谈了一回，和好如初，不须多说。

只说娘娘想到此番一辨，谅必真心贴服，可以安度光阴了。只有一桩心事，天天挂在胸怀，你道为了甚么？日子过得很快，四月一过，已近端阳，若到天中午刻，难免在楼头出丑。"我虽道行尚深，也怕不能避此大难。"因此心中烦恼，泪下双行。却巧小青送茶进房，问："娘娘为甚这般烦恼？"娘娘道："你还不知道么？我和你都是妖变人形，枉作千载修行，一到天中，仍不免现形出丑。反不如人间妇女，可以庆赏端阳佳节。在你功行浅薄，尤宜早避为是。先在家主跟前装病，到期遁往深山，任你原形现出也不妨。"小青道："主母便怎样？"娘娘道："我是随侍夫君，难以脱身。只得随机应变，度此难关。”这一来，也是娘娘自恃修道功深，或可支持恶运，岂知事出意外！丈夫请他吃雄黄酒的后话慢表。

当下主婢在房中闲话，许仙走将进来。娘娘叫小青送茶，小青就此假装病痛，喔唷连声。许仙忙问道：“小青为何这般光景，满面病容？”娘娘道：“今早起来就是这样，想是昨晚受些风寒了。”许仙道：“既然有病，不必送茶。快去睡罢，免得再冒了风。”小青答应退出。娘娘道：“今日是五月初一，店中账目可有么？”许仙道：“本店初开，还没有什么账目。”娘娘便把端节应办各事，一一嘱咐道：“你在明后两天，准备礼物，如金腿、盐蛋、粽子、黄鱼等类，送分各处知交。还有姑苏驿里，却须官人亲自前去。回来再到卢家巷，王永昌虽然身心不好，究竟是他提拔起来的。此外本县地方，也须送二两银子代席。左右邻居分给粽子。伙计脩金、小二工钱，一律算清，另外加给赏封。你是个当家人，件件要自己操心的，你先出去开了一篇账，快去整备罢。”许仙道：“小青赏他五两银子，可够么？”娘娘道：“多谢官人，待他病好再给便了。”许仙道：“自家夫妻，谢些什么！我到外边开账去了。”说罢，来到店中，把账开好，命二伙出去备办停当，明天就叫小二分送各处。

到了初二清早起来，问小青寒热可曾退凉。娘娘道：“仍旧发热未退。”许仙要想到小青房中诊脉，娘娘恐他看出假病，便正色道：“小青年纪大了，你要到他房中去，想些什么念头？”这一句话，说得许仙难以为情，就到外面去了。停了一回，他遵着贤妻嘱咐，自到驿里、南濠两处走了一遭。并不是他惧内，实在心里敬服妻房，所以这般的唯唯顺命呢。

初三一过，便是初四，这两天生意很忙，等到料理清楚，已是黄昏时候。归房用过夜膳，说：“小青生病，乏人帮忙，件件都要娘子辛苦，心实不安。而且明日端阳，备办祭礼，岂不要忙坏了你呢！”娘娘说：“这些小事算甚么！你请宽心。”二人谈笑了多时，天已二鼓，上床安睡。只有娘娘睡不安稳。今夜忽然心血来潮，翻来覆去，觉得胸前梗起一条，难道这恶时辰逃不过么？若现真形，那还了得！只好自己装病，明日在床上睡一天，叫他去看龙船，就算我迸不过，也不被他瞧见了。

打定主意，所以睡到三更后周身发热，好似火烧一般。许仙逼得喉咙干燥，一觉醒来，忙启口问道：“你身上怎么这般的发热？”娘娘连声：“喔唷，好难过啊！”许仙伸手一摸，和火炭差不多。吃惊道：“娘子果然病了，谅必感冒风寒而起，口中一定发燥，待我取茶与你吃。”身子早已坐起，披上汗衫，穿好绸裤，实在自己也热不过，下床觉得凉快些。就在妆台上摸去，幸有一壶冷茶，却未便叫病人吃，自己先吃了两口，又呼一口漱了几漱咽下，然后再呼一口，候得温了，哺到娘娘嘴里。一连四次。娘娘知他这般多情，把这张嘴做了活风炉，但恐冷气结坏了牙齿，所以忙说不要了。若然称他的意，就是两大缸冷水也吃得下呢！

此时许仙身坐床沿，等候天明，娘娘却叫他睡下。他只得勉强熬到窗前发白，就此穿衣起身。摸摸娘娘热势未退，问：“今日可要请医？”娘娘道：“做妻的不过冒受风寒，你不要放在心上。今日端阳佳节，请医觉得不利，料想明天就可全愈的。但是我不能帮你备办菜肴，只好在酒馆中包办一席，祭祀祖先。少刻拿来请二伙饮酒，叫他们早些关了店门，去看龙船。就是小二，吃过了饭，也另外加赏他百文钱，叫他出去游玩便了。做妻的无福陪夫饮酒，你嫌一人寂寞，何不也去看龙船呢？”许仙道：“家内无人，却叫那个来关门？况且娘子有病，我也没有心绪去看龙舟了。”娘娘打发他不开，心里未免担忧。因为自己保不住不现原形，所以要遣开他们，就算实在迸不过，也没有人看见了。只好说：“我今日怕烦，恕我不得奉陪，还是出外去的好。只要将门反锁，也就无妨。”许仙怎知内里机关，便答道："少停停再作道理，我今下楼去端整茶水上来。"说罢下楼，开了库门，叫小二烧好茶汤，亲自拿到楼上。

自己梳洗停当，方才来到店中，与二伙相见后，就说：“今朝我妻有病，不免待慢二公。少时早些关门，二公不妨出外观看龙船，游玩一回。”二伙听得放假半天，自然心里欢喜。又吩咐小二取钱二千，快去备办祭礼，到酒馆中包一席菜肴。小二想着今朝是节日，便说：“各酒馆逢着节上讨账的日子，一家都不开的。”许仙听了一呆，忙问小二：“这便怎么？”小二道：“没有别的法子。相公拿出两吊钱来，让我去包办了罢！勿是我夸口，我从前在酒馆里烧过三年火的，包你烧得好吃。”许仙只好依他，给他两吊钱，另外二百文是买香烛银锭的。小二领钱出外，不多片刻，买了回来，样样完备。用去了一千二百文，余多皆落入他的腰包。急忙到厨房里去，把买来的鸡肉鱼蛋等物，煮的煮，煎的煎。亏他做独脚戏，居然手段名工，不消多时，都已办好，出来报告主人。

许仙问他可是两席，小二答应：“是的，不知摆在何处，要用几付杯箸。”许仙一一指派：“厅上供三代祖宗，要摆杯箸六付；厢房中供岳父岳母，只要两付就是了。”小二奉命入内，拿了长盘端出，两处摆得整整齐齐，请主人过来一看，还算成文：是南腿、红烧黄鱼、拌鸡丝、盐鸭蛋、三丝汤五碗，还有一盆粽子，名叫五簋一点。许仙看过后，小二问："好也不好？"许仙点头道："倒也亏你。"当将香烛点好，叫小二且慢走开，"待我上楼去一趟，就要来的"。急忙忙登楼进房，娘娘就问他上来则甚，许仙道："今日端阳祭祀祖先，都已摆好，一席摆在厅上，一席在厢房中，是祀祭岳父岳母的，只是有屈得罪了。"娘娘道："正该如此，多谢官人。"嘴里虽然称谢，心想："丈夫这样的多情，只是我的爹娘，不知那两条烂死蛇？连我也不晓得呢。"又说道："我本当下楼祭拜，怎奈病体难行，只好你代我之劳，多叩几个头罢。"许仙应"是"，欲走，娘娘又照前嘱咐了几句，叫他"不要上楼陪我，反觉心烦。倘嫌一人寂寞，你不妨反锁后门，去看龙舟为是。我虽有病，家中还可照料，你去罢"。许仙道："如此你请安睡，我要下去祭祀了。"

当即下楼来到厅上，奠酒三次，拜过了祖先，再到厢房里去祭外堂父母，一样筛酒叩头。事毕，烧化纸钱，方叫小二折酒收了杯箸，摆开桌子；又叫他到店中去关上店门，请张、李二公进来用午膳。小二奉命走出，见店门已经关好，就请二人入内饮酒。二伙道："今朝本来没有生意的，只有几个主顾门，讨取苍术、白芷、雄黄、太乙丹罢了，所以我们把店门关上，只留一扇开着。若说吃饭，不必客气了，你进去谢谢相公，说我们家里也要过节，只好明天早上出来到店的了。"说到这里，各人拿出四钱红封包递给小二，说道是："辛苦了你，送与你买点心吃的，我们也不进去告辞了，托你去转说一声罢。"说毕开门自去。

小二称谢后，正要关门，看见街上有人喊卖加料臭蚊烟，一文钱一条。便将他唤住，问他可有还价。他说："你若二十条一齐买去，可以打一个七折。”小二听得便宜，就付与他十四文，拿了蚊烟条，套在臂上，顺手关好了门，进来见主人道：“张、李两位相公不来吃饭了。他们要回家去过节，叫我回禀一声，还给我四钱封包买点心吃的。”许仙道：“这是你的造化。你进去吃了饭，我也赏你百文钱，你可出城去看龙船，闲放一回。早些回来。”小二称谢要走，许仙问他：“臂上套的什么东西？要来何用？”小二笑道：“怎么这个老什子，相公还不识货么！这叫做蚊烟，端阳午时点了，一切蛇虫五毒秽恶的气味，都可以驱逐的。”许仙道：“既然苏州有这风俗，不知要多少钱一条？”小二道：“每条七文，不折不扣。”许仙道：“这倒不贵，我与你一百四十文，都算是我买罢。”小二一听，快活得很：一百六十文趁到手，又得赏钱一百文。连忙到里边吃了饭，径向山塘上游玩去了。只剩许仙一人，无精打采，略略吃了一碗饭，也不去看龙舟，在店中取了送剩的苍术、白芷、雄黄等，走上楼来。

不知房中的娘娘，到了午时可曾现出原形，把这许仙吓死，且看下回分解。

第十七回　　现迹

却说许仙一人在家，倒也很忙：轻轻走上楼来，拿了提炉、手炉、香炉；又下楼到厨房里，在风炉内取些用过的火炭；然后把苍术、白芷加入各炉；回到楼头，一齐拿进房中。床底下、踏板上、妆台前，尽行摆好。又拿了脚炉盖、缸盆盖等，点了二十条蚊烟，内房点到外房，弄得腾腾烟雾，双眼难睁。耳中听得娘子鼻息呼呼，也不去惊动。便下楼去端整雄黄酒，从灶下各处喷了一回，我且慢表。

再说娘娘睡在床上，浑身难过，手足抖战，胸前和火烧一般。拼将千年修炼的元神，迸过这午时三刻。此时恰当正午，忽见满房烟雾齐起，揭开罗帐一看，那些蚊烟条，宛似蛇形，只道丈夫作法，默使神通，要我的性命，所以这般难熬。及至仔细认清，方知是苍柏蚊烟，怪不得气味触鼻，令人舌燥喉干。慌忙起身跨下床来，套了许仙的一双鞋子，先将蚊烟条条踏熄；然后走到妆台边，亏得有一壶冷茶，自己呼了几口，喉间觉得滋润些；又将各处炉内用水洒灭，顷刻房中烟消气淡，两眼能开。对窗一看，午时已过其半，只消再迸一回儿，就可免了。此刻不再上床睡觉，就在春凳上坐，身靠妆台，双眉紧蹙，心里发慌，满身骨节疼痛，手足和散开相似。只得用尽元神，竭力收将拢来。暗恨着夫君不听我言，独自在家厮守，偏不肯去看龙舟。不然，我在房内现形，也就无人看见了。

正怨恨时，那个冤家又来了。许仙手拿着雄黄酒碗，上楼喷酒。

见妻子倚妆台，面赤唇红，便问：“娘子怎么坐在此间？怕不要受了风寒。”娘娘道：“我此时心烦腹痛，你休来胡缠，快快下楼去罢！”许仙一想，雄黄酒可解风寒，便道：“娘子请用一口，病就好了。”娘娘看见酒碗，觉得气味难闻，好比尖刀触脑，忙将鼻子掩住，回说不要吃。不料许仙有些孩子气，一只手勾住娘娘玉颈，一只手拿起酒碗，说：“你不要吃，闻一闻也是好的。”娘娘想：既然这样，假作闻一闻就完了。不防他把酒碗凑到鼻下，趁势向嘴里一灌，娘娘的头往后一仰，连雄黄也灌了下去。顷刻间胸如刀绞，肝肠打结，小足乱顿，脸上露出玻璃纹，白中透亮，全不像一个美貌佳人，吓得许仙和痴呆一般。娘娘明知此番难免出丑，双手在仙官肩上用力一推，叫一声：“快走！”许仙见此光景，变了样子，只道雄黄拿错了砒霜，急急奔出房门，到店中查看去了。

这里娘娘在房，实在耐不得了，腹内似滚油煎熬，遍体如乱枪挑刺，把头摇了几摇，青丝发也散了，身子一交跌倒，霎时房中白光顿起，现出蛇形：眼若铜铃，齿同刀锯，血盆大口，额上矗起一只角，周身雪白，和那蛟龙相仿，足有二丈多长，在房中盘绕。旁边摆着的箱橱，叮咁摇动。这时候心里虽已浑乱，还有三分明白：倘若家主上楼，怎好见他！且到床上去，躲避藏身。怎奈蛇大床小，藏头不藏尾，藏尾不藏头，盘旋数次，房里一应家伙物件，尽皆震动，声若雷鸣，他的脑袋，仍在帐子外面，嘴里丫叉（状如丫形）舌头吐出伸进，犹如大红汗巾一般。

再说许仙下楼直到店中，将用剩的雄黄一看，一些不差，并非砒霜。“为甚吃了下去，变做这般光景，敢是他犯了痧气（病名。中医指霍乱、中暑等急性病。痧，shā）么？待我取些痧药上去，与他吃了，或者就好的。”想定主意，就拿痧药瓶在手，来到里边堂楼底下。听得楼上“呼啰啰啰”，声如雷动，早已惊疑不定。勉强走将上去，到得房门口，把门帘一掀。那知不掀犹可，这一掀，可怜许仙肝胆吓碎，三魂渺渺，七魄茫茫，往后一交跌倒在地，已经死去了。

其时娘娘已成蛇形，非但不能说话，并且吃了雄黄酒，醉得心里模糊，虽过了午刻，一时也难骤醒。还亏得小青回来了。小青假装有病，在深山中避过了午时，仍变人形，一心记挂着娘娘，急急回到家中，看看娘娘可好。一径走上楼头，早听得雷声阵阵，好生奇怪。三脚两步，跑到外房，见相公直挺挺跌倒在地上，忙伸手向嘴里按了一按，气息全无，大吃一惊。不知娘娘现在那里！当即揭开门帘一看，也不觉呆了一呆：但见一条白蛇，周身红筋绊满，笆斗般的头，铜铃般的眼睛，顶上一对黑角，从血盆般大口中，伸出三尺多长的舌头来，还自“呼啰啰啰”的声音，十分可怕。小青想：“我与他是同道中，尚且见了惊骇，怪不得相公要吓死了。”原来娘娘的原形，小青也是第一次看见，若把自己和他比较，正所谓小巫见大巫了。便对着他连叫：“主母，主母！相公被你吓死了，还不快些藏形么？”怎知娘娘药性未消，雄黄酒果然利害，如果功行浅的，仿佛吃了砒霜，连性命也难保呢！所以午时虽过，心尚模糊，凭你连连叫唤，全然不理。只得用手拔他的角，这叫做搭角，苏州人又叫做阿角搭，是问他可有知觉的意思。娘娘有些觉着，小青便抓住了角，他也随手而行，来到床前，将蛇头推入帐中，用力盘旋，和那转磨一般，竟然满满一床。就顺手取一条单被，盖在身上。然后站在床前，低声呼叫：“娘娘醒来！醒来！”

又停了半晌，只见被中渐渐缩小移动；又停了片刻，喉间略有声音。小青将单被揭开一看，仍旧是个绝色美人。方说道："娘娘，相公被你吓死了！还不起来。"娘娘好似梦中惊醒，忙问："相公吓死在那里？"小青道："就在房外。"娘娘一听，吓得魂飞魄散。坐起身来，穿好底衣，随便汗衫换了一件，下床急走向外。怎奈两腿酥麻，身子跌倒。爬起来膝行上前，哭一声："夫呀，做妻的害了你了！"泪如雨下。口对口和他灌气，那知热气换了冷气，声息完全没有一些，真是死了。

娘娘痛断肝肠，诉说道："我原叫你去看龙舟，不要上楼，你偏不听妻言，还把雄黄酒灌我，弄到这般地步。不然，我自料午时可以迸过。如今报恩反为结怨，做妻的罪孽，真是上通于天了。"小青道："哭也无益，不如依我的意见，把相公好好的埋葬后，我与娘娘走遍天下，怕没有多情美貌的郎君么！"娘娘道："你说那里话来！我奉金母之命，特地下山报恩，并非贪图淫欲。如今他已死了，我还活在世间则甚！只是负了你跟我一场。我死后你休牵挂，但愿你另访名师，早成正果。不要来顾我了，你快去罢。"小青道："听娘娘这般说，我倒想起来了。"娘娘问："想起什么来？"小青道："平日我听得娘娘谈话，说及昆仑山有不老丹，还有起死回生草。何不到仙山上采取一根，怕不能救活相公么！但是要娘娘亲自前去才好。"娘娘点头道："仙山原有此草，幸你提及，我倒忘了。"可见娘娘此时心乱如麻，所谓旁观者清，当局者迷。一经提醒，定一定神，便吩咐小青把相公尸首抱上牙床，直僵僵的躺着，两只手捏紧拳头，手里还捏着一瓶痧药，分明他是来救我的，怎不叫娘娘十分悲痛！小青道："娘娘不用伤心。只等仙草拿来，相公便可还阳。

事不宜迟，快些去罢！”

娘娘揩一揩眼泪，嘱咐道：“青儿，我有要言奉托，你须一一依办，切记在心！今将相公交你侍奉，常在房中陪伴，不要走开。日用三餐，可叫小二包办，里面由你主持。二伙倘然问及主人，你只说有病在床，不可泄漏风声，惹人猜疑，至关重要！我此去不知是凶是吉，倘遇不测，我就一去不回来了！”小青道：“娘娘何出此言！我想娘娘有这般神通，还愁些甚么？”娘娘道：“你那知此中的利害。昆仑虽远，我却不怕；只为洞中有人看守，鹿童尚可拒敌，若遇白鹤童儿，我命便难保了！”小青道：“亏你一片诚心，吉人自有天相，包管天明回来。”娘娘道：“话虽如此，时日却难断定。你去取泥土一块，放在主人胸前。”

小青问是何用意，娘娘又道：“古云：万物土中藏。好教他阴魂不散，藏在胸膛。还仗你的精神灵气在旁呵护，可保得尸骸不败。还有一件事，也很紧要：关了南面的窗，免得热气进来；开了北面的窗，好引凉风吹入，别无深意。还要头前点一盏灯，不但他阴灵不昧，并且做得标准：你只看此灯若灭，我已死了，休望我回返苏城。如为师徒一点情分，可将我夫安葬，另访名师修道；若然此灯不灭，我还在世，各事都要你当心料理的。”小青道：“婢子都已明白，请娘娘放心去就是了。”

娘娘更无别嘱，忙去开了箱子，取出一套衣服来，然后把青丝挽就双丫髻，四串红须，拖在鬓旁；身穿白绫盘云衫子，猩红色片锦镶裤子，白袜粽鞋，腰束鹅黄色丝绦；背插一口青锋宝剑，手里拿着拂尘。打扮停当，又叮嘱了小青几句话，对着许仙尸首看了一看，说声：“官人请安睡，做妻的暂别你了！”便转身穿窗而出，驾起云光一道，径向昆仑山方面去了。这里的事，我且慢叙。

单说娘娘救夫心切，在云雾中急急走了两日，越过了多少千山万水。且喜前面已是昆仑，但见山上红光直透，五彩冲天，所以不敢驾云，步行上山。一路看那高山层叠，古树峥嵘，奇花异草，怪兽珍禽，果然风景与尘凡迥别。正观览间，忽有一只白鹤，从半空中飞来，吓得娘娘魂飞魄散，跌倒在山坡上。只道是对头的冤家，要来取我的性命。谁知是寻常的凡鹤，早已飞过去了。惊魂方定，重又起身上前，听得流水潺湲，见有一道清泉下注，那里高筑白玉牌坊一座，滑腻无瑕，上贴蓝字匾额，写着“洞天福地”；石柱上左右对联，上联是“太极原无极”，下联是“先天即后天”。因为仙翁执掌乾坤太极图，故有此道。再向前走，穿过牌坊，又闻波涛汹涌，那条深阔的山涧，并无舟楫，知是弱水，连鹅毛都要沉下去的。上面驾着三条桥，又高又狭，叫我怎生渡得过去！真令人毛骨皆酥。中桥如朱砂造成，红光焰焰；左桥如赤金打就，金光闪闪；右桥如白银铸造，银光灿烂，光华夺目，难以辨别分明。回头看那牌坊背上，也有匾额，是“隔凡桥”三字。娘娘一想：这桥就是仙凡交界的地方了，但红桥、金桥，谅不能走，且从右边银桥过去。怎奈银光万道，照耀得两眼难开，只得闭目进行，缓步上桥。

不知娘娘可能过得桥去，盗得仙草回家，且看下回分解。

第十八回　盗草

却说娘娘一心救夫，拼着自己性命，冒险来到昆仑山。行至隔凡桥畔，从那光芒灿烂的银桥上过去，两眼不能逼视，只得垂头闭目而行，默祝仙翁保佑。不知不觉，已过银桥，自称侥幸。纵目四望：仙境超凡，林峦环绕，花草长春；见那边宫殿巍峨，楼台层叠，似在云雾中间，忽隐忽现，若有若无；又望到平坡上面，有一高大的仙洞，上书“太极宫”三字，洞口清烟缭绕，鼻边闻得阵阵香风，洞里朱门闭着，也刻着一付对联，上联是“道合天心心合道”，下联是“通玄奥妙妙玄通”。

娘娘一路观看，一路向前。打从玛瑙石坡走将上去，两旁苍松翠柏，夹道成行，却不知灵芝仙草，何处才有。记得师父从前谈及，只在丹炉左右，我且到洞门跟首侦察一回。正举步间，忽闻“呀”的一声，洞门开了。急忙向树边一闪，见里面走出一个仙童，正是这个冤家对头，叫做白鹤童儿。生得颈长头高，十分可怕，顶上有一朱砂红点，发挽双丫髻，一张嘴和雷公相似；身披白色羽衣，穿一条猩红叉裤，白袜粽鞋，手执拂尘，撑在腰间。他奉着师父命，在此看守丹炉芝草，恐有野仙异兽到来偷盗，所以天天出外查看，在那里伸长颈子，东张西望，不敢擅离。还亏娘娘躲藏得快，未曾被他瞧见；若是当面遇着，就算盗得仙草，也难逃命。因为鹤是蛇的克星，凭你道行高深，断不能与他抗拒，只有远避为是。

既然这样说法，眼前蛇在鹤旁，相距甚近，那有闻不出的道理？但是娘娘这条蛇，非比等闲，吃过金母赐下的琼浆，呕去毒水，一些蛇的气味全无，故而鹤童闻不出来。若换了小青，早已被他查见了。

此时娘娘虽是躲过，心里却万分着急。这个当儿，又走出一位仙童来，头上挺起双丫角，身穿紫色衣，上有梅花斑点，绿色的裤子，他便是麋鹿仙童，也职掌灵芝仙草，兼管丹炉。今奉师父法旨，更换白鹤童儿入内，叫声："师兄，师父唤你进去。"鹤童说道："师父在内何事，唤我做什么？"鹿童答道："师父在内打坐，不知有什么事情，你进去便知道了。"鹤童说道："师弟在此看守，须要当心。"回身去了。

再说娘娘看见鹤童进内，换了鹿童出来，心中暗喜：不妨上前相见。便从树林中闪出，脸上不露急遽的形色，手挥着拂尘，飘然上前，把手拱一拱道："大仙，稽首了。"鹿童听得有人说话，回转头来，向娘娘上下一看，眼睛虽睁得很大，却看不出他的根本。也回说："请了，请问道长是何方使者？从那里差来的？"娘娘道："我在数百年前会过一次，难道大仙竟忘了么？"鹿童道："怪不得有些面善。到底在那里会过，俺竟忘了，倒要请教。"娘娘就欺他看不出，顿时心中生了一计，说道："我乃洞宾仙师台下黄衣童子便是。数百年前，我在瑶池，与道兄会过的。"鹿童道："敢是有的。不知今天到来何干？"娘娘道："我奉师父之命，欲议蟠桃大会。先要查考群仙，乞示一期，以便邀集圣母诸仙会议。相烦通报仙翁。"鹿童只道真有此事，便说："你请少待，容俺进去通报。但俺奉命看守丹炉，和这些灵芝仙草，分身不得，倘被野仙异兽前来偷盗，那还了得。只好相烦你看守一回，俺进去就要来的。"娘娘道："交与弟处，但请放心。”说着，果见鹿童回身进去。心中大喜，暗说：好了，此时不下手，更待何时！

原来娘娘识得仙草，又经鹿童指点在这一边，定是灵芝仙草无疑，稍一迟缓，便难盗取了。捏定主意，连忙走将过去，跪下身子，见芝草颜色晶莹，十分可爱，伸手轻轻采了一瓣。究竟娘娘是有根本的，不比寻常的妖怪存着多取的贪心，一心专为救夫起见。所以灵芝入手，不敢耽延时刻，起身步行，却未便驾云而走，走得他淋漓香汗，湿透了衣襟。因为仙山上非比他处，懂得规矩的，怎好放肆驾云呢？

此刻再说鹿童进洞通报，见南极仙翁身坐蒲团，和那睡熟一般，鹤童也在旁侧侍立等候。低声问师兄道：“师父唤你进来，有什么话儿吩咐？”鹤童道：“师弟不要说起，师父一直出定去了，禀了几次，未有一言，因此等候。你进来做什么？”鹿童道：“外面来一个洞宾仙徒，他说有事要禀，特来求见。”鹤童道：“师弟，你我都进来了，那丹炉仙草，却叫谁人看守？”鹿童道：“这倒不妨，已托黄衣童子，代管一回。只是师父就要醒来才好。”

二童问答时，见仙翁举起两手，搔搔自己的长寿头。头皮常常痒得很，因为下界凡人，牵他的头皮，说什么“拆空老寿星”“勿局老寿星”“屁出老寿星”“棉花老寿星”，还有“古董老寿星”，牵起他的人太多了，所以时常要痒的。搔起痒来，怎么要双手高举？又因为仙翁的身体，连头不过五尺长，头倒有二尺五寸，若不将手高抬，却是搔不着的。而且他迷了眼睛，一天到晚不动气，不住哈哈地笑了又笑。此时鹤、鹿二童见师父已醒，一个先上前启禀：“师父呼唤鹤童，有何法旨？”一个也随后禀告道：“今有洞宾仙师，差遣黄衣童子到来。因要考察群仙，特来禀见请你。”仙翁听了，并不回言，好似没有听见一样。二童又说了一遍，仍是不答，只把眉头皱了一皱，方说道：“可惜他已去了。”二童都不解所说何话。仙翁又道：“我想你们道行尚浅，不能参悟玄功奥妙。说甚么黄衣童子到此，又何来吕祖的玉音？他是一个蛇妖，曾在峨眉山修炼了千年。一叶仙芝已被盗去，所以我皱了一皱眉头。你们仙妖难辨，两眼如瞎，枉在我门下为徒，你还进来禀报我！看你站立仙班，岂不惭愧啊！”二童连称知罪。

这一番训话，说得鹿童目瞪口呆，怏怏退下。走出洞门，那个黄衣童子不见了，仙草果然失去一瓣，气得他三尸神暴跳，七窍内生烟，嘴里“哇呀呀”的叫将起来，骂一声：“胆大的孽妖，竟敢哄俺进洞，偷盗仙芝而去，还当了得！俺定要追擒他杀了，方雪我恨。”原来鹿童受了师父训责，要想在白娘娘身上去出气，立即手挽双戟，驾云追赶。到底腾云比步行的快，片刻之间，已到面前。大喝：“蛇妖休走！快快前来领死！”娘娘听得叫喊，抬头一见，见是鹿童，心中略略放宽；若是鹤童追来，我命便难保了，岂不是枉费前功。虽说不打紧，且待我上前敬礼他，看是如何。便道：“仙长请了。实因夫病危急，凡药难医，故而冒死到此，求恳仙芝一叶，以全夫命。仰望大仙转达仙翁，慈悲方便，恕我擅取之罪，恩德不忘。”鹿童道：“你这孽妖，尚敢利口！妖变人形，假作仙童，哄俺进内，盗取仙芝，实是可恨！特来取你的性命。”说罢，飞也似的下来，手挺双戟，直刺胸前。娘娘侧身躲过，嘴里却求恳道：“大仙休要卤莽。万事总看仙翁之面，还望容情宽恕，恩加一线罢！”鹿童气吁吁的骂道：“你这孽妖！任你花言巧语，休想逃生。”又

是一连两戟，刺将过来。娘娘见哀求无用，不觉心头火起，伸手拔出宝剑招架，剑来戟去，两下在山上厮杀。怎奈一剑难当二戟，看看要败将下来。暗想："我若今朝不下杀手，他要看得我不值半文钱了。"因此便将口内混元珠吐出，一道白光，劈面打去。鹿童被光芒一射，两眼难睁，叫声"不好"，慌忙回身逃走。那粒明珠正打在背脊上，疼痛异常，大叫好利害，拨转云头走了。娘娘暗自欢喜，打退了鹿童，安心向南而行。过了隔凡桥，步下山坡，方可驾云。算算自己在此仙山没有一夜，不觉已是两日有余了。

慢说娘娘驾云竟走。再说仙翁仍在那里打坐，鹤童又开言道："请问师父，方才呼唤弟子进来，有何吩咐？"仙翁道："少停停跟我去巡山，你且伺候着。"鹤童口虽应"是"，却暗想："老阿爹老得有些呆了。既是停一回儿巡山，何必早来唤我，等候到这个时候，反被蛇妖哄骗盗去了仙草，看得我仙山竟无人物。理当差我去擒捉，请我吃一顿配胃口的三鲜大面。他偏不要，叫我站立多时，真令人懊恨极了！"正想时，只见鹿童受伤而来，大叫："师父，弟子打坏了！"鹤童问："那个打坏你的？"鹿童道："被这蛇妖打了一珠，痛死我了。"

鹤童听了，怒气勃勃，要想替师弟报仇，又恐师父不许。但觉得情理难容，我且退去洞门，再作理会。所以叫声："师父，师弟既被打伤，待徒弟出去看守丹炉。"便慢慢的退了出来，心里越想越气："我不免瞒了师父，飞身追赶，吃了蛇妖，取还仙草，与师弟报仇便了。"转定念头，立时展开两翅，飞奔追去。里面仙翁仍是笑呵呵的对着鹿童道："你不先来禀我，擅自追拿，故有此苦。"鹿童道："我实在气他不过，敢在师父洞中，行强盗取，目无师长。

师父不替徒弟报仇，反加训责，却是为何？”仙翁道：“你怎知他的根本！若说道行，你还不及他哩！他虽是个蛇妖，也曾在桃园扫过落叶。那日朝见金母，恳求度脱，怎奈受恩未报，结怨未消，难入仙班。圣母赐他琼浆一盏，命他下凡了此恩怨。今因救夫心切，盗此仙芝。我念他一点诚心，所以并不追究。若是要拿他，只要鹤童前去，冤家见面，性命就难逃了。现在你吃了痛苦，快取灵丹敷治，养息片时罢。”鹿童领命自去。仙翁正想出外巡山，传唤鹤童，鹤童不在洞前，方知追赶白蛇去了。我且慢表。

再说鹤童双翅很快，早看见娘娘驾云在前，越追越近，大叫：“俺鹤爷爷来了，还想往那里走！”娘娘在云雾中回头一望，这一吓非同小可，险些儿云头站立不牢，跌了下去。因为冤家对头，顿觉浑身骨节酥麻，残生不保。“我早知盗得仙草，仍死在此地，倒不如与夫同死在楼头的好。”但事到临头，急也无益，只得叫声：“鹤大仙饶命。”鹤童道：“你这孽妖，盗取仙芝，又伤我师弟，还想活命么！”一剑砍将过来。娘娘不敢拒敌，急忙落下云头，将仙草含入口中，现出原形，望着小路上窜避。鹤童也把原形显出，在后赶来。

不知白娘娘性命如何，可能脱得此难，且看下回分解。

第十九回　救夫

却说娘娘见鹤童追来，自知逃生无路，蛇身伏地等死，动也不动。虽说是听天由命，其实神疲力乏，再也游不动了。此时鹤童飞将过去，见此形状，恐他有计，反不敢贸然落下。只在空中盘旋了一回，仍不见有甚动静，方始侧翅飞落。先伸铁锚般的一只脚，抓在白蛇的七寸里，爪痕深入，已弄得皮开肉绽。正想张张嘴啄他的蛇头，忽听得背后道人高唤："鹤童不可如此！"回转头来一看，见是师父，连忙放松脚爪，仍变人形，双膝跪下。仙翁道："你好呀，不奉师命，妄作妄为！可知此妖很有来历，不应该死在你手，日后他自有果报！"鹤童道："弟子因他盗取仙芝，这倒罢了；他还恃强伤我师弟，所以气忿不过，冒昧赶来报仇的。"仙翁便喝止他不用胡言，把这蛇妖的底本缘由详述一遍，又说："你若伤了他性命，连我也有失察之罪哩。以后不可这样造次，快回洞门看守去罢！"鹤童只得告罪而去，不表。

再说仙翁看那白蛇七寸上已受重伤，就命执杖仙童在葫芦里取出灵丹一粒，敷治他的伤痕，立刻就好，叫"六支快化人形"。白蛇伏在地上，本来昏昏沉沉，不知已死未死，但觉背上疼痛难当。过了片时，忽闻一阵香气，顿觉精神爽快，疼痛渐消。又听得唤我"六支"，举目一看，方知是仙翁来救。急忙敛迹收身，变了人形，将嘴里仙芝取出，藏入怀中，走上山坡，跪倒在地，口称："小妖六支，叩见仙翁，愿仙翁万寿无疆。”仙翁道：“你且听我道来：我在蒲团打坐，忽然心血来潮，知你被鹤童追赶，性命在呼吸间，故此特来相救。虽私自盗取仙芝，原有罪孽，姑念你一点诚心，下凡后安分守己，不生邪念，恪遵金母之命。但是已过端阳五日，若再迟延，身败神散，汝夫便不能救了。我今助你一阵仙风，成全了你的志愿罢。”娘娘问道：“不知小妖后来结果如何？还请仙翁训示。”

仙翁听了，未便泄漏天机。却又是可怜他，因说道：“我有四句话，你且听了：休生烦恼莫生愁，上界问知根底由；金玉之言须切记，山中莫把老僧求。这是我的要言，你须牢牢紧记。驾云去罢。”娘娘道：“小妖在仙翁跟前，怎敢放肆！”仙翁道：“恕你无罪。以速为妙。”娘娘请过了罪，方敢驾云而起。但是此刻回家，还要路上耽搁两日，恐怕施救不活。所以仙翁举起拂尘，在娘娘背后一拂，助他一阵仙风；又念动真言一催，变作仙云，快如奔马，只听得耳边呼呼风声不绝，那消半日，已到苏城。足见仙翁道力无边。这里仙翁自回太极宫，不题。

单说娘娘到了苏城，拨开云雾一看，正是自己家中，从庭心内落下，且喜无人瞧见。轻轻步上楼梯，走近房门边，站定身躯，侧耳一听，听得小青还在房内守护尸骸，口中虽出怨言，只是记挂着主母，并未丧失良心，倒也可敬。当下推进房门，叫一声“小青”。小青见娘娘回来，变忧为喜，回叫娘娘说：“相公在床，我用冷云拥护，身子还不妨事呢。”娘娘点点头，把身上仙童装束换去，仍穿了旧日衣裙，称赞小青办事精细，亏你今番建此大功。小青看娘娘这付形景，面有得色，便问：“仙芝想已到手了么？”娘娘听他问及，反含着一包眼泪答道：“说也话长，将来慢慢的告诉你罢。此时救夫要紧。”就在怀中取出仙芝，交付小青快些煎去。小青接在手里，看这一片仙芝和秧苗相似，五寸多长，很是平淡。连忙放入人参罐内，在炭火上一煎。等到水滚，满房香味，直透脑门，顿觉精神爽快；而且这一片草，越煎越加青翠，所以能够起死还魂。少停煎好，娘娘亲手倒入碗内，就将煎过的草，付与小青，用红丝线缚好，挂在有风无日之处，后来自有大用。小青领命而去。

娘娘对碗仙汤一看，青翠碧绿，姣艳异常。又唤小青近前，帮同将相公扶起。一个在里床，一个在外床，拿一块手帕填入颈下。怎奈嘴里牙关紧闭，难以进药，只好用银簪子轻轻拨开，方取茶匙盛了汤，慢慢的灌下去。不消片刻，一碗汤尽行吃完。说也奇怪，仙汤一下肚，霎时上至泥丸宫，下至涌泉穴，周身毛窍骨节皆通，就是已经吓碎的苦胆，也替他修补完好，比从前大了一些——所以后来再吓，这个胆也不会再碎了。少顷许仙咽喉间微有气息，身体温和，渐渐活动起来，娘娘和小青快叫：“官人醒来！”“相公醒来！”许仙好似做了一场大梦，悠悠苏醒还阳。耳中听得叫唤，朦胧间微睁两眼，有气无力的诧异道：“我记得端阳那日，妻婢都已病倒，怎么今天你们全无病样，我反病卧床衾呢？”说到这里，神思懒倦，一个翻身，又向里鼻息呼呼的睡熟了。娘娘摇摇手，吩咐小青不要惊动他。因见天色已晚，就叫他下楼料理夜膳。小青奉命去后，唤进小二帮忙，烧好了饭菜，一面由小二送入店堂，一面小青端上楼房。娘娘已是六日未吃烟火食，此刻心定神安，方与小青吃了一些。收拾过后，娘娘命他先去睡了，自己也宽衣解带，陪着夫君安睡。

黄昏直睡到天亮，许仙先自起身，小青送进脸水香茗点心，却见他匆匆梳洗毕，略略吃些，不发一言，抽身下楼去了。那时许仙

走向店堂中来，二伙一齐问道：“汉兄，这几天不出来，可是有些贵恙么？”许仙道：“我家娘子却有病，如今是好了。”二伙道：“这句话有些不对。我们因为东翁连日不出，进来问候。据青姐姐说，相公有病在床。所以我等问及汉兄呢。”许仙道：“小青病倒了几日，如今也好了。我倒要请问二公：昨日端阳，你们可曾到虎邱观看龙船么？”二伙道：“这是汉兄缠错了。端阳有龙船，昨日是初十，莫说我们没工夫出去，就算在外游览，也没有龙船可看啊！”许仙道：“昨日是初五，今朝当是初六，怎说是初十呢？”二伙道：“真是笑话了！汉兄病了两日，怎么日子都缠错了四五日？只要把店里的日清账一看，就明白了。”便将账簿摊在许官面前，又道：“你看可是昨日初九，今朝初十了么？”许仙道：“待我想来。”这一想不打紧，顿时目瞪口呆！想起“端阳那一天，我拿了痧药上楼，听得‘呼啰啰啰’的声响。揭开门帘，见一极大的怪物……”想到这里，忽然“阿呀”一声，立起身来就走，直到厅堂上坐下，好似发了疯癫一般。二伙见他这般样子，也是吓了一跳。张伙道：“东家病还未好，为什么不请医生，反放他到外边来，怕不要感受了风么？”李伙道：“怪不得汉兄说话，七不搭八，所问非所答。我看上去，只怕是竖头伤寒，在那里发狂谵语（病中神志不清，胡言乱语。谵，zhān）呢！”

二伙窃窃私议，无非说他有病在身。其实许仙呆坐厅堂，心里不住的突突乱跳，“自己房中，那得有此巨怪，分明一妻一婢，都是妖化人形。”越想越疑，越疑越怕，想：“我是好好一个人，怎么和他同淘作伴，倒不如暂且歇宿在店里罢。”捏定主意，重又走入店中。二伙倒吃了一吓，忙说道：“汉兄为甚又出来了？店里有风，病人避风要紧，到底进房去安睡的好。请一个郎中来看看罢！”许仙怒道：“你们这些话，真是放屁！谁人生病，要请什么医生！”二伙见讨好变惹厌，只得闭口不言。

惟有许仙一人，满怀疑虑，不敢入内再见妻房，躲避在外。到了午膳时候，并不进去，就在外面胡乱吃了一些。黄昏后，夜饭也在店中吃了。少停店门打烊，吩咐店小二入内禀告娘娘，推说：“店内抛荒了五六日，我因稽查店务，清理账目，没有工夫进房，就在店中安歇了。”里面娘娘得悉，毫不在意，却叫小青取了夹被蚊帐等物，交与小二代为安排。

起初一些不疑，那知一连几日，推三阻四，日夜都不上楼，显见得夫君有了异心。便把袖里阴阳一算，果然为着端阳现形一事，不觉伤心下泪。却巧小青送茶走入，看见娘娘悲苦，忙问何故。娘娘诉说原由，小青性子暴躁，便说：“既然他这等薄情，我们还要跟他则甚！难道世上没有美男子么？”娘娘道：“实情我为报恩而来，你休意会错了。我今有一事托你帮办：你到了明朝，替我在厨房中备好一席酒肴。因为你的主人，吃了仙草，把胸前“迷”字勾消，莫怪他心头害怕，不敢和我亲近。现在我思得一计，使他复迷后，抛去了惊骇才好。你只要如此这般依我办理，他的疑虑自然完全消释了。”小青领命。

当晚送过夜膳后，请了两次，许仙仍不进房。二伙在旁相劝，都说：“汉兄今夜进去睡罢，到底夫妻是拆不开的。就算两下争吵，也是寻常小事，过几天就完了。况且青姐姐两次相请，这口气尽可消得，何必执之一见？我劝你还是进去的好。”许仙道：“你们不知道的。我不进去，不劳相劝。”二伙劝他不听，也只索罢了。这夜许仙仍宿在外。

到了明朝，里面小青依着娘娘吩咐，把酒肴备办停当。已及午牌（揭报正午的时牌。借指正午）时候，又走到店堂里来相请。许仙见了，假装忙碌，顺手抽过一本账簿，翻开观看，再拿算盘胡乱算了一回。小青叫声相公，道："小婢奉娘娘之命，请相公进去，有话商议。"许仙道："我因没有工夫，不及进来。有话不妨传言一句就是了。"小青道："相公既是店忙，只消进去片刻，说不多几句话，就可以出来的。"许仙道："现下正在结账，分身不开，如何是好？"小青道："不相干。娘娘吩咐，一定要相公进去！若不去时，只道我请得不诚心，要受娘娘处责的。"

李伙在旁一看，有什么要紧账目，便说道："汉兄算的不是账目，是一本隔年历本，看他做甚！"许仙道："阿呀，我竟拿错了。"李伙道："汉兄，我今又要劝你了。想娘娘特地请你进去，分明是赔你的罪，你还不顺水推舟。定要娘娘亲自出来赔罪，到底不像样的，快些进去罢！"张伙也道："你不要带累我们做难人，倘若再不进去，娘娘必将青姐姐责罚。倒不如我们奉陪你进去罢！"小青便趁势说道："相烦二位相公劝劝，免得小婢受责了。"张伙道："青姐姐放心，你先进去等候，包在我们两个身上，送相公进来。"小青称谢先生。张、李二伙就将许仙推推扯扯，一头劝，一头走，不让他自己做主，送进了库门，便把门儿扣上，自回店中去了。

此时许仙没奈何，到了里边。不知见了娘娘，怎样解释疑团，言归于好，且看下回分解。

第二十回　婢争

却说许仙被二伙送入，到了里边，心里不免三分惧内。一来听得娘娘已近楼门，二来怕妻房变羞成怒，现出原形，我立刻就要伤命；所以脸上强装欢笑，硬着头皮走上楼来。娘娘出房迎接，携手入内。仙官却靠近房门而坐，恐防一有变端，逃走便当些。娘娘问问店中忙碌情形，许仙便说："生意甚好，此刻进来，也是忙里偷闲，不知有何见谕？"正问时，小青送进茶来，娘娘先吩咐小青把酒肴摆好，然后说道："做妻的今日竭诚端正水酒一杯，与夫一叙。"许仙问："此酒因何而设？"娘娘道："你且坐下，待我细细与你闲谈。"许仙忙道："我已在店中吃过早饭了，此刻只怕吃不下呢！"娘娘道："坐坐何妨，有甚要紧！"许仙只得应了一声"是"。暗想："不要却了他的情，如果触恼了他，只怕逃到店里，他也会追来的，还是领情吃了两杯，再想脱身之计罢。"

此时小青摆好了酒肴，已经卸开身子，干他的正经去了。所以娘娘请他坐定后，亲自执壶敬酒。并说道："只因今岁天中佳节（天中节，端午节的别称），做妻的有病在床，未能欢叙同饮，虚度良辰，故而今日特备粗肴，与官人重庆端阳。"说到这里，许仙忙翦住道："阿呀娘子，这端阳两字，快不要提起了！"娘娘却不去理会他，仍说道："这不过略表做妻的一点情意，奉敬你一大杯。"许仙道："小杯足够了。"娘娘道："如此，我只敬你一杯可好？"就拿大杯子过来，满满的斟了一大杯。杯面上的酒，好像浮着几点灰尘，便取一个馒头，在酒上连连几掠，暗里写成“迷”字，方始递将过去。许仙接到手中，一口饮尽，已将“迷”字送入心胸。果然十分灵验，便换了口气道：“多感娘子，仍换小杯罢。”娘娘嘴里答应，再要执壶敬酒，那知壶中酒已罄尽。忙唤小青怎不上楼来添酒，连叫几声不应，便起身说道：“官人请坐，待做妻的自去取来。”许仙阻止不住他，见他轻移莲步，手执银壶，婷婷的走出外房。“这样的千姣百媚，绝世无双，如果真是总兵千金，可称得一生艳福！惜乎他是蛇妖所变，真叫我空费周章了。”

正当转念时，忽听得外房一声响亮，又夹着“呼啰呼啰”的声音。许仙急忙走出一看，见娘子的身躯，跌倒在楼梯跟首，酒壶抛在旁侧；又见一条大蛇，和那前番看见的差不多，“呼啰呼啰”。大叫：“小青快来！”怎么小青不见，并不在下面答应“立刻就来”呢？原来小青忙得很，在那里做独脚戏。既要变做蛇，又要变做丫头，凭你变得快，总有些来不及，故而一时不能答应上楼。要知道小青变蛇的缘故，就是娘娘叫小青如此这般的计策，好解丈夫的疑虑。不过小青这条蛇，颜色是青的，而且比白蛇短小一些，怎么许仙并未看得清楚？这却难怪：如果他能够仔仔细细的一看，他也不会吓死了。既然这样，此刻看见了大蛇，为何并不吓死？一来见过了一次，不是猝然遇见；二来吃了仙草，把他的胆修补完好，比前大了一点，所以再也吓不死了。数言表过。

再说小青仍化了人形，慢慢的走上楼来。一见娘娘身倒在地，假作吃惊道：“阿呀，主母为何这般光景？”许仙不及回言，一手扶定娘子，一手掐他的人中，唤着：“娘子醒来！”小青也叫：“娘娘苏醒！”娘娘装着假死，拼住了一口气，又不好立刻就醒，直等许仙掐人中，方始喉间略略轻转气息，都说：“好了好了。”小青又问：“娘娘为何如此？”许仙道：“小青，这所房子住不得了，竟有怪物出现。端阳所见，即是这个东西，说来可怕得紧，我和你搀扶娘娘进房，快些端整姜汤罢。”小青应命，帮着许仙搀扶，将娘娘放在榻上安眠，然后去把姜汤煎好，送上楼房。娘娘吃过后，方启口道：“阿呀，吓死我也！”许仙道：“娘子受惊了。这怪物果然可怕，与我端阳看见的相同，险伤一命。今日又来吓娘子了，所以这所房子住不得了，准备早些迁移才是。”娘娘道：“官人所见的，其实并不是怪物呀！”许仙问道：“不是怪物，究竟是什么东西呢？”娘娘道：“我记得外祖从前向我母提及，说我家仓廒里常常增多粟米，因为世代有仓龙在内呢。”许仙问：“仓龙可要害人？”娘娘道：“不但不为害人，并且有了仓龙，家道自然丰盛了。”许仙道：“如此说来，倒是祥瑞了。不过形状可怕得很。”

此时娘娘早已坐起身子，便吩咐小青去添酒上楼。少顷酒已添来，夫妻重行入席坐下。许仙执壶敬酒，先替娘子压惊，娘娘连称不敢，回敬双杯，劝他丢开心事。现在许仙又着了迷，疑虑全消，和进来时大不相同。你一杯，我一杯，细语谈心，直饮到未牌时候方歇。小青收拾过去。送进脸水香茗后，仙官对娘子细看，实在真好，却不起身就走，坐着闲谈。娘娘有意和他作耍道：“既是店中生意很忙，账目烦多，还请官人住宿在外。况且现值暑天，理应分铺而睡的。”许仙却带着些孩子气，答道：“我实情舍不得你，今夜定要和你同睡的了，望娘子宽洪大量，休得挂怀。”娘娘听了，心内暗喜，原不过假作推辞罢了。

此后夫妻和好如初。只有小青的三七夫妻，尚未实行，自思："我小青跟随了娘娘，名为主婢，实是师徒。所以一心一意，帮着他干了多少大事，并无异念。因为当日娘娘与有缘人会晤，面许夫妻三七均分，指望早日成就。那知事隔半年，娘娘从未提及一字，竟把前言抹去。连近日我与相公说话，反有防闲的样子，未免太觉欺人了。"越想越怨。这几天无精打彩，心事重重，有时还挂下泪来。今日正当烦闷，听得娘娘呼唤送茶，勉强倒了一杯，送入房中，就在娘娘面前一舂。娘娘道："你敢在我跟前使性么？"小青道："丫头怎敢在主母跟前使性！"娘娘道："你既不使性，为何这般光景？难道我看不出你的么？近日见你一腔心事，闷闷不乐，定有不遂意之处。你不妨老实对我说了，我好与你消解！"

小青起初还不肯实说，却被娘娘催逼不过，便老实表明自己的心事，并说："娘娘许我的三七夫妻，为什么至今绝不提起？岂不是失信于丫头么？"娘娘道："原来为了此事！我和你讲了罢。并不是我娘娘不肯出口，因为你道行尚浅，未曾得到补阳之法，恐防相公与你着体，枯竭精血，故而劝你暂且宽心忍耐，待我传授你玄功秘法，日后自可陪伴相公了。"小青听罢这几句话，分明在那里骗小孩。如果玄功一年不学会，就等一年，十年勿学会，再等十年，只怕青春已过，将近老了，便有什么情趣呢！所以心里懊恼起来，便说道："娘娘道行虽高，形骸则一。休说这样欺人的话儿搪塞下去。我本不敢痴心妄想，不过娘娘出言太甚，说什么男人近体，便要伤损。难道我小青嘴里有砒霜，周身插着刀枪的么？"娘娘怒道："你这贱人，擅敢挺撞！就是算我不肯，你敢奈何我么？好一个大胆杀泼的贱人！"小青道："想我小青无甚过犯，何故只管骂我？"娘娘道：“你这贱人，骂你何妨！从前面许你三七夫妻，我岂肯失信于你？你全不想自己近人有害，便这般的性急，轻狂太甚，就算我今朝回绝了你罢！”

小青听得一声“回绝”，前功尽弃，把“三七夫妻”这句话，完全打消，所以含着一包眼泪说道：“主母你也太认真了，全不念旧日情分，口口声声骂我贱人。想我小青并未卖身投靠，不过在途中相遇，权称主婢。你今真个把我看作下贱，不知卖了你家多少银子？请你快将卖身文契拿出来啊！”娘娘又骂道：“你这贱人，这等放肆！虽不是卖身到此，现在我这里用你不着，快些去罢！”小青道：“娘娘不用我，我就出去，难道活活饿死不成！”娘娘道：“好好好！看你的本领罢。我也难道没有了你，就不能过日子了么？要去就去，不必迟延！”小青道：“娘娘真个不用，丫头也只好去了。”说至此，却不见娘娘留他，只得摆动金莲，急步下楼去了。娘娘看他已去，心里也有些难过。因为聚首多时，做了自己的心腹，一旦分手，自然舍不得的。既而一想，此地他没有熟识的人，却要到那里去呢？便把阴阳一算，肚里早已明白。书中暂把娘娘搁过一边。

再说那含酸吃醋的小青，含着眼泪，急行向外。从柜台边走过，许仙一眼看见，忙问道：“小青到那里去，为何这般光景？”小青道：“娘娘不用丫头，赶出我来了。”许仙道：“娘娘不用，有我在此，只要我进去一说就完了。现在你陌路生疏，却走到那里去？你且在此等候片刻罢。”小青道：“娘娘既然不用，在此也没有光彩。况被他这样辱骂，还在这里做甚！小青去了。”说完，就此出门而去。许仙叫唤不住，连忙命小二去追。那知小青别有神通妙法，凭你小二追赶得紧，近不得他的身，只在后面叫唤：“青姐姐，相公叫你

回去！”小青一声也不应。小二直追到黄鹂坊桥十字路口，可巧前面一担稻柴挑来，对他一撞，跌了一交，爬起身来看时，小青在柴边一隐，就不见了。小二料想柴担里躲不进去，大约是我眼睛看错的，再上前追寻。一路向人动问：“可曾看见一个年轻貌美的女子？”那些人都回说没有。他还心不死，各处找了一回，仍无踪迹。只得回到店中报告相公。

许仙心头纳闷，立即入内去见娘娘。进房坐下后，便埋怨道：“小青不好，娘子理当教训，就是打他骂他也不妨，不该赶他出去。娘子觉得欠通了！”娘娘道：“据官人的意见，难道容他使性撒泼么？”许仙忙道：“娘娘你休误会了。我因为小青年方及笄，身在异乡，况且姑苏地方，人多油滑，恐怕遇见了拐子，那还了得，故而打骂由你，赶出未免过分。再者小青平日很为勤俭，纵有过失，也该宽恕他一遭啊！”娘娘听了这几句话，一想让不得的，倒要截住他的，免得他常来惹厌。因此微微冷笑道：“原来得罪了你的心上人了，所以埋怨我么？怪不得近日他任性妄为，仗势与我争吵。我若早知如此，也不敢得罪你的二娘娘了！”许仙被娘娘这样一说，情知要上我的船上，忙说：“这种闲事，不与我相干。”便起身下楼去了。回到店内，仍差小二出去寻找，不必交代。

回头再说小青，使一个隐身法，一径望东南而走。来到旷野的所在，见是王府坟墓，将身站定，想得一个主意，要在娘娘跟前争一口气，顿时驾起一朵青云，随风飘荡而行。

不知小青来到何方，且看下回分解。

第二十一回　香迷

却说小青与娘娘斗口后，出走在外，要想照着娘娘的样儿，寻访一个美男子，结为夫妇，欢乐几年，还要比娘娘高胜一筹，也算争了一口气。“我且驾云随风而去，看有机缘，再行定见。”当下念动真言，驾起一朵青云，就想着娘娘的好处来了：自经娘娘教训后，功行渐深，从前的云，只驾得四五十丈高，现在竟有八九十丈以外。正遇着很大的西风，身边呼声声响，随风一直向东，行不片刻，拨开云雾一看，见是个山青水绿的地方，料想定有美貌的男子，如意的郎君，我不妨就在此间访觅几时。

想未毕，说也凑巧，那旁来一位美少年，容颜俊秀，品格风流，气宇轩昂，不啻潘安、宋玉，像是个宦家公子。若得此人成为连理，更胜那苏州许相公了。他连忙按下云头，直落在坟墓树木间，将身转到坟前，坐着等候这位公子走来。你道这位公子是谁？说来很有名望，他姓顾名连，表字锦云，祖籍苏州昆山县人氏。父亲官居工部尚书，在朝伴驾，母亲潘氏，诰授一品夫人，单生这一个儿子，年方十七，生得相貌超群，文才出众，去年已经采芹（科举时代称考中秀才入学做生员为“采芹”）入伴，尚未联姻，还在那里用功读书，巴图上进。只因夏日天气炎热，常到僧房中避暑，与东堂长老下棋。此时顾生见天色将晚，便离了寺院归家。一路缓步前行，忽听得很尖俏的叫苦声音，从那树林深处发出。他见是一所坟墓，竟当做鬼邪叫声，头也不抬，只管走他的路。小青一看不好：他要走过去了，我终须留住他才是。顿时使出神通，又是一声："苦呀！"吹一口气，直送到顾生脸上。公子鼻边闻着一阵香味，不是松花香，也不是兰麝香，觉得分外有趣，倒要立定看他一看。望到树林深处，墓门跟首，坐着一位少年女子在此啼哭，不知是何原故，且待我近前一问便知。

但顾公子是个正经人，岂不知男女有别，不便交谈？皆为他被一阵香风，迷住了本性，不由自主。走近前来一看：既不是富家小姐，又不像贫户之女。便道："原来是一位大姑娘。为什么独自一人，坐在这里啼哭呢？"小青道："我因迷失路径，所以啼哭。若肯指引归途，感激非浅。"公子道："请问大姑娘尊姓，府居何处，可有同伴，意欲何往？说得明白，我当指引你回去。"小青就捏着一篇假话，回说道："小女子家住乡村，离城不远，我家姓杨，父母训蒙度日，也曾名列泮宫。"说到这里，公子道："如此说来，原来是前辈老先生，失敬了！"小青道："说也惶恐。前年我父一病身亡，抛下母女二人，零丁孤苦，因此将奴送与人家做养媳，我母便到城中去做绣娘，弄得母女分离，十分悲惨。可怜我年方十五，又遇着凶狠的公婆，时常打骂，遍体鳞伤，故而拚死逃走。本欲赴水轻生，实因丢不下亲娘，意欲进城寻找。怎奈单身迷失道路，反叫我进退无门了。若得相公指引，感德不忘。"说罢又哭。

公子道："果然可怜得很！大姑娘且免悲伤，我还有话动问：此地市梢，离城不远，不知令堂在城内那一家做绣娘呢？"小青道："城中从未来过，又忘记了姓名，只知道是乡宦人家。可能够去查问么？"公子眉头一皱，说道："这却难了。城中乡宦甚多，况且天将傍晚，又是个年轻女子，地陌生疏，怎好挨家去查问呢？"小青听了，就道："今晚难见亲娘，栖身无地，却叫奴到那里去呢？"

又不住的痛哭亲娘。顾生看他满面泪容，好似雨打梨花一般，越现出许多情趣，不觉十分心动。鼻中又闻那阵阵的香气，这香气是小青的妖术，任凭你鲁男［《诗·小雅·巷伯》：“哆兮侈兮，成是南箕。”毛传：“鲁人有男子独处于室，邻之厘（嫠）妇又独处于室，夜，暴风雨至而室坏，妇人趋而托之，男子闭户而不纳。”后因称不好女色的人为“鲁男子”］再世，柳下重生，也不免心醉欲迷，何况是顾公子呢？

此时顾公子深入彀中（箭的有效射程。也用以比喻牢笼、圈套。彀，gòu），便道：“我有一个计较在此，未识大姑娘可能应允我么？”小青道：“相公有甚言语，但说无妨。”公子道：“令堂的住址姓名，既未得熟，今夜定难寻问。不如暂且同我到舍，在我母房中屈留一夜，待到明天，我当差人在各乡宦处，访问明白，然后送你过去，使你们母女相逢。你道可好？”小青道：“若得如此，深感大德！只是奴与相公，从未识面，又不知姓名住址，怎好打扰尊府！况且瓜田李下，恐有嫌疑，这便怎处？”公子道：“那倒不妨，你如问起昆山顾府，谁人不知。我父官居一品，母授皇封，单生我一个；若说瓜田李下，请你益发宽心，不是我夸口说，那个敢多讲一句话儿！但请放心，快同我走罢。”小青道：“多谢相公！但不知尊府在那里？”公子道：“就在前面，不多路了，自当领导。”于是顾生带着小青同行，一个在前，一个在后，一个频频回顾，一个有意做作，在路上引诱顾生。公子因他脚小伶仃，搀扶他过了三接板桥。早望见树林高耸，便用手指着说道：“大姑娘请看，这就是我家的园林了。”

做书的写到这里，却有一句话要交代：为什么顾生不进正墙门，偏从后面出入呢？因为夏天炎热，他在园中避暑读书，夜间也歇宿亭内。所以走到园门跟首，便道：“大姑娘，你且站在我背后，待我叩门。”公子伸手在门环上连叩几下，又叫一声“文琴开门”。文琴书童料想是大爷回来，拔去门闩，把门开放，果然是的，便说：“大爷请进，让小童来闩门。”公子道：“我难道不会闩门么！你快去端整煎茶要紧，我因为路上走得十分口渴了。”文琴还要多开口，却被公子骂了几句，只得回身就走。暗想：“大爷今朝有些邪气，刚才我开出门去，他背后有一个人影子，遮来遮去，不肯给我看见，一定有什么道理在内。且让我抄到侧首的假山洞里，细细的看他一看就是了。”

此时公子把书僮打发开后，方叫小青走入，顺手闩上园门，一路穿芳径，绕回廊，过小桥，引领他直到自己歇宿的方亭中，方才并肩坐下，情话喁喁。公子早被小青迷住了心，从此以后，你贪我爱，如影随形。一天一天的过去，你想一个是文弱的书生，一个是成精的妖魅，早弄得精枯力竭，骨立形消，不像个样儿了。况且小青不懂此事，只管自己追欢取乐，不顾别人伤生害命；更兼他功行尚浅，毒气未净，怎好与人交接！所以娘娘虽许他夫妻三七均分，却不肯实行其事，还要禁止许仙与他勾搭，就为这个缘故呢。闲话少表。

却说书童文琴，那日看见大爷领进一个绝色美人，在方亭中朝欢暮乐，算来已逾半月。叫我不许走漏风声，每日赏银五分，至今不见分文。我时常在旁相劝，大爷总是不听，终朝迷恋荒淫。那知近日形容惨白，骨瘦如柴，病势渐深，卧床难起，越看越不像了。若再隐瞒下去，将来倘有三长二短，吃罪不起，岂不被主人活活的处死？所以硬着头皮，含了一包眼泪，入内禀告太太。夫人正在房中静坐，丫头春梅把文琴引入，见他这般样子，忙问他为了何事，如此慌张？文琴便据实禀告说：“大爷在外带回一女，留宿亭中，嘱我隐瞒。如今弄得病在垂危，不敢不来禀报。请太太速延名医救

治要紧。”

夫人听了，又惊又怒，大骂狗才，命丫嬛取家法板处治。文琴忙叩头道：“小童实是该死！不过未曾得贿，还求太太开恩。”夫人道：“此时暂且缓打，待我看了公子，再来问你。你先出去，我就来了。”说罢起身，立既带着几个丫嬛，来到园中。心里暗暗埋怨儿子：“读书人不该做出这种事来。倘被京中老相公知晓，岂不要说我治家不正呢？”想到这里，已经走至方亭。文琴迎接进去，到了里边，走近床前，揭开帐子一看，吃惊不小：全然不像亲儿的样子，瘦得似骷髅一般。看了好不痛心！唤声：“儿吓，做娘的在此看你呢！”公子微微睁眼，喘吁吁的答道：“母亲放心，不妨事的。孩儿的病，明日就能好了。”夫人道：“我看你病得这般光景，一时怎能起身！”回头吩咐丫嬛们：“去唤这贱人来见我。”

丫嬛奉命找寻，四面看过，连床底下也一一搜检，并无踪影，只少把三间方亭翻了一个身。文琴道：“方才我出来接太太，还看见他坐在床沿上，又没有见他走出去，真正希奇得很，不要他就是个妖怪么？”“妖怪”两字刚出口，就吃着了一记耳光，打得很响。文琴一声“喔唷”，问：“那个打我的？”丫头回说：“我隔着台子，怎好打你？”文琴道：“奇极奇极，我一说妖怪……阿呀，亦是一记。”丫头接嘴道：“看上去，你说不得‘妖怪’……喔唷，连我都打着了！还是改口叫‘仙姑’的好。但不知这几记耳光，从那里打来的呢？”这时候，夫人心里也不免害怕起来。命丫嬛快叫家人们进来，将大爷移到上房去。一言未了，小青厉声说道：“谁敢动手搬移！”文琴道：“既是仙姑，为甚不走出来讲话，躲在暗里搭虚空架子呢？”夫人道：“文琴你是见过仙姑的，如今你代我之劳，恳切哀求，说我顾家单传一子，务望仙姑留我后代，举家感德不浅。倘蒙保全，今日且免搬移，待我明天再来看他罢。大爷有病在床，你要小心伏侍，不可怠慢。”文琴应了一声“是”，夫人便含泪而去，带着丫嬛回到上房，吩咐传总管进见。

那总管叫顾能，听了夫人一番言语，知道公子被妖迷病重，惊得呆了。夫人还有些主见，一面叫他发书进京，报告老主人；一面再请高僧高道，解冤释结，镇宅驱邪，必须要挨着次第举行。顾能唯唯应命，等候夫人写好了信，方始告退出外。办事那敢迟缓，立即唤福、寿、康、宁四弟兄，来到面前。命福、寿二童速往苏城玄都观请法师设坛捉妖，又命康、宁二童次日到玉峰邀请僧人。等到僧道齐集，顾能很恭敬的招待，把他们应用的法器坛场，分排在东厅西厅。一时宣扬佛号，拜诵道经，施符念咒，钟鼓齐鸣。

闹到了第二天，小青得知此事，“他请僧道来压制我，我当略使神通，看他们怕也不怕！”所以来到外边，正见法师画符召将，就弄起一阵妖风，霎时飞沙走石，地黑天昏，吹得两处经堂里面，好似雪片一般，那挂的长幡、宝盖、佛轴、神位，和香案、蜡台、经文、法器等物，一齐倒翻在地。吓得僧道四散奔逃，没处藏躲。有撞伤头面的，有跌坏手脚的，一个个狼狈异常。风定后，总管过来招呼，检点损坏物件，一一照估赔偿；又取银子，算还经钱，送他们各归寺观。然后进内禀知夫人，夫人愁闷更甚，无法可想，只好叫总管写几张榜文，四门张挂：如有人降妖者，谢银三千；兼能治病，照数加倍。当下打发总管去后，再到佛堂里去，拜求观音大士，虔诚祷告，救护儿子的性命。这一来，早惊动了姑苏白氏娘娘了。

要知娘娘如何得悉此事，如何托梦聘仙，且看下回分解。

第二十二回　聘仙

却说白氏娘娘想起小青去后，少了一个心腹。虽曾算他已到昆山，该与顾公子有一段孽缘，但不知近日作何景况？且再算一算阴阳，看是怎样？便在袖里屈指一抡，暗自说道："好个无知道浅的小丫头，全不顾顾生死活，弄得他骨瘦如柴，淹淹（气息微弱，濒于死亡）待毙。莫说我娘娘不依，如果绝了顾家后嗣，岂不要犯天条吗？连我也担当不是。我若不去相救，有谁救他？好在他家张挂榜文，降妖治病，特备厚酬。这一笔酬谢的银子，我夫尽可赚得，倒不如借水行舟，两全其美。只消我一道灵符，便可收回这顽劣的小丫头。但是要他来请，更觉得冠冕些。幸亏这位夫人，敬重观音大士，我不免化作观音法像，托梦与夫人，指引他一条路罢。且喜我夫今晚在邻家饮酒，要到更深方回，我不妨就此走一遭。"

主意打定，立即化成白衣大士，手执拂尘，驾起云头而去。那消片刻，已抵昆山。来到顾宅里边，见夫人正在房中，和衣斜卧床上。朦朦胧胧间，忽听得窗外有人说道："潘氏夫人起来！听我吩咐，我乃观音大士是也！你子命数该终，顾氏当绝。因你世代忠良，为官清正，平时又敬礼观音，虔心感动，故来指示迷津。你可速往专诸巷内保和堂药铺请得许仙，其人立可降妖治病。须要虔诚，有求必应。"说罢，香风阵阵，祥云冉冉，自回苏州不表。

这时夫人还在梦中，便说：“请菩萨暂住云头，容女弟子拜谢指示之恩。”不觉醒来，方知是梦。连忙起身下床，跪在窗前，叩头拜谢，满房香气犹存，真是观音下降，心里无限的感激。拜罢抽身，正见众丫嬛进来，问：“太太何故叩头？”夫人就说：“观音梦中指示，如今大爷有命了。你们快去传唤总管进见，房厅回话。”丫嬛领命去讫，夫人便下楼等候。少时总管入内，又细述梦中情景：“因我虔心求祷，得蒙慈航显圣，命我速往姑苏专诸巷，到保和堂药店内，有个姓许名仙的，他能降妖治病。只不知梦中的话，是假是真罢了！”顾能起初也有些不信，恐系日间结想所致。夫人又说醒来香气甚浓，非寻常做梦可比。顾能道：“如此说来，真是菩萨显圣无疑了。”夫人道：“宁可信其有，不可信其无。你可端正千金聘礼，八色礼物，连夜开船，到苏访问。果有其人，定是观音指示。倘使没有，你就回来，也无妨碍的。”

顾能奉命退出，便问顾寿兄弟：“你是苏州人，可晓得专诸巷开药店的许仙人么？”顾寿道：“个个人晓得的。今年春天时疫，满城里人人腹痛，都去买他的药，一吃就好了，所以称他为许半仙。”总管道：“照你这般说，此人果然有的了。但不知他是道家呢？还是释家？”顾寿道：“非僧非道，是个生意人，开设保和堂药店的。”总管听了，深信是菩萨显圣，连忙到账房里兑了千金聘礼，备好八色礼物。无非四穿四吃，绫罗绸缎，燕窝、海参、风鱼、火腿。写了礼单拜帖，然后同了两个弟兄，连夜开船。

天明到苏，船泊金阊码头，唤了几名脚夫挑进城中，每担一百文，回来到舟中开发。顾福、顾寿押担，总管顾能持帖入城，转湾进了专诸巷，早看见保和堂药店的招牌，不多几步，已至店门。总管踏上阶沿，把手一拱，说道：“请了！那一位是许相公？”许仙答道：“在下就是。老伯何来？”后面顾福、顾寿接嘴道：“原来就是许仙，我等奉揖了。”许仙道：“不敢当。请问列位到此，有何见谕？”总管道：“老汉从昆山顾府中来，只因小主有病，特来相请。”就将礼单名帖呈上。回头吩咐道：“你们把礼物抬进来！”

许仙一看，正应了一句苏州俗语，叫做山东人吃麦冬，一懂才勿懂。请郎中何消这样的盛礼，谅必别有缘故，便说：“老伯请到里边坐。”

总管道："正要登堂请安，恕老汉不恭了。"谦谦逊逊，许仙同他一同走进，小二忙将中门开放，上了厅堂，各施一礼，分宾主坐下，送过香茗。那些礼物已搬到厅上，许仙满腹疑猜，便把礼物再看一看，第一是聘金千两，已经呆了，忙说道："多蒙老伯抬爱，但我许仙一个商人，岐黄并不熟悉，即使粗知脉理，亦属见笑大方，怎敢当此厚礼！断然不敢受的。"总管道："许相公休得过谦，容老汉细诉原由：只因小主病势沉重，访求各处名医，多说此病全由妖魅而起，服药也不中用的。我家夫人为此心中着急，所以终朝祷求大士，留此单传一脉；幸蒙菩萨托梦，指示迷途。特命我到来聘请，专候同舟下降昆山，万勿推却。"

许仙听了，实在解不出这个理由，暗想："菩萨为何替我说谎？我不曾学过降妖的法术，就是懂些医药，也是不通的。勉强到了昆山，于事无济，原不过徒劳往返罢了。但把他送来的礼物，完全退还，被邻里人家知晓，未免脸上无光。且待我与妻商议，或者他有成全的妙法，也未可知。因他学过梨山法术，一定有降妖手段，可以成功的。"想定念头，方说道："贵公子既是被妖魔缠绕，待我进去查一查看，老伯请宽坐一回。"说罢，起身入内，来到房中，叫声娘子："有一桩奇事来了！"娘娘问："有甚奇事？"许仙道："今有昆山顾府，送来八色礼物，千两花银，作为聘礼，并用尚书的名帖，命老家人前来相请，因为公子被妖怪缠绕成病，要我到昆山拿捉妖精。我未曾学过道术，怎好耽承此事？故而进来与娘子商议，我好去回覆他们。"娘娘道："想我虽与师尊相别已久，降妖之法却还记得，你不妨耽承下来，万般总有做妻的在此，包管此去太平无事。这些礼物聘金，不必推让，尽可照单全收，发入内厅。外面来人，须备早饭请他。你的动身行李，待我立刻整顿便了。”

许仙应是而去，走到外厅，家人们都起身问：“许相公可曾查明甚么妖邪？”许仙道：“这是个极利害极凶狠的妖精，非我亲自前去不能降伏的。”总管道：“原是，原是。相公如已整备停当，就请下船。”许仙道：“老伯请用了便饭去。”家人们都说道：“船上饭已端整，实情救主心切，请许相公船中用饭罢。”许仙道：“如此性急，只是太觉有慢。待我进去片刻，一同下船就是了。”

当下回进内堂，见铺程行李等物，都已备好，就吩咐小二搬出去。然后向娘子告别，并求降妖之法。娘娘取出灵符两张，嘱咐道：“一张贴在妖邪出入的地方，一张焚化在阴阳水内，叫那病人吃下；妖怪见符早已逃遁，不现原形，切莫惊慌失措。倘他们问你妖在何处，你可假意虚张声势，便说妖已降伏了。还有一包灵药，煎汤服下自愈。那时降妖治病，都出自你，一定格外酬谢你了。”许仙道：“这事全仗娘子大力，我不过挂名罢了。”娘娘又安慰道：“此去但请放心，只是秋气初凉，自己要保重身子，休忘了嘱咐之言。”许仙口虽答应，心尚惧怕，还亏娘娘壮了他的胆，勉强抬身出外，颇有些依依不舍的情状。懒洋洋跨出屏门，总管便请许相公登船：“行李铺程早已发去，不知可有降妖应用的法器等东西么？”许仙道：“用不着的。就请同行。”回头又向张、李二伙嘱托店务毕，方和总管等离了店门，出城到码头下船，在官舱中间坐定，总管在旁侧相陪。

即听得船头上筛动金锣，船已开了。后梢头把预备的早膳端出，就在桌上摆好。于是饮酒谈心，用过午餐，不知不觉，从苏州到昆山七十里路，顺风顺水，申牌时候，已经到了。停泊水墙门首，总管道：“许相公，待老汉先上岸去，通知一声，好开正门迎接。”

许仙拦阻不住，总管已上岸去了。走入门房，众家人多问："仙人可曾请到？"总管道："请到了，只是这位许仙人是观音菩萨指示来的，快去开放正门。少顷请到正厅，必须用香案供奉他，在正面献茶，整备丰盛夜膳酒肴，兄弟你休要怠慢！"吩咐毕，自到水墙门首，叫船上打好扶手，然后说道："老奴奉夫人之命，代小主迎接许相公。"许仙道："老伯何须如此，不当之至。"当下踏跳登岸。

总管引领他从正门而入，众家人两旁分班站立，见许仙生得眉清目秀，体格不凡，暗暗称赞，都说他仙眉仙眼，仙骨飘然，虽是生意人打扮，很有仙家的模样。迎接到正厅上，请他正面坐下，面前摆着香案，香烟缭绕，红烛高烧，排列着八盆果品，一盏香茗，和供奉神佛一般。合府家人齐来叩拜，弄得仙官局促不宁，忙叫："各位请起。"众人都说："全仗仙术，救病降妖，感德非浅。"一齐起身，左右站立，和总管在旁伺候。许仙道："我许仙有何德能，敢劳各位管家如此多礼，真使我惶恐难当。若说降妖治病，这有何难，你们只管放心便了。"他嘴里虽是这般说，其实毫无把握，心中惶惑不定：不知两道符、一包药，灵也不灵？如今到此地位，也只好说几句大话的了。

等到天将傍晚，总管命兄弟们一面端整酒肴，一面收拾书房，预备少停安歇，再向许仙动问："降妖是今晚呢？还是明天？"许仙道："明日五鼓降妖罢。"总管又问："可要备办什么东西？"许仙未及回答，里面传话出来，夫人唤总管进去，总管只得入内听命。这里买办东西的家人，到厨房里吩咐备酒。厨子问："仙人做法事，是否吃素吃荤？免得弄错了，反为不美。"那家人听说有理，回到厅上来问，许仙不好意思说吃荤，便随口说一声"不论"。那家人不懂不论两字，当做仙家的特别食品，答应下去，忙到帐房中取了一千文，出去买这个“不论”。谁知走遍昆山，总没有买处。后来问到了一爿店里，亏得有一位老人家对他说：“不论就是随便的意思，何当有这个东西，可以买得到的？你休要误会了。”那时心里方才明白，反恨着仙人放刁，带累我奔断了脚根，停一回我拿妖怪来吓吓他，看他怎生光景，就知道他有法无法了。不说他心中怨恨。

再说许仙坐在中厅，自有家人们分班伺候，送香茗，供点心，川流不息。因见他们如此看待，真当我是个仙人，我必要降伏妖怪，抱着稳瓶才好。倘若不能降伏，叫我满面羞惭，怎好见人呢？正想时，天色已晚，旁侧家人端上酒菜，般般是山珍海味，和那鸡鸭猪鱼鲜果干果等类，桌上分排着十六盆。设席后，家人们在旁说道：“许相公，总管现在上房，少刻就来，这些淡泊粗肴，请许相公随便用些。”说罢，左右轮流斟酒。许仙上口一吃，酒也好，菜也好，果然比众不同。饮过几杯，方启口说道：“我要请问管家，你家贵公子，卧房在于何处？”家人道：“在后面花园方亭里。”许仙道：“如此，妖怪也在那里了，你们可曾见过没有？”这一问，那个买“不论”的家人，忽然过来回答。

要知回答的什么话，许仙能否降妖，且看下回分解。

第二十三回　降妖

却说许仙在饮酒中间，问及妖怪可曾见过，有一家人答道：“我们却不曾见，只据文琴说，是一个美貌的姑娘，将大爷迷住的。”还有一个因着“不论”两字带累他奔跑的，有意谎说道：“这妖怪我也见过的，生得实在可怕，三头六臂，青面獠牙，赤发红须，眼睛和铜铃相似，来去飞沙走石，忽隐忽现，变做姣美的女子，显出原形，便要吃人哩。而且吃人不吃一两个，一吃就是五六个，只当一顿点心。你想利害不利害？”许仙听了，竟把这假话当做真的，吓得呆了，浑身发抖起来。暗恨妻房害我，脸上顿现惊慌之色。那家人见此模样，问道：“许相公，为什么身子在那里发抖呢？”许仙定一定神，摇头道：“不是的，我平日不喜饮酒，所以觉得有些酒寒。”

说未毕，总管自内走出，连说：“失陪失陪！得罪得罪！”许仙就说：“老伯请坐。”总管道：“许相公不要客气，正厅上那有老奴的坐位，还请相公多用几杯。”便立在旁侧斟酒。那些家人们却是交头接耳，窃窃私议，都说：“这位仙人，只怕有些靠不住呢。他一听妖怪吃人，身子便零碎动，这般无能，岂不是夫人白费心么？”有的说：“不要管他，等到五更时候，包管飞沙走石，打得他头破血流了。”只有总管一片诚心，还要敬酒。许仙无心再饮，推说量窄，已经醉了。又恐酒后误事，反为不妙，况且腹中已饱，连饭都不要了。总管也不再劝，便道："多多简慢了。方才夫人传我进去，命我转达相公，因为顾门止此一脉，务求上紧降妖，幸勿疏忽，关系非小。"许仙道："老伯放心，降妖易如反掌。夫人处代言请安，多多上达夫人，包管妖降病退便了。"总管道："若得如此，合家戴德，真是莫大恩人了。但不知要预备些什么，还请吩咐。"

许仙沉吟半晌，嘴里大话虽说，心里却突突乱跳，好生着急。想这妖怪要吃人，索性多端整几个，只要不吃我就好了。所以信口说道："我既不要设坛召将，敲什么令牌，又不要道家装束，步什么罡，踏什么斗；只要桃枝柳条，用十二名童男在我前面走，十二名童女在后跟随，我在中间，手仗宝剑。叫他们各执桃枝柳条，合府管家为后拥，一齐助威呐喊，同到方亭，我自有神通降伏妖怪，不必担忧。"总管道："这样办法，倒也新奇。待小老安排停当，左右伺候。兄弟们，前面张灯，请许相公书房安睡。我还有事指派，恕不能侍奉了。"总管退去，这里四个家人搀扶仙官走进书房，居然异香扑鼻，华美异常。用过了茶，服侍他上床睡好，只留两个在床前听候使唤，还有两个来到外边。见总管分头办理妥当，大家和衣略睡片刻，准备四更天起来干事。若说童男童女，府中尽有，只要拣年轻的书童丫头二十四名，一些不难。应用的桃柳枝条，花园中现成有的，那是更容易了。

此时只难为了胆怯的许仙官，那里睡得安稳。可怜他战战兢兢，一心挂念着妻房。因此惊动了姑苏白氏娘娘，他一个人用过夜膳后，静坐房中，忽然心血来潮：难道小青不服，反把我夫呼吓了么？忙把阴阳一算，"原来他在那里记挂着我了，并且怨我贪财不顾了他。虽是过虑，也有道理的，倘若小青任意行凶，累及我夫担惊受苦，这却不可不防。欲保太平无事，必须我亲自往昆山走一遭。谅小青见我还有些害怕，敢不低头向我讨饶么！”

主意已定，立即穿窗而出，驾起白云前往。远远听得谯楼（城门上的瞭望楼。谯，qiáo）已敲三鼓，好得云头很快，不片刻已抵昆山。落在顾府花园中，潜身走入方亭，就在窗缝中细细一瞧，见小青身坐床沿，将手在公子胸前挪动。那位顾公子瘦得十分可怕，不像人形。小青却无法可医，还说：“我和大爷原期偕老，不想你得了咯血的重症，合府之人都怨恨着我，骂我是妖怪。太夫人也说我害了你，叫我有何面目再在此间？明日我要去了，恩爱从此两丢开罢。”那公子那里舍得，还要拉着他共效于飞。小青竟不顾死活，嘴里答应着，正要睡将下去。这个当儿，娘娘在窗外听得仔细，暗骂贱人心肠狠毒，到了这般光景，还想和他同睡，简直良心丧尽的了。即便轻轻咳嗽一声，向外而去。

小青已经听见，觉得声音极熟，连忙从床上下来，推窗一看，正是主母，也就跟随出来，离远了亭台楼阁，穿曲径，绕回廊，走出竹林深处，向外一站。看见了娘娘，不知为了什么，不怒而自威，不威而自怕，软绵绵低头伏小的说道：“娘娘在上，容小青叩头请安。”娘娘正色道：“你下得好毒手呀！你道顾公子是何等样人，你敢害他的性命么？”小青道：“婢子心昧无知，还求娘娘训示。”娘娘此时浑身穿白，立在修竹丛间，小青跪在面前，外面月光照入，宛似紫竹林中白衣大士，小青很像龙女，大好的一幅画景。

闲话少叙。再说娘娘听他请训，便说道：“我把他前世原因，说与你听了罢。你从前未得道的时候，本是一条青蛇，在西湖边往来游玩，无拘无束，自在逍遥。却巧上界拣香童子，空中经过，见你青翠可爱，颜色娇妍，无意中偶然笑了一笑，顿起思凡一念。因此贬谪尘凡，投胎顾府，承接宗祧，与你该有这段姻缘。万不该如此淫乱，害他犯了痨病。你只看我待夫君，加意爱惜，所以唇红面白，不改丰标。你待顾郎十分狠毒，弄得他周身皮尽骨焦，是何缘故？可晓得顾生乃是天星下降，做了善门的后嗣，你若将他迷恋死了，上界得知，怎肯饶你？难免律犯天条，被雷击毙。就是天肯饶你，我也不饶！”

小青听得毛骨竦然，忙道：“总求娘娘恩典，救度丫头，感德不忘。”娘娘道：“如今还敢任性违拗，不奉教训么？”小青道：“从今以后，情愿真心贴服，听候使唤，再不敢违命了。”娘娘道：“如此起来，救你便了。”小青谢过娘娘，起身站立。娘娘方和颜说道：“小青听我吩咐：这里夫人痛子病重，命在各处张挂榜文，凡有降妖治病的人，两桩都能办到，共谢六千两银子。所以我略显神通，化身指示，叫他前来相请。他备千两花银，聘你主人到此，降妖治病。恐你不服管束，故而我也在后赶来。你能医好此病，一来消你的罪孽，二来帮助主人趁得花银，岂非两全其美？此刻你仍回园中，只须略用小术，虚张声势，欺吓众人，好似串戏一般。主人说是什么精，你就现出什么精。我在云中等候你，串演完毕，跟我回转家庭，不得有误。”

小青应命退去。娘娘驾起云头，停在空中瞭望。听得谯楼将转五鼓，总管最是关心，起身独早。合府家人和书僮婢女，也都穿衣齐集。应用的桃枝柳条等物，也预备好了。这时候，许仙睡醒下床，梳洗后，用过点心，方在招文袋里拿出两道符来。要知这两道是什么符，说也可笑，一张叫有若符，音同无；一张叫鬼画符，比不得茅山玉印灵符，可以召将降妖的，要他何用？原不过摆摆架子，装装门面罢了。许仙却当他是宝物，便道：“管家过来，先有两道灵符，一张贴在妖怪出入的地方；一张化入阴阳水内，与病人吃下，妖怪便不能近身了。”家人答应“领法旨”，手接灵符，转身就走，取些浆糊，粘贴在方亭上。再有一张，要化入阴阳水内，送给病人吃的，他却听错了，水变做了尿，因为苏州人的字音，尿不读“鸟”，和“水”字声音一样，所以他拿了杯子，在尿桶里舀了大半杯，将符化入尿内，送进方亭，轻轻灌入病人口中。可怜公子臭气难闻，尿一到胃，连打几个恶心，呕出些黑水来，稍觉安宁。这也是祸中得福，那小便可算得很灵的医方呢。

外面总管见诸事齐全，就请仙人进内，前有十二名童男开路，后有十二名童女相随，许仙在中间仗剑而行，心里突突乱跳。到了方亭跟首，先吩咐开放长窗，然后一拥而入，行至床前，命童男童女左右排开，外边家人呐喊助威。正要假作法事，那小青躲在床后，已等多时，只要相公说长就现长，说短就现短，一显神通，便跟随主母回家了。谁知许仙心慌意乱，对着床上一看，嘴里叫声：“阿呀，不好了，妖怪在那里了。管家们快把桃枝柳条打过去啊。”那家人道：“这个不是妖怪，就是公子呢。”许仙道：“原来我一时看错了，待我再作起法来。”

其时小青听得不耐烦了，一看自家主人，已经吓呆了，说不出什么来，倒不如我随便现出一物，当做妖怪罢。所以蓦地里吹起一阵风来，呼啰啰，豁喇喇，顿时烟雾迷濛，把方亭上摆设的物件，弄得颠颠倒倒，那些对条书画，飘扬半空，灯火尽行打灭。吓得许仙脸涨通红，慌忙钻入床底下去。还亏小青心灵，就把夜壶当做怪物，丢在房内，又变了些鲜红的血水，算是妖精击死了。当下那些童男童女躲避无门，急得缩做一团，家人们也心胆俱碎，四散奔逃。

直等到风势平定，烟雾全消，早现出淡淡的月光。这一班家人陆续走出，来到方亭观看妖怪踪迹，见里面陈列各物，东倒西歪，如同雪片，又见童男童女一个个藏头露尾，听得人声，方敢啼哭。只是看不清楚，地当中好像有一件东西，不知是些什么，忙去取火点上了手照灯，仔细一看，却是一把紫铜夜壶，打扁在地，旁边还有鲜红血水，分明是个夜壶精，已经打死的了。但是不见了一个仙人，大家都来寻找。拿着手照灯照看，幸喜公子不动声色，安然睡在床中。那床底下的仙官，早听得明明白白，暗赞妻房有莫大的功劳，一道灵符，妖怪已死。足见梨山仙法，比众不同。现在事已过去，可以出来了，便开口道："喔唷，这妖怪好利害啊！"家人们听见仙人的声音，过来把他搀扶起来，都问道："许仙人，许仙人，请你降妖，怎么躲在床底下呢？"许仙道："你们那里知晓，我在床底降妖，如何说是躲避？"众人问："降的是什么妖怪？"许仙就说："是夜壶精，凶狠得紧的。"众人又问："夜壶的尸骸，怎生发落？"许仙命将桃枝柳条烧火，撮上掩埋地下，便可无事。如今妖怪已降，只须看治公子的病了。家人道："病人在床，便请诊脉。"许仙当即身坐床沿，细看病容，果然形体全空，虚劳已极，虽有卢医扁鹊到来用药，也难挽救，只好用我娘子的单方了。

正想时，总管走入称谢道："许相公降妖辛苦了。"许仙道："岂敢岂敢！妖已擒捉，现在当以治病为重。"总管道："是吓是吓。全仗费心。但是小主的病，可还有命么？"许仙道："贵公子命脉虽存，挽救非易。在这方亭中歇宿，太觉风凉，速宜移榻上房，把

这方亭封锁为是。还有一说：公子煎剂难投，非寻常药饵可愈，我有灵丹一服，煎汤饮下，当能起死回生。”总管道：“多谢相公，请相公到书房歇息奉茶。”许仙起身将行，总管便吩咐众弟兄道：“你们去通达夫人，取醉翁椅扛抬公子，移榻上房，再将方亭封锁了。”说罢，陪着许仙到书房中，送进点膳香茗；吃过后，又奉上一盏参汤，并说道：“相公辛苦极了，请略睡片时，养息精神罢。”许仙道：“老伯请便，少停停呈送灵丹到上房便了。”

欲知灵丹救得公子性命否，且看下回分解。

第二十四回　　虑后

却说顾公子被妖迷恋，病已深沉，惟存一息。今由家人们扛抬移进上房安睡，夫人见他挺卧在床，目定神枯，精气将绝，止不住两泪交流。正当独自伤心时，忽见总管顾能进来，问道："你在书房陪着仙人，进来做甚？"顾能道："老奴陪仙人用过点膳参汤，请他养息，略睡片时。他说公子病已危笃，寻常药物，却难见效，故而付我灵丹一服，煎汤吃下，便可还原。"夫人道："竟有这等事？吃下如果即可还原，他真是当世神仙了。仙丹取与我看。"顾能双手呈上。夫人便叫总管出去，端正早膳，格外丰盛，款待仙人。总管应命退出。

夫人把仙丹一看，青翠碧绿，颜色鲜妍。虽前番煎过一次，被风吹干，尚未变色。当下放入参罐中，在风炉上一煎。水还未滚，香气已透，闻了可以却病延年，满房中都觉得精神爽健。原来此香非比等闲，就是娘娘九死一生，向昆仑盗来的灵芝仙草，救得许仙还阳，今番是煎第二次了，顾公子也亏他救活了性命。仙丹煎好后，倒在碗内，依然青翠可爱，拣两个精明灵巧的丫头，过来服侍，夫人亲手执碗，立在床前，叫春梅、秋桂，一个里床，一个外床，两边扶助，然后对公子一看，眼泪扑簌簌滴了下来。见他嘴唇枯黑，人中也吊了，眼睛上已起了白翳，定着不动，口中一些津液全无，怎好下药？略想一想，就拿了一只调羹，超（方言。挖取；舀取）了一些药汤，在他唇舌牙齿上润了一润。果然仙丹与他种煎药不同，一进嘴唇，满口活动，一下咽喉，周身转运，上至泥丸宫，下至涌泉穴，没有一处不到，实在十分灵验。一碗吃完，就此安睡，把满身毒气消尽，自然血脉调和，精神回复了。睡了一回，慢慢的身体转侧，骨节轻松，翻身向外，微睁两眼，开口叫声“母亲”。夫人便说：“我儿好了！”丫头也都说：“大爷醒了，大爷醒了。”

公子便道：“娘呀！不知那位先生看治我的，吃了此药，好似仙丹。”夫人道：“幸得为娘虔心拜佛，大士临凡，指示到姑苏聘请仙人，才能够降妖治病，保全我儿的性命呢。”公子道：“如今仙人谅还未去，可能留他在此盘桓几天？”夫人道：“且待我去说就是了。”公子问：“仙丹可还有么？”夫人说：“只有一服，你若要吃，连这药渣也吃了罢。”公子便叫拿来。夫人将芝草分碎了十几块，放在他的嘴内，一块块咀嚼下去，香甜味美，不一回都已吃完，他又睡熟了。外面总管陪待仙人用过酒肴，又到里边问候。公子已经睡醒，连吃了三碗粥，精神也有了，不过身子瘦弱了一些。夫人十分欢喜，果然病已全愈。公子道：“孩儿追想前事，和阴司放还一般，渺渺茫茫，如在梦中，我此刻还觉心寒。”夫人道：“这是你年灾月晦，该有此事。”公子道：“今得恩人救我性命，待孩儿下床后，还要和他盘桓几时。”夫人道：“这事再作商量。但不知救命深恩，怎样的酬谢他才好？”公子道：“他能保全儿命，功劳不小，有关顾氏宗祧。莫说贵重珍宝都可相送，就是家产平分，也是不妨，悉听母亲作主便了。”

当下总管已在旁侧，见公子神气已复，也很快活，过来禀告道：“老奴陪许相公吃过了早饭，他说以后不须服药，只消把人参汤滋补，不久还原。老奴要留他多住几时，他说家下乏人，店中事务又忙，谁来照应？没有弟兄亲族，身在异乡客地，单留妻子一人，所以不能从命。”夫人道：“这也难怪他。既如此，不必勉强，但是怎样谢他呢？”总管道：“前番夫人出榜许过，付过一千，再找银五千两就是了。”夫人道：“我因公子感激情深，另外还要谢他呢！”说到这里，想了一想，又道：“有了，我家绫罗缎匹很多，拿来装满箱内，四箱男衣，四箱女衣，分春夏秋冬四季，每箱放银二百两，作为成衣之费；首饰珍珠，另藏匣内，帽巾鞋袜，别备筐笼。此外山珍海味，一切食品，装载满盘。足兑纹银五千两，打成五个大包，这是正项酬谢金。你今一并备好，和他同船送到家中，聊表我一片报德之意。你看如何？”总管道：“送这点东西，约值万金，也不为过。且待老奴出去，叫账房开单照办便了。”

当时顾能向夫人领了钥匙，出外开了各库，一样一样的整备起来，照着礼单配齐，忙个不住，还要留许仙再住一夜。许仙却归心如箭，定要动身，连夜饭也不吃了。总管道：“既如此，不敢强留。今奉夫人之命，有一些薄礼，望祈笑纳。”便将礼单呈上。许仙见礼物甚多，辞不敢受。总管道：“许相公若不收受，那是嫌少了，反使夫人心中不安。”许仙听了，只得受了下来，连连称谢，说：“小可理当面谢夫人，叩辞回去，不知可使得么？”总管虽说不敢当，入内禀告夫人；夫人倒也心喜，本想看看这位仙人，立即出外相见。许仙因为这位皇封，是一品老夫人，所以行庭参见子侄礼。夫人甚是谦逊，先讲了许多感激话，又说：“些微薄礼，实不足以酬报万一，且待小儿病体复原，自当登门叩谢。”许仙连称：“不敢！敬谢厚赐！受之有愧！今因家事无人照料，只得告辞了。”夫人也不勉强挽留，吩咐顾能将酒肴发下船去，你可相送前往。又说：“许相公慢请，恕老身不送了。”许仙却请夫人回步，然后同着总管退到外面，带了顾福、顾寿，从水墙门下船。见行囊礼物，完全发下，时已薄暮，就此解缆开船。舱中摆好酒席，总管陪着许仙饮酒，许仙放开怀抱，饮至更深，方才安睡。

天明船抵姑苏码头停泊，起身梳洗后，用过香茗点膳，岸上已热闹异常，来了许多脚夫，把行李铺陈箱笼礼物一齐搬运上岸。扛的扛、抬的抬，自有福、寿二僮押着。总管方请许仙离舟登陆，一同进城。不多片刻，到了专诸巷保和堂里。许仙陪着总管入内，看那一担一担的东西，尽行挑进内堂，照数点清无误。总管立即起身告辞，许仙要留他吃中饭，送给银子路费，总管却丝毫不受，便同福、寿二弟兄去了，回家覆命。不必细表。

单说许仙送客后，急忙进内来见妻房。娘娘早已迎出，两下见面，许仙就将那张礼物单，递给娘子观看。娘娘见礼物甚多，便道："这是官人的时运到了。"许仙道："实是叨娘子的恩惠呢。"夫妻对面坐定后，见小青送茶出来，叫应相公、娘娘，许仙问道："娘子，小青几时来的？"娘娘道："他还是昨天来的。"许仙道："小青，你一向在那里存身呢？"娘娘道："你快跪在相公面前，细细禀告一番。"小青应了一声"是"，就走到主人面前，双膝跪下，禀诉道："婢子自从那日出门以后，举目无亲，失了依靠，一时心头气愤，欲寻短见，在胥门外官塘投水，却被客船上救起。坐船的主人，是杭州姓米的大乡绅，救我上船，幸得遇见我家胞叔，顺便带我到杭州，留住在家，暂且度日。虽蒙叔父十分爱惜，怎奈他晚娶的婶娘心肠恶狠，终朝打骂凌辱，可怜我遍体鳞伤。还亏叔父心中不忍，将我送到金阊来，向娘娘求情收养。昨天因为主人不在府中，娘娘还未恩准，暂留在此。"

这几句假话，捏得很像，许仙自然相信。问道："你进来的时候店中伙计们说些什么？"小青道："我因自己没有脸面，所以同叔父从后墙门进来的。"许仙道："你主母怎样说呢？"小青道："用与不用，娘娘不肯做主，要等主人回来，方能定夺。"许仙就搭着架子说道："哼哼！现在你晓得别家饭是难吃的！莫说别家，说是亲叔父尚且如此！哼哼！你动不动便要变脸，如今还求我怎么呢？"小青道："只求收养，感恩非浅。"许仙道："你将来还敢使性违命么？"小青道："以后再也不敢了。"许仙听他讨了饶，方敢转向娘子恳情道："你看小青这般央求，却也可怜，请看我的薄面，收用了罢。"娘娘道："官人乃是一家之主，做妻的怎敢不遵。"许仙道："说那里话来！丫头在内堂使唤，当然由娘子作主为是。小青你且起来，到主母面前谢了。"娘娘道："你谢了相公就是了。"这一来，倒弄得小青没有主见，只好立在当中，叩谢相公娘娘收养之恩。

这一出戏，总算串演已毕。果然把许仙骗信了，并且迷字在心，更无一些疑虑，就是店中二伙闻知，也是不妨。从此夫妻和好，如鱼水一般的过度时光。把昆山得来的衣箱饰物，藏入绣房，其余食物留存厨下，备作羹汤。此时许仙在苏州，名气愈大，可称得运来福凑，名利双收了。

独有娘娘随着夫君朝欢暮乐，不知可能地久天长，心里却有些安放不下，所以他把袖里阴阳抡算，推测自己的命运，究竟如何？但是书中也须交代几句：娘娘的阴阳，算那过去的事，无不全准，那怕年深月久，隔了多少时代，也能参透得出。若说未来之事，只有三分准，七分总觉得渺渺茫茫，直等到事体发作起来，方才完全了解。故而此刻娘娘推算未来，终未能彻底明白，只晓得将来必有祸殃，住在苏州断难长久，还要夫妻离别，拆散鸳鸯，却不知怎样发生变动，又叫人难察难详。难道此地的屋主人，将要回来了么？如若一朝回到苏地，怎得隐藏过去，倒不如日后迁往他乡，较为安稳。可见娘娘深谋远虑，早已把主意打定了，只等丈夫进来，再作计议。

正想时，许仙走进内房，喜孜孜的说道："今日正逢七夕之期，特备几品佳肴，晚上与娘子饮酒，坐看牵牛织女双星，好不有兴。"娘娘应是，便请许仙坐下，方说道："做妻的想起一事，有话与你商议。"许仙道："倒要请教。"娘娘道："我今蒙君宠爱，乐度良宵。况且店中生涯茂盛，家道富足，谁不钦敬着你？但恐好事必多磨折，乐极难免生悲——并非我多愁多虑，却也是持盈保泰的意思。"许仙问道："不知娘子意见如何？"娘娘道："我因为身离故乡，终非久计，今已侥幸得利，当思我家祖父基业，皆在浙江，岂可轻弃！自古道：树高千丈，叶落归根。理宜预留地步为是，纵有事变，也可保得衣食无虞。所以我与你计议及此。"许仙连连称是，娘娘又道："今店中已有积聚，顾家送来的谢仪银子，完全未动，这一种意外之财，你当觅人寄往杭州，修书一封，将银交付姑丈姑母，托他费心料理，在附近买一所房屋，要门前可以开店的，最为合宜；余多的银子存庄生息。料想他顾念亲情，一定依允的。如此安排地步，后来便可在杭州立定脚根，安居乐业了。"

这一番深谋远虑的话，不知许仙听与不听，且看下回分解。

第二十五回　赛盗

却说许仙听了娘子一番说话，便道："娘子深谋远虑，料决如神，自当领命。今夜我和你庆赏七夕佳期，待明天早上，我往南濠街去见永昌叔父，问他可有诚实可靠之人，如果有的，即便寄去便了。"谈过正事，天已傍晚，就叫小青暖酒端肴，摆在桌上，夫妻对坐饮酒，同赏七夕良宵。少时明月东升，倍添兴趣。许仙道："我想上界牛女双星，尚且乌鹊填桥，一年一度，何况我等凡人，任凭你十分恩爱，难免有分离的时候呢。"娘娘点头道："原是这个意思，所以我和你图久之计，回念家乡，这就是君子务本的办法。但明日写这一封信，须要留神。"许仙请问怎样写法，娘娘便把信上应写的说话，一一指示："开头除问候起居、叙述契阔外，从你配到姑苏说起，多承永昌叔父收留，替我作伐成婚，这是装做妻的体面，只说嫁来奁资不少，因此开张店铺，继承父业，兼行医道，银钱颇有盈余。惟客居终究不便，久后还须回返故里。只为许氏一脉单传，祖父坟墓，缺乏祭祀，定耽不孝之名，被人唾骂。说幸叨在至亲，不得不仰仗大力，有费清神，奉上银子三千，代买附近居房一所，预作根基之地，日后归来，方不致家徒四壁了。如此说法，你姊姊、姊丈一定快活的。"许仙道："足见娘子大才，说得有理，自当遵命。但今夜七夕良辰，且与你尽欢才好。"小青在旁斟酒，你一杯，我一盏，直吃到酒阑席散，方始上床安睡。

次日许仙清早起身，便往南濠大生堂去。却巧行里有便船回杭州，是王永昌的亲族中人，顺便可以代递银子，起程只在两三日内，不得迟延。所以回到家里，连忙写好书信，把这笔银子送去。过了六七日，得到杭州的收据，方才放心。怎奈许仙正交着竹节运，欢娱未久，愁恨又来。

荏苒光阴，何等迅速。七月一过，已将近八月中秋了。中秋佳节，苏州城里自有一番景象，这是年常的旧例，或商店，或人家，有的挂灯结彩，有的搭台唱戏，打太平醮的，斋月宫的，各家摆着香案，烧着大香斗，点着大蜡烛，陈列许多古玩珍宝，争奇斗富。说得很好听，上保求生意茂盛，合境平安的。这里专诸巷一带，接连阊门大街，东西中市，更是个最热闹的地方。所以当地的闲汉头脑，当做一件公事，大起忙头，带了一班游手好闲的小弟兄，到处敛钱。如果打醮待佛，搭台做戏，还要叫他写疏簿（旧时僧道募捐的册子），他另外又要钱的，挨家逐户，这里地段上，出钱的居其大半，更注重着有名的大商店。只剩保和堂一家不要写疏，因为手下伙计们辱骂了他，故而情愿自家待佛。一应灯彩摆供，也归自己独办，不劳费心。那个头脑得到手下报告，心里恼恨异常，便吩咐众伙计道："我们且把疏簿写完了，先定堂名（乐班。旧时乐班习惯起堂名，故称），全苏州城内城外最好的几家，完全定下，所有一切灯彩，都拣鲜明新样时式，和那玻璃角灯，也要早些租赁下来。那么，好叫这个杭州客边的人，灯也没有租处，鼓手堂名也没有定处，倒倒他的霉，也出了我们的一口气了。"

这种说话，明明有意欺着异乡人，你想可恶不可恶？许仙那里知晓，正所谓强龙不斗地头蛇呢！要去租赁鲜明的灯彩，都回说没有时新的，去唤堂名鼓手，也只有极不堪的，好容易勉强将就，反惹得街上闲人，哄然大笑，齐说很气概的大药店，弄得这般样子，真正倒尽他的霉了。你一句，我一言，连那些哑喉咙的堂名，不成腔的鼓手，也都走了，弄得许仙愈加羞愤，钻头不出。店堂里坐不牢身子，只得避到里边，忍气吞声，闷昏昏直上楼头，急步走入内房，把外面的衣服脱下，帽子丢过一边，含着眼泪，红着脸儿，身子斜睡在床上。这副形景，娘娘不懂他为了什么，坐到床沿上去问他。许仙还未脱孩子气，受了别人气恼，反在自家人面上装腔做势，因为平常日子被自家人引惯的了。

娘娘问道："今夜店中供奉香案，结彩悬灯，何等热闹，正好出去照料，怎么反到房中睡了呢？"许仙发恨道："如今做不得人了，被他们欺死了。"娘娘道："那个敢来欺你，你快说来，做妻的与你排解。"许仙道："说来实是可恨，因为这里年常旧规，要打三天清醮，敬奉神明。那些闲汉挨家写着疏簿，要写我十两银子。"娘娘道："这也是小事呀！"许仙道："虽是小事，他们却出口骂人，故而我不肯写给分文，自愿独家待佛，不要他们费心。他们赚不得银钱，心头怀恨，把上等的堂名灯彩，一齐包办了去，弄得我这里无从租赁，勉强杂凑成功，反招他们嘲笑，说我的敬神，实是现世，叫我在苏州怎好做人？站在人前，有何面目？倒不如死了罢。"

娘娘见他这般怨命，也有些着急，想我来报答恩情，总要他天天欢喜，没有一些烦恼为是，便道："你何不早说呢？想我等身在异乡，苏州风俗未谙，既是闲汉上门，要你写银十两，你应许他也不妨。这等小人只贪小利，和他斗气，太不值得。到如今费了钱又不讨好，反被他暗箭所伤。但事极细小，说什么削了面皮？我劝你休要烦恼，管叫你到了明天，街坊上个个称赞，你道好么？”许仙道：“若得如此，那是最妙了。不知怎生博得人家称赞呢？”娘娘道：“我父传下几件无价宝物，耀目增辉，可称得世上无双的活宝。陈列到外边去，定可叫你脸上顿生光彩。”许仙道：“那么，娘子快去取来我看。”

娘娘便唤小青拿钥匙，开那边一只大官箱，把这几件古玩取出，准备明天赌赛。小青一听，暗想大官箱里，没有什么古玩，叫我拿出什么来？就对着娘娘一看，娘娘即丢了一个眼色，催促道：“你快去取来呀。”小青心灵，早已会意，嘴里应是，假作找寻了一回，方说道：“丫头记得放在抽斗里的，怎么竟不见了？”娘娘佯怒道：“这钥匙是你经管的，怎说不见？贱人这等不当心，还不与我跪下！”小青居中一跪，亏他装得像，搔头摸颈，好似再也想不出的样子。娘娘更是十分做作，大骂小青这贱人，如此疏忽，当以家法处治。又向许仙说道：“你去取一柄斧头来，待我把这箱子劈了，还怕不见么？”

此刻许仙坐在床沿，看见娘娘动气，又要责罚小青，自己倒不动气了，即便起身道：“娘子何必性急！今日天色已晚，就是拿了出来，也须明天摆供的了。且待来日清早，我去唤一个铜匠来，再开这箱子，也还不迟。若说小青，不过一时记不起，料想总在房中，决不会丢掉的。这是小过，还可宽恕，只要以后当心一点。请看我的薄面，饶了打罢。”娘娘道：“做妻的生性燥急，要这件东西，不得见面，总是气恼的。”许仙劝解道：“娘子不用气恼，饶了小青这一遭。”娘娘就趁势说道：“既是官人讨情饶恕，小青起来！你明日再找不出来，哼哼！”小青方站起身子，许仙便差他下楼吩咐小二关店，端正晚膳上来。

因为到了夜间，灯彩已收，无颜到店，就在房中饮酒吃饭，与娘娘谈谈说说。预料明日把宝物摆设在外，定然脸上威风，就是没有灯彩，也属平常。所以仙官心里欣然，多吃了几杯酒，已经醉了。扶到床上，霎时便呼呼的睡熟了。娘娘方对小青说道：“方才倒难为了你了。”小青道：“娘娘说那里话来？丫头明白的。”娘娘道：“我今夜有一事托你：此时初更天气，你替我驾云到昆山顾府中，他那里有几件活宝，借来比赛，两日后便可送还，料也无妨。”你道顾府中的宝物，娘娘怎生知晓？原来是小青在娘娘面前夸奖过的，所以就差他走一趟。

小青奉命即行，一道青光，穿窗而出，脚底生云，望东直到昆山，在顾府庭心中落下，见书院中灯还未灭，耳边听得朗朗读书的声音，便用舌尖舐破纸窗，向内偷眼一看，正面居中坐着锦云公子，旁边有一人打瞌睡，是书房伴读的老家人。此时将及三更，为什么不是值书房的文琴僮儿？因为前番容情瞒蔽，故而夫人把他发在门房里去的，现在换了一个年老的承值，有些见识，不致误事。小青一想：人还未睡，怎好进去？只得用一点小法子，便从窗缝里吹了一口气，直送到顾生面前，其味很香，好似贼人的闷香，透入鼻孔，就打一个呵欠，伏在书案上睡着。那老家人更是不必说了。

小青方伸手推进长窗，回想着多情多义的郎君，相离只有一月，怎能忘却！我道他容颜憔悴，一时难以复旧，谁知反胜从前，未免动了感念之情。但是今番特来借宝，未可造次，将身一径入内。凭你重门关锁，总是无妨，他有娘娘教的开锁咒。就走进储藏珍宝古玩的书轩，记得顾生曾经说过，第四口红木橱里，藏着宝物，只消

念几句咒，锁已解放，开门取宝，只拿了三件。那三件呢？是《钧天奏乐图》一轴、八卦时辰香炉一个、羊脂白玉净瓶一只，其余古玩尚多，要算这三件最佳。借了回去，开起胜会来，定可叫相公脸上增光。当即变了一条包袱，把宝物包好，背上肩尖，在胸前打一个十字结，仍将门户重重关锁，然后出来。

她如果就此回家，人不知，鬼不觉，或可后来无事。那知小青惹祸招灾，到了外边，见公子睡曾未醒，心中留恋旧情，就走近公子侧首，将手在他肩上拍了一拍，叫声："顾郎醒来！"锦云从梦中醒转，抬头看见小青，吓得魂不附体，喊一声："不好了！夜壶精又来了。"小青急忙向外，一到庭心，便驾云回去了。这一来，正所谓画蛇添足，我且慢表。

却说顾生一声大叫，老家人也惊醒了，问公子做甚么？公子道："我看见那夜壶精又来了。"老家人道："有这等事，那还了得！待我去唤兄弟们起来，四面搜寻。"说罢就走，霎时合府家丁齐起，搜寻精怪，连仆妇丫嬛们也起来了。夫人闻信，大吃一惊，传唤总管顾能入内，商量善后事宜道："妖怪或者未死，重又出现，须防他要来报仇！你可陪着小主到苏州，登堂拜谢，补送礼物，向仙人讨一个安全之策，免生后患。"总管领命退出，吩咐众弟兄不必搜寻，大家安睡。他自去安排礼物，准备明日赴苏，陪着小主一同前往。

不知到苏以后，是否与许仙会面，看见小青盗去的家藏宝物，弄出事来，且看下回分解。

第二十六回　　惊堂

却说小青驾云回到苏州，便在窗前落下，走进房来，解开包袱，将三件宝物取出。娘娘看了大喜，就叫小青放入官箱。“明天你将钥匙献出，好替你主人脸上生光了。如今你去睡罢。”小青答应退出。其时谯楼上已敲四鼓，睡不多时刻，天光明亮。太阳虽出，还没有射上纱窗，许仙已经睡醒，要紧开这只箱子，起身去唤铜匠，先把娘子叫醒，娘娘知道他的脾气，便同他抽身下床。小青送进脸水香茗，娘娘问：“钥匙可曾找见？”小青道：“找见了。”娘娘道：“你在那里找见的？”小青道：“在箱橱背后，我找寻了半夜才见。”娘娘道：“我原说总在房内，如今可免得叫铜匠开锁了。”许仙好似个孩子，听得钥匙找到，心里快活得很，就叫娘子开箱。此刻娘娘拿得出来，不慌不忙，开了箱子，取出三件宝物，交与许仙，十分郑重，谆谆嘱咐道：“这三件宝物，千万留意，切勿粗心。今番供了出去，恐怕有人争看吵闹，不可不防，门口必须拦着挡木，免得挨挨挤挤，遭了损坏。并用头绳把宝物扎好，旁边多几个看守的人，方始万无一失呢！”

许仙问道：“不知这三件古玩，有甚好处，这样的奇货可居啊？”娘娘道：“真可算做活宝哩！一轴《钧天奏乐图》，一个时辰八卦炉，一只羊脂玉净瓶。瓶内插入枯槁的枝条，顷刻间便能开花；炉中香烟按着时刻透起，和自鸣钟时刻相符；只待香烟一缕起来，那画图上就奏着笙歌的音乐。这种希世奇珍，你想观看的人多也不多，若不预为防备，少停便难应付了。你另取花银二百两，托二伙去买绫罗绸缎，做成五色天幔各种彩子，并买明角玻璃宫纱书画各灯，悬挂起来，下面摆着香案，铺着红毡，自然比他家更觉威风了。”

许仙听了，好生得意。依着娘子嘱咐的话，出外一一照办，摆设整齐，安排妥当，把这三件宝物陈列在外。众人看见这般举动，门口又用了挡木，起初议论纷纷，不知何故，后来见炉中烟起，画图上隐隐作笙歌声，一个个称奇道怪。就此一人传十，十人传百，赞扬开去，哄动了各处的人，越聚越多，你也要来观看，我也要去赏识，把这条专诸巷大街，挤得满满。有说画里仙女是活的；有说仙炉里的香烟，按着时辰透出来的；有说白玉瓶放着光华，八月天气，瓶里开放桃花了。弄得许多看客，一时不肯走散，人人都称为活宝。毕竟许半仙家里，比众不同，看了这里的宝物，别家的灯彩就不要看了。所以他处很觉冷淡，只有许氏门口，人山人海。也有多少人拥挤不开，来了多时，不曾看见，只好待明天再来的了。一直闹到更深，收进宝物，方始游人散去，关上店门。

到了下一天，看客更多，一群来，一群去，都要看这三件活宝，好似开了大胜会一般。许仙十分高兴，怎知道今日乐极生悲了！这时候，昆山顾公子船到姑苏，上岸进城，众家丁扛抬礼物在前，总管跟在公子轿后，进了专诸巷，人多挤不上去，那些家丁便仗势恃蛮，嘴里操着京腔，骂声：“王八蛋狗鸡巴造的，前面有什么好看，阻住官街路门，我家公子在这里，你们再不让开，不怕鞭子打吗？”便把鞭子往上一扬，众人知道大乡绅来了，都吓得让了开来。

总管引着轿子到店门首，便叫一声：“许相公，我家公子特来拜谢。”许仙道：“原来贵公子亲自降临，不当之至。”即忙穿上外衣，出来迎接。顾生已经出轿，彼此一拱，挽手同行，开中门直到厅上。许仙满面堆笑的说道：“想我许仙何德何能，敢劳公子亲自驾降，直使我惶恐无地了！”公子道：“许先生说那里话来！前番若不是先生降妖治病，已入泉途！如此托庇安痊，理应登堂拜谢，请上受我一拜。”许仙连忙答拜。见礼后，分宾主坐下，老总管便把礼帖呈上道：“些须薄礼，还望许先生笑纳。”许仙推辞不过，只得收受了一半。总管退下，同弟兄们去看外面三件活宝，都说很像我府里的东西，却被总管喝住，还不疑到他偷盗来的。

里面许仙陪着公子谈话，照例要送茶的。这也是合当有事，小二到外面去了，只好小青送茶，手托茶盘，走到屏门背后，一见顾生，连忙缩身止步。许仙只道顾生已经看见，便唤小青快送茶来。小青刚要进去，却被主人唤住，又自知出去见他不得，此时进退两难。正值顾家总管走进，伸手一招，似乎要相烦他代为送茶。故而许仙动了气恼，骂一声贱人，为什么这般装模做样？顾公子听了，以为这个丫头，或者晓得我的声名不好，怕来见我，防我要调戏他，也未可知。正当心中想时，小青被逼不过，只得把头低倒，送茶出来。走到顾生面前，公子伸手接茶，本想不看他，却因他送茶欲出不出，搭着架子，一定不是寻常的丫头，且待我看他一看，到底怎生模样的？谁知不看犹可，这一看不打紧，吓得魂飞天外，魄上九霄，嘴里喊声：“阿呀！不好了，夜壶精又在这里了。”

小青被他这一喊，不觉仓皇失措，将手里的茶盘茶杯一齐打碎，回转身子，急煎煎逃向里边去了。许仙忙问道：“公子为什么这等慌张？”顾生惊魂方定，却向总管说道：“这个丫头，可是夜壶精又在此了么？”总管道：“照这般说来，许仙不是个正经人了！现在门口摆着的三件活宝，也是我家的！他竟靠此为生，养妖在家，诈骗银钱，又盗宝物，这还了得！”公子道：“我进来时也曾看见，原来就是我家的宝物！你可备帖开单，将许仙带赴有司衙门呈诉。我此刻带了古玩，先回船中候信，如要呈验，再来取物便了。”吩咐毕，起身出外上轿，便把这三件宝物，放入轿中，竟自回船而去。

这里总管备帖开单，要到县衙中禀官，弄得许仙完全不懂，呆了半晌，自言自语道：“真正岂有此理！既到我家来相谢，为什么打劫宝物，反要拉我去禀官呢？”那一班家丁们，个个如狼似虎，不由分说，上前来扭住许仙，押解到吴县衙门。总管在门房中投帖，传递进去。知县见是乡宦公子，立刻升堂办理，三班衙役吆喝一声，两旁站立。老总管先上来禀诉始末情由，县官听了，不觉吃了一惊。你道吃惊为了什么？原来盗宝奇妖，就是这个杭州的许仙！他前任钱塘县时，被那妖怪缠怕了，为今调到吴县，又来缠绕，所以害怕得很。

这位好官名叫周士杰，回想杭州旧事，累及奶奶受苦。此番又遇着老主顾，也算得狭路相逢。别的还不打紧，可以将就进去，只有一事为难：原告是乡绅后裔，势大滔天，不得不秉公而办；又恐惹出祸事，把那妖怪触恼了，不是顽的。故而县官愁眉双锁，勉强开言道：“且带这许仙上来。”差役一声答应，就将许仙带上。知县道：“你是许仙，抬起头来，认得我么？”许仙却回说不认得。知县鼻子里一哼，冷笑道：“我和你是主顾，怎说认不得？现在顾府告你养妖盗宝，你可老实供来，不要胡言乱语。”许仙禀告道：“本

年六月底，顾府差人到此，送来聘礼银千两，请我往昆山去医病。”知县问道：“你看那一个的病呢？”许仙道：“因为公子病入膏肓，实由妖魔缠绕而起，所以特来请我，并求治病。如今妖已收了，病也好了。”

知县又问收妖的就是什么，许仙道：“我仗着妻子的法术，才把妖怪收伏的。”知县点头道：“你的妻子，很有法术，本县早已知道的了。”许仙复道：“承他的情，把厚礼相谢，出于自愿，并不曾逼勒过他。现在病已全愈，到我家来拜谢，反而肆行打劫，太觉无理。明明靠着乡绅权势，欺压平民，伏望爷爷明鉴，追还这三

件古玩。”知县道：“你这奴才，倒也说得干净！你妻子往他家盗来的，你那里知道呢？”便取一根朱签，唤该差沈千、李玉近前，吩咐道：“有朱签一枝，速拿许仙妻白氏、侍女小青，当堂回话。”二差领命去讫，知县方向那总管道：“老管家，你去多多致意公子，恕我不能上船请安了，三件古玩，不必呈堂，你也不必在此伺候，同公子回府就是了。许仙这件案子，交付本县，从公审问，自有回覆。老管家请去罢。”总管方告退而去。当时知县将许仙暂押班房，退入后堂。我且慢表。回身又要表白氏娘娘了。

原来书是并行的，一张嘴不能说两处事。如今说过许仙一边，再说小青打破茶杯，急忙忙奔入房中，报告娘娘，娘娘却懊悔无及：若将阴阳早早一算，那得有此祸事？这时候，已经心乱如麻，毫无主意，只得再算阴阳，方知夫妻又要分离，京江复聚，也是命数注定的，却不能不怪及小青，便道：“都是你这贱人，弄出这般祸事！你既知道顾生在外，理当回避，为什么还要送茶出去呢？”小青道：

“婢子原想回避，却被相公看见，将我唤住，不许进去，我的出外，也叫无可奈何。如今事已急了，这便怎样？”娘娘道：“事急且图眼下，你快些到外边去，取二十五两银子，分作三包，二伙每人十两，小二只有五两，叫他们收拾关店，各自回家。只说顾家仗势欺人，劫夺古玩，反将夫主陷害，这场讼事，断难干休，定要进京去见母舅，伸此冤枉。但讼事牵连下去，恐不免累及无辜，所以为今之计，只得暂时关店的了。照此说法，谅他们决无别话的。”小青唯唯，依着娘娘吩咐，将银子分给二伙、小二，就此将店闭歇。各自收拾铺陈银子停当，然后把柜橱上的钥匙，交付小青收管，并托小青在娘娘前代言称谢，等候东翁讼事平定，我等再来效劳罢！即刻叫小二挑着担子，一同去了。

小青关门进内，回覆娘娘，请问后事怎样办理。娘娘道：“少停公差就到，我要到公堂去见县官，好叫他不敢轻视，贸然定罪。你如今且到内房，收拾细软贵重物件，须要留神，其余柜橱箱笼，尽行封锁，等到黄昏时候，你同五鬼到船行里去，雇定两只沙飞大船，停歇在虎邱背后僻静的地方，便叫五鬼搬运物件上船，准备到镇江去，明天一早开行便了。”小青点头应命，正要进去收拾，忽听得叩门的声音，谅必是公差来捉人了。娘娘叫小青不要露面，独自出去开门，放进两个公差，便问：“可是到此拿人？”那两个公差见娘娘生得貌美，很柔软的答道：“不敢不敢！因为堂上口供，说什么古玩符咒，都是你娘娘的，所以请你去问一问罢了。”

娘娘听说，是否到县衙中去，与县官相见，救得许仙出罪，且看下回分解。

第二十七回　迷途

却说娘娘见公差来拿人，便装着身份说道："只是我堂堂总镇千金，怎好抛头露面，在街上行走呢？"公差道："娘娘说得是。我到巷口去唤轿子就是了。"少时轿子已来，娘娘取出二十两银子，送给他们，二公差连声称谢，就请娘娘上轿，并说："婢女小青，牌上有名，也须同去。"娘娘道："这等无知的使女，去也无益，诸事都有我担承便了。"二差答应。看娘娘上了轿，下了轿帘，两人抬着，一径向县前而来。

行至半路，忽然一阵黑风，刮得两眼难开。好容易支撑着，从西城桥来到县前，抬进头门停轿。其时知县坐在堂上，审讯别的案子，原差就上前跪禀道："禀老爷，白氏带到了。"知县问："还有小青呢？"差人道："小青有病，人事不知。老爷只问白氏便明白了。"知县道："你们卖法，少停重处，如今先把这白氏带上来。"原差退下，走到轿前，说声："娘娘出轿罢。"就将轿帘掀起。这一吓非同小可！嘴里喊一声"不好了"，回身奔上堂来，禀道："禀老爷：白氏变了！变了个老尸骸了。"知县道："有这等事，好作怪！待本县亲自观看。"当即起身出外，带着皂快差役来到轿前一看，惊骇异常，果然是一个年老妇人的尸首，面色灰败，闭着两眼，腰间横束一条青布，好不怕人。

知县周爷一想："这又是杭州美妇，变那地方苕帚的戏法儿了。

我今天若把许仙究办，恐怕上房的奶奶又要受苦。这便怎样发放才好？”一时不得主意。回身坐到公案中，见一个身穿孝服的人，哭将进来，嘴里哭着老娘，直跑到公案前，叫一声大老爷，报告失窃。知县问他不见了什么，那孝子道：“不见了我的老娘。已经死在板门上面，不知被那个偷了去。小人住在县衙左近，听人传说老爷叫到了台下，所以赶来叫喊，要求老爷发还的。”知县便命原押的差人，押他下去认看。如果是他的母亲，就叫他领了回去。那孝子认过后，又来问道：“我的老娘，不知犯了什么罪，死后还要到衙门里来呢？”知县道：“那个不用问，连本县也不明白。”便唤差人进来，吩咐道：“赏他二两银子，仍把轿子抬还原处，快去！”

我做书的却有一句话交代：原来这个老婆子在日的时候，从出嫁至今不曾坐过轿子。常常怨命，说自己将来死了，总要坐他一回。你想穷人家，那里坐得起呢？今朝被白娘娘移花接木，果然应了他的嘴了。

闲文叙过，再说知县周爷，腔满愁绪，连叹了几口气。想：“他的妖法好生利害！怎么我到苏州，他又来了呢？”却不敢将许仙定罪，但愿昆山不来上紧，那时便好办了。故而退堂之后，又与师爷商议了一回，立即命人去打听顾府消息。如果无甚紧要，再到姑苏驿查问许仙徒犯到此，是谁人保出去的。问明后，仍叫那人保了去，只说许仙被妖缠绕，真赃假盗，罪还可恕，就此可以完案了。过了一天，因昆山并无动静，又差人问得是王永昌原保，立刻传来，知县也问了几句，永昌正合机宜，本要他仍在行里生理，求之不得，就此具保出来，许仙再到大生堂药行中去了。此言慢表。

再说白娘娘在轿中略显神通，霎时回到家内。先吩咐小青把前后门重重关闭，然后拿出一个不穿不漏的叉袋来，坐在中堂，嘴里念念有词，喝声“疾！”便叫小青张开袋口，又叫五鬼将楼上楼下一切家伙什物，尽行装入袋内。小青问：“可能一并装入？”娘娘道：“尽多尽装，有何不可？”小青也有些不相信，到底道行浅薄，故有此问。现在看五鬼一样一样的装进去，不论桌几椅凳、柜橱箱笼等一应什物器具，完全入袋。他便对了袋口望望，只有大半袋，还不曾满；用手提提，却是提不起。娘娘就在袋上空画一个“轻”字，果然小青一提，登时轻松得多了。又命他带了定银，到码头上去雇两号大船，回来唤一乘小轿：“我好先下船去，虽然开往镇江，须到虎邱山后暂为停泊。只说少停要装货物，待天明方许再开。”

小青应命照办。雇定了船，再唤轿子，送娘娘下船。天已晚了，船即离了码头，开向前行。略停片刻，小青把叉袋背在肩头，腾空而去，来到荒僻地方，落下云头，仔细一看，正在虎邱山后。等候大船撑到，早将袋口张开，叫五鬼搬运种种物件，摆列在岸滩边。看见大船靠岸，也不要船上水手们帮忙，把粗笨家伙装满了一只船，细软贵重的东西，装在娘娘船上。诸事停当，小青来见娘娘：“天色明亮，就此开船。”锣声一棒，催赶路程。苏州到镇江计有四站，还不算得远。

那天舟抵镇江南门码头停泊。娘娘命小青上岸找寻房屋：“要拣大街热闹的所在，方为合用，预备后来开店，与夫君在此安居乐业。”小青奉命即行，离舟登岸，不走私街小巷，只走闹市丛中。进了城门，一路兜抄曲折，来到五条街上。两旁店铺林立，气概轩昂，招牌挂得密密层层，来往行人如织，热闹异常，是个商贾会聚的地方。他便留心慢慢的看将过去，只见三开间店面一排关着，门上有

一张招租红纸，料想娘娘一定合意，但不知房东住在那里，须要向邻家问个明白才好。正想时，见对门有一成衣店，坐着师徒两个做衣裳。他就走上阶沿，叫声：“老师傅！我要借问一句，相烦指示：对面空屋招租，未识房东住在何处？”那老裁缝回说：“一直过去转湾，问丧心街乌梅巷陈员外，名叫刮铁的便是。”小青谢了一谢，正要走下阶沿，却被那徒弟唤住了。因见小青生得俊俏，想和他寻寻开心。便道：“我有句话对你姐姐说：你过去见桥头巷口，都有地名写着，并非丧心街，实是‘赏心’两字，乌梅巷须问荷梅巷，你要认明白的。”

小青又谢了欲走，那徒弟道：“慢些走。我还要关照你，像你姐姐这副尊容，到那里去租房子，包管成功。”小青听了，知道他有心调笑，便不和他兜搭，回身就走。暗想：“他们所说的陈员外，定是个色中饿鬼。别人怕他，我却不怕。只怕他要入我彀中，待我前去见机而作罢了。”想定主意，一径从赏心街进荷梅巷，到得陈府墙门，十分高大，真是个豪富人家。“为什么丑声四布，有这刮皮刮铁的名儿？谅必他的家财，不由正路，从那剥削上得来的。我今不要管他，且上门去问一声，再作道理。”便问：“门上有人么？”门公见是个美貌女子走上门来，忙说：“姑娘来此做甚？”小青道：“这里可是陈员外府上么？”门公点头应“是”。小青又道：“我有一事，要见你家员外。相烦通报一声。”门公一想：“不好！员外又交进桃花运了。但是里面院君（本为对有封号的妇人的称呼。后亦称富户的妻子）吩咐过的，如有妇女上门，不许通报，违者家法处治。”只得回说：“员外不在家中，好几天没有回来了。”

小青觉得扫兴，正要转身退出，只见十五六岁的一个小管家走出来。他的名字叫小花，是员外近身的小跟班。一见小青这般娇媚，就上来问道:“大姑娘,你见我家员外做什么?”小青也叫一声小大叔，道：“此来并无别事，因为我家主母，从苏州搬家到此，要租房屋，命我出来寻找。适见五条街尊产空关在那里，故而特来商借，只要员外应允，大叔也有酬劳的。”那个小跟班道：“原来你要租房子的，这是正经交易。请姑娘在门房里少坐一回，让我代你通报罢。”说完就走，奔进书房禀道：“外面来了一个姑娘，说他的主母从苏州搬来，现在船上，要租房子。因见五条街空屋是员外的，要和员外面谈。”

这位员外名叫本仁，因为他剥削小民，为富不仁，竟被人改叫做不仁了。此刻正在书房中修剪菊花，听得通报，便道：“租房子总要熟人保房保租，不是轻易的事。现在他们从苏州到此，来历不明，毫无根底可查，怎好租与他呢？你还进来通报做甚！”小花道：“员外不曾看见外面这位姐姐，如果看见了，连保租也不要，一定情愿租与他的。”员外道：“既然你这样说，你去唤他进来见我。”小花应“是”而出，就引领着小青进来。

小青明知不仁是个坏人，有意要勾搭他。轻移莲步，走入书房，将近身旁，便透出一股非兰非馥的香气，早令人落魄销魂。就叫声：“员外在上，丫头小青叩见!”员外忙说:“起来起来,大姑娘请坐了。”小青道：“员外跟前，那有婢子的坐位！”员外道：“这有何妨？坐了才好讲话。”小青方在旁侧坐下。员外一面叫小花送茶，一面问道：“姑娘尊姓，府上那里，到此何干？”小青答道：“我的东家姓许名仙，表字汉文，原籍杭州钱塘县，移居姑苏，开设药材行。现在船中的，乃是我家主母。”说到这里，员外又问：“娘娘何事到此？”小青道：“不瞒员外说，因为主人不务正业，专喜寻花问柳；主母劝谏不从，反生气恼，竟自不别而行，四处找寻，并无踪迹，故而搬到镇江来的。”员外道：“怎么知道在这里呢？”小青道：“有个缘故的。我主人时常提及京江风水，远胜苏邦，本想搬来居住，在此开张店铺。所以料他定到此间，主母也跟踪前来。今见五条街这所空屋，是尊府的宝产，命我登门求恳，暂为租住，等候我主人到家，感激不尽。”员外哈哈大笑，连称：“使得使得。”

原来他见了千娇百媚的女子，又鼻边闻着阵阵的奇香，这香并不是粉花香，就是当日迷顾生的香。因此员外意乱心迷，神魂颠倒，点头道：“不差，并无虚言。但有一说：人家租房子，总有认识的人或相好的。汉文兄但是不在眼前，只有你家奶奶作主，觉得有些不便。”小青道：“论理原是使不得的。念我们没有亲戚，得蒙员外从权，成就此事，感恩非浅。”员外道：“既如此，我看汉文兄面上，且同你上船会见你家主母，再为商量。”小青道：“多承费心，只是怎好有劳贵步呢？”员外道：“既看相好面上，这也何妨？”嘴里说着，心想：“丫头尚且这般美丽，谅必主母还要好看。如果猜得不差，岂不是桃花星进了命么？”所以又道：“请问你家主母是苏州人呢，还是杭州人？”小青道：“我主母是杭州人，姓白。先老爷做过总兵官的。”员外听说是千金小姐，连称“可敬”，立即同着小青起行，就叫小青引导，不用奴仆相随，一径出了府门，来到码头边。

小青请员外上船，在外略等一回，自己先进舱禀告娘娘，附耳轻轻说了几句，娘娘点点头，便说：“快请！”小青转身向外，请这位陈不仁员外进舱。那员外走到舱内，举目一看，登时意荡心摇，魂也不在身上了！娘娘先叫声“陈大伯”，员外也叫声“白奶奶”，两下见礼，分宾主坐定。小青送过香茗，员外便捏着谎言说道：“奶奶的来意，青姑娘已说明白了。好在汉文兄是我至交，要租房子何妨？回想去年我到苏州，承汉兄盛情优待，愧无以报。难得奶奶到此，正是请也请不到的。”娘娘道：“原来陈大伯与我夫是至交！当以实情相告：因为我夫听信人言，要到此间来开店。我恐异乡不惯久居，几次推托不允，从此夫妻不睦。他在外面闲游浪荡，非赌即嫖，如今一去不回，四处找寻，杳无音信。谅情必在京江，故而我移家到此寻夫，愿租尊府宝产居住，不知房租押价该要多少？”

此时员外已着了迷，不加思索，信口回答。是否把房子租与娘娘，且看下回分解。

第二十八回　痴恋

却说陈不仁是个贪花好色之徒，听得娘娘问及房租押价，便信口答道："既是白奶奶要租房子，不用讲什么租价，竟自搬去就是了。"娘娘道："虽承陈大伯恩待，只是租房总要交银立契，方好进宅。"员外道："说那里话来！我和汉兄可比自己兄弟，若要了银子，日后对不起汉兄的。所以今日租契且慢写，竟自迁移过去。一切用项都归我一人开发，写在账上，等候汉兄回来，我和他面算便了。"娘娘道："多承费心，又蒙照料，拙夫回来何以报德！"员外道："不必客气。你将箱橱封锁后，连同各种家伙物件，开一篇细账，搬了过去，便好照账点还。此刻我且回去，唤些家人来扛抬物件，打扫房屋，须待今夜黄昏时候，方好接你进宅。"

娘娘连声称谢，便留他在舟中用饭。员外道："我要去了，办理正事要紧，改日叨扰罢。"说毕，告别而去。上岸归家，好似失魂落魄的样子。吩咐众家人分头办事，一面打扫新屋，一面购买东西，又雇工前去搬运什物，件件都由员外当心。指派停当，亲自到新宅里去，代为照料，在正面堂中供着神像，桌上摆着三牲福礼，红烛高烧，上挂对条字画，分外鲜明。凡有缺少的东西，都从家内取来，各事齐备，早到了黄昏时候。便命家人唤两乘轿子，到码头迎接主婢登岸。

不多片刻，已至五条街新宅门前，点着高灯火旺，放起百子高升，抬进兴隆吉糕，千年红、吉祥草、万年青、百眼筛，一切搬场

应用之物，尽是员外预备下的，叫家人们从船上带来，讨个吉利的口彩。此时官轿直到中堂停下。娘娘出轿，灯烛辉煌，就在神佛前拈香叩首毕，回身拜谢陈员外。不仁走将过来，装着笑容说道："不敢不敢！白奶奶，你休要放在心上，我和汉兄自己兄弟一样，谢些什么呢？内外事情，有我承值，没有工夫与奶奶闲谈，所以现在请奶奶竟到房中安歇去罢。待到明天，我当到府恭喜便了。"娘娘称谢不尽，告辞退入内房。四周看了一看，"难为他这般费心费力，可惜存着一腔邪念。怎知我立志报恩，丝毫不敢荒唐，有负金母之命。他若能及早回头，改邪归正，我应当补偿他今日的情谊；如果执迷不悟，管教他飞蛾扑火，自取灭亡了。"正想间，小青进来。据说不仁在外料理，十分忙碌，开发各项银钱，又请乡邻吃酒，事毕方才回去，已是二更过后。

一到来朝，陈不仁换了一身簇新的衣服，前来道喜，并送许多礼物，扛抬进去。娘娘即忙出来相见，小青把接取的礼单送呈，员外便上前恭喜道："一些薄礼，望祈笑纳。"娘娘道："昨承陈大伯如此厚情，今又慨赐隆仪，那是不敢收受的。陈大伯请上，受白氏拜谢。"员外也还了一礼。拜毕坐下，小青送过了茶，员外道："些微礼物，休要见笑。如不赏脸收纳，真使我羞惭无地，难以容身了。"旁边小青插嘴道："员外既是诚心而来，主母如若不受，反要见怪的。"

娘娘听了，方将礼单仔细一看，见是：白米五担，稻柴三十担，细芽茶叶四斤，莲子四斤，南枣四斤，酱油九斤，栗炭四篓，笑道："真正费尽了员外一片苦心，想得这般周到，体谅我初到此间，送给我家常日用的东西。确是异乡客地，有钱买不到的。我若不受，恐负尊意，这叫做却之不恭，受之有愧了。"员外道："说那里话来！倒是不客气的好。"娘娘道："多谢大伯，只好待夫主回来，再行补谢的了。"

两下闲谈了一回，不仁正想辞别，娘娘定要留他吃饭，员外却再三推托。这是什么缘故呢？原来他醉翁之意不在酒，一心在那主婢二人身上。此刻还难以下手，冷清清的等着吃饭，有甚趣味？倒不如回去的好，过一日再来罢，所以起身作别而去。这里娘娘早知其意，暗与小青计议。小青也知道不仁这两天热血搭心，很有意替我们开店，正好顺水推船，落得叫他帮忙呢！娘娘深以为是。准备了几句说话，向他开口，我且慢表。

再说不仁见了白氏以后，弄得意志昏迷，神魂颠倒，费尽心机财力，尚难匹配鸾凤。“虽已住了我的房屋，也只好白天一会，反令人牵肠挂肚，坐立不安。我今日且再去走走，或有机缘巧遇，也未可知。”所以他来到五条街，叩门而入。可巧娘娘坐在堂上，见面作了一揖，娘娘道：“陈大伯是一家人，何必这般拘礼！请坐了。”员外道：“不客气，白奶奶你也坐了！不知在这里做些甚么？”娘娘道：“我因为独坐无聊，做些女工针指，不过借此消闷罢了。”员外道：“白奶奶有甚纳闷，不妨对我一说。我可以替你排解呢！”娘娘听他一问，这个机会来了，便趁势说道：“不瞒陈大伯说，我夫虽要来到京江，却难预定日期。或者先已到此，叫他何处来寻找？想我主婢两人，都是女流之辈，怎能出外游行，在街坊上留心找访？因此我日夜思量，想得一个寻夫的方法：门前依旧开张店铺。好在柜橱戥（即“戥子”。称量金银、药材等的小秤。戥，děng）秤，件件都有；药料饮片，样样俱全。只须将现成的招牌，挂将出去，添上‘苏州分此’四字，聘请得力伙计二人，便可开店。但要仰仗大伯从中扶助，胜比四门分贴招纸，管教我夫得此消息，不久就回来了。如蒙允诺，我夫妻感德不忘。”

不仁一听此话，正中机谋：“我虽天天在此进出，难免旁人说短论长。他若开了店铺，我即借此存身，帮忙办事。到了晚上，交进银钱账目，乘机入内，便可成就这件好事了！”故而也装出一本正经的样子，很直爽的答道：“好极好极！足见白奶奶的才情，想出这好法子来。就是招牌上，不添‘苏州分此’四字，尽管不妨，只要开了店，汉文兄自会来的了。况且货料物件，一切完全，即使药味稍缺，总要添补。我再发本银五百两，将来可以总算。至于店面装璜，不过费去几两银子，为数有限，就能完工。讲到聘用伙计，却有两个现成的，他们在中秋节边，也曾托过我荐生意，此时谅必还在家中。一个姓毛，一个姓窦，倒是大店里出身，很靠得住的。白奶奶请你放心，诸事交托我包办，决无差误。我此刻就回去差人唤木、漆两匠，明朝动工。你道可好？”娘娘道：“有劳陈大伯费心，真叫我报答不尽了。”不仁道：“理当效劳！就此告别。”当下得意洋洋，以为进身有路，不难深入桃源。起身回到家里，差遣家人们唤木匠、漆匠，从明天起收拾店面，不消两日，就可完工；又聘请毛、窦二伙，先送脩金，作为定局，到店安排一切。择定初四日开张。果然生意热闹，与前番在苏州一样，毋烦重复细叙。

只说不仁宛然是个家主，出入都归他一人掌握。到二更时候，入内交账，会见娘娘，从开店日起，天天如此。每夜交账进来就出去，倒也罢了，他总要七搭八搭，说长道短，有时讲得高兴，还夹着戏谑的话儿。虽不曾近身，已惹得娘娘讨厌极了。但不仁尚未谋得到手，总难称心满意，所以想定了一条妙计，指望拆散他的婚姻，成就自己的好事。那知娘娘晓得他的歹意，还望他及早回头，绝了痴念，以后自当报答前情，给他一些好处；如再执迷不悟，这是他自投罗网，怪不得我了。可见娘娘的用意，事事入情入理，恩怨分明，若不是陈不仁贪图淫欲，决不肯下此辣手的。

况且娘娘阴阳有准，算得夫主不久回来，若见他这种行为，一定要起疑心。因此这天晚上，备下了一席酒肴，请他在此吃了饭，好好用婉言劝他，将来夫主回家后，少要上门，免得瓜田李下，生出嫌疑事来。主意打定，故而黄昏时候，已把酒席端整好了。却巧不仁进来交账，叫声："白奶奶，我来交账了。银子两包，计共十三两五钱；又七千七百三十文钱，锁在柜里，钥匙请收了。"娘娘道："卖下银钱，大伯怎不收去，何须夜夜交账，这般的费心呢？"不仁道："我代应的银子，等候汉兄回来总算。现在店中进出，理应交账为是。"娘娘道："今晚我备下粗肴，略表谢意，款留大伯吃了夜膳回去。"不仁道："既承美意，只得领情叨扰的了。"嘴里这般说，心想："我守候了多日，今朝才得报答前情，了我相思之愿。谅情白奶奶对坐相陪，而且酒席摆在外房，吃完后，同效于飞之乐，实在妙极！"怎么知道，他竟大缠错（误解；弄错）了！娘娘今夜请他吃酒，不过要劝劝不仁，日后夫主归家，务宜诸凡敛迹，恐防犯了嫌疑。这原是一片好心，不仁却做了缠夹二先生（方言。指头脑不清而言行多生枝节的人），岂非变着为好成仇了吗？

表过几句。再说娘娘唤小青摆酒过来，小青奉命，把酒席摆在堂前。不仁见杯箸只有一付，心中老大的不快活。白奶奶既不陪饮，酒席又不摆在外房，一定他变了卦，今夜又难如愿了！故意问道："为什么白奶奶不来饮酒？"娘娘道："我已吃过的了。大伯请坐，待我奉敬一杯。这些粗肴，随意用些，算不得酬谢的。"不仁忙道："啊呀呀，不敢当！可惜好酒菜放在这里吃，觉得冷静些。"娘娘道："我夫一去，音信杳然，家中只有主婢二人，益发冷静了，使我天天望眼欲穿。我算来开店已有旬日，为甚么不回家呢？”

不仁正思用计，听得这话，便乘机说道：“我劝奶奶不必空自牵挂了。眼前汉兄正不肯回来呢！此中情由，本要早达，因为访得实信，已经迟了。”娘娘道：“如此请大伯快说！究竟他在什么地方呀？”不仁道：“汉兄并不到别地方去，早在扬州眠花宿柳，醉纸迷金，挥霍银钱，有如粪土，已把家中妻子抛在脑后。只怕汉兄回来，还要再隔两年哩！”娘娘假作听信的样子，叹息道：“再不想官人在外这般浪荡，叫我倚靠何人？我好苦呀！”眼泪好似断线珍珠般滴了下来。不仁道：“我原说讲不得的，痛哭起来了。但据我的意思，却也不妨，将来他把银子使完，总要回家的。只要你白奶奶放些手段出来，将他磨折磨折一番，自然他改过自新了。”娘娘道：“自古天字出头夫作主，做妻的怎好管束他呢？总是我命运不好，夫星不透，弄得这样的。”

不仁点头赞叹道：“奶奶如此大贤大德，真真难得。不意我家院君，为了女色，总要管我，我也只好忍耐，不敢得罪他的。”娘娘不接他的嘴，却叫小青斟酒，劝他多吃一杯。不仁举杯在手，又自言自语道：“日后汉兄回来，我要大大的罚他一个东道。想你有了这样大贤大德的绝色娇妻，反恋着青楼中闲花野草，真是眼睛看不出美恶，鼻子闻不出香臭了。我若有了奶奶的美容，藏在金屋，那里还要想出去，天天和他同食同眠，拜倒在石榴裙下，博他欢笑还来不及。就是他要打我骂我，我也甘心忍受的。”说到这里，把酒呷干，放下杯子，忽然回看着娘娘说道：“想着了，我还有一句话要动问你：你的楼上，到了夜里……”话至此，忙又缩住道：“不要说了，恐你们要害怕的。”娘娘见他吞吞吐吐，一定要叫他说出来。

不知陈不仁所说何话，有甚害怕，且看下回分解。

第二十九回　惊吓

却说陈不仁有意捏造鬼话，哄骗娘娘，装出欲说不说的样子，要叫娘娘来问他。娘娘早知他的用意，便问道："陈大伯，你说楼上怎样？定要请教。"不仁道："不要说的好，你们吓不起的。"娘娘道："不妨事的。你若不说，反令人疑惑不定了。"不仁道："这里楼上，前年吊死了一个媳妇。从此以后，换了不少租户，都因被吵不过，就搬出去了。"娘娘吃惊道："阿呀，原来房中有吊死鬼的，怪道这两夜如此乱响，我还当做猫捕鼠呢。既是鬼叫，我们如何住得！"不仁道："依我想来，却也无妨。大凡妇女属阴，所以鬼要出现；只要有男人行动，阳气克阴，鬼能潜伏。奶奶不要心寒，稍耐几时，等候汉兄回来就好了。"娘娘道："那里等得及我夫回来！倒不如就请大伯在楼盘桓几天罢。"不仁道："这个断然使不得。倘或汉兄回来，如何对答？奶奶还须自己斟酌。"娘娘道："事与大伯无关，即使我夫回来，不要提起就是了。"不仁道："那么我到外面去关照一声。"当即起身出外，吩咐家童小花："在外堂榻上睡一回，因为白奶奶留我夜膳，我只好明早回去的了。"交代后，返身进内，复道："既然这样，我们把酒肴搬到楼上去吃，壮壮威势也好的。"娘娘答应，暗想："陈不仁心已昏乱，好言难以相劝。先说我夫嫖妓，又说楼上有鬼，随口胡言。我是有阴阳的，怎能骗得信我！况且我夫不久要归，此人在这里进出，总有疑心。为今之计，必须弄他回去，好叫他卧病数月，再作商量。”

此时听得谯楼已打二鼓，酒菜已移到楼上外房。摆好坐定，娘娘亲自执壶斟酒。不仁酒落欢肠，料定今夜总能如愿。但是饭要多吃，酒要少饮，好叫白奶奶知道我的本领高强。所以饮了几杯，便说够了。小青盛过饭来，不仁连吃六碗，有心吃与娘娘看的。似乎吃得做得，表示身体强壮的意思。吃完收拾后，用过脸水香茗，准备作乐陶情。坐了片刻，铺程早已检开，自有丫头叠被铺床，内外房中点着通宵红烛，乐煞了这个痴迷的陈不仁。要想上前去调戏娘娘，还防着小青碍眼，主婢尚未通连，不敢遽行非礼，呆呆的看着娘娘。娘娘道：“陈大伯请睡罢，小青随我进房睡罢。”不仁忙问：“小青姑娘房在那里？”娘娘回说：“就在我房隔壁。”不仁道：“原来如此。奶奶请便。”小青就拿了手照，同着娘娘进内房，将门关上。不仁肚里暗叫一声：“呀吓，完了！房门已闭，少停肯开不肯开，很难预料。”不免狐疑起来。既而一想，又说：“我已明白了，他要瞒着小青的，只等到三更进房就是了。”

再说娘娘进了内房，门虽推上，未曾加闩。向小青默嘱了几句话，小青点点头，就将隔壁的门关上了。娘娘也侧身睡在床上，等候那个痴迷人来。我且慢说。

只说不仁独坐外房，一心盼望佳期。呆等到三更将过，谅必小青已经睡熟了，他就立起身来，放轻了脚步，走到房门跟首，从门缝中向里一张，知道是虚掩的，并未上闩。用手略略一推，已开了半扇，见内房红蜡高烧，十分明亮。娘娘身睡牙床，背心向外，帐子揭开在那里，看得更是仔细：墨乌的头发，雪白的粉颈，下身盖着红绫被，二色分明，异常娇艳，越看越动火，实在忍耐不住。正提起右脚跨进房门，只听得床背后一声怪响，好像有一件东西翻了

下来；再一细听，却又无事。就此放大了色胆，把左脚也跨进去。正要起脚，又听得床后刮刮两响。一声叫苦，晓得不好，要想退出去，这只脚拔不动了。便觉一阵冷风，从床后吹出，隐隐有一妇人，背朝着外，退缩出来，到了床前，对着娘娘福了一福。然后回转身躯，又是呼呼一阵冷风，吹得灯火无光。这一吓非同小可！见这女鬼面色如灰，七孔流血，双眉倒挂，头发散乱，嘴里吐出三寸多长的舌头，颈上拖着一条汗巾。这种恶相好不怕人！

此时不仁心胆俱碎，身子抖战不停，欲思拔脚逃走，可怜寸步难移。又见女鬼走近妆台，把镜袱掀开，照了一照，发声长叹道："我本是名门旧家之女，嫁与东门曾家。因为丈夫贩卖丝绵，时常在外。有一个房东叫陈不仁，万恶奸刁，前来收取租金，见我有几分姿色，出言调笑，我一时误信了他，失了名节。后被夫君回家撞破，将我毒打一顿，锁禁空房。我几次央人求他挽救，他竟狠心不理，忘了枕边恩爱之情。因此我又羞又恨，投缳寻了短见，我好苦呀！"眼中血泪滴了下来。这几句话，不仁听了，暗想："这个鬼，怪不得有些面善，原来就是他！阿呀，冤家遇着对头人了！但愿他不看见我才好。怎么我逃走不动呢？"嘴里只好默念着"救命王菩萨"。

再听那女鬼说道："我在阴司守候三年，理应要讨替了！如今来了白氏女子，我正好向他索命，可以投生去了。"说罢，把汗巾拿在手中，走近床边。忽闻房门跟边略有声响，回头一看，见了不仁的面目，咬牙切齿道："想不到冤家就在此地，今夜岂肯相饶！我先与冤家讨了替罢。"重又转身向外，吓得亡魂（失魂。形容惊慌失措）直冒，用尽气力，带扒带跌，好容易扒到楼梯边。还想要逃下去，站起身子，不想一只脚踏个空，便从楼梯上滚跌到地，气息也全然没有了。

娘娘在内房听得声音，急忙将身坐起，唤小青快去看来。小青拿了手照，同娘娘走到房门首，往下一瞧，看不清楚。便道："扶梯下什么东西呀？主母你且站着，待丫头下去看个明白。"携着手照下走，只喊了一声："阿呀，员外何故跌倒在此？"娘娘假意下泪道："你快出去唤小管家进来罢。"小青领命，立刻叫小花进内。小花见了，有些疑心，便道："我家员外，怎么跌倒在这里？奇怪得很！莫非从楼上推跌下来的么？"娘娘同小青同说道："我们是女流之辈，怎敢推他？小管家你休误会了。刚才员外在内堂算账，留他夜膳，多用了几杯酒，神思懒倦，就伏在桌上打磕睡，并说略等一等回去，叫我们先上楼安睡。不料睡不多时，忽听得楼下声响，携灯下来一照，看见员外这般光景，连我们也不知道呢！"小花道："员外的毛病，我也有些明白了。但现在昏晕过去，气息已断，且扶到榻床上去救救看，再作道理。"

于是小青帮同小花扶他到内堂榻上睡了，忙去备了姜汤过来，小花抓人中，喊"员外"，娘娘也高唤"陈大伯醒来"。小青和小花两边扶住，把姜汤灌下。可怜他面如黄蜡，嘴唇黑灰，双眉紧锁，两眼微开，头面上有几处跌伤。此刻姜汤下肚，隐隐作响，便觉得有了气息。又经三人频频叫唤，方见他渐渐苏醒，已是回阳。嘴里还在那里说道："曾奶奶，你饶了我罢！原是我害你的，明日我请高僧超度，今晚权且饶我，请你不要近身了，快些去罢。"小花道："这里有什么曾奶奶！只怕遇见冤鬼了。"娘娘道："大伯你见什么鬼？我们是吓不起的呢！"不仁道："这事与你们无干，冤家遇了对头，此地断断住不得了，我要回去了。"娘娘道："既要回去，小管家快唤一乘轿子来罢。”小花答应自去，飞奔到乌梅巷，抡拳乱敲墙门。门公去闩开了，动问何事惊慌，小花细细一说，忙唤起了众兄弟，一直通知到上房去。

院君卢氏听得传报，忍不住双泪交流，即命家人抬轿前往。嘱咐了几句话，要谨慎抬得稳些，防他跌了出来。家人奉命就走，抬轿到了许家，停歇在内堂中。娘娘早已避开，家人们叫应了员外，便搀扶入轿坐定，用一条汗巾络住，就此上肩抬回本宅，送进上房安睡。卢氏院君着急异常，坐在床沿说道：“我往常劝过你的，这种淫乱欺心之事，是做不得的。到如今冤鬼缠绕，便难以抵当了。”伸手一摸，想方才小花说他身体冰冷，现在却像火炭一般发热，十分利害。待到明天早上，一面差人去求签问卜，许愿烧香；一面去请高明医生诊治。那医生说他犯了单思病。正叫做心病还须心药医，所以凭你神医妙药，吃了也没有效验的。迁延日月，病势缠绵，难以起床。我且搁过一边。

再说白娘娘吓退了陈不仁，心已安稳，专等丈夫回家团聚，免得两下照面，别生枝节。好在娘娘能知过去的事实，晓得他从前害过曾家媳妇，故而密嘱小青，装出吊死鬼模样，吓得他卧病在床。这也是不得已做出来的事呢。我也暂且按下。

却说许仙自从吃了官司，幸得叔父王永昌保出，仍在他家作伙，那有心思做什么生意。他想起自己好好在专诸巷开张药店，生意兴隆，一家团聚，何等快乐！不料祸起萧墙，被昆山顾官仗势欺人，强吞宝物，扭禀公堂，险遭问罪。虽蒙县官超豁，取保释回，只是保和堂店房已经封闭，不知妻婢存身何处，音信无闻，室家星散，因此心中十分伤感，时常到楼头痛哭一场，几次被王永昌听得，向他再四劝慰，他却毫不觉悟，弄得永昌也没法可想，倒不如叫他出门散散心罢。所以今天又听他在楼啼哭，便叫阿喜去请许相公来。

少顷许仙进见，拭干眼泪，走入书房，叫应叔父。永昌命他坐下后，方说道："我劝你不必哭了。虽是你夫妻情重，究竟他总属妖怪，将来怎能够有始有终？故此劝你从今以后，断绝了念头，另娶一个美貌妻房，包管在做叔父的身上。你道好么？"许仙道："多蒙叔父恩待，频加劝慰，小侄怎敢不从。但是念及我妻恩爱，止不住伤心下泪。我愿学古时的宋宏（东汉初年光武帝近臣，为人耿直，敢于直谏。光武帝姐姐湖阳公主新寡，有意改嫁于宋宏，而宋宏以"贫贱之知不可忘，糟糠之妻不下堂"，表达了自己不会轻弃结发妻子的决心），义不重婚的了。"王永昌听他这般说法，笑道："哈哈，你还迷而不悟，实是可叹！看来一时劝你不醒，你且替我到镇江去，讨一笔客账。还下来的银子，你带去散散心，游游金山寺和甘泉寺。逐步拿这个念头抛了就完了。"许仙道："叔公之命，敢不依遵！但不知几时方要动身？"永昌道："既然肯去，今夜动身也好。"又回头叫阿喜过来，命他到后河头去，看这只嘉兴船，如果空在那里，叫他今夜开往镇江去，回来算钱；他若不去，另叫别船也不妨。

阿喜应声即去。少顷，同着船上人沈大官进来，见了员外。因为彼此是老主客，讲明船钱，照原价四钱一日，先付钱一千，买些柴米小菜，回来总算。员外吩咐阿喜取钱给沈大官，又命他到许相公楼上打好铺程，交放在船上。等到晚上，员外请许仙吃了一顿夜饭，写了一封讨账的书信，叫他收藏好了，又劝慰了几句话。许仙告别起身，永昌叫阿喜代送下船。二人一同到了船上，沈大官问："员外如何不去？"阿喜道："此番到镇江讨账，理应差伙计去的。

不过这位许相公，有些心事，倘使哭将起来，你只算不听见就完了。”此时许仙已在船中坐定，阿喜随后进来，问：“相公讨了账，几时才回？”许仙道：“我不到十天就要回店的。你快上岸回覆主人去罢！”阿喜答应自去。船家就此解缆开行。那许仙只是思念妻子，啼啼哭哭，带累船上人也代为伤心。一路别无书说。

舟行三日，已抵镇江码头停泊。船主沈大官进舱问道：“许相公，镇江已经到了，还是去游玩呢，还是先去讨账？”许仙道：“自然讨账要紧。我且问你：镇江城里五条街，却在那里？你可认识么？”沈大官道：“不是我夸口，镇江地方的路径，一大半认识的。相公可要我一同去么？不过五条街热闹非常，招牌要你相公自己看清楚的呢！”许仙道：“如此甚好，只是有劳你了。”沈大官道：“相公说那里话来！理当引领。请相公拿了书信，一同上岸去罢。”许仙点点头，将书信藏入怀中，立即与船家离舟登岸。

不知此去可曾会见妻房，且看下回分解。

第三十回　京叙

却说许仙到了镇江，上岸一路前行，自有船家沈大官指引，跟随在后。转了一个湾，便是南北通衢。进了五条街，但见店铺林立，热闹异常。走不多几十步，迎面挂着一块招牌，不觉暗暗称奇道："怎么该店挂起我的招牌来了？岂有此理！谁敢冒名，待我进去问个明白。"当下踏上阶沿，走入店中。那毛、窦二伙认作主顾上门，连忙起立道："先生请坐，有甚见教？"许仙道："请问那一位是开店的？"毛伙道："敝东讨账出门未回。"许仙道："请教令东姓甚名谁？"毛伙道："姓许名仙字汉文，这保和堂药店，是苏州分此的。"窦伙在旁插嘴道："一些也不差！你问他做什么？"许仙道："怎样一个人品？有多少年纪了？"窦伙等从未见过，信口答道："约来四十岁光景，有几根黄牙须的。"许仙怒道："放屁！令东不该冒我姓名在镇江开店，真真岂有此理！"毛伙道："尊驾姓许，难道别人姓不得许的么？"许仙道："姓许由他，不该名号相同，又说苏州分此！我何曾分到镇江开店？岂不是顶冒姓名，在此混账！"正在争论不定的时候，小青却巧从店堂后经过，一见了家主，连忙走出来，说道："相公来了！我家主母天天望你，快进去相见罢！"一把将许仙拖了进去。二伙方知此人就是东家，毛伙埋怨窦伙说："我们既未见过，不应该说嘴上有黄须。少停停东家出来，问你交出黄须开店的人，你还是磕头赔罪，拍他几句马屁罢！"

保和堂

慢说二伙闲话。要说许仙被小青拉进内堂，高叫：“相公回来了，快出来相见罢！”原来娘娘阴阳有准，算定今日今时。所以特地艳妆打扮，候他归家，先命小青常在店中照察。此刻听得传报，即忙移步走出。两下见面后，悲喜交集，各洒了几点眼泪。想不到姑苏一别，音信不通，只道今生难以见面，却在此地重逢，怪不得又悲又喜了。

夫妻对面坐定，许仙诉说自己的苦况，再问娘子别后情形。娘娘却捏造了几句话儿，答道：“自从官人被押在县中，吓得做妻的心慌意乱，几次着人打听，方知顾家仗势欺人，恃强夺取宝物，还要叫夫君受罪。我想本地官员，难以压制，必须进京去告御状，请求母舅出力帮忙。打定主意，便将店门关锁，辞了张、李二伙。正要动身，忽来了王永昌叔父，他说：‘京都去不得的，恐防画虎不成，反类其犬，鸡子如何敌得石子？你家母舅是个闲曹，无权无势，倘被奸党面奏君王，说你私藏珍宝，岂不反要害你丈夫么？’我听了也以为是。他又说此地苏州住不得了，还恐怕恶宦来欺压。因此雇定了两号大船，将各种粗细物件，搬运到此；并蒙王叔父想得周到，另写了一封书信，命我到了镇江，前去投递，托他的金兰好友，那人姓陈，是镇江有名的富商，帮助我立业成家。官人日后相逢，休忘了他的恩德才是。”

许仙听娘娘诉说了一遍，便道：“原来如此。这倒奇了！既然叔父这样成全我，怎么不对我略略通风呢？”娘娘道：“因欲瞒过这班豪强的邻里，所以用这暗度陈仓之计，严守秘密的。”许仙道：“叔父这样的周全我，费尽一片苦心，真令人感激难忘。此恩此德，必须报效才是。还有一句话，我要问你：那位陈员外现在那里？理应登堂叩谢，待我去走一遭。”娘娘阻止道：“且慢。近日员外大病在家，卧床不起，等候他病体全愈，再行拜谢未迟。只不知官人来此镇江，有何公事？”许仙道：“叔父命我镇江讨账，现有书信，就在五条街，待我去讨了账，打发船家回去。”娘娘道：“既有书信为凭，你何必亲自前去，只命一伙送往就是了。”许仙道：“那么，我且会了店中二伙，再进来叙话罢。”说毕，起身来到店内。毛、窦二伙笑脸相迎，一齐叫应东翁，道：“汉兄，我等奉揖了。方才言语冒犯，多多得罪，幸勿介怀。”许仙还了一揖，笑道：“这是小事，只算笑谈罢了。我有苏州书信一封，相烦你送往万安堂药铺，取讨银子，写明在书信中。你须候他兑出方回，好叫船家带归姑苏呢！”窦伙接嘴道：“万安堂药铺，我认得的，待我就去，等了银子回来便了。”许仙取信给他，他即转身而去。

再说船家沈大官见许仙在该店门闲气，后来走出一个标致丫头，拖了进去，实在弄不明白。直到此时，方知就是许相公的府上。便道："许相公既经找到了府上，谅情不回苏州的了。可要讨了回音，我替你带去呢？"许仙点头道："当然有回音带去。你且再在此坐一坐，等候片刻，待我进去拿些点心来与你吃罢。"当即转身入内。娘娘起立相迎，请他坐下，命小青把备好的点心端来，第一样是纯油打就的千层饼，还有百果馅子的馒头糕，和那两盆瓜子花生，一壶玫瑰药烧，一齐摆在桌上。然后执壶敬酒道："时将近午，请官人用些粗点心，聊尽做妻之意。"

许仙欣然称谢，并说道："我和船家同来，现在外面坐着，叫他等候回音，想必他也腹中饥饿了。"娘娘道："既如此，早间有剩下的荤腥蔬菜，我叫小青送出去，请他在厢房中吃饭罢。"

小青应命去讫。娘娘又道："此刻用过点心，少停再与官人接风。"许仙将点心用毕，听得窦伙已经回来，即忙出外动问。据说银子现已还清，三日内当差伙计赴苏交代。备有回书一封，拿在这里，请即寄去一问便知分晓了。许仙道："那么，我也写封回信罢。"转身走入书房，将信写好。信上写的许多话，起首无非几句套语，然后提及前情，也无非表示心中的感激，说到"今番来到镇江，夫妇重行完聚；又蒙恩叔从中费心，仍得开张立业。如此恩德，没世难忘，容日后登堂叩谢"。以下几句，便是收梢结尾，毋须烦叙。写毕加封，来到外边，船家已吃过了饭，就把这封信交他带去。又赏给他酒钱七百文，欠找船钱，待见了员外再算。那船家接信便去。

我书中先要交代，他当日下了船，立即开行，只消两天，已抵苏城。将信送到大生堂去，王员外一见之后，恼怒异常，恨他又被妖怪缠住，迷而不悟，将来决没有收成结局，空费我前番一片心肠。

从今以后，我也不要他上门，要与他断绝往来了。恨恨不已。

苏州事几言表过，回转笔来，再说镇江的许仙。自与娘娘相见后，夫妻重叙，过那朝欢暮乐的光阴。而且生意兴隆，店运甚好，家计越发蒸蒸日上了。这里许仙果然快乐逍遥，却苦煞了一个人！你道是那一个？就是痴心妄想被吓成病的陈不仁。卧床不起，似入膏肓，连日延医服药，未见小效。卢氏院君日夜在房服事，见他这般光景，好生焦急，含着眼泪，问他的病源从何而起。不仁道："我病已深，虽有卢医扁鹊般名医，仙丹般灵药，只怕也难活命了。"

卢氏听得这话，十分悲痛，又问他有甚心事，可能说与我知道？多费钱财，我也不惜。不仁叹息道："唉！奶奶啊，别的事情都可抛撇。只有一事，时刻挂在心头，却又窒碍难行。我若说了出来，还怕你反生气恼。倒不如不说的好。"卢氏道："从前因你种种作孽，故而我苦苦谏劝。如今你病到这般模样，既没有兄弟，又没有子孙。陈氏香烟，单靠着你。只要你病体全愈，凡事都可以任从你的，你快些说出来罢！"不仁便将看中白氏一段情由，详言始末。并说："这是我的心病，还须求心药医治。不然，只有一死的了。"卢氏明知是难题目，难以效劳，却因救夫心切，想得一条妙计，便向不仁如此这般的一说："但用计骗他不来，也只好付之天命，休要怨我，且看你的造化罢了。"说毕，走出房来。自知阴谋图骗，还怕天理难容，如今出于无奈，只得做这一遭。

当下卢氏走到房厅上，传唤春桃、秋菊两个丫头过来。因为这两个做事能干，说话伶俐，就差他们到保和堂去：能接得白氏娘娘来，重重有赏；若不成功，定用家法处治。春桃、秋菊问明相请的缘由，亏他们也有些主见，对院君一说，卢氏点点头，便道："你们说我今日生辰也好，只要请得到来就是了。”又传话外面家人，备了一乘轿子，即命二婢押轿而去。不多片刻，到了五条街保和堂药店，轿子停在门首。二婢先行走入，许仙问明是乌梅街陈府上来的，便叫他们入内叩见娘娘。二婢当将来意禀告，花言巧语，很是动听；并说院君今日生辰，务要请娘娘过去一叙。拜寿原是不敢当的，不过借着现成酒菜，两下叙谈罢了。娘娘道：“既是院君寿诞，理宜庆祝！怎奈舍下乏人，只好改日登堂补祝的了。”秋菊道：“今朝奶奶必定要赏光的，倘然我等请不动奶奶，院君吩咐过的，要用家法责打，决不宽恕。所以必定要奶奶赏光的呢！”

娘娘听到“必定要”三个字，心上不觉疑惑起来，便把袖里阴阳一算，早已明白：原来他设计图谋，为着不仁病势沉重，要骗我去暗行非礼。谅他恶贯满盈，该要死了，大约也是天数，但卢氏院君，秉性贤淑，却不该助纣为虐呢！所以娘娘转了一念，暗说：也罢，待我去送了他的终罢，免得后来牵缠，反多不便了。当即换了口气道：“既是院君抬举，自当登堂祝寿，少停去就是了。”回头叫小青去取两匹杭绸，送给春桃、秋菊做两件衣服，二婢谢了赏赐。娘娘又叫小青到店中请相公进来。少顷许仙入内，问道：“可是陈家来接娘子去么？”娘娘道：“本待不去，只因院君寿诞，理宜恭敬，故而要去的。”许仙道：“可要我和娘子同去？”娘娘道：“现下员外病重，无人接待，且待他全愈后往拜未迟。”许仙唯唯应“是”。

娘娘一面叫他出外端整寿礼八色，命人挑去；一面自己回到房中，梳妆打扮，更换衣裙，却要好一回工夫，方才停当，越显得十分娇艳。此时许仙又进来了，见了娘子，暗自赞美，便说礼物已经送去，轿子现在停歇中堂，伺候起身，还望你早些回来，免得我家中一人寂寞。娘娘道：“我蒙院君要好，请我去饮酒谈心，恐怕夜深留宿，定要在那里盘桓一宵。只是明天清早，必须命人来接我的呢。”许仙听了，有些不高兴，问道：“难道你小青也不带去么？”娘娘道：“小青要在家操持中馈，故而我也不带去。”说罢，便与许仙一同下楼。来到中堂上轿，出离店门，一径抬至陈家。

秋菊丫头在前报信，卢氏早已得悉，把那白氏请到，心中暗喜，深赞丫头们能干，少顷领赏。立刻唤众家人在内厅补设寿堂，挂灯结彩，焕然一新。虽自知今日不是生辰，也算替夫君冲喜。等到诸事齐备，春桃跟着轿子已抵墙门，抢先一步，进来禀报说：“许家娘娘到了！”卢氏连忙出来迎接，以为白氏中了他牢笼妙计，定能救得丈夫性命。

不知娘娘用何法术，摆布那贪淫作恶的陈不仁，且看下回分解。

第三十一回　　巧换

却说卢氏院君闻报出接，见娘娘十分美貌，好似天仙化人，怪不得丈夫这般的贪恋。当下迎入内厅，娘娘过来拜寿，院君推阻不住。见他端端正正，裣衽下拜，连忙还礼，双手将娘娘扶起，然后分宾主坐下。叙过了几句寒暄，院君方说道："我闻得你家相公已经回府了，只因拙夫病重，尚未登堂拜贺，望祈恕罪。"娘娘道："伯母说那里话来！想我异乡到此，举目无亲，多蒙大伯费心照应，得以夫妇重圆，感恩非浅。但不知这几天大伯的贵恙可好些么？"院君摇头蹙额道："服药无功，总难见效。"娘娘有意说道："大伯因诸事太费心机，致有此病。还请伯母从旁劝解，丢开烦恼，保养精神，自然病体全愈了。"一语双关，卢氏却还不甚明白，含糊了过去。娘娘又道："今日拙夫欲同来拜谒，又恐大伯劳动，反觉不安，只好待病愈后再行补情的了。"院君道："啊呀呀，这是不敢当的！"两下谈谈说说，不知不觉天已晚了，内堂中灯彩鲜明，照耀如同白昼。

春桃又送茶出来，在院君耳畔禀了一声，说酒肴已经备好了。院君吩咐摆在房厅上面，春桃应命而去。略停一停，方请娘娘入内用酒。原不怀着好意，想不到娘娘阴阳有准，早已预先算定，此刻却将计就计，佯作不知。说道："念我白氏今日虔心拜祝，薄具贺仪，得蒙笑纳，已属万幸，怎敢反受华筵盛赐，更使我置身无地，抱愧不尽了！"院君道："奶奶太觉言重了，淡酒粗肴，休要见笑，只算得家常便饭，不成文的。”

彼此谦逊了一回，到房厅上入席就坐。丫头在旁殷劝斟酒，一心要灌醉娘娘，成就这条妙计。谁知娘娘的酒量十分洪大，休说这几壶酒，就是吃了几坛，他也不妨。嘴里却托言量窄，不能奉陪了。院君道：“正要奉敬，今晚总须尽欢，稍伸鄙意。”娘娘道：“多承见爱，敢不从命。但舍下乏人，只好改日再领盛情的了。”院君道：“这是难得的，轿子已经打发回去，今日定要屈留，盘桓一夜。快请宽饮几杯，丫头斟酒！”娘娘道：“既如此，我也应借花献佛，回敬一杯。”便从丫头手里拿了酒壶，回敬卢氏。院君饮毕，又叫丫头连敬三杯，频频相劝。娘娘道：“实情吃不下了！还望见谅。”院君却要他越醉越好，便道：“今晚草榻，尚可宽饮。”

娘娘一想，这只棋子用得真利害：初意只要我吃醉，就来上我的船；现在索性要我吃酥，端正来捉酥醉鱼了。既然如此，我就顺手推舟，大醉了罢。所以一连吃了三杯。院君又吩咐旁侧八个丫头，每人跪敬一杯。娘娘道：“已经醉了，吃不得了。”院君道：“奶奶海量，何必这等的客气！你们快些斟酒，候奶奶干了，方许起来。”那八个丫头果然挨次斟酒献上，跪倒在地。娘娘假装着酒醉模样，勉强吃到第三杯，头儿低倒，两眼斜视，身子已摇摆不定了，丫头们叫唤奶奶不应。院君见他这般光景，真已酩酊大醉了。便叫四个丫头，扶入房中安睡。这一间房与院君的卧房连接，陈设美丽，扑鼻生香。娘娘和衣睡下，丫头们一齐退出，就把房门反锁，各在外面听候风声。惟有院君看他们收拾残肴后，也因吃了几杯酒，身子疲倦，回到自己卧房，暂为歇息。只道机关巧布，那知反害自身。我且慢表。

再说娘娘假装酒醉，和衣睡倒床上，鼻息呼呼。等候众人去了，关上房门，方始睁开双睛一看：桌上点着通宵红烛，满室明亮，慢慢将身坐起。耳听得谯楼已敲三鼓，心里暗暗思想，不知怎样前来缠扰。再把阴阳一算，方知此人预伏床下，就地铺着被褥，睡在那里，只等我睡熟后，他便扒上床来。这等恶毒，天理难容！若是凡人，定中奸计。我却索性去引诱他，断送他命入阴司，惩恶劝善，也不为过。想定主意，跨下床来，走近妆台前，把头上的钗环首饰，一一卸下；然后取茶壶呼了一口，回身坐到床沿，将花鞋一脱，鞋底里透起一股香气，重又把金莲裹了一裹。

可笑这个陈不仁躲在床下，看见娘娘的绣鞋，又小又香，

要想伸手拿过闻一闻，暗说使不得的，我且忍耐着。正在这个当儿，听得娘娘自言自语，连声叹气，记挂丈夫；又说自己“到了镇江以后，多蒙这里陈大伯恩待，一见留情，替我办了许多大事，我不是不知道的。却因小青碍眼，叫他在楼上饮酒，暗约三更相会。想不到外房见鬼，吓出病来，至今卧床不起，真所谓好事多磨了”。这几句话，引得不仁心动魂销，就从床底下扒出来，对着娘娘叩头不止。此刻娘娘上身只穿一件紧身棉袄，下身单叉裤子，两脚分开，在床沿上坐着。他也不管三七二十一，便从裤裆里钻出来，怪不得要倒霉了。

娘娘一见，佯作惊慌，问道：“你是那一个啊？”不仁道：“我的白奶奶，你难道不认识我么？我也是你的心上人，总求你救了这条命罢！”再叩了几个头，娘娘道：“啊呀，你是陈大伯呀！院君说你病势沉重，卧床不起，理宜安心养息为是，怎么此刻这般光景呢？”不仁哀恳道：“我再叩头。这条命是死是活，在你手中，只求白奶奶发一点慈心，我病全除了。”娘娘道：“我又不是医家，怎生救你？”不仁道：“我是心病，皆为想念你奶奶而起。倘蒙怜悯，胜过医家百倍，可称得起死回生的神仙。”娘娘道：“既然如此，何必这等样儿。陈大伯快请起来，想我多承厚情，来意我岂不知？但有一句话，此事若被外人知晓，叫我有何面目见人？倒不如暂去安眠，须防久病之后，伤了元气。且待病愈身强，再来与你共效于飞罢。”不仁情急万分，那里还等得及！嘴里只说“快来”，就把浑身衣服脱下，扒上床去睡了。娘娘明知劝他也无益，真是个该死的恶人！因就说道：“我是怕羞的。待我息了灯，即来陪你。”那知灯火一灭，这便是白娘娘弄的蹊跷！

不仁如在梦里，还当做和他同睡，说了许多情话，种种秽亵，不可名状，早把卢氏惊醒。听他说出“休妻”两字，心里又悲又恨，问他房门反锁，怎生到此，与我胡缠？不仁只道与白氏交欢，被他一问，觉得声音不对。知是妻子卢氏，不是白奶奶，心里万分难过。一个翻身，向里而睡，连声喔唷。院君伸手一摸，周身如火炭一般，病势益发加重了。回头望到窗边，东方已白。想起白奶奶昨夜不知怎样睡的，我也因酒醉失眠，未曾照察，此时门还反锁在那里，且去开了，好待他醒后出来。所以急忙穿衣而起，走到白氏房门跟首，侧耳一听，房中已有声息，就把锁轻轻一开，推进房来，见娘娘脸上微有怒容。只说：“奶奶昨夜好睡么，为甚起身得这般早呀？”娘娘道：“天色大明，本要起来了，却多承伯母的美情。”院君道：“如此，请到外边坐罢。”

坐下之后，娘娘说不出他床底下藏人出来调戏我，院君也说不出我夫看中了你，两下里面面相觑，未发一言。少顷丫嬛送出脸水，娘娘回说不用；又送来点心香茗，娘娘道：“多谢伯母。我有一言奉达：昨天我到府庆祝，蒙伯母抬举，实是不当。且幸我的贱辰，正逢初七，到了这天，我也命人备轿相接，总须屈驾降临，饮酒叙谈，和那昨宵留宿一般，伯母休要推却。”院君听了这话，句句触心：分明说留我一夜，要叫许仙睡在床下，照样回敬我。这是来不得的。不觉脸泛红云，对答不出。

这时候，许家轿子已经来了，娘娘告辞起身。院君挽留不住，只得相送出外，看他上轿去了，方转身来看员外，要问他怎生到我房中来睡。那知陈不仁不在被窝中，已变做疯癫形状，赤身露体，乱发蓬松，跳来跳去，逢人叫着白奶奶，吓得丫嬛们东西躲避。及至院君看见，却被家里养的一只白狗，咬死在地。下身鲜血淋漓，实是可怕得很。这是他一生淫恶的果报，并不是白娘娘用的法术呢，看官们休要误会。员外死后，卢氏最为伤心，办过了丧事，因为膝下并无子女，被族中争夺资财，一家星散。弄得卢氏孤苦零丁，只得身入家庵，落发为尼。这几句话，我便把陈不仁一家归结了，恕不再提。

仍说娘娘回到家中，并不将此事告知许仙。从此安居乐业，夫妻恩爱，并无闲言，而且生意也十分茂盛。许仙日间在店中营业，到了晚上，又有姣妻陪伴，真可称得心满意足了。

谁知乐极生悲。早来了金山法海和尚，到此拆散他们的夫妻。你道为了甚么？本书中虽未说明，却也有一些影子。试看第一回“仙踪”里面，白蛇在峨嵋山上，吞去了一个老和尚修炼的内丹，打掉了五百年道行。这老和尚本是个癞虾蟆精，道行极深，继然失去五百年，当时奈何白蛇不得。他却怀恨在心，只在洞中刻苦修行，竟被他成了正果，脱却凡胎，得到西方极乐世界，蒙如来赐了他一个紫金钵盂，命他下山宣传佛教，查察人间善恶。他有了这个机会，又把阴阳抡算，知这白蛇在西池金母处，无从报复，后来他奉命下山报恩，与许仙成了夫妇，身在凡尘，我不难假公济私，报此夙仇。但我已证佛果，未便和从前一般见识，况他从无过犯，也不能无罪而诛，违了我佛慈悲的宗旨。存了这个主意，所以法海来到金山，做了住持，待机而动。近来算得青白二蛇妖，已到镇江开店，与那许仙相会，只图欢乐，恐有后患，不如先去引诱许仙到此，指点迷途，拆散他们的孽缘。一来叫许仙皈依佛教，二来叫蛇妖知道我的利害。他若向我降伏，我便和他消释前仇；如果他与我作对，自取罪孽，非但他怨不得我，就是金母也不能回护他了。以上这段情节，原是法海的心事，书中却说他正大光明，实因不是这样说法，下文那有许多热闹的关节呢？故而在下表明之后，仍照原本编译下去，还望看官们勿嫌烦絮是幸。

且说当日的法海禅师，自到金山做住持后，已阅多时。见佛像大半损坏，殿庭也有些坍塌，便借着这个大题目，命八个有执事的僧人，分头下山四处募化金钱，重修庙宇，再塑金身。各各去讫，又唤当家僧静缘前来，因他的缘法更好，单叫他到镇江城里去，另化檀香十担，装塑一尊观音大士像。“要寻有缘施主，只在五条街前后，不必他往。如能诚心竭力，包管你自有人来。”静缘奉命，格外虔诚，到了次日，独自来到镇江城里五条街上。

该处是热闹的市中心，他背着一尊小小韦陀佛像，跪拜街头，口中宣扬佛号，念着：“南无三洲感应护法韦陀尊天菩萨，贫僧金山寺中静修和尚，募化檀香十担，装塑观音大士，伏望各位善男信女，十方护法，随缘乐助，功德无量，阿弥陀佛。”一路在街上高声念着，拜了一家，又是一家，拜倒站起，站起拜倒，上街走到下街，好不辛苦。那知一连几天，并没有分文募化下来。你道为了何事？原来本街上有两个游手好闲的恶少年，从中霸阻，造出许多恶言恶语，写了一张无头榜文，说和尚是色中饿鬼，做强盗的后门，募化了金钱，不过修他们五脏庙罢了，有甚功能！如此一来，各店家还有那个肯来布施呢？弄得静缘和尚无法可施。却因师命难违，不敢偷懒，这天拜得他腰酸腿软，正拜到保和堂门前，好似鬼使神差，忽然一个头晕，望前一交跌倒，额角碰在阶沿石上，顿时血流满面，晕倒在地。

不知生死如何，可曾募得檀香，引得许仙上山，且看下回分解。

第三十二回　化檀

却说许仙正在店中坐着，见一和尚跌倒在地，吃了一惊。忙叫二伙出去，将他扶起，坐在排门板上。因他头额受伤出血，取些金毛狮子药末，敷了伤口。那和尚连声称谢不置。毛伙见有一本缘簿，跌落在地上，伸手拾起来一看，说："也可怜缘簿还是一本白头卷，从没有人开过。"回头向许仙道："我看汉兄做些好事，替他开了缘簿罢。"许仙道："但不知他要化多少呢？"毛伙道："不要银钱，只化檀香十担，装塑一尊观音大士佛像。"许仙说道："十担檀香，有限得紧。可笑这班镇江人竟是一毛不拔，太觉小气了。"毛伙道："不是的，有个缘故在内：只因和尚少结了缘，被当地几个无赖，从中起衅，在四处贴着招纸，叫人不要布施僧人。如若不听，一定绝子绝孙，要生瘟病。这般的咒骂，所以本地人都不肯捐助了。"许仙道："如此说来，我也不写，叫他别处去化罢。"毛伙道："却还不妨，后面有两句话，总算是生路：外来客商，好心布施，不在咒骂之内。故而汉兄是外边人，尽可以写得的。"许仙道："既可写得，你拿缘簿来，我写了一担罢。"

二伙齐说道："缘簿上开头只写一担，恐怕有些不像样呢！"正商量着，和尚念了一声阿弥陀佛，从旁说道："今蒙檀越（即"施主"。梵语的音译）布施，保佑早生公子做官中状元。"

许仙正在那里想儿子，听得和尚的说话，却巧打入心坎。他料想娘子平时最敬观音，就是知道募化，也是无妨；况且许仙一生好胜，最爱体面，因此提起笔来，写着“信士许仙同妻白氏独助檀香十担”。二伙看了，也赞道：“好呀，好呀！这样一写，连我们做伙计的，脸上也有光辉呢！和尚你把缘簿拿去，待等选日兴工，便将檀香送上山来，决不误事的。”和尚道：“多谢相公，功德无量。”当即拿了缘簿，起身告退出店。

我不说静缘回山覆命，已称了法海的心愿。再说许仙见和尚去后，忽然转了一念：想起从前妻房谆谆吩咐，叫我和僧道绝交。如今一时高兴，写了十担檀香，最少要

几百两银子，倘被娘子知晓，一定要淘气的。这都是毛、窦二伙不好，从旁怂恿着我，我若反悔，岂不被他们取笑呢？想到这里，不觉愁锁双眉。二伙未知其意，问道："汉兄的檀香，还是买来解送，还是折银子过去？"许仙道："不用你们多问，且到那日再定。"站起身来，就此进去了。二伙在外私相议论，都说东家是惧内的，这笔捐助的钱，只怕娘娘不允，所以方才高兴，此刻又在那里着急哩！这一来，许仙的心事，竟被二伙猜着。

走到里边，娘娘笑脸相迎，请他坐下，他却一声也不响，两眼只看着天，眉头蹙紧，面现不悦之色。因问道："你今天有什么心事，这样的闷闷不乐？可能说与做妻的知道？"许仙踌躇了一回，方说道："我有一句话，说了出来，只怕娘子要见气的。"娘娘道："有话请说，做妻的怎敢见气？"许仙道："如此，我老实说了。就是那金山寺……""金山寺"三字才出口，娘娘吃了一惊，忙道："住了！你说那金山寺，便怎么样？"许仙道："我只为那个和尚天天在门前拜来拜去，已经长久了，其实讨厌得很。我问他要多少银子，他说不化银钱，只化檀香十担，装塑观音大士一尊。我因想及娘子平时敬重观音，故此我替他开了缘簿，独助檀香十担。算来不过几百两银子，只是未曾请命，自觉擅专，所以我不敢实告娘子呢！"

娘娘道："你竟独助檀香十担，和那些僧人交好，把做妻平日嘱咐的言语，全不记在心上，偏要与他们来往！檀香十担，还是小事，恐将来必起祸端。可记得四月中旬，神仙庙遇见妖道，把二两人参拐去，骗你归家吵闹，几乎拆散夫妻。若不是我学得仙术，怎能够讨还人参！你当时亲口说的，从此永远与僧道绝交。事隔未久，你难道完全忘记了么？"许仙道："我原不肯写的，都是二伙再三怂恿；

那和尚又说独助檀香，功德无量，生儿必中状元。并且娘子素来敬重观音，故而我一时冒昧，写了下去。如今又不好改悔。只要娘子允助檀香，我以后再不敢与僧道往来，一世绝交就是了。”娘娘道：“你既助了檀香，到了开光那一天，岂不要请你去拈香拜佛呢？”许仙道：“现在我已悔悟，再要如此，我真不是人了！”娘娘听他这样说法，又对他看了一看，冷笑道：“听你的话儿虽似蜜糖一般，只怕口是心非，未必改悔，到期仍要去拈香的。定叫我费去银钱，我实在信你不过呢！”许仙道：“娘子不信，待我对天立下愿来。”立即走到庭前，双膝跪下，叩头仰告道：“过往神祇听者：我许仙若上金山，再与僧道相亲，罚我在镇江覆舟身死。”

娘娘见他发了急，对天立誓，连忙走上前来，接了一吻，便说：“做妻的和你耍笑，你怎么认起真来！”就在仙官身旁，并肩跪下，叫声：“日游神，夜游神，日月三光作证：因我偶然与官人口角，我夫立誓之言，当不得真的。倘遇着恶时辰，我白氏情愿代替，决不累及我夫。快些站起来罢！”小青也过来说道：“主母，你看相公这般光景，谅情以后定然悔悟，不必再埋怨他了。所助檀香，如今依了相公，差人送去，也算是一桩好事。永不与这秃驴见面就是了。”

娘娘将仙官扶起，并着香肩坐下，便问可用中膳？许仙摇摇头，回说吃不下去。娘娘道：“那么，且用些点心罢。冒犯之言，休要见罪，还请你宽恕这一遭。”许仙道：“娘子说那里话来！原是卑人不好，有累娘子生气。”娘娘方面转笑容道：“请问檀香要多少价钱？”许仙道：“约略算来，须银三百多两。”娘娘索性讨好道：“既然有心捐助，菩萨须有莲花宝座，周身还要装金，总共助银五百两，当可包罗一切了。”许仙道：“多谢娘子一力周全，使我面上增光，承情之至！”娘娘道：“你明日将银子付托毛伙，办了檀香十担，

余下花银，一并送往金山交代，就请僧人办理装金莲座便了。”许仙转愁为喜道：“哈哈，好了！如今不出丑了。肚中也饿了，快拿中饭来吃罢！”少顷小青端上饭菜，开怀吃毕，抽身来到店中。

二伙看他的面色，愁容又变做欢颜，同问道：“汉兄，可是在娘娘跟前把檀香说妥当了么？”许仙道：“这是我自己作主，娘子不来管我的。”二伙道：“大约罪总赔过的了！”许仙道：“二公休得取笑！明后日，有烦到杂货行中，购买大料檀香十担。该价若干，开明发票；另有余下银两，就托毛公渡江，解送金山寺交代。”窦伙道：“此事在我身上。我姑夫开檀香行的，包管便宜，明朝一准就去。”许仙道：“但是檀香须要整料，方可雕琢佛像。枝梗细条，一概不用。价目大些，却也不妨。”又向毛伙道：“檀香办好后，择定日期，解送过江，切勿叫僧人到我店中。你须明白我的意思。”毛伙点头应命。许仙又叫二伙估计数目，除檀香约需三百二三十两外，加上五彩莲花座要三四十两，装金要七八十两，连塑像匠人工钱，一并在内，五百两足够了。当即将银子兑出，交给二伙办理一切。选定腊月初三日，由毛伙一人解送过江，不须细表。

只说到了这一天，信息传上金山，报与当家知晓。方丈率领大众下山，执香迎接。口诵观世音菩萨，正殿上撞钟擂鼓，果然热闹非常。今朝毛伙十分体面，坐在堂上，用过了素斋，把檀香正供、银子一一交代，然后起身辞行。众僧人送他下船，回转京江覆命。许仙方始放下了心肠。这一番功德，果真不小，感动上苍，命文曲星官，下降尘世，昌盛许门。此种言语，到了现下科学文明时代，虽似迷信，却也是劝善的意思。那边金山上众僧募捐事毕，计得布施银一万两。择日兴修庙宇，塑佛装金，不是一朝一夕，过了残冬，又交新岁，光阴迅速，早到了元宵佳节。许仙与白氏饮酒庆赏，人月双圆，这夜一度周公，即怀身孕。但娘娘从此乱了阴阳，再也算不准了。

表过后，再提金山寺里，兴工动作，更是热闹：修庙宇，塑佛像，众匠人天天忙碌，直到三月底方才告竣。这一桩也算大事，四远皆知。原来金山寺是江苏镇江府第一丛林（佛教僧众聚居的寺院。因比丘和合一处，如众木相倚成林，故名。后亦泛称有规模的寺院为丛林），天下闻名。所以一有举动，便闹遍了满城百姓。如今许仙独助檀香十担，装塑观音大士，要算得一位大施主了。所以到了功成圆满后，法海拣了四月初八吉日吉时，佛相开光。预先下帖，邀了几位大施主，和那在城官府，合郡乡绅，上山拈香，瞻仰佛像。即命小沙弥各处投帖，当有一番的忙碌，毋烦细叙。

再说白氏娘娘静坐在房，忽然心血来潮，内中定有蹊跷，因此闷闷不乐。却巧小青走入，见娘娘愁锁双眉，动问何故。娘娘道："我因为心血来潮，也不知为了何事？"小青道："既然如此，怎么不把阴阳抡算，辨别吉凶呢？"娘娘道："你那里知道呀！奈我腹中怀孕，已有三月，算不准袖里阴阳。我料想别无他事，只虑着法海禅师，要来和我淘气罢了。"小青道："娘娘且请放心。难道他要寻上门来么？怕他则甚！"娘娘道："我所忧虑的，相公总要和僧人来往，日后难免发生祸事呢。"

主婢正在房中谈话，那许仙走入房来，坐定后，娘娘问他："手里拿的什么东西？"许仙道："不要说起！可恨那金山寺的和尚今天来到这里，邀我明日上山。"娘娘道："邀你去做什么？"许仙道："据那和尚说，明天是开光吉日，请我去礼拜慈航，拈香还愿。有一张帖子在此。”娘娘伸手接来，略看一看，扯得粉碎，勃然大怒，痛责他：“不听妻言，偏要和僧人来往，倒不如拆散夫妻，待我主婢二人另走别路，到尼庵中削发修行去罢。”这一来，吓得许仙天昏地黑，一时话都说不出口。亏得小青过来劝道：“主母且免愁烦，总是这班秃驴不好，此事与相公无关。只要相公一朝拒绝，下次决不来了。”

许仙便对着小青道：“我才进房，话还没有说完，娘娘就大发雷霆，叫我如何分辨？我若果然要与僧人来往，这帖子也不拿进来了。实是他来请我，并非我去请他。我早已对这和尚骂了几句，把他赶走了，如果我再上金山，罚我一世不得起身。”娘娘怒气方息，转着笑容道：“照你这般说来，我倒错怪你了。实是我性情急暴，还望你休要见气。”许仙道：“自己夫妻，怎说‘见气’两字！”这一场吵闹，当然总算解决，依旧和好如常。这一夜欢娱，不必细说。

到了来朝，起身梳洗方毕，小青进来说道：“相公，外面朱九成家，病人危笃，请相公就去诊治。”许仙不敢自专，问道：“朱九成家，娘子你道去也不去？”娘娘想不到别生事端，便道：“邻近朱家，既是病重，该去看治为是。”许仙道：“那么，我去了就来。”娘娘还叫他早些回来用饭。因为现在算不准阴阳，吃了这场大苦，眼睁睁看他出外去了。就是许仙也并不想上金山，跟了那请医的人，前去看病。在朱家看毕回来，只走了十几步路，不防背后有人扯住了衣服。回头一看，见是一个沙弥，还有一个家丁，分明是金山上来请我的。

不知许仙可曾上山拈香，闹出事来，且看下回分解。

第三十三回　开光

却说今日金山寺里，是佛相开光的吉期，镇江府丹徒县以及邻近府县各官员，和一班乡绅施主们等，尽行请到，只有许仙一人未来。那位镇江知府性最急暴，问知许仙是个商人，屡请不到，太觉自大，反累众官员等候他，心头忿怒，要命差役前去捉拿。还亏扬州府在旁劝止，方叫一个家丁，拿了名帖，同了小沙弥，下山相请。那沙弥认识许仙，可巧走到五条街上，碰个正着，便赶上去扯住了他的衣服。许仙一见，不觉怒气冲冲，要想洒脱身躯，奔回家去。那沙弥抓住不放，并说道："相公慢走！今日佛相开光，府县乡绅等都来拈香。知道相公屡请未到，很有些不快活，特差一个二爷，同了我来请你的。你再不去，老和尚也要骂我了。"许仙道："我若要来，何须请得！只因家内乏人，故而不来。你们去回覆太爷便了。"旁边家丁也过来说道："许相公，有名帖在此相请，单等相公一到，就好菩萨开光。如果不去，又恐家爷要发怒了。还是请相公走一遭的好。"许仙道："我未换过衣服，如何好去？"沙弥道："若是相公回府，就去不成了。随身衣服，尽管不妨。"

许仙听了这话，暗想：今番我独助檀香，何等体面！若然不去，恐惹恼了府太爷，反为不便。我何不瞒了妻房，到一到即便回来，有谁去告诉去呢？便道："你们站着，待我到店中关照一声，就和你们同去。"说罢走到店前，嘱咐毛、窦二伙道："倘或小青问起我来，只说在间壁下棋，不要说我上金山去的。”二伙唯唯应是。许仙方同着家丁沙弥，渡江来到金山。

上山后，早见那所寺院，好不气概轩昂，山门重整，修理得金碧辉煌，暗暗赞叹。当时家丁先已入内通报，等到许仙走进，官员乡绅们尽皆起立，法海禅师也含笑相迎。那知府问道：“这就是许仙么？”许仙连称不敢，叫应各位老爷，上前参拜。众官绅颇加优礼，将他扶起，请他就坐。弄得许仙局促不安，忙答道：“各位老爷在此，许仙是属下子民，怎敢妄坐？”知府道：“今在佛地护法，又当别论。请坐了好谈话。”许仙方告罪就坐。

法海启口说道：“许相公，老僧发愿兴修，多承美意，轻财捐助，得成胜事，真是善人莫大的功德！”许仙因初次会面，忙问：“法名可是法海禅师么？”法海道：“不敢。正是老僧。”许仙道：“久仰禅师道高德重，今日会见，实是三生有幸！”

叙谈了一回，法海从座上走了下来。细细对仙官一看，脸上果有妖气。此刻在人前不好说明，暂为隐忍。只见众僧走入，报称吉时已到，佛相开光，请各位老爷施主上殿拈香。法海便吩咐正殿上撞钟擂鼓，红蜡高烧，乐人吹打，众徒弟执香站班，护引各位老爷，上殿拈香。惟许相公是太爷属下子民，未便同班行礼。但檀香是他独助，先到观音殿拜佛开光，然后候各位老爷来拈香。分派已毕，于是众僧引领在前，众官绅排着班次，先到正殿，又到各偏殿，拈过了香，末后到观音殿上。许仙已烧了头香，这也是法海的主意。少顷，众官绅行礼毕，邀到客堂中待茶。许仙是从正殿上来了。当下摆出素斋，各人挨次坐定，法海在下首相陪。素斋用罢，众官绅纷纷散去，不须细表。

只说许仙见他们陆续去后，也向法海告辞欲行。法海道：“相公且慢回去，老僧有要言嘱咐。请到内堂小坐片时。”便携着许仙的手，来到清净的禅堂中坐下。许仙不明白他的用意，又不知有甚说话要紧，问道：“禅师既有训示，请即赐教。”法海道：“我看你面有妖纹，定被妖魔迷住。你若能把他拒绝，可保你祸患不侵。”许仙道：“我在客边，并无亲戚朋友，那得有妖魔缠绕？”法海道：“你道妖怪是谁？就是家中的白素贞，和那婢子小青！”许仙初还不信，便道：“我娘子是妖怪么？这说那里话来？我家白氏妻房，贤能有志，秉性端庄，竟说他是妖怪，岂有此理！”

法海道：“我知你迷字在心，不易醒悟，却也难怪。我且将白氏前后踪迹，细说一番，你就明白了。那白氏本是一条白蛇，生长在峨嵋山，修炼成精。你是十世以前的善士，在川广两处经商作客，那时路过峨嵋山前，见一乞丐将蛇擒拿在手，不觉心生怜悯，便出两贯青钱，买了放生，白蛇方得回山修道至今。但善士辗转轮回，算来已有一千余年，今世投胎，便是你的本身了。那白蛇不忘从前救命恩德，特来相报，故而假托夫妇虚名，和你交好。只是蛇心最毒，过了几时，姻缘一满，日后难免有丧身之祸。老僧念你七世童男，根基甚厚，如此金枝玉叶，吞入蛇腹，岂不可惜？所以劝你把他拒绝，好叫两下里都得安身全命呢！”

许仙仍将信将疑的说道：“原来从前有这一番因果。但事隔千百余年，有谁知晓？只凭禅师所言，也算不得证据，怎见我妻是蛇妖所化？”法海道：“此事凿凿可据，你还不觉悟么？他与你夙世牵情，因欲了此凡缘，来到武林寻访，在西湖塘上相遇，引你到破败的祠堂中，结为夫妇，把钱塘县库银赠你，害你充配苏州。胥江落驿，专诸巷二次相会。可记得端阳佳节，已现原形，到了中秋，赌赛三桩宝物，是从昆山顾府盗来，不幸破露，险遭问罪。这都是妻房害你的，证据重重，尚不省悟，反来与我讨取真凭，未免太愚了！”

许仙听了禅师一夕话，吓得浑身抖战，走上前来，双膝跪倒，央告道：“弟子昏愚无知，还望禅师救我！”法海道：“我念你夙有善根，故来点悟。只要你立志坚牢，从此不念双妖，跟随我修心学道，将来便可抛弃尘凡了。”许仙道：“禅师法旨，敢不凛遵！弟子情愿皈依三宝。只是我与娘子夫妇情深，一旦分离，心实不忍。且容弟子回家，将禅师的训谕，点化一番，使他各归其所，我也放心与他作别了。”法海道：“看你尘缘难割，恩爱难离。也罢！你且随我出去，叫你夫妻分别便了。”便携了仙官的手，走向外来。

出了禅堂，从侧首抄到后山。虽是日长，已是申牌过后。这里有一茅亭，是法海平日修行的地方，十分幽僻。亭内有一块大石，摆着一个蒲团。早望见江面上波浪滔滔，好似匹练一般。法海走入亭中，在蒲团上盘膝而坐。仙官站立一旁，观看此地的风景，心里却还思念姣妻，不知他可在那里记挂着？我只是见了禅师，有些惧怕。原书便借着这个，说出一篇五行生克的大道理来，未免穿凿附会，所以我当作闲文，一概删去。仍说法海早知仙官用意，便道：“你看江水滔天，波涛滚滚之中，你的妻子来了么？”许仙即向四面一望，毫无形影，忙问在那里。法海伸一个指头，向南一指，方说道：“你还不见么？那边天上有一道白光，直冲过去的便是。”许仙就顺着指头望去，果见那道白光中，白娘和小青驾一小舟，鼓棹而来。吃惊道：“果然娘子来了，这便如何？”法海道：“不妨。你若害怕，躲在我蒲团背后，看老僧降此二妖。”许仙央恳道：“还望禅师海涵，只用好言回绝了他，休伤他的性命。”法海道：“你且回避，老僧自有道理！”

做书的写到这里，却又要表明几句了。你道白蛇此刻怎么就来呢？原来书是并行的，许仙渡江上山，拜佛用斋，又与法海谈了许多言语，走到山后，足有半日工夫，家中的白娘，那有不悬望之理？因见夫主不回，即行命小青到店中去查问。二伙知道瞒不过去，却有意加上几句话，半真半假的说道：“今日金山上面，开光檀香观音，现任官员都到，还有合郡乡绅。因为方才小青姐骂了和尚，他就怀恨在心，回去告诉老僧，禀明现任太尊，差来几个家丁，约有五六七名，虽是用帖相请，好像牌票拿人。正见相公回店，就此难以脱身，一把将他拖住，都说许仙夙有善根，一定要他落发为僧。如果前去找寻，快上金山要紧。”

小青听得这话，慌忙入内禀告，就将二伙之言，细述一遍。娘娘大惊失色道：“相公真个上金山出家了么？阿呀，痛死我也！”此时娘娘眉头紧蹙，珠泪双抛，不觉乱了方寸。明知法海妖僧公报私仇，引诱我夫上山烧香，劝令落发修行，有意和我作对，拆散我恩爱夫妻。心肠狠毒，此恨难消。我虽知道他脱去妖胎，已证佛果，非比从前峨嵋修炼的时候，神通广大，法力高深。我原不敢和他比试高低，怎奈欺我太甚！我只得与他拼命的了！主意打定，回头唤小青道：“我和你驾云速往金山，追赶你东人回来。”小青道：“少顷我们回来，二伙问及怎样出去，如何回答呢？”娘娘道：“这倒不妨，只说从后门出去就是了。我若今番追不转夫主，誓死不回！”小青问娘娘此去可要改妆，娘娘点点头，就把头上青丝打了一个结，用绢帕包裹好了，换了一件鱼白色的短裤，白绫裙子围腰，足上一

双玄缎弓鞋。小青也打扮停当，各佩宝剑，然后一主一婢，化作青白两道光，穿窗而出，驾云直上九霄。

霎时来到江边幽静的地方，落下云头，并不被人瞧见，也用着遮眼的法儿。小青道：“娘娘既是驾云，何不竟到金山，反在江岸下去？没有舟船，怎好过江？”娘娘道：“我因为金山上面，不知有甚法宝，红光直透云霄，故而不敢驾云上前。我且拔下金钗，化一小舟，和你渡江过去罢！”说时，便从头上拔下一股金钗，投入江中，变成一叶扁舟。主婢二人跳上了船，便向大江东去。耳听得波涛声响，水势汹涌，娘娘站立中间把舵，小青在后梢打桨。望见金山上果有红光透起，料想他必有镇山的法宝。

无多片刻，已到了山岸边，将船停泊，主婢走上山头，进了山门，直到里边。穿过大殿，向东兜抄进去，未见有僧人走来动问，不知夫主藏在何处，心中不觉忧愁起来。但见侧首山坡上，有一僧人立着，在那里采樵，用斧砍着树枝，嘴里却自言自语道：“树上这许多孽藤苗蔓，待我把情根一齐斩断了罢！”娘娘听那采樵的话，直刺心孔，便上前叫声师父，道：“我要借问一信，还请明示。”和尚道：“要问什么？”娘娘道：“夫主许仙，现在那里，相烦指引，感恩非浅。”和尚道：“你问许仙么？就从这里山坡，攀藤附葛过去，盘至后山坡，有一茅亭，他同俺师父法海，在彼打坐参禅。”娘娘道：“原来如此！待我去找他。”和尚道：“山路崎岖难走，只怕不能会面，徒劳往返。”娘娘道：“多谢师父！我要寻夫主回去，那怕路险难行，总要去的！”

当时从侧首过去，行不半里，只见面前一株松树上，刻写着一首诗，近前一看，见那上写道：“休生烦恼莫生愁，上界先知根底由。金玉之言须记取，山中莫把老僧求。”娘娘看了那首诗，心头乱跳，身子往后倒退，险些儿跌了一交，还亏小青在旁扶住。暗想此诗是昔日仙翁所赠，这里有谁人知晓，横写在松皮树上？分明叫我休上金山！我本欲依遵回去，免得惹祸招灾；怎奈夫妇恩情，难以一朝决绝。我且暂违仙训，只用好言向他求饶。若得他大发慈悲，放我夫主归家，那就没有事了。”如此一想，便同小青绕道过去。果见山凹中有一茅亭，亭内蒲团上坐一老僧，大约就是这个法海了。

不知娘娘用善言恳求法海，怎生斗起法来，水漫金山，闯出滔天大祸，且看下回分解。

第三十四回　水漫

却说白娘和小青上了金山，问信来到山后，只见茅亭中有一老僧打坐，分明就是法海，却又不见夫主，心里很是焦急。回头向小青道："我和你且上亭去，善言求恳，休动无明之火，须看我颜色行事。"嘱毕，走上山坡，见了法海，屈身行礼道："茅亭内坐的，莫非金山长老法海禅师么？"法海道："你既知老僧在此，只宜远遁高飞，为什么反来见我？有甚说话，容汝讲来。"娘娘道："我因招寻夫主到此，恐他听信谣言，抛弃家业，求福反而招祸。还望佛爷慈悲，发放我夫回去，感恩不浅！"法海道："许仙夙有善根，留在金山，已归三宝，你何须苦苦留恋着他？我念你功行千有余年，幸得根本未伤，所以不来加害及你。你当早早归山，仍修正果，将来不失仙途。如再执迷不悟，贪恋红尘，我这里佛法无边，管教你后悔莫及。好似虫投蛛网，鸟入樊笼，休想逃命！"娘娘道："师父法教甚明，敢不依从？但念白氏下情，从宽饶恕。因与仙郎缘还未断，恩也未报，故敢冒昧到此。请求暂放夫君回去，待白氏恩缘两尽，那时离别归山便了。"法海道："你休多言！我不放许仙，你敢怎样？"娘娘双膝跪下，苦苦哀求。那知法海未忘吞丹之恨，骂道："你这无知孽畜，还思留恋！若再多言，休想活命！"

这几句话，恼动了旁侧的小青，便道："娘娘这般的哀哀求告，那秃驴反出狂言，开口就骂，难道真个怕他不成？"顿时两目圆睁，怒容满面，大骂道：“秃驴休夸大口，我来和你见个高低！”口中蛇芒吐出，有一股毒气喷来。法海忙将手中禅杖飞起，化作一条青龙在空中盘旋飞舞，小青仰面跌了一交。白娘见青龙来势凶猛，就地一滚，也把原形现出。好一条大白蛇，起在半空，和那条青龙决斗。小青变作青蛇，上去帮打。

这时候，法海转向许仙说道：“你藏身在我袈裟里面，你可钻出头来，瞧这么一瞧。”许仙便悄悄一观，好生可怕，忙说：“弟子不要看。”法海道：“这就是你妻子的真形。你和他同床共枕，何等恩爱，怎么此时这般害怕？你可将从前仔细想来。”许仙一想，这种形状，果与端阳所见相同。便道：“可怕得很！两年恩爱，竟与此物同床共枕，真是吓死我了！我今后再不下山，惟愿皈依三宝的了。”正说话时，那蛇龙在空中争斗，各显神通，白娘渐渐败将下来，只得用杀手锏，方可成功。即便转身飞上，嘴里吐出一颗混元光化明珠，将青龙打下地来，仍是一条禅杖。法海连忙收去。

那白娘和小青依然变了人形，上来说道：“秃驴，快还我丈夫回去，我就和你善罢干休，便宜了你。你的青龙禅杖安在？倘再胡言乱语，定教你这秃贼丧命，方消此恨。”法海道：“孽畜不得无礼，看我的法宝又来了！”即将座下风火蒲团祭起，霎时一阵狂风，飞沙走石，烈焰腾空，浓烟密布，风从火势，火趁风威，好不利害。娘娘一见，魂飞魄散，小青也吓得面涨通红。方信佛家法力无边，今番定属凶多吉少。见那蒲团渐渐压下，娘娘无奈，仍吐出明珠抵敌。一道光华上冲，果然力量不小，竟将蒲团敌住，丝毫不肯放松。法海见蒲团压不下去，法宝要被他破了，心里也有些着急：“倘我倒翻在白氏手里，岂不惹人耻笑么？”急将金钵盂盖一开，向上抛起。眼前便见万道金光，从空中射将下来，罩定青白二妖，吸收上去。

娘娘此时魂不附体，叫声："青儿不好了！我命休矣！"要想逃遁，万万不能，早已被金光罩住了。这一急，娘娘顶上透出一道奎光（奎宿之光。旧谓奎宿耀光为文运昌明、开科取士之兆），就把钵盂抵住，不能够罩下来了。法海一看，原来不是他使的法宝，却是文曲星官在他的腹中，怪不得不能收他。立即把手一招，钵盂仍在手中，暂时放他逃生去罢。娘娘正在那里等死，忽见金光散去，不敢再与法海赌斗，忙同着小青借水遁而逃。

这里法海见二妖已走，方叫许仙出来，安慰他不要害怕，且回方丈再作计较，便手携着许仙同返内室，我且慢表。再说主婢二人逃出险地，娘娘道："青儿，我和你方才几乎丧命，真好险呀！"小青道："我们受了贼秃这场耻辱，难道就罢了不成？"娘娘道："可恨法海无知，竟把我夫留住。切齿深仇，安得不报？如今我和你不及回家，且到黑风洞去见哥哥，请他出来帮助，定要杀了妖僧，找得丈夫回来，方能罢手。"小青道："娘娘说得有理，快些去罢！"

于是主婢从水道北行，早来到黑风洞口，见有几个小妖把守洞门，便问大王可在里面？小妖回说大王并未外出，请娘娘进去就是了。娘娘便带着小青进洞，直到聚仙宫，见了黑风大王，叫应哥哥。黑风大王道："我道是谁，原来是妹子来了！"两下行礼毕，对面坐定。小青也过来叩见。黑风大王问道："贤妹，他是何人？"娘娘道："这叫做物以类聚，是小妹身旁的侍女小青。"黑风大王点点头，又问道："贤妹向在何处出嫁丈夫，报答前恩？如今怎样了？"娘娘道："小妹自别兄后，一路南行，在杭州西湖塘上，得遇恩人，成为夫妇。先往姑苏，后至镇江。不料好事多磨，今因上金山烧香还愿，寺里有个法海妖僧，心肠凶恶，竟把恩人留住不放，拆散我夫妇良缘。

我特地上山取讨，他反卖弄神通，肆行强暴。小妹法力浅薄，斗不过他，险些主婢同归于尽。我二人逃生到此，还望哥哥要替我报仇雪恨的。”那黑风大王本是个黑鱼精，自称为七星道人，性情十分粗暴。听了娘娘这番苦诉，气得他怒发冲冠，口中“哇呀呀”的乱叫道：“那还了得！可恨妖僧这般无知，明欺我妹孤立无助，故敢如此猖狂。为今之计，我看贤妹身躯狼狈，斗得筋疲力尽，暂且在我洞中养息。待愚兄带了水族，飞上金山，除了法海妖僧，救出妹丈，送你们回去如何？”娘娘一时不察，想不到闯出滔天大祸，还在自己身上，便道：“多谢哥哥。得能如此，感激不尽。”

黑风大王逞着满腔怒气，传唤水族中众头目进见。不一回工夫，有许多奇形怪状的精灵，一齐来到聚仙宫，叩见大王，请问有何法旨。黑风大王便吩咐众小妖，传集合族水兵，随往金山，擒捉妖僧，不得有违。众头目先行退出。然后黑风大王更换了盔铠甲胄，带了法宝，别了妹子，离了聚仙宫，径向外来，率领着一大队虾兵蟹将，驾起一阵妖风，从水道南行，直到金山脚下。

这时候，已是黄昏过后，料想山上妖僧，定然睡熟，何必费力与他决斗雌雄，只须偷营劫寨，送他的性命就完了。想定主意，便从衣袋中取出一把飞刀，祭起空中，穿云度雾，飞向方丈禅房里来，自以为稳取荆州，唾手而得。那知法海禅师早已算就，晓得他要来水漫金山，把身上这件锦襕袈裟，交付沙弥拿到外边，将金山峰顶罩住，可保无虞。预防停当，忽然耳边听得呼呼声响，抬头一望，见飞刀从云雾中落下，便把禅杖丢起，果然法力高深，向上只一拨，飞刀早已无踪无影，化作灰尘。少顷，一把接连一把，总共九把飞刀，尽行消灭。气得黑风大王三尸神暴跳，七窍内生烟，忿恨填胸，怪道白氏妹子，连遭挫折，原来这妖僧果有神通，俺也不是他的对手。但此仇未报，反受耻辱，有何面目回去！也罢，这叫做一不做，二不休，扳倒葫芦拨掉油，俺便发起江水，把这秃驴活活的淹死，那时救了妹丈，送他夫妻回转家中，岂不美哉！这一来，黑风自以为得计，喝令众水族兴波作浪，从长江中卷起狂风。顷刻间涛声汹涌，和排山倒海相似。一望滔天，水势漫上金山，足有数十丈高。

法海在山上瞭望，也带着三分着急。只可怜百姓遭殃，沿江一带地方，尽成泽国。忙招韦陀速来护法，救度生灵。有该死的，有应活的，善恶昭彰，判分劫数。韦陀领着法旨去了。禅师又召龙王到来。龙王得知此事，上前打拱作揖，先请了失察之罪。法海方开言道："你这龙神，好没分晓，容那黑鱼怪发水漫上金山，淹死生灵万万，该当何罪？"龙王道："佛老在上，黑妖作怪，小神实不知情，伏望宽宥。"法海道："既不知情，还不与我驱除水族，灭怪擒妖么！"龙王奉命即行，来到江中，吓得黑风怪魂飞胆落。这也是正能克邪，要想逃遁，那里能够，早被龙王飞剑斩了首级，应了劫数，一众水族纷纷四散奔溃。龙王也不追赶，回来覆旨。法海便发放他归海，暂且不表。

再说水族中一班小妖，慌慌张张，逃回本洞，见了娘娘，报告道："禀上娘娘，大事不好了！大王去到镇江，和那恶僧争斗，水漫金山，竟被斩首。小妖们亡命逃归，还请娘娘定夺。"娘娘听了，好似雷轰头顶，哭道："大王竟被他杀死了么？呵呀！"呀字出口，身子往后一交栽倒，昏晕了过去。小青急忙双手抱住，连叫"娘娘醒来"。好一回工夫，娘娘悠悠醒转，泪如雨下，悲痛道："哥哥呀，反是妹子害死你了！如今我两处皆空，无依无靠，倒不如和你同赴阴曹罢！"小青道："这是使不得的。总要想一良策才好。"娘娘道：

“此番我计穷力尽，难以回转丹徒（此指镇江，治丹徒），丈夫又被妖僧夺去，谅情目前不能见面。为今之计，只有回转仙山，重修道果，此外别无良策。但因我报恩未了，腹中怀孕，不便即行，所以无可奈何。意欲得一存身的地方，等候临盆分娩后，替我夫传了后代，那时离了尘凡，回见金母，总算恩已报过了。”

小青问道：“话虽如此，娘娘却想到那里去存身呢？”娘娘道：“据我想来，我和你且到临安去罢！投奔陈家，去见姑夫姑母。且喜去年秋间，有一书信寄往，并有银子五千，奉托姑夫置办房产，盘利生息，预备日后归乡之计。现在到了那边，只要花言巧语，说得动听，他定然收留我们的。”小青道：“既然有这条门路可走，我们就往临安，不必在此耽延日子了。”娘娘点点头，立即吩咐众小妖们：“安守洞门切勿造孽，有干天谴，只等我归山时候，再来救度你们就是了。”众小妖答应退去。

娘娘便和小青出离聚仙宫，来到洞门跟首。想了一想，方说道：“此去临安，路虽不远，驾云前往，恐被那妖僧知晓，多有不便。倒不如借着水遁走罢！”小青也以为是。当即从水中遁往临安。那临安本是从前宋朝南渡建都的地方，到了明代，称为杭州府。初时娘娘寻访恩人，便到此地，在西湖塘上，得与许仙会面，缔结良缘，何等美满。不料好事多磨，风波叠起，到了今日，弄得十分狼狈。旧地重游，颇觉眼前景是物非，那得不令人伤感呢？这许多闲话，毋须烦述。只说主婢二人，水遁来到此间，那消片刻，已抵西湖塘畔，断桥亭边。娘娘筋疲力尽，实在走不动了，小青搀扶着步入亭中，暂为休息。这时候，娘娘心里还记挂着丈夫，却因身怀六甲，错乱阳阴，算也无益。

不知许仙可曾来到断桥相会，且看下回分解。

金山寺

第三十五回　断桥

却说法海禅师斩了黑鱼精，仗着无边佛法，保得金山寺安然无恙。只可怜镇江一带城郭，大半淹没水中，伤害了生灵万万。虽则黑妖造孽，起衅却在青白二妖，罪难宽恕。不禁长叹了一声，回身走入禅房。许仙忙问道："江内水势，可不妨事么？"法海道："说也惨然。可恨二妖不念自己过恶，反去结连七星妖道，兴起波涛，淹死生灵无数。还亏老僧用法，将得波浪退平。那黑妖已被龙神斩首，金山可保无虞了。"许仙道："喔唷，好险呀！弟子以后，情愿出家，不想归家了。"法海道："若得如此，不失本来面目，尚可修成正果。只是要你出家，时候还早哩！"许仙问道："却是为了甚么？"法海道："你与二妖孽缘未满，尚有数月夫妻情面，怎好出家？"许仙吃惊道："阿呀佛爷，弟子再去，定被加害，断断不敢去的了！"法海道："不妨。你和他缘分未绝，必不加害。二妖罪犯弥天，你若不去，他要远遁高飞了。如今他已往武林（旧对杭州的别称，以武林山得名），你可放心前去相会。倘有甚么说话，多推在老僧身上。待等临盆以后，我再来度你罢！"又回头唤小沙弥过来，吩咐道："你去传谕合寺僧众，一准明日为始，起建七七四十九日水陆道场，超度众生。等到功德圆满，我要上临安去了。"

说罢起身，取出小小莲灯一盏，递给许仙道："许仙随我来，你可拿了这盏莲灯，跟我到寺后去。那里有一小洞，名叫紫露洞，你且进去，随光而走，便是武林了。但莲灯一灭，寸步难行，须要小心。”许仙应是，来到寺后洞口，望里面黑暗如漆，伸手不见五指，觉着一阵阵的冷风，从内吹出。他却仗着佛力保护，放大了胆子，辞别禅师进洞。好似一条小巷，两旁却是山峰石壁，冷气森森，侵人肌骨。还亏手执莲灯，跟着这道光线进行。耳边风声骤起，似在云雾中行走，心里有些害怕起来。莫非我上了法海的当，他把我送入幽冥，走进了地狱不成？一路自言自语，满腹愁烦，反想起娘子的好处，止不住眼中垂泪。信步行来，不知什么东西，脚下一绊，跌倒在岸滩上面。

此时天色尚未明亮，手里的莲灯，已经跌灭，其实早被禅师暗暗收去了。仙官扒起身来，黑暗中认不出地方，只道到了阴司，自己已做了鬼，必须要问个信才好。正想问，那边影影绰绰，见有两人走来。这两人是衙门中的差役，深夜出来捕捉凶犯的，嘴里怨着本官，好比阎王差我们这班小鬼，动不动要打腿条，真算可怜得很。一路走，一路说，却被许仙听得，也当他们两个，是阎罗殿下的差人，便上前问道：“鬼兄请了！我因为初入冥途，故欲借问一声，不知此处阴司，叫做什么地名，还请指导。”那差役道：“呸！晦气，晦气！我们不曾死，碰着你这个活死人，真真见了你娘的鬼！我听你的口音，好像是本地人。这里西湖塘上，你多不晓得，也来问信，简直是个痴子。我们不要睬他，只顾走罢！”说毕就走。

许仙听说就是杭州西湖，好生诧异，暗想镇江到此，虽不甚远，约来也有千里程途，怎么霎时便到？真所谓佛法无边了。抬头向四面一看，天色渐明，实在是西湖十景塘前了。只见六桥三竺，都在眼前；桃柳争妍，依然如旧。照此看来，我还未死，懊悔方才错问了信，反被他人笑我是个痴子。这还不在话下。但我奉师令来到临安，重行会叙，只怕娘子恨气未消，他为我吃了千般痛苦，见面后，难免又要淘气。我只好依着禅师的话，万事都推在他身上，或有原情饶恕，也未可知。如今不必多思多虑，我且进城投奔姊丈，得一安身之所，再行寻访娘子便了。打定主见，一路从湖塘上走将过去。前边正是断桥，桥上亭子中坐着两个女子，定睛注视，分明是白氏、青儿。我今且慢上前，躲在那旁大柳树背后，听他们说些甚么来。

这个当儿，娘娘果然先到，正与小青在那里谈话，略为休息。小青道："我想相公这般无情，日后相逢，不可轻恕。"娘娘叹了一口气，说道："总是我自己命苦。我因为报答夫恩，反而结怨，金山水漫，尽成画饼。险遭妖僧毒手，送了性命，又无端害死了七星兄长。今番重到临安，叫我有何面目见江东呢？"说至此，珠泪双垂。小青道："娘娘且算袖里阴阳，看夫妻可得再会么？"娘娘道："我今有孕在身，阴阳已乱，一切行为，如在梦里。只求存身有地，产了一子，替许氏传宗接代，便算报过了恩，回归山岛，侍奉金母了。"

主婢叙话时，娘娘何等眼快，远远瞧见仙官走来，隐在树后，却当做没有瞧见，对小青丢了一个眼色，小青点头会意，并不着恼。实因两下里缘分未断，尚要做数月夫妻，所以娘娘背后虽出怨言，仍有留恋之念，欲图欢叙之情，故意叫声"青儿"，道："我现在弄到这般光景，也别无他念了。可怜我命犯孤鸾，嫁了夫君，虽有若无。记得湖塘乍会，便成配偶，不费他半文钱，指望做个长久夫妻，谁知偏不长久。他是个负情汉子，常常心存疑忌，将我抛撇。前番听信了茅山道，今又依归了法海，甘心落发为僧，全没半点夫妻情分。此事都由我自己作贱，轻易嫁给凡夫，致被他看不起了，当做闲花野草一般，还有甚面目留在世间，倒不如自寻短见了罢！阿呀，青儿呀！我与你主婢多年，宛如姊妹，你买一口棺木将我成殓，我在阴司也感激你的，保佑你将来嫁一个如意郎君。”

那娘娘说到这里，站起身来，做一个投河势，扑到桥栏边去。许仙原是个诚厚的人，见了好不着急，连忙赶上桥来，一把拖住，叫声：“娘子休得如此！且听我有话分剖这个。”小青也叫道：“娘娘，既是呆心人来了，且把话儿说明，再死未迟。”娘娘回转头来，假作失惊道：“你是个出家人呀，休近我的身子！”许仙道：“今番虽是我的不好，实被法海所害。请娘子暂息雷霆，待我细细告禀。”小青道：“还要告禀什么！娘娘何等待你，亏你硬着心肠，使得这般毒手，于心何忍！”许仙道：“内中有个缘故的。若说我私往金山，实是有罪。还恳娘子宽洪大量，饶恕这一次。我只道烧香求福，怎知反惹祸殃。法海秃驴真是狠恶，把我关住在僧房中，定要拆散我夫妻。累你亲自前来寻找，反遭挫折。我在僧房得知消息，寸肠欲断，直待到更深以后，才得把我放出。怎奈没有舟船，难以渡江。况且镇江住宅，已被水淹，即使遇见妻子，岂肯宽饶。叫我速速远避临安，付我莲灯一盏，连夜逃到此间。仔细算来，我实被他所骗，分明要我皈依三宝，将妻抛撇。不料我妻先到这里，可称得天遣相逢在断桥了。”

这一番言语娘娘确实相信，以为我夫原是多情，都被法海纠缠弄出这种事来的。小青听了，却全然不信，心里十分气恼，走将过来，用手把仙官一推，并恨道：“你还敢胡言乱语，哄骗娘娘么！明明你有意负心，抛撇主母！谁叫你私上金山，烧什么香呢？”许仙发声叹息道：“唉！冤哉！法海和你什么死冤家，害得我娘子如此狼狈吓！”嘴里说得很是柔软。娘娘听了，反觉得小青太凶，许仙虽则不好，

究竟是个家主，这般形状对付他，似嫌过分。故而即忙插言道："青儿不要说了。总是我生成的苦命呀！我和你自做夫妻后，相敬相爱，也算多情。我百般体贴君意，要甚么东西，件件遵办，原想天长地久，白头到老。为什么你屡次疑心，不该听信妖僧的话，甘心要去削发为僧呢？"许仙忙辩道："并不甘心。娘子错怪我了！"娘娘道："既然如此，为甚背妻私上金山，忘却庭前盟誓，害得做妻的亲来寻找，险丧一命。像你这般的无情，天下少有。怎不叫我想起前事，痛恨满胸，欲图自尽。那个要你来假惺惺呢！"

许仙听到伤心之处，也不觉淌下泪来，叫声："娘子，这都是妖僧害及你了！"忙上前替娘娘揩着眼泪。又与他挽好头发整理乌云，赔着许多小心。只有小青怒气未消，劈面向他一啐，忿然道："这番弄出事来，分明是你丧尽良心，还要花言巧语，哄骗着人！亏你洒出几点无情的急泪，好不识羞！娘娘可不要睬他，由他在那里装腔做势罢！"许仙着忙道："青姐休得如此，其实不关我事的呢！娘子，你今不要气坏了！"嘴里说着，双膝已在妻前跪下，哀哀哭告道："要求娘子垂怜，暂且饶这一次。如果将来再犯，甘心受罪，决无怨言。"

娘娘本来是软心肠，又被他一番苦告，早存了怜惜之意，便道："自今以后，你还敢这样么？"许仙一听，话已松动，顺口答道："卑人以后再也不敢了。"小青总有些不服气，还要从中插嘴，反被娘娘阻止道："事已过去，且看他以后怎样罢！为今之计，只是我等到那里去存身才好？"许仙道："且到姊姊家中住下，有何不可？亏得娘子料决如神，去年秋间，早有银信寄去，寻觅房屋，盘放利息，此去谅无虚望。只是娘子衣裙不整，面垢发蓬，怎生去得？"娘娘道："这倒不妨。到了那里，自有道理。你看天已大明，街上不便行走，你与我唤一乘小轿，只说从船上登岸来的，以外所说的话，有我在此。”

许仙领命即行，不敢怠慢，唤得小轿一顶，请娘娘坐了，便同小青相送进城，径到姑夫陈家而去。我且慢叙。

先说仙官的胞姊许氏，嫁与陈彪为妻。只因胞弟仙官，去春在西湖扫墓，路遇两个女子，无端在外成亲，竟将库银相赠，犯了真赃假盗之罪，发配苏州，心里常常记挂，直等到秋间接着银信，才得略放愁肠。寄来白银五千两，要托姊丈置产生息，预备日后归乡之计，足见他少年老成。又知道弟妇白氏，与王永昌有亲戚关系，在苏城开张药铺，谅必生涯茂盛，故有余银寄来。

许氏本欲赴苏探望，却因家内乏人，未能如愿，只有将银子交与丈夫，就在自己住宅间壁，买了一块空地，起造楼房，很为宽敞。今春油漆装修，都已完工。连购办家伙杂物在内，一共费去了一千有零。余多下来的银子，本想盘放利息，恐有失误，故而就在门前开了一爿米店，稍有盈余，兼可照看房屋。又在侧边开一小店，上下弄两处通连，好教兄弟日后还乡，可以通家来往。只恨自秋到今，又断了音信，不知安好与否。所以此刻烦闷起来，要想叫丈夫写信前去一问，讨得一个确实的消息，方才定心。正转念间，陈彪自外走入，见妻愁眉不展，知是思想同胞。说起弟妇白氏，虽与永昌称为亲戚，但想到盗库银一事，单身住在祠堂，临审又卖弄法术，更令人难分真假，将信将疑。夫妇叙谈未毕，忽听得外面叩门的声音。陈彪起身走出，开门一看。

要知来者可是许仙与娘子白氏，且看下回分解。

第三十六回　姑留

却说许氏正在那里思念兄弟，与丈夫陈彪谈话，忽闻外边有人叩门。陈彪连忙走出，将门开放。好似喜从天降，原来就是他妻弟许仙。许仙走将进来，叫了一声姊丈。陈彪道："仙弟久违了！"又见后面有一乘小轿，跟着一个俊俏丫嬛，同入内堂。轿子停下，许仙道："娘子请出轿罢！"陈彪留神细看，果然美貌超群，全无丝毫妖气，解去了疑心一半。当即将轿子打发出去。那娘娘出轿后，低头不语，默默含羞，态度端庄。身上穿着淡色衣裙，很像一位宦家小姐，轻移莲步，走上中堂。许仙便说："姊丈姊姊请上，受弟一拜。"即与娘娘趋前叩见。陈彪连称不敢，还了一礼。许氏也将白氏娘子双手扶起，然后一同坐下。小青过来叩了一个头。

送上香茗，许氏先开言道："我与贤弟一别之后，无日不思，无日不念，弄得废寝忘食，坐卧不安。虽说苏杭路隔不远，欲寄音书却多不便。幸得秋间接到佳报，方知吾弟身子安好，弟媳也到苏州，开张店铺，旧业重兴，愚姊才得略放愁肠。"许仙道："多承姊姊挂念。但是做兄弟的，年来时运不通，命途多舛，离乡背井，发配姑苏。幸蒙王永昌二叔，仁心照顾，竭力帮扶。却巧弟妇来苏寻访，因与永昌叔父是表亲，更蒙他替我作主，缔结丝萝（菟丝与女萝。因二者都是蔓生植物，缠绕于草木，不易分开，故诗文中常用以比喻结为婚姻），开设保和堂药铺，生涯颇不寂寞，暗自庆幸。那知安

居不久灾晦复临，又遭了一桩冤屈的事来。”

说到这里，娘娘恐怕仙官嘴里露出破绽来，连忙抢先启口道：“姑夫姑母，这一件事，实是我家累及夫君的。”许氏问道：“怎样累及的呢？”娘娘道：“这时正当八月中秋佳节，家家户户陈设铺张，挂灯结彩，互争胜会，各显自己的体面。只因我夫缺少古玩，被旁人冷嘲热笑，实是难堪。幸亏先父昔年官为总镇，也曾封王外国，远赴边疆，带回三件宝物，价值连城，是世上所罕有的。我便取了出来，陈列门前，人人赞好，个个称奇。那知昆山顾相的公子，忽然到来拜望。因为我夫医好了他的病，特地登门酬谢，原无他意。当下一见三宝，他便爱不忍释，目不转睛的看了一回，顿生恶念，变了面目，就将我夫一把拖住，喝令带来的一班豪奴，解送公堂，反说我夫盗了他家中的宝物，作为赃证。幸遇清官不畏权势，秉公办理，释放归家。还怕恶宦再来欺追，暂且避往镇江，我也跟随他甘心受苦。多承永昌表姊丈，代为张罗，租房开店，再做生意。只道从此可以无事，不料又来了妖僧法海，平地起风波，到此化缘，要修造这金山寺，妖言惑众，哄骗我夫，叫他削发为僧。”

说至此，用手向仙官一指，又道：“亏这无情无义之人，竟然硬着心肠，听信谗言，愿做那妖僧的弟子，将我抛撇。因此我一时忿恨，要上金山寺，向他讨取丈夫。想不到行至中途，长江水发，镇江一带地方，变成泽国，住家和店铺尽遭淹没，一切家伙杂物，连同首饰衣裙，件件散失。只剩主婢二人，空身逃得性命。如此狼狈，来见姑母，还有甚面目呢！”许仙也说道：“弟遭水患，连累弟妇这般受苦，我也心痛得紧，很觉得过意不去的。”

许氏听说水涌长江，家店尽毁，不觉下泪道：“我只道你在苏兴发，岂知淹没在丹徒城内。怪不得弟妇这般狼狈，原来有些苦情。且喜我弟三生有幸，得遇多情小姐，甘苦相随，直可称得大贤大德了。”娘娘道：“多承姑母谬赞。皆因我生成命苦，累及丈夫东来西去，各处奔波。夫君虽不怨我，我却心中十分抱歉，自觉无颜。”许氏道：“这是夫妇常情，兄弟有何抱怨？但镇江虽然水发，也须去看看才是。或者有些金银物件，多少可以捞取。难道听其自然不成？”许仙道：“长江水发以后，百姓家家遭难，一片汪洋，波浪很急，看不出家庭在那一方，因此投亲回返杭城。还望姊姊顾念同胞，收留我夫妇两个，感德不忘！”

许氏道：“我同你同胞共母，岂有推辞？亏得你去年有些见识，寄来银信，托你姊丈置买住房，余银盘息。不然，一齐付于流水了。”陈彪也说道：“大舅承情相托，敢不尽心！可巧间壁有几间屋子，后连空地一块，我就出价买了下来，改造了三进楼房，和我的住宅可以通达。今春油漆完工，连家伙杂物在内，共用多少银两，我有一篇细账，明天自当交代。余外的银子，若说盘放，恐有失误，故而我在门前开了一爿米店，稍可生息。将来如不要开，尽可另图他计，仍做本行便了。”许仙道：“弟承姊丈如此费心，以后若得成人，定当补报。但是米店素不熟悉，倒不如改做本行罢！”陈彪道：“这也甚好。我将米店收拾，你就可以择期开店的。”回头又吩咐娘子：“陪着舅嫂到里面请坐，端整早膳，我要同大舅到间壁看新屋去来。”许氏当即陪着娘娘、小青入内去了，不必细表。

再说陈彪同许仙从侧首小门进去，向这新屋一看，果然耀目争辉，揩抹的油漆方干。而且应用的家伙物件，各式俱全。仙官看了，心中大喜道：“姊丈用心周到，大费清神，叫小弟如何报答呢！”

陈彪道："仙弟说那里话来！常言道：至亲莫如郎舅。何须客气？仙弟随我这里来。"于是郎舅二人进了翻轩，来到中堂上面。大小桌椅，摆设齐全。侧首书房，十分精雅。各处地上都铺着磨细方砖。转入白垩屏门，便是内堂，里边井灶也都全备。前后房屋地盘虽不算大，结构颇佳。门前有三间店面，楼上可以做得卧室。

四面看过之后，回转来吃了早饭，陈彪入内取出账目，交与仙官观看。许仙道："蒙姊丈操心出力，感德难忘，何必今天便把账目交出呢？"陈彪道："古云：亲兄弟，明算账。理当如此，方得表明我的心迹。购买基地费银二百两；翻造房屋，约来九百有零；此外家伙物件，用去钱百千；米店本钱一千多两，大半放开在那里，以后都可收回。尚有余银，我多藏着，并不短少分毫，你可以细细查核的。"许仙听了，很过意不去，忙道："弟一来初到兄处，二来诸事还要仰仗大力，何必这般你我？反觉得见外了。"陈彪道："既如此，这几天我替你收齐了账再算罢。"当下郎舅二人谈过正事，又讲了一回闲话，毋烦絮叙。

单说许仙有了安身之处，心中甚是感激姊丈，便拣了一个好日子，和妻婢迁移到新屋中居住，然后出去拜望邻舍，颇有一番忙碌。这时候引动了东邻西舍，背后都窃窃私议。这一个道："去年春间，陈老大为了库银，将许仙出首当堂，害他问了个徒罪，带累许氏大娘哭了几天。现在许仙回来，到底至亲拆不开的，造好了房屋，叫他搬进去，你看好也不好？"那一个道："不是什么好不好，大凡一个人发了财来，总有人趋奉的，你不知道许仙在苏州发了财，已娶了娘子，造房屋的银子，还是他寄来的，所以陈老大格外讨好。可见得做人总是赶风走的呢！"这一个道："我倒不知，原来是这样的。他既是先来拜望我们，我们也应该邀同众乡邻前去答拜，贺贺他才是。”这一来，就叫礼无不答，众邻舍都到许家贺喜。许仙笑脸相迎，叙了些别后衷情，各敬了一杯茶。

众人谢别散去，仙官方入见娘子说道：“多蒙各位高邻，前来答拜，并有贺仪多份，是他们自己带来的，只好暂时权领，改日璧还。未识娘子意下如何？”娘娘道说：“我想为人在世，睦邻第一。须要备酒款待才是。送来的贺仪，后日璧还便了。”许仙点头应是，便吩咐小青预备酒肴。小青何等聪明伶俐，入厨烹庖，并不十分忙乱。他借着小小法术，菜肴都已齐备。正及午牌时候，许仙邀到了众乡邻，又请姊丈来做陪客，款待殷勤。娘娘在里面饮酒。直吃到黄昏将近，方始酒阑席散。

仙官送众邻去后，姊丈姊姊也过去了。进房来见娘子，并肩坐下。娘娘先开言道：“做妻的有一言奉告：我因为昔年父母早亡，既无伯叔，又乏同胞。多蒙不弃，与君成为夫妇。实指望举家立业，齐眉到老，传宗接代，继起有人。怎奈我生成薄命，累及你劳苦奔波，没有快乐的日子，真使我心内不安。”许仙道：“这却怪不得娘子的，实是我累及你的呢！此次水发长江，虽然家产荡尽，却亏得娘子有先见之明，留下余资，现在尽可以安身度日，何必多忧多虑？”娘娘道：“你说那里话来！古云‘坐吃山空’，不可不虑。须知世人奸刁刻薄，见你家里有钱，多来奉承；你若穷了，便没有亲情友谊了。”许仙道：“此话说得甚是。世态炎凉，大概如此。”娘娘道：“我想姑夫那里，所有剩下的银子，不如拿来做了资本，仍开药店，日进分文。我也做些女工针指，贴补着你。只消克勤克俭，节省花费，包管你财源不竭了。还有一说，那一班游方僧道，休要顾恤。这都是妖言惑众，骗取人家财帛罢了。”

话至此，许仙忙接嘴道：“那些游方僧道，真是刁恶不过的。我已上当过了，以后再不和他们来往的了。娘子但请放心。”娘娘道：“只要你牢记我言，我也别无他求。”许仙道：“今后全凭娘子作主，我却无不领命。”娘娘见他事事从顺，谅无变故，便道：“既如此，明天你同姑夫料理开店要紧，勿再迟延。”许仙唯唯答应。

夫妻叙谈了一回，谯楼上已打初鼓。小青送进一壶香茗，放在妆台上面。娘娘因他日间辛苦，打发他回房早些安睡。小青去后，仙官便将房门闭上，与娘子同上牙床。只为妻身有孕，故而分头睡下，并未一度春风，早已鼻息呼呼。娘娘却还有心事，再把阴阳抡算，总觉得模模糊糊，辨不出是凶是吉，只索罢了。这一宵晚景休题。

到了来朝，夫妻抽身下床，梳洗已毕，用了早点，仙官来见姊夫陈彪，商量开张药店之事。陈彪当即赶紧料理，先将米店收歇。放出的账目，只好慢慢归清。剩下来的米，不妨做了自己的吃米。并无店底杂货，料理较为容易。雇了匠人装饰店面，将米伙打发回去，另请了两位熟谙药材的伙计，同仙官到药行中办货，添购各种应用器具。不多几日，尽行完工，拣选吉日开张，招牌仍挂保和堂，又是一番忙碌。那两个伙计，一姓金，一姓高，都和许仙有世谊的，办事格外认真，出店也叫做小二，专供店中使唤。从此许仙克勤克俭，做着生意，兼替人家看病，所以门市上更为发达。并且夫妻和好如初，别无书说。一天复一天，光阴迅速，日月如梭，又近端阳佳节了。

端阳是娘娘的难关，不知可曾再现真形，被人窥破机关，且看下回分解。

第三十七回　二赏

却说白娘娘自金山失败以后，本欲回转仙山，脱离尘世。怎奈腹中有孕，尚未生产，只得投赴钱塘，寻一存身的地方，再作道理。幸在断桥亭上，夫妇重逢，方与许仙来到陈家安住，理兴旧业。虽与在苏时情形仿佛，但娘娘自知罪孽难消，究不知将来如何结局。如今端阳又到，更添了一桩心事。想起去年出丑，不得不早为预防，定一条万全之策才好。

正想到愁烦时，却巧小青走上楼来，送茶进房，见娘娘愁眉不展，面有泪痕，问道："这几日来，我看娘娘容颜消瘦，不茶不饭，神思懒倦，未识有甚心事？可好说与婢子知道？"娘娘叹了一口气，说道："我心中并无别事。一为金山水漫，恐遭罪孽；二为端阳在即，恐难避过。所以这般愁闷呢！"小青道："娘娘不必忧虑。若说金山斗法，都由法海之故，与娘娘无涉；若说端阳，只要娘娘想一计谋，就可免得此祸了。"娘娘道："我因为奉命下山，并不是私意来到钱塘。叫我报过了恩，即行回去，切勿贪恋红尘。所以我只要与恩人传下后代，便可回山覆命了。只是眼前节届端阳，恐有关碍。向在西池，我原不怕，数百年来，不知有此难关。如今身入红尘，吃了烟火食，一到天中午刻，就当不住了，怎不令人烦闷呢？"小青道："那么，必须出去避一避才好。"娘娘道："你是下人，可以出去躲避；我是主母，却难隐藏。况且夫妇恩爱，时刻要见我面，怎好轻离？”说到这里，心中顿生一计。又道：“啊，有了！你可到期假装有病，避入深山；我用计纵恿夫主，叫他两家都去上坟祭扫，家中剩我一人，就是现出真形也不妨了。”小青道：“此计甚好。今日已交初一，准定这样预备起来罢。”

主婢正商量停当，听得脚步声响，仙官走进房来。娘娘假装笑脸相迎，并说道：“去年夫妇同病，不曾庆赏端阳，今岁却休要错过了。但做妻的前番对天立下愿心，说以后每遇端阳节，合家都吃净素，不动荤腥，故而要延期一日，改至初六庆赏的了。还有一说：做妻的自嫁夫君后，未曾祭扫坟茔，欲待端阳备一席酒菜，和你到坟上叩拜爹娘。姑母姑夫也请同去，看看坟上可有损伤。小青因身上微有寒热，我想不要带他去了。你道好么？”许仙点头称是，便起身出外，到间壁与姊姊商议。许氏大娘一听，正合己意，年常腊月总是吃素，就是到了节上，也不吃荤。若说上坟祭扫爹娘，又是正事，为什么不去呢！落得陪着弟妇，赏玩湖塘，有何不可？所以不加思索，一口赞成。少停陈彪回家，姊弟再三相请，陈彪一想端阳上坟，倒觉新鲜，既要我看看坟茔，陪去何妨？也就应允了。

到了初四，仙官备办祭品，连那轿子两乘，都已雇定。下一天便是初五，小青因为病势很重，叫他不必去了，那两乘轿子，早停在中堂伺候。小二挑了祭礼先去，两位娘娘梳妆方毕，更换衣裙。白氏娘娘移步下楼，像煞一个不小心，从楼梯上失了脚，谷碌碌跌了下来，顿时昏晕了过去。仙官吃了一惊，忙与姊姊用力扶到房中睡好。慢慢苏醒转来，虽是无妨，只觉腿上疼痛，寸步难行，发声叹道：“总是我自己命苦，心地欠虔，以致临行挫跌，不能拜祭坟茔，只好在家看店，你与姑夫姑母三人同去的了。”许仙那知他运用机谋，便道：“既如此，请娘子好好安睡，我同姊丈姊姊就去便了。”说罢，姊弟二人向外即行。

只有陈彪起了疑心。究竟他是捕快出身，办过了不少疑难案子，精明强干，比众不同。所以看了这番光景，暗想：“舅妇决非人类，是妖怪变化成形的，谅必天中正午时候，难免要现出原形。故而用这条计，有意打发合家尽行出去，免得被人窥破形藏。我曾听说去岁端阳同有此病。仙弟一见苍龙出现，胆落魂消。他若果是宦室千金，为什么偷盗库银？又为什么小青变帚？内中定有蹊跷。他在初到这里时，言词每多闪烁，早使我疑惑在心。直待到京口人来，说及镇江水发，我始略信三分。但现在这般做作，照我意料所定，决不错误。此时我也推托不去，等到午刻，我便手执扑风刀，悄悄赶入房中，窥看动静。如果是人，只索罢休；倘然是怪，我就一刀将他杀死，除了后患，岂不是好？”拿定主意，即向许仙说道：“大舅，我也不去了，你们姊弟二人，带了秀琴去罢。”许仙忙问：“姊夫因何不去？”陈彪道：“我忽想起一桩公事，今日早堂要审讯的，故而不得不去伺候。少停再见罢。”说毕转身就去了。仙官只好与姊姊上轿，带了丫头秀琴，一径往孤山扫墓。我且不表。

再说白娘看他们去了，起身将房门关好，仍在床上安睡。方把这一件心事放开，就算要现原形，亦无妨碍。或者迸得过恶时辰，也未可知。息心静气的等候着。说也奇怪，将近到午时三刻，心里突突乱跳，“难道今朝仍旧不免？幸亏无人瞧见，我何必苦苦的迸下去呢？”此时腹中疼痛难熬，又恐散身损了胎气，故而牙关紧咬，蹙紧双眉，痛得昏晕了过去。原形就此显露，拖出一条尾巴梢，上身还是个女子，下身却变成蛇体，雪白的尾巴，又粗又长，撩出在帐门以外。我今暂且慢表。

再说那个捕风捉影的陈彪，他并不到县前去，只在外边走了一遭，等到午时三刻将近，即便回转家来，手中提了一把扑风刀，自以为心雄胆大，要想斩妖除怪，绝此后患。悄悄地潜身入内，耳边听得雷声震动，暗自诧异。他便放轻脚步，走上楼来。到得房门跟首，用手一推，却关闭在那里，看不出什么。只因新装的板壁，上有隙缝，又闻房内声响甚大，是雷非雷，是磨非磨，不知何故，所以陈彪就从隙缝中向里一看。谁知不看犹可，一看之后，早吓得亡魂直冒，转身急走，竟从楼梯上跌了下去，那把扑风刀也丢掉了。这时候，房里的娘娘失了知觉，还道没有人瞧见，想不到自己真形，早入陈彪之眼，这也是娘娘的磨难。

陈彪急纵身逃回书房，喘吁吁将身坐定，自思平时胆气过人，尚且这般害怕，仙弟却与他同床共枕，做了夫妻，日后必然相害，难逃性命。我且与仙弟说明，先

行将他离开，然后慢慢再谋别计。否则事急生变，反为不美。但是我在家中不便提及，须防惹祸招灾。倒不如亲自迎往孤山，与仙弟商量便了。主见已定，急匆匆奔出城关，走到西湖塘上，正见姊弟二人乘轿回来，小二挑着祭礼跟随。即上前道：“你们来了么！”许仙在轿中应了一声“是”。陈彪又道：“仙弟你可下轿，叫他空轿先回，我和你吃碗茶去。娘子同小二先自归家罢！”许仙道：“姊丈有兴吃茶，理当奉陪。”就此出轿与姊夫同行。

看他们去了，方始郎舅二人，到一家清静的小茶坊中坐下。堂倌送过香茗，各吃了一杯，陈彪先开口问道：“仙弟，你道舅嫂为什么不能同去，小青为什么先期装病呢？这个缘故，我却明白。他二人所怕的是过端阳罢了！”许仙惊诧道：“姊丈此话何来？”陈彪道：“我看你还在梦中，迷而不悟，只怕不久便有性命之忧。”许仙忙问：“何以见得？”陈彪就实说道：“我见舅嫂临行时，装出这种形状，满心疑惑，所以我也托辞不去，意欲查察他的形踪。我听得别人讲过，不论什么妖怪，一到端阳午时，总要变化。故而大胆走上楼去，耳闻雷声磨动，房内的箱笼环圈，叮乱响，好生奇怪。我就在门缝中向里一瞧，真是可怕得紧，见一条蛇尾，足有一丈多长，粗圆如斗。这一吓非同小可，我便逃下楼来。谅和你去年端阳看见的，差也不多。这样的凶妖恶怪，你与他睡在一床，将来还有什么好结果呢？”

这几句话，说得许仙心惊胆战，目瞪口呆。停了半晌，方能说话出口道：“阿呀姊丈，去岁端阳小弟所见的，正是此妖。浑身雪白，血盆大口，眼似铜铃，好不怕人。我被他一直骗到如今，好像在梦里一般。我竟与此物同卧床衾，真是可恨！只不知计将安出，早早和他断绝呢!”陈彪道:“事宜从缓,切勿卤莽。倘若贸然发觉,你的性命难逃。不如用一缓兵之计,回去绝不提及,照常办理,连你姊姊也要瞒过。只说店务纷烦,先将铺程拿出,暂在店中安歇。缓至中秋,等候天师过境,那时呈告收妖。这是万全之策,你道好么?”许仙道:“果然好计,弟当遵办。只是店中耽搁,妖怪也赶来了,叫我怎生发付?”陈彪道:“不妨。我有一口扑风刀,是镇邪的,送给你放在枕边,他若到来缠绕,你可将刀砍去,自能吓退妖魔了。”许仙只道是真话,感谢姊夫指教。其实刀在陈彪手中,尚且亡魂丧胆,逃走还怕来不及,何况懦弱的许仙?不过借此壮壮他的胆子罢了。

郎舅二人说完了话,便会了茶钱,同出茶坊。回到家里,日已沉西,并不提及此事。许仙见了妻婢,问道:“娘子此刻好了么?”娘娘道:“多谢官人,做妻安睡片时就好的。”许仙道:“莫非小青也起来了么?”娘娘道:“他身上退了热,也就可以起来了。”许仙佯笑道:“本来年灾月晦,只要避过了恶时,自然就好了。”娘娘一听,这几句话很触心;仔细一想,方才他未曾看见,谅必出于无心,不须疑虑。便做出不介意的样子,随口说道:“此刻已过申牌,我将上坟福礼温热了,发出店中过节。内堂的酒席,我是另备的。”许仙道:“随便吃些也不妨。我到店中去了。”说罢他便踱了出去。从此仙官事事留心,总疑妻婢均非人类,嘴里却不敢说破,有意与他疏远。

当日夜饭也在店中吃了,少顷入内骗取铺盖,搬到外边去住宿。只说“店中近日生意很忙,金伙因妻病回去,仅有高伙一人在店,办事不及,故而我要出外帮他。等待金伙来时,自当搬进便了。”娘娘听他说得有理,又要自己装得落落大方,只好口内应承,叫小二把被褥应用各物，搬了出去。许仙满心快活，谢了娘子，自到外边歇宿，再想断绝的方法。娘娘却毫不介意，只道他不说谎话，是个诚实君子，料想他在外面，不过十天半月，就要进来。怎知他别有心肠，从今夜分房起，那里还肯进来？好似活折夫妻一般。起初几夜，倒也不放在心上，到了十天以后，渐渐有些疑惑了。莫说夜间不到房中，就是日里也不进来。打发小青出去相请，他总推托店务忙碌，脱不得身，一味支吾延约，竟有见怪的意思。娘娘参透不出其中的缘故，都因阴阳错乱后，吃着种种的痛苦，此刻竟和凡人仿佛，只能就仙官平日的性情嗜好，一样一样的料想着，那里能够猜中这个病根呢。

要知此番夫妇如何重归于好，有谁出来调解，消释疑团，且看下回分解。

第三十八回　降蜈

却说许仙搬到店中安宿，不觉半月有余。娘娘怎么猜不出此中缘故。只因端阳这一天，未曾口角相争，而且他们都去上坟，也没有被人窥破形藏，何以仓猝之间，发生这种事端来呢？所以此时一味胡猜，只拣许仙平日心爱的东西买了来，亲自烧好，叫小青送出去。若嫌不好，再换一样。几次三番，他却并不沾唇，全行退回，气得小青肚子也要穿了。娘娘还不介意，只是没有法子，想不出一样中意可口的东西。那天忽然想着好的西瓜，将要上市，就命小二到水果行里去，要挑选两个最好的西瓜来，一红一黄，亲手雕出两个瓜心，切成小块，插上一根银簪，再恐怕味淡不甜，面上又加些洁白糖，十分道地，只指望丈夫吃了一些，我就快活了。当即差小青送到店内，说一声“相公请用西瓜”。谁知仙官一见，忽然变脸发怒道：“知道我不惯吃生冷东西的，送出来做甚？可笑你主母心肠狠毒，你看西瓜上面不是加上砒霜么？”

小青听了这种话，又见他如此形景，回转身子就走。入内将情禀告，娘娘只有两行眼泪，苦痛在心，就叫小青送到隔壁去，请许氏大娘吃。大娘见西瓜弄得这般道地，问起情由，小青含泪略说几句便走。许氏大娘方知仙弟与弟妇分床已将一月，其中必有缘故。但此时天气炎热，分床也是常事。且待我慢慢的细查根底，再行和他们成全好事便了。

我今暂将许氏大娘按过一边，另行表出一个人来。此人非别，乃是白氏娘娘的冤家对头。他姓张名英，前段书中早经说过，就是那个茅山道士。去年四月十四日，在苏州神仙庙里，与白氏斗法，当场吃尽了大亏，无可奈何，只得回山去修炼妙法。正所谓恨小非君子，无毒不丈夫；寒天吃冷水，点点在心头。定要报复前仇。且喜妙法已成，炼就一条蜈蚣，定能收拾蛇怪，消释此恨。现在打听得二妖家住钱塘，仍与许仙同在一处，新开保和堂药店，他便一路化缘访问，早已来到杭城。有人指点路径，直至许家店门跟首，将身站定。柜上高伙道："道士化缘，这里也不便的，你到别家去罢！"张英道："小道并非化缘。这位许相公，请出店来，有话动问。"

许仙正在桌上算账，听得柜上交谈，抬头一看，见是个道家装束的人，觉得有些面熟，定神一想，竟被他想着了，便问道："来者莫非去年相逢的茅山道长么？"张英道："正是贫道。请你出店来谈话。"许仙本来听妻嘱咐，不与僧道交接，怎肯出来？今因端阳事变，心中惶惑不定，故而起身出外，叫声："道长有何法论？"张英道："我同你有话说。你且随我来。"便与仙官走到无人之所，方说道："许相公，你如今可省悟么？我说你妻子是妖，谅情你也见过此妖本相。去年贫道遭他羞辱，恨气难消，重回茅山修道，炼就精奇法术，玄妙无穷。今有小盒一个，交付与你，莫被外人瞧见，悄悄拿到房中，必须放在他床顶上面，待到深夜三更，不用你来喷什么法水，管教妻婢两命同消。明天我当登堂贺喜，一同入内观看便了。"许仙称谢道："若得降妖，自当重重酬谢。"张英道："不消重谢，只要二十两银子，作为路费，便足够了。贫道暂别，明日再会罢！"说毕飘然而去。

许仙回到店中，伙计问道：“这个道士来化缘，怎么如此的秘密呢？”许仙道：“他不是化缘来的。只因去年在苏时，与他有事交接，他来回覆我话，定要瞒着你们的。”伙计听了，也不再问。仙官在账房里坐定，袖中摸出小盒一看，精巧玲珑，不知盒内藏着什么法宝。要想开看，却是不能，四面都没有缝道，金光闪闪，迥异寻常。料想降妖定可成功，他若胸无把握，怎肯不辞千里，来到此间？不过为着报仇一事罢了。那么一想，觉得很有意思。但拿到房内安放此盒，也须用计才好。

踌躇了一回，把头点了几点，起身走入内堂。只见小青在厨房里，不见白氏，他便上楼缓步进房。娘娘起立相迎，只道他回心转意，请他坐下。许仙佯问道：“我家姊姊可来了么？”娘娘不知是假，便道：“既是姑母来了，我当出去迎接。”急忙走出内房，来到楼门首一望，不见姑母。“大约他走得慢，我且立着等一等罢！”谁知仙官不怀好意，看见白娘走出，就立在床前一支凳上，拿出小盒子，安放床顶板上面，人不知鬼不觉，仍然摇摆出房。那娘娘因为等候姑母不到，回身进来，两下里劈面相遇，并没说一句话，仙官一直下楼到店去了。弄得娘娘好生不解：“到底是什么缘故？房中的东西，又不曾拿出一件，真令人难察难详？”但娘娘十分机警，怎么会上他的当呢？只因夫主与我不睦，现在谅有悔心，约同了姑母来说合的，也未可知。所以一时相信，被他骗出房来。

少停小青上楼，说及此事，也说难解，只好且自由他，这种无义之徒，待娘娘这般冷淡，还要恋他则甚，不如早早丢开，另图别计的为是。娘娘却独定主见，任凭他无情无义，只等到临盆以后，血污已净，就算报恩完了。如果今番便和他反脸，岂不把前情一并

抛却去了么？小青点头称是。主仆谈了一回心事，天色已晚，用过夜膳，不到初更，娘娘就吩咐小青先去安睡，独自坐在房中，寂寞凄凉。想起丈夫无端薄待，止不住两行珠泪，心中悲苦。

坐到二更过后，方始上床安睡，这时候约摸三更，尚未睡熟，忽听得床顶板上，“刮辣”一响，接连又是两响。少顷悉悉索索，好似有无数的脚爪，在床顶上盘旋。吓得娘娘魂不附体，翻身跌下床来。抬头一看，只见那怪物也从床顶上落下，追赶着他。娘娘此刻心惊胆落，东藏西避，总难逃窜。因那怪物追逐在后，快疾如风，故而看不出甚么妖魔。只有我做书的，知道是一条极大的蜈蚣，力大无穷，娘娘要变原形，那里还来得及！吐不出腹内宝珠。只见此物红黄黑三色，身子很长，牙钳和钢刀相似，形状凶恶，逼得娘娘无路可逃，料想必死无疑。可怜他赤身散发，遍体灰尘，急钻到后边去。那条蜈蚣扑将过来，岂知倒翻净桶，抹头一浇，声音便没有了。

娘娘却闭着眼睛，安心听死，忽然背后绝无声息，还道自己已经死了，回转头来一看，各样东西都在那里，独有怪物不见，方始高叫：“小青快来。”为什么不早些叫呢？实在呼吸之间，瞬息即变，就是现形吐珠还来不及，那有工夫叫什么小青？

此刻小青起身进房，见了娘娘这般光景，忙问为了何事。娘娘道：“且慢说话，你先与我在房中细细搜检，可有什么怪异？”小青就拿了灯照，满房寻觅了一回。娘娘已把小衣穿好，问有怪异没有，小青道：“有的，只有一个小小的盒子。”说着，递将过来。娘娘接到手中，仔细一看，这小盒子围圆不及四寸，里面有真金打就一条小小蜈蚣，约来不满一两多重。“将来我生了儿子，倒可以打一付小镯子的。”另外还有一道朱符。分明就是方才追我的怪物了。这一猜，果然不错。但是茅山道修炼蜈蚣，何等利害，为了马桶一翻，即能破法，怎么这等容易？却有个道理在内。你不要看轻了马桶，当初叫做混元金斗，大凡神仙佛祖，尚不免遭此劫难。况且里面有了污秽，更加利害无比。倘或妖法作乱，撒豆成兵，纸人纸马，只要污秽一冲，立时破了法术。所以娘娘一想，必定有人在外作法，方能这样的灵验。就唤小青过来，吩咐了几句，叫他驾在空中，四面瞭望，便知明白。

小青奉命，立即化一道青光，穿窗而出，直上云霄。手搭凉篷，四面一望，只见城隍山顶上首，有一个茅山道士立着，手拿宝剑，口念真言，在那里画符作法。小青看得清楚，知是他弄的玄虚，便飞也似的过去，伸出拿云手，一把抓住了他的头发根，好比提着了领鬃毛。那道士就是张英，冷不及防，勉强扭转头来一看，暗叫一声不好，正遇冤家青妖。欲待画符请将，与他比试高低，怎奈头皮

抓住，十分疼痛，有法难施，实是苦恼。只好哀告求饶道：“女菩萨饶了我罢！以后再不敢来冒犯了。放我归山，感德不浅！”小青骂道：“你这贼道，好生可恶！前番放了你，应当感激，你反来报复，一犯再犯，还想活命不成？”不由分说，就把茅山道轻轻提起，丢入长江，显见得随波逐流葬身鱼腹了。

事毕回来覆命，便将茅山道士怎样作法如何了命根由，细说一遍。娘娘听了，反觉愁闷道：“你怎么这般狠毒，全无半点善良的心呢？那道士既然哀哀求告，你不妨顺水推舟，放他逃生。可晓得我与你前在金山，已经作孽，何必还要杀害生灵，罪上加罪？叫我怎好回去见金母呢？”小青道：“娘娘你休烦恼，也不免太小心了。大罪自有我小青相当，怕些甚么？况且我不害他，他要害我，势不两立，我为自己防卫起见，谁叫他炼就蜈蚣，生此毒念？我们险遭暗算，若不将他送命，反待他后来到此复仇么？”娘娘道：“如今也不必说，由他罢了。只是我满身尘垢，你快去端水上楼，待我洗净才好。”小青答应自去，少顷取水到，在旁侍奉。直至四更过后，方各安睡，毋庸细表。

书中有话即长，无话即短。光阴迅速，犹如快马加鞭，倏忽过了炎天七月。秋后凉风习习，暑气渐收。只有娘娘忧忧郁郁，独自悲苦零丁。大凡一个人做了女流，第一要与丈夫恩爱。如果两下里生了裂缝，各不交谈，格外来得冷静。无情无绪，不过与小青说些前朝后代。讲到乐事，愁容消灭；谈到苦处，两泪交流。这样的捱延时日，娘娘却仍无怨心。可见他虽是蛇妖，人心具在。现下世上的无情妇女，一朝反目，便如仇敌，对了他能无愧死？这些话只算闲谈。

如今要说到许氏大娘子，这天有意来看弟妇动静，并欲试探内里的情由，所以特地登楼，走入房来。娘娘见是姑母，连忙起身让坐。大娘问道：“弟妇在此做些甚么？”娘娘道：“我因镇日无聊，懒做针指，怕闻声响，倒觉得清静的好。”大娘道：“这是你持家辛苦，兼有身孕，诸事都宜保重为是。”娘娘点头称谢。大娘又道：“我今有话动问：我弟因甚不进内堂？何故忽然分房？可能说与我知道？”娘娘道：“已有两月余了。大约因为天气炎热，故而分房的。”大娘道：“不是的。如因天热分房，为什么连日不肯进来？内中必有缘故。你与他是好夫妻，一定深悉隐情，你不妨老实说来。当时可有甚口角么？”娘娘道：“一向夫妻是好的，从未口角。”大娘道：“既然毫无事故，你们从前何等恩爱，为甚近日对面不交谈？不要隐瞒，快对我说罢。”娘子听这一问，倒觉得难以对答了。其实自己也未明底蕴，只好随便回答了几句罢。

不知娘娘说的什么话来，且看下回分解。

第三十九回　指腹

却说白娘听那许氏大娘这样一问，实因自己不知底细，只得诓说道："话虽有一句，只是千万不可对他说的。本年六月初，我因感冒风寒，蒙他与我医治，精神气血，总不复原。那夜与他同坐乘凉，他说我身体虚弱，操持家政，未免心烦，硬要将来娶一小妾，在房侍奉，当作丫嬛。我因此便说家道太薄，事宜从缓，言语之中，略有拦阻的意思。那知触恼了他，他就顿时反目，把铺盖搬到店中住宿，每天朝卷夜摊。我很过意不去，几次到外请他，总是不理，夫妻竟同陌路一般。今承姑母动问，敢将此情禀告，我夫跟前切勿道及。倘被知晓，又道我打翻醋罐了。"说罢，流下两行珠泪。

许大娘听了这一番话，不觉发怒道："真是气死我了！你一朝得志，便忘了根本，全不想当年困苦，幸亏妻子帮家，致有今日，竟自丧了良心，说出这种话来，想要娶妾，实是可恨。做我不着，待我和他大闹一场。"大娘气忿忿地说着，娘娘反上前解劝道："姑母请息怒。我夫谅非真心，不过无意中谈及，来开顽笑罢了。如若他果要娶妾，我就让他为正，也是甘心。"大娘道："如此说来，你竟肯让他为正，愿做偏房么？"娘娘便自说情愿。大娘虽赞了一声好难得，心中暗想："这叫做抱鹳鹳不斗，气杀抱鹳人。我本一心帮你，因为兄弟没良心，想与他费气，那里知道这位白娘娘，倒肯情愿做小，毫无怨意。他俩终究是夫妻，我们只算得闲人，做什么冤家！古话说得好：夫妻相骂不要劝。一些也不错的。”但是仔细想想：“仙官是我从小抚养成人，岂有不知他的性质？我兄弟是个诚实君子，安守本分的人，有了这样才貌双全的贤德娘子在家，怎肯另娶？况且初来时何等恩爱，无故想此念头，决没有这种道理，其中定有别故。且待我慢慢再行访问确实，如有别情，我当备酒一席，与他们调停便了。”默想了一回，方说道：“弟妇暂请安心，不必烦恼，我当缓缓的解劝兄弟进房，管教你们和好如常。”娘娘又谢了一声。大娘道：“我舍下还有些小事，改日再来看你罢！”说完起身便走。娘娘送出香房（指青年女子的内室），直到楼梯跟首方别。

单说许氏大娘回到间壁家中，独自腹内思量，料定他们另有隐情。如今已近中秋佳节，姑且到了那日，备下酒肴，请他夫妻同来赏月，当面和他们说合，重修旧好，岂不美哉？虽然这样说法，我却还须细察根由，不可造次。所以过了几天，正值八月双圆的中秋节，就命秀琴丫头，先去唤小青来问话。少顷秀琴和小青同至。原来小青听说许大娘差人来叫唤，忙即禀告主母。娘娘现虽阴阳不准，揆情度理，谅必为着夫主不进房中，唤他去盘问一番，便嘱咐小青，只须如此这般的应对就是了。

小青会意，立即同了秀琴，来见许氏大娘，便问：“大娘呼唤小青，有何吩咐？”大娘道：“我有一言问你：你主人夫妻素来感情甚好，端阳那一天，为了甚么情由，不进房的？又没有反目吵闹。你是个贴身侍奉的人，一定深知其细，所以特来唤你呢。”小青道：“家主夫妻恩爱，并未斗口争执。谅必店中生意茂盛，兼因天气炎热，故而暂且分床的。”大娘道：“非也。就算天气炎热，生涯也好，那有三月以内，从不进房之理？我今问你，你怎么也替他们包瞒起来啊！”小青仍照着娘娘嘱咐之言，只说虽有纳妾一事，也不过口中取笑，当时未敢拦阻，只有良言苦劝，并没半句话伤了感情。大娘再三盘诘不出，便道：“既然并无别故，那是我弟许仙的不好。小青，你去请你主母到来，我要和他商量说话。”

小青应了一声“是”，回到自己家里，见了娘娘。娘娘急问道：“小青你来了。大娘怎样问你？”小青道：“大娘仍不过盘诘其中可有别故，我就如此这般的回答他，他所以要请娘娘过去，有话商量。”娘娘道：“原来如此。小青你随我一同去罢！”于是娘娘重梳云鬓，更换衣裙，随身打扮，并不改妆。越显端庄文雅，妩媚风流，好似天仙下降一般。当即带了小青，轻移莲步，来到间壁东楼前。

许氏大娘接进，行礼拜定后，方说起他夫妻不睦这句话来，便道：“今日请弟妇到来，非为别事。夫妇不和，实是我弟不好，你虽不怀恨，我却有个道理在此。”说到这里，回头唤丫嬛秀琴道：“你去请许相公进来，不要说娘娘也在此间。”秀琴应命而去，忙忙走到店堂中，叫声：“许相公，娘娘叫你进去。”仙官见是秀琴，问道：“那里的娘娘唤我？”秀琴回说：“是我家的娘娘，吩咐要一同进去的。”许仙没奈何，跟着秀琴进了屏门。他恐怕白氏有话责问，所以姊姊房中，他也懒去，此刻闻姊姊叫唤，不好推托，低着头儿穿过中堂，已到了东楼下。猛抬头见了白氏，不觉吃了一惊。只见许氏大娘坐在东边，白氏娘娘坐在西边，小青站在白氏旁侧。

白氏一见许仙，连忙立起身来迎接。许仙却心惊胆怯，回转身来要走，早被大娘唤住，问他：“既然进来，怎么就要出去？”许仙一时回答不出，只得勉强说道：“我方才走了进来，忽又想起一事，还有一只画眉鸟，不曾喂饱，恐怕他饿坏了，故而我就要去呢！”大娘听他出言唐突，便正言厉色的叫声“兄弟”，道：“我看你全无男儿的气概，心里好歹都不明白，藏头露尾，一味胡言，何曾知道什么轻重！你虽如今做了生意，可记得从小时节，我做姊姊的，也曾送你上学，读过《四书》，岂不闻《大学》上有一句说道：‘可以人而不如鸟乎？’难道你竟忘记了么？全不想房中抛撇了姣妻，反是一心去养那画眉小鸟！出言吐语，毫无道理！重鸟轻人，真是个畜生了！”

原来许仙从小爹娘早丧，全亏姊姊抚养成人，虽是姊弟，却与母子相同。所以此刻见姊姊发怒，那里还敢倔强，只得陪作笑脸，上前叫一声“姊姊”，和颜悦色的说道：“你说我抛撇姣妻，岂不屈杀了我么？”大娘道：“你既不弃妻，何妨在此坐坐！”许仙没法，只得在许氏娘娘下首，勉强坐下，头也不抬，只当做不见妻子的光景。

白氏娘娘见他这样形容，心里好不凄凉，自己暗暗猜想：“此事从端阳而起，莫非又被他人窥见真形不成？我在节后闻得姑夫并未同去上坟，更觉令人可疑。或者他疑我是妖，识破我当时假装生病，暗中到来窥探的么？总之我自己太觉大意，不曾早早躲避，以致弄出事来。”这一猜果然被娘娘料着。“只望姑娘（方言中称丈夫的姐妹）委曲进言，得使夫妇仍归于好，我愿已足了。”

正思想间，又听许氏大娘叫着“兄弟”，道：“你说不撇妻房，为什么三月以来，从未见你走到里边呢？”许仙也推说店中生意很忙，日间帮伙计办事，晚上还要结算账目；更兼六七月中，天气炎热，夫妻分床，原是常事。如今虽到了中秋节，床上还没有加棉呢！这几句说得很冠冕，却被大娘驳诘道：“算你辩得很是。我且问你，你进来的时候，你家贤德娘子，便站起身迎接，意欲与你行礼，你竟转身就走。被我唤住，走将进来，揖也不作一个，叫也不叫一声，这是什么缘故？”问得仙官哑口无言。

停了半晌，大娘又含怒斥责道：“你今得福不知。有了这样贤德的妻子，只怕世上难求第二个了。你休要错听了他人的话，辜负了贤妻。”许仙道：“我并无此心，也没有人说甚么话来。”大娘道：“你还要强辩么？曾经你说过金山上有一个高僧法海，他不过见你容颜俊秀，就要收作徒弟，拐带你去沿门托钵（僧人以手持钵取食或乞食。钵，bō），一派胡言乱语，将人哄骗，要把你夫妻活拆开来。你惶恐年已二十，竟被人玩弄，当做小孩一般。我见过多多少少的人，从不曾见你这样低微的贱胎！”

这一场怒骂，反打动了许仙的胸怀：姊姊的话，实在说得不差。做和尚有甚好处，他不过爱我脸儿，骗我去吃苦罢了。况且端阳这一天现出蛇形，是姊丈看见，不是我亲眼看见的，到底传闻之言，不可轻信。如此一想，就把头抬了起来，对着白氏娘娘一看，姿容美丽，妖气全无。顿时转变心肠，说道：“如今不必说了。我夫妻从无口角，原是好的。且待中秋后天气一凉，我就把铺陈搬进来了。”大娘听他换了口气，和解已告成功，便叫兄弟、弟妇，彼此叫应行礼。许仙还有些不好意思，却被大娘逼住，只好作了一揖，叫了一声“娘子”。然后大娘吩咐秀琴，忙去端正酒肴，摆在中堂，一来庆赏中秋佳节，二来要叫他一对夫妇，好与天上明月一样团圆。当下秀琴应命而去。大娘也起身说道：“你夫妻二人在此闲话，我先到堂中，少停再来请你们出去罢。”说毕，向外去了。

白娘心里很感激姑娘大德，得与夫君交谈。少时秀琴进来相请，

许仙方与娘娘同到中堂，见了大娘，双双上前拜谢。大娘连忙双手扶起。见他们夫妇和谐，不觉心上莲花，朵朵开放。在中堂叙话了一回，那秀琴就把家常酒席摆好，许大娘朝南坐下，夫妻分坐东西，筛过了酒，各饮几杯，有说有笑。酒落欢肠，饮到中间，大娘对白氏腹上一看，又向自己的腹上一看，彼此都是大肚皮，倒也有趣，便指着弟媳说道："我看你柳腰粗大，莫非有了喜事么？但不知喜事几时有的。"

娘娘听了，脸上含羞，低头不答。大娘笑道："妇人家谁不怀孕，有什么羞惭不好出口？你可说来。"娘娘方答道："还是正月里才有的。"大娘道："这也奇了。你与我一般，也是这个时候。但你我腹中都不知是男是女。若不见弃，今夜我和你指腹为婚，不识你意下如何？"娘娘道："既蒙姑母见爱，岂有不遵？仰攀从命，一言为定便了。"原来娘娘自信腹中包管是男，料定许大娘一定生女，故而就在鬓边发上拔下玉搔头一枝，递给姑娘，权为信物留下。大娘接到手中，也就插在头上。仙官心里情愿，好似付过了定钱，便道："倘然我娘子生了一个儿子，姊姊生两个女儿，这便怎样呢？"大娘道："那么，既是指腹联姻，自然一夫两妇了。"许仙道："若还姊姊生了一个女儿，我娘子却生了两个儿子，如何是好？"大娘道："这倒难了。也罢，我过继一个女儿，配成两对夫妻便了。"

三人说得高兴，直饮到高烧红烛，月上花梢，各有醉意。大娘先觉得身子疲倦了，伸了一个懒腰，许仙知道姊姊早睡惯的，便与娘娘起身告别。

要知今夜许仙可曾从店中搬回内房，以及娘娘后来产生贵子，且看下回分解。

第四十回　产贵

却说许仙听从姊姊解劝，重与白娘修好，消释前嫌。此时在中堂欢叙饮酒，指腹联姻，吃到初更过后，见许大娘身躯疲倦，便与娘娘起立告别。自己却还装腔做势，向外而走。大娘唤住兄弟道："你且慢走。我做姊姊的心里，原望你夫妻和睦。今夜快与你娘子同床共枕去罢！"仙官道："我才说过的，待秋凉后进房便了。倘使今夜便搬了进去，岂不被人要耻笑么？"大娘道："那个敢来笑你？秀琴，你拿了灯儿，在前照着。"又说一声："贤弟妇、兄弟来呀。"右手挽了白娘粉臂，左手拉了仙官的手，一同来到西楼之上。许仙还说道："姊姊既要里边睡，外边的铺陈也要搬进来才好。"大娘道："弟妇这里还怕没有？"许仙道："但是姊姊不可告诉姊丈，要害我不好意思的。"大娘道："那个对他讲？就是他知晓了，有甚么不好意思呢？"

说话间小青已把房中灯火，点得通红雪亮。大娘便推他两个在床上坐定，还有话嘱咐兄弟道："从今以后，须要和好，切勿无端淘气。但愿你双双琴瑟调和，也不负我姊姊一片好心。快些安置罢！夜深了，我也要去睡了。"先打发两个丫头出房，然后自己走出，说一声："弟妇，我去了。"随手关门搭上。许仙忙问做什么，大娘道："我恐怕被风吹开，故而把门反扣的。"分明防着许仙出去的意思。扣好了门，方始下楼走了。

其实许仙再也不肯出去的，在那灯光之下，看看娘娘这等的美貌，就算当做妖怪，也不会淘气的了。并且三个月不曾进房，亦可称得久旱逢甘雨；更兼多饮了几杯酒，酒色两字相连，心里已摇摇欲动，忙叫“娘子”，道：“你听谯楼上已敲三鼓，我想要睡了，休得辜负了良宵。”娘娘就开了橱门，取出一条绵被褥，铺在旁侧床上，上面加一条细佳文席，并将枕头放好，方说道：“你请睡罢！”仙官佯作不知，问道：“这席铺在此做什么？”娘娘道：“是请你安置呀！”许仙摇头道：“这里我不要，有风吹来的。我要得娘子那边床上睡呢！”娘娘道：“你既怕风，就睡在我床上，待我睡在这里便了。”许仙只好老实说道：“我也不要，要和你同睡的。”娘娘道：“姑娘方才送你进房，你说要到外边去取铺陈的，怎么又要与我同床呢？”许仙道：“说这话儿，原不过在姊姊跟前装些体面，心里是早早要同你一处睡的。”

娘娘听了，对他看了一看，微微含笑，心里暗想：他已动了情兴，但是冷落了我三个多月，今夜想寻开心，我倒要扳扳俏价，装装身份才好。便道：“做妻的今夜不睡了。”许仙道：“你若不睡末，我也不睡。”娘娘道：“我想你在外边睡惯的，仍旧到外边去睡罢！”许仙道：“外边再也不去睡了。前番总是我的不是，你若作难，我只得跪了。”娘娘因他为此讨饶，只得允他的请求，双双同入罗帐。这一宵毋庸细叙。从此以后，夫妇和好如初，总算过那快乐的日子。

流光迅疾，娘娘的身孕，已将足月。这一天正想自己心事：此番我奉命下山，原为报恩起见。虽与恩人结褵（同“结缡”。古代嫁女的一种仪式。女子出嫁，母为之系结佩巾，以示至男家后奉事舅姑，操持家务。后用为男女成婚的代称。褵，lí）三载，中间离合悲欢，已变更了多次。我本欲早早归山，只为许家止有此子单传，如若遽然竟去，岂不害他绝灭了宗祧？况且前番已与姑娘在席上指腹联姻，一重亲变做了两重亲，所以我只待临盆满月，便可以了却尘缘，回去覆命了。

正思想间，忽然腹中疼痛异常，双手捧住腰肢，容颜改变，紧蹙眉梢，坐立不稳，珠泪双抛。却巧小青进房，见娘娘这般光景，吓得面如土色，连忙点上了灯，问娘娘何故如此？娘娘道："喔唷，腹中好疼痛呀！这一阵越发利害了。"小青道："想必娘娘要分娩了。待我扶你到床上睡一睡罢！"此时娘娘痛得起身难走，咬紧牙关，腹中和刀绞相似，一阵紧一阵，险些儿跌倒在地。还亏小青扶住，一步一步，捱到了床边，好容易慢慢的向里睡好了，方说道："娘娘你且放心，待我报告相公知晓，好去唤稳婆来伺候。"

说罢即行，匆匆下楼，直到店堂，叫声："相公，娘娘腹中疼痛，快要生产了！"许仙一听，心慌意乱，急同小青上楼进房，走到床前问道："娘子莫非要分娩了么？"娘娘道："做妻的腹痛如裂，浑身骨节酥麻，只怕今朝难保性命，还愁保不住小儿。你快去唤稳婆来罢！不要耽搁了！"许仙道："你须保重身体，这是生死关头第一件要紧事情，我当就去唤稳婆来。小青，你小心伏侍娘娘，不要离开。"嘱咐了几句，急急返身下楼。

走向外来，劈面撞见了姊丈陈彪。陈彪看他步匆急忙，问道："仙弟你到那里去？"许仙道："姊丈，我去唤稳婆呀！"陈彪道："你怎么晓得的？"许仙道："不是我晓得，倒是你晓得？"陈彪道："你家姊姊生产，难道我姊丈不晓得么？"许仙方恍然道："原来姊姊也在那里生产！我家娘子也在那里生产呢！"陈彪道："既然如此，大家不要争了，一同前去唤稳婆便了。"

于是郎舅二人同出墙门，商量要请两个稳婆，一个是四牌坊余氏老娘，一个是城隍山脚下张老娘，方得两边都有照应。主意打定，一路向前。陈彪忽然转了一念，对着仙官说道：“仙弟，你不要去唤了。”许仙道：“我家娘子此时疼痛难熬，非同儿戏，怎说不要去唤了呢？”陈彪道：“不是我有意多嘴，你家娘子虽是人形，却是一个蛇精，只有我知晓，别人不知道的。如果疼痛不过，现出原形来，吓死了人，岂不要偿命的么？还有一说：你是个人，他是个蛇，倘然生下来人头蛇身的，或是蛇头人身的，成什么样子？况且蛇是生蛋的，设或生了五六个蛋来，你我见了还不妨，被那稳婆见了，沸沸扬扬，传将出去，笑也笑死人了！你仔细想想看，我说的话可是么？”许仙道：“话虽说得是，我不唤稳婆，叫我怎好回覆呢？”陈彪道：“你也不要去回覆，只坐在店中听信，他自有小青伏侍。若生下个人来，恭喜恭喜，谢天谢地；养了怪物来，悄悄的弄死了；生了蛋来，快快的丢掉了，岂不干净么？”许仙听了，果然不差，便依着姊丈的话，回到店里静候，并不上楼探视。虽有些过意不去，却怕又像端阳一般现出真形，那还了得，不如暂做了无情汉子罢！但此时许仙坐立不安，只求太平无事，天赐麟儿，又对家堂点几炷香，叩祷祖宗保佑。

我且慢说外面许仙的话，再说房中白娘娘睡在床上，疼痛难当，口呼上苍，说：“我虽修炼了千余年，今朝临产，还是头生，这样的痛楚，从未尝过的，怪不得要心慌了。”小青知道他临盆在即，却不见相公唤稳婆来，急忙下楼，奔到外边，只见许仙动也不动，呆呆的坐在店中，不解他是何用意，忙问稳婆可曾唤来。这时候的许仙，正在那里忧愁，不知白氏生人生怪，忽见小青来问，急得满面通红，勉强答道：“稳稳稳婆，今日没……没……没得空。”小青道："怎么没得空呢？"许仙道："今日杭州城里城外，大大小小人家，都在那里生产。你想稳婆能有多少？自然没得空了。倘然不信，东楼大娘也在那里生产了！"小青听了这话，倒也好笑，便道："养孩儿，那有大家小户，合齐了养的？真是奇极了。我想没有这等奇事！但是娘娘痛得死去还魂，如何是好？既然找不到稳婆，你也该上楼回覆一声。"

许仙道："没有来，自然不进来了。你快去小心伏侍娘娘，如要人参煎汤，这里现有，你便拿去；如要桂圆煎汤，待我去买来就是了。"小青道："今日产下的，是你家的亲骨血，你为什么全然不顾自己妻子的呢？我也凭你良心有否，决不来捉你进去的。我看娘娘今天性命难保，还要吃什么人参桂圆汤！我自去了！"气愤愤地回到楼上，便向娘娘诉说道："相公生得好狠心肠。他说稳婆没有，我几番请他上楼看视，他竟安坐店堂，不肯进来呢！"

娘娘无暇理会，只说痛阵来得愈紧了。小青道："我来与你宽下了两件内衣，方才临盆。"娘娘道："生产的事，你那里做得来？"小青道："我小青件件般般略知一二，惟有生产原不在行。如今没有稳婆，只好暂学收生（旧时指接生）的了。"说罢，伸手摸摸那肚腹，觉得左边一块很硬，忙将圆桶等物端整停当。这一来，足见小青的乖巧了。此刻已在辰时过后，天宫里即命文曲星官到此投胎。这一回，痛杀了娘娘，叫声："青儿不好了，看来这般疼痛，要绝我命了！"小青一面安慰娘娘，一面将他扶起，坐到圆桶之上。娘娘连声"喔唷"，又道："幸亏不曾唤得稳婆到来，且喜仙郎也未进房，此番孩儿落地，免不得要现原形了。"小青道："这是使不得的。若是被人见了，如何是好？"娘娘没法，只得咬紧牙关，背后小青抱住了腰，叫他

忍痛进一口气，文曲星官方脱离娘胎，生产下来。小青忙把官官（对年轻男子或男童的爱称）接住，取温汤洗了浴，割了脐带，包扎好了，放在床上，然后扶着娘娘安睡，不必细叙。

却说许仙仍在店中呆坐，神魂不定，一心挂着房中生产，此时不知怎样了。忽见许多邻人，拥进店来，叫声："许大爷，你府上发了火，在那西首楼上起的，你快些先进去看看，我们大家好帮你救火呀！"许仙吃惊道："有这等事么？待我去看来！"三脚四步，赶到里边。暗想：此时生产不知怎样，难道又失了火不成？奔至内堂，却又不敢上楼，就在楼下叫声："小青，你们怎么这等不小心失了火呀？"小青回说没有。许仙又道："没有么？娘娘呢？"小青道："娘娘已生了一位官官，现在床上睡了。"许仙大喜道："原来生了一个儿子！这也谢天谢地！"嘴里说着，急移步回到店堂，向众邻人说道："得罪各位，内房并不曾失火，只有我家贱内生了一个小儿。"众人道："原来如此，红光闪闪，并不是火，却是尊夫人产下令郎，可喜之至！我等改日当来奉贺！"许仙道："这是不敢当的！"众人一齐散出。街坊上纷纷议论，诧为奇事，毋庸细表。

再说许仙此刻愁肠顿释，喜气洋洋，兴匆匆上楼进房，含笑叫着娘娘，道："娘子，方才实是我得罪了！"娘娘佯作不解，便问有何得罪？

要知许仙怎样说法，以后还有何事发生，致使夫妻惨别，且看下回分解。

第四十一回　成衣

却说许仙误听姊丈之言，未将稳婆唤来，如今生了一个儿子，自知抱歉，故向娘子赔罪。娘娘故作不知，问他有甚么得罪处。许仙道：“我只因店中事忙，不曾进来看你，稳婆又无处可唤，真是过意不去。”娘娘道：“生产的事，男人本是看不得的。稳婆没有，只得罢了。怎好怪你？”许仙道：“好娘子实是贤德！生下的儿子，我要看看呢！”娘娘就把官官抱起，递送过来。仙官接抱在手，看了一看，心中大喜。那小孩两只眼睛，也对着许仙乱转。相书上早经说过的：落地便能转眼，后必大贵。原是极准的。许仙看了一回，方说道：“我看孩儿这双眼睛，很像娘子。”娘娘听了，暗想：“方才你有些疑心，不肯进来，此刻怕我见怪，又来说鬼话了。”所以娘娘接过官官，也看了一看，说道：“我看孩儿这张嘴，改日能够讲话，一定像你。”许仙明知话中有刺，便道：“娘子休得取笑。你在产后还须保重，犯了风寒，不是顽的。小青常在房中照应，我还要去拈香拜谢祖先，少停就来陪伴你的。”娘娘道：“我是知道的，你请去罢！”

许仙当即起身下楼。走到中堂，抬头看见陈彪姊丈，喜洋洋的叫道：“姊丈，我家娘子生了。”陈彪道：“生了几个？”许仙道：“只有一个，那得几个？”陈彪又问道：“可是蛋么？”许仙笑道：“你不要乱讲！哈哈哈，倒生了一个很齐整的儿子。但不知姊姊生了么？”陈彪道：“也生了。”许仙道：“他生了几个蛋呢？”陈彪道：“这算什么话！不必取笑了。你姊姊生了一个女儿。”许仙连连称妙，说了一声“恭喜”。陈彪问他到那里去，许仙回说到祠堂里去点香烛。陈彪也要同去叩谢祖宗。拈香拜毕，二人各归房内。许仙告知娘娘，很是欢喜。那边陈彪也对妻子说道：“方才弟妇也生了，倒是一个儿子。”大娘道：“我已对你说过的，我与他指腹联姻，如此正好相配了。”陈彪点头道：“是的。他已生男，你既生女，莫非天赐姻缘，甚为可喜。”大娘道：“你可差丫头过去恭喜问候。如今又加上一重亲了，理当更要亲热些。”陈彪自然答应，就命丫头前去问安。那丫头秀琴同着稳婆退出，来到西楼恭喜白氏娘娘。这些烦文，不须细表。

只说两家生下的一男一女，都是巳牌时候，将近日中，真是同年同日同月同时生了。光阴易过，已到三朝，这天都用稳婆来与小儿沐浴。娘娘自己替官官取个名字，叫做梦蛟；东楼大娘也与女儿取名陈碧莲。三朝过后，两下里都不须服药，渐渐起身离床。娘娘精神早已复原，单差下身恶露未净。这其间无事可说。

日往月来，乌飞兔走，看看已是小春天气，算来过了二十余朝。那夜更深时分，人皆安睡。娘娘意欲抡算阴阳，不知目前可有灾殃，想今天是二十七日，已离满月不远，我且把阴阳先来排算排算，看是如何？掐着指头，抡来抡去，总觉得模模糊糊，似乎目下就有灾难临身的光景。若再细细推详，却又不甚明白。为什么呢？到底血光未净，所以阴阳不准的了。

这时候，娘娘看看许仙睡熟，也将眼睛闭下，按定神思，试炼自己的道行。那知近年以来，玄功久撇，不觉魔头顿高万丈，更兼产下婴孩，阴精已泄，反有些意马心猿，镇压不住。自知功行渐消，以后必须多费几分力，方得保全本性，回返仙山。想到这里，放下心思，重又镇魂定魄的炼起来。忽听得街坊上面，有敲梆的声音，无休无歇，心里好不焦闷，魂魄那里还镇定得住！等了一回，身边劈拍劈拍的声响，慢慢转到前街去了，方得抛却愁烦，朦胧地再把眼睛闭上了。

不及片刻，又听得化缘和尚高声念佛，念完一卷，还将云板（同“云版”。古乐器。为一种长形扁铁片，两端作云头形，故名）敲动。像这般扰乱心神，阴阳怎能算得分毫呢？并且在金山斗法以后，一闻念佛之声，心便摇动，好似法海又来找他，眼前就有大难临头。故而娘娘合眼细想，若把从前法术使用，怎奈身躯狼狈不堪，招架不住，如何是好！自问自心，十分胆怯。“我不免唤他醒来叮嘱他几句便了。”当即把许仙唤醒。许仙问有何事，娘娘道：“做妻的今夜睡不熟，忽闻街头声响，所以有几句话嘱咐你呢！这些敲云板的化缘和尚，都不是好人，他们不过哄人财物，骗人削发，你又不要上了他的当呀！”许仙道：“我晓得的。如今是罚咒（犹发誓）不和那些贼秃往来的了。”娘娘道：“这便才是。你须要牢牢记着。”许仙连称：“晓得，你快些安心睡罢！”说完，重又转身睡熟。娘娘方得静养元神，悠然睡去。

到了来朝，夫妻起身梳洗毕，仙官来到店堂内，想起昨夜那个和尚，惹厌得很。那敲梆的和尚，是净寺里出来的，就在东边一块火烧场空地上，离此不过四五家门面，清晨早起，又在那里七敲八敲，敲个不歇。许仙闻声走出，一看见便惹动了气，立在门前，对着东边开口就骂道：“你们这班和尚，狗贼秃驴，惯要骗人的财物，夜夜敲你娘的梆！害得我家娘子，昨夜一宵未曾安睡。如今不许你在这里混帐！”

许仙正骂得高兴，只见陈彪走将过来，呵呵大笑道：“你说的都是呆话。你娘子一夜不睡，怎么告诉和尚起来？待我替你说去。”就此过去叫声“和尚”。那和尚认得陈彪，便道：“阿弥陀佛，陈大爷有何吩咐？”陈彪道：“和尚，这里街边邻屋家中，有小儿的，被你们敲梆响闹，惊醒了小儿，啼啼哭哭，不能安睡，直到天明。故此对你们说一声，今夜的梆，不要出场就敲，略略远些，便不妨事了。”和尚道：“大爷吩咐，敢不从命！悉依尊教便了！阿弥陀佛。”原来和尚这样的顺命，皆为陈彪是钱塘县里的头儿脑儿顶儿尖儿快班中的头儿，所以说得和尚平平服服。况且言语圆活，通达道理，好叫他不能强辩，不敢不依。可见得世界上总以势力为强呢！闲文少说，丢过不提。

单说这天娘娘心里疑疑惑惑，闷闷昏昏，自己晓得恶露未净，故此阴阳委曲未明。若得太平无事，挨过了满月，便好寄托婴孩，回归洞府修道去了。此时房中并无闲事，不免与孩儿做几套衣服，待他长大起来，也见我做娘的手迹。当即开了箱子，取出绫罗裁剪，从一岁上做起，做到七岁上止，一共做成了七套衣服。无非要官官大起来，还可穿着，也是留作纪念的意思，好叫他后来知道我亲娘。不然，何不叫裁缝去做了一套呢？

那娘娘虽是精灵所化，他的女工针指，远胜凡人，顿时铺了一条毡单，把绫罗一一裁剪，长的短的，件件配齐，就此做将起来。先是上身衣服，后是下身裤子，连鞋袜都有的，一套又一套，手不停指，又快又好。真做得天衣无缝，巧夺天工，可比得古时的针神，世上找不出第二个的。做完后，就把官官抱在手中，亲口叫道：“儿呀！你幼时的衣服都已成就了，做到你七岁上学，那一件没有？只因我欲返仙山，不久就要抛撇你了，并非做娘的心肠太狠，怕只怕有人前来缠绕，祸到临头，也叫没奈何呢！幸亏我与姑娘指腹联姻，长大成人，全仗你岳母扶养的了。我想姑娘情高义重，决不会凌辱我儿的。儿呀！你是个不知人事的小孩子，我就衷肠诉说你听，你也不明白呢！”说完几句，手中的官官放在床上，便把衣服收拾，装入箱内。天已晚了，点上灯火，略坐片刻，外面小青送进晚膳，备酒一壶，要想劝娘娘饮酒开怀。娘娘因别有心思，反恐怕饮了更添烦恼，故而戒除了酒，连饭也不吃，一齐叫小青和盘托出。

小青走到楼梯跟首，许仙来了，便问他怎么将酒饭拿回，小青回说："娘娘心头不快，吃不下去。"许仙道："如此，岂不要生病么？"连忙走入房中，问道："娘子为甚这般忧闷，酒饭都不吃些呢？"娘娘道："我心中郁结不开，咽喉如锁，一见杯盘，便欲呕吐，倒是不吃的好。"许仙道："那么，你请安置罢！"娘娘先宽衣上床，静心修养，许仙也同入罗帐安睡。

那知金山法海已经来了，就住在东首净寺中。因为与白蛇斗法后，他纠合了黑鱼精，水漫金山，害死了万万生灵，所以不肯饶恕他，定要收伏此妖。只等他生产满月，方好下手。算来已有二十八日了，血光将尽，两日后便可行事。但须许仙亲自动手，才得成功。奈他夫妇情深，怎肯应允！这便如何是好？"我不免召梦神前去，如此这般的惊醒他，使他心神不定，便可拆散他一对好夫妻，临时听我的命令。"想定主意，即唤梦神吩咐了几句。

你道说些甚么？就是叫梦神变做白娘娘，说明自己是白蛇精，因为贪你年轻貌美，与你配为夫妻。又责备他种种薄情，不该去请僧道来降服我。顿时变了脸面，披头散发，现出一条又长又粗的大白蛇，扑奔过来吞噬他，把他的梦境吓醒。这一段情节，原书弹唱起来，足有一回，叫做'惊梦'。我却以为事属迷信，不必细细描摹，就拿来修削一下，改作叙事体，数言表过。

只说许仙被梦神搅扰，做了一场恶梦。惊醒转来，出了一身冷汗，抬起头来看看，并无响动，再伸手摸摸娘子，好好的睡在那里，也没有什么。他就闭上眼睛再睡。那条大蛇又在面前，要来吞他。只得把

娘子唤醒。娘娘问他做什么，许仙道："我做了一个恶梦，真把我吓死了！"娘娘问是何梦，许仙却不好实说，托言"梦到阴司，被一恶鬼手拿铜锤打我，因此把我惊醒的"。娘娘替他批解了几句，也就睡了。许仙怎能还睡得着！一合眼睛，便见大蛇。所以他翻来覆去，一夜未眠。

直等到天明日出，起身下楼向外，弄得如醉如痴，神魂不定，坐立难安。回想昨夜梦景，实是害怕，心头还突突乱跳，好似小鹿撞胸。正坐着呆想时，姊丈陈彪走来，问："仙弟你在此想些什么？"许仙也不说真话，只说："明我与你家女儿满月，那些亲戚朋友，东邻西舍，都要来的，我们怎样的款待他们？"陈彪道："你是个药店朝奉（宋代官名。后也用以称富豪、店主等），我是个县里公差，用不着大排场的。"许仙道："那么，摆两桌酒，定一班堂名来吹打吹打，你道可好？"陈彪也说："好的。"许仙便托姊丈去定，陈彪答应自去。

闲文莫表。仍说许仙候至晚上，回进房中，夫妻依旧同睡。他想着梦内情形，心中不免畏惧。那娘娘睡到三更过后，又把阴阳一算，这夜的阴阳有些准了，抡着指头算去，不觉大吃一惊，暗暗叫声："不好了！算来明日金光照耀，午时我有大难临头。而且奇怪得很，怎么又应在夫君之手？"既而一想："还不妨，我只消午时以前，扯住冤家，不放他出房门，也就避过这个灾难了！"胸中安排已定，一夜未睡。渐渐五更天晓，仙官却已睡醒，要想起身离床，被娘娘玉臂抱住，说几句风流话，引得仙官动了春心。并非娘娘贪恋风月，只为要骗他过了午时，方保无事。

不知这一来，娘娘可能逃过此难，且看下回分解。

第四十二回　　飞钵

却说白娘娘算定今日午时，灾难临身，出于仙官之手，所以纠缠夫君，在旁陪伴。只要挨过了午时，就可脱免此灾。当下兜兜搭搭，从牙床上抽身起来，时已不早了。夫妻下床后，小青送进脸水，仙官过来要洗，却被娘娘阻住，嫌他自己洗脸不干净，亲手替他慢慢洗好，无非捱延时刻罢了。又替他梳头发，扎网圈，戴上头巾。耽耽搁搁，等到头已梳好，早膳到了，双双同坐吃了一餐。饭毕，又叫仙官在妆台边坐了，看我梳妆。许仙道："我一定要下去帮帮姊丈了。邻舍朋友都要来贺喜，我理当在厅堂上接待他们为是。"娘娘道："今日孩儿满月，要算吉期。稍停一刻，我和你一同穿衣下楼。"许仙道："我去一去就来，好么？"娘娘道："平时做妻的百依百顺。我这几句话，你也听从了我罢！"许仙道："娘子既然执意如此，我就不去更衣。"身子在方凳上坐下，靠近妆台，看娘娘十指尖尖，解开了头绳，弄散了头发，拿起一只木梳，理着青丝。其实是很容易梳通的，他却左梳也不通，右梳也不通；或是梳通这一面，又乱了那一面，原是有意如此。暗想已是巳牌时候，只须挨过午时三刻，就算有什么风浪，也不妨事了。

娘娘正思想间，外面却来了一个催命的活无常。你道是那一个？就是东楼上的丫头秀琴，叫声"许相公"，说道："对门金家要赎押头（抵押品），纹银店里伙计，说是相公经手的。因为他死了娘，所以这样要紧哩！”许仙道：“娘子，你可听见么？金家的押包，是我锁在柜中的。他们又死了人，要紧得很。这便怎样呢？”此时娘娘听了，心里想想看，死了人实在要紧的，赎这锭银子，应当早些交还才是。算算这个恶时辰，也相差得有限了，难道我放了他下去，就要死的？也有的不信，偏要与阴阳强一强，试一试看！况且人有好心，天必从之。或者转祸为福，也未可知。转定念头，方说道：“既如此，我的头也梳好快了，你去赎还了他，就来同我下楼。”这一来，娘娘真正软心肠，还道存了好心，自有好报。那知软了一软，立见灾殃！这也是劫数使然，避不掉的！一来被黑鱼精无知妄动，累及他受罪；二来法海虽成佛果，尚未忘吞丹宿怨。看过第一回“仙踪”的，便能理会得到。原书纵不写明，我却要略述几句，点出此中眉目。不然，法海明知他奉金母之命，下山报恩的，何必苦苦追求，硬要来募化檀香，把许仙骗上金山，酿成他“水漫”一重极大的罪案呢？

数言表过。仍说许仙听娘子肯放他出外，他就来到厅上。见许多客人坐着，大家都起身拜揖，连称“恭喜恭喜！”许仙道：“各位请坐！我去检还了押包，进来奉陪。”当下到了店中，把押包检还金姓，就此转身入内。肚里一想，省得与邻友们兜搭，耽延了时刻，故此不走中堂，却后西边穿进去。经过回廊，想不到那个法海禅师迎面走来，念一声“阿弥陀佛”，便说：“许仙你向那里去？”许仙好生惊诧，问道：“和尚，你从何处来的？”法海道：“我是空中来的。”许仙道：“来此做什么？”法海道：“老实对你说，今天特来收镇你妻子白妖。”许仙忙道：“我家娘子好好是人，何尝是妖怪呢？”法海道：“你休得执迷不悟！前夜可会见梦中的光景么？”许仙道：“梦寐难凭。就是妖魔吃我下去，我也情愿的，与你什么冤仇，这般苦苦的作对？快些出去，谁要你来多管！”这两句，确实是许仙的良心话，并不是迷恋话，和那前番两样，所以后来还有人原谅他的。

当时许仙这样说，要想一溜烟逃进去，竟被法海走上前来，一把扯住，发怒道：“许仙，你难道忘了金山之事么？如今你随我这里来！”不容许仙自己作主，怒冲冲扯了他就走。吓得许仙魂飞胆落，好似忤逆子见了雷公，意欲脱身，那里能够！双眉紧皱，脸涨通红，竟被法海拖到厅堂上面。众邻友等见了，互相猜测，不知为了甚么缘故。有几个开口问道：“许大爷，这个化缘和尚，是那里来的？”许仙道：“这和尚不是来化缘的，他是从金山寺里到此。因为前番在镇江时，与我会过，今日到来，是要捉拿我家房内美貌娘子的呀！”

众邻友听了，齐声怒骂道：“放他娘的屁！和尚只有偷女人、骗女人、拐女人，决没有捉女人的道理！先打他两个嘴巴，拍拍醒他的魂灵，然后大家动手，打他一个死！”法海连忙说道：“众位居士，不要发怒。只因那许仙的妻子，是一条白蛇，千年修炼变化人形。老僧今日特来收镇此妖，但要许仙亲自动手。若过了今日午时，他就要逃走了。”众人道：“你这个和尚，只怕是个痴子！别人家的妇女，这样风风月月，标标致致，能能干干，齐齐整整，道道地地，一位美貌女娘娘，说什么是个妖精！简直在那里放屁呢！不要信他，我们把这个贼秃打死了罢！”法海道：“众位暂请息怒，有所不知。许仙妻子实是蛇妖，我有一个金钵，就叫许仙拿进房中，在他头上罩了，立见分明了。倘若不能收拿，听凭众位处置便了。”

众人都说：“这句话倒也不差。想必这一个小小钵盂，怎能装得下一个人？分明是胡言乱语，当不得真的。就拿进去罩一罩，打什么紧呢？”许仙却总是不肯进去。法海连连催促：“休得延挨错过了午时，快去收罩此妖！”众人又在旁边七张八嘴。弄得许仙疑疑惑惑，胸无主宰，手里虽拿着法海给他的钵盂，身子却是不走。

这个当儿，当得古人有两句话，叫做：“一言而兴邦，一言而丧邦。”倘或此时有个人来阻挡，再挨过三刻，到了未时，这钵盂就拿不动了，结也解了。那知数已注定，偏偏来了一个白虎星官。你道是那一个？就是他的姊丈陈彪。见许仙迟疑不决，便道：“仙官，你怎么这等痴呆，各位之言，一些不差。你就拿进去罩他一罩，也不害事。如果真是蛇妖，拿了去也罢；若不是精怪，自然把这和尚处治，岂不两全其美么？”许仙听了这话，仍是疑惑不定：“难道我妻真是妖怪不成？我且休要懊恼，且看他的法力，究竟高也不高。只求没有风波，就好办他个妖言惑众之罪，不但众人帮打，要送官究

治，打断他的腿条！”一头想，一头走，放轻脚步上楼。

走到房门跟首，见娘娘还坐在妆台畔，两把青丝分披左右，仍未梳好。他原不过借此延捱罢了，暗想：这个时候，怎么官人还不上楼？”所以停了手，呆呆等候，那里知道后面有人来了！仙官站立在房门外，手里托着这个钵盂，要想与娘子说明此事。不料那作怪的钵儿，口中透出一道金光，呼的一响，说时迟，那时快，对定了娘娘头，落将下来。娘娘此刻魂不附体，大叫一声：“不好了！”一交跌倒。钵盂罩住头上，犹如泰山压顶，腹内好比乱箭攒心，周身发抖，遍体酥麻，小脚在楼板上和擂鼓一般。两只眼睛看定了许仙，惨声说道：“阿呀官人，痛死我了嗻（吴方言。语气词。嗻，niā）！”许仙道：“我原不肯拿进来。都是邻友们说不妨事的，我竟一时疑惑，拿上楼来。本要与娘子说明，想不到这个东西，见了娘子，就飞将起来，连我说也说不及，拿也拿不牢了，煞是作怪。且待我扶你起身，与你取了下来就是了。”

当即过来扶起娘娘，用力推扳，全然不动，和那生根铁铸相似。娘娘道：“我知道你今日，又要被人哄骗，因此不许你下楼。我只道祸福惟人自召，谁知死生有命，数总难逃！但如今头上疼痛难熬，怎生是好？”许仙见此光景，也明白他是个妖精，便道：“你既然是灵蛇变化人形，平日应该与我说出根由，我自然不上他人的当了，决不害你受这样痛苦的。”娘娘道：“你那里知道这缘故呢？不是我不肯吐露真情，却因说了出来，犹恐吓坏了你。你在前岁端阳，亲眼见过，我实是峨嵋山上一条蟒蛇，知你是个胆小的人，不说明白，尚且害怕，何况说破根苗呢？我原为报恩起见，找寻万里，才得与你结为夫妇。岂知劫数临头，顷刻间便要拆散鸳鸯了。我此时还是

人形，再停一刻，只怕免不得出乖露丑了。”说罢呼痛不止。

这个作怪的钵盂，慢慢的合下，已及双眉。娘娘没法，只得跪下哀求道：“佛爷既要收妖，也待我夫妻分别几句，永诀一番。还望慈悲为本，暂缓片时！”又叫许仙代为一求。许仙道：“我想娘子也有法的，怎么脱不下来？”娘娘道：“你不知佛法无边，我虽有法，也难逃生。这事原来我不好，前在江中斗法，水漫金山，害及生灵万万，果然罪犯天条。我也算过阴阳，原知有难，早想远走高飞。只待孩儿满月，便要归山。怎奈罪孽已深，无可幸免。我死本不足惜，只可怜鱼水恩情，叫我如何舍得你啊！”许仙道：“我也舍不得你呢！”娘娘道：“丢不下未满一月的孩儿，可知道做娘的今日归西！还望你把这孩儿，托付姑娘抚养。我做的衣服，共有两箱，梦蛟可以穿到七岁，好叫他将来知道我的手迹。还有一说：“我看你平常日子，身上衣单，不知寒冷，腹中饭少，不知饥饿，带着几分孩子气，怎能够独掌门楣！我死之后，你须要续娶一位贤德妻子才好。”许仙道：“这是我再也不娶的。天下妇女，那有娘子这般贤德！阿呀，我好心痛呀！”夫妻抱定，号淘大哭。古人有两句诗道：“世上万般愁苦事，无非死别与生离。”

悲伤之际惊动了床上的梦蛟儿，“喔哇喔哇”的啼哭起来。这也是天性相关，不期然而然的。娘娘听了，更是凄惨。要想过去喂一口乳，怎奈头重难移，不能举步。许仙道：“你丢不下孩儿，待我抱来与你看看。”就到床边抱起官官，忍不住流下眼泪，双手递给妻子。娘娘叫一声：“亲儿梦蛟，做娘的要与你分别了！”那官官本来停止了哭，一听得这句话，他又哭将起来。娘娘抱到胸前喂乳，官官实在乖巧，一双小眼睛对定娘娘只管哭，把乳头吐了出来，一定不要吃。

娘娘见官官这般光景，越发心疼，加上了十分苦楚，说道："儿呀，你长大起来，须要学得成人，做娘的死在阴司，也是瞑目的！"说到伤心处，越看越难过，忙叫仙官抱去，放在床上。又嘱咐道："常言道：夫妻本是同林鸟，大难来时各处飞。如今我大难已到，身死之后，劝你休把我想念。也是我红颜薄命，前生注定的。倘然你思念妻子，损坏了身躯，我在阴司也觉不安。此时你要看我，请再看看，顷刻间便要身丧黄泉了！"许仙惨不成声的答道："娘子死了，我也不愿独生，倒不如和你同死了罢！"这时候，双双哭倒在楼头，我书中却要说到小青了。

小青因为官官今日满月之期，厅堂上要款待贺喜的亲朋，备办酒肴，所以一早就到厨房下，充当厨司，端整肴馔。切的切，烧的烧，烹的烹，炒的炒，忙碌得不得开交，却未曾一步上楼。忽听得外面跑来一个丫嬛，叫声："青姐，不好了！"小青忙问："秀妹妹何事惊慌？"秀琴道："我方才走到厅堂廊下，只见当中坐一个和尚，听说拿了钵盂，要收你家娘娘。众客人你一言，我一语，弄得许相公疑惑不定，毫无主张，拿着钵盂上楼去了。我有些不信，也到西楼去看看，竟被我看见了，害我吓杀！阿呀，真真不好了，夫妻双双跪倒，啼啼哭哭，一只黄金色的钵盂，罩在娘娘头上，面涨通红，头发披散，合到了眉毛边。青姐姐快些去看看！"小青一听，大吃一惊，好比雷轰头顶，急忙忙奔出厨房。

是否先上楼去见娘娘，要许仙为难，且看下回分解。

第四十三回　镇塔

却说小青听得秀琴丫嬛报告，心里十分慌急，飞也似的出了厨房。低头一想：且待我先到厅堂，看是怎样一个僧人。走近屏门背后，往外一张，果然有个和尚坐在中央，身上披着锦绣袈裟，好生轩昂气概。认得是金山法海妖僧，暗叫不好，急转身奔上楼头，到房中一看，实是悲惨！但见娘娘头上合着一个金钵盂，就晓得是法海的法宝，无可解救，走上前来，把娘娘抱住，问娘娘为何这般光景。娘娘道："如今说也没用了！"小青又问头上的东西，怎样进来的。娘娘仍不说明。小青何等灵敏，便道："我明白了，又是这个没良心的许仙下这毒手了！"娘娘道："不干官人之事。都是我命该如此。"小青道："娘娘说那里话来！总是这冤家害的呢！"说到这里，泪如雨下。又道："我前番劝过你的，早早回转仙山，重行修炼，你偏偏不听良言，叫我暂时忍耐，报答他救命大恩。到了如今，无端枉送性命。我恨只恨许仙这无情汉子，全然不顾妻房，几次三番施行毒计，害得娘娘这般模样，可称为人面兽心了！"

许仙忙叫"青姐"，道："我原不肯拿进房来，这个钵儿自己飞进来的呢！"小青道："我且问你：娘娘怎样待你的？"许仙道："娘子实在好的，待我再也没得说了。"小青道："既如此，你的天理良心何在，下得这般毒手！"许仙叹道："我今遍体生牙，也是辩不清的了。"小青愤怒已极，变了颜面，指着许仙骂道："我越想越恨，你这无情无义的禽兽，怎生饶得你过！我今容你不得了。吃你下去，才出我心头之气。”说毕，把身子打了一个滚。只听得一声响亮，满眼青光，俏佳人变了一条很大的青蛇。张开大口，对定许仙射将过来，要想吞他下去。

许仙虽吃过仙草，没有吓死，却也吓得魂不附体。急忙躲在娘娘背后，叫一声：“娘子，快救我一救呀！”娘娘安慰道：“放胆大，不妨事的。”嘴里说，见他射将过来，用手在小青头上一拍，并说道：“青青休得如此！他虽没有良心，总是我的丈夫，从前救过我性命的。此番祸事，实由金山水漫而起，怎么你自己不想的？你与我都是蛇变人形，终归畜类，理当安分循良，切勿逞凶发狂，及早回山为是。况且你不在劫数之内，只要静心修养，当可保得长生。倘然你忘却本来，难免也像我娘娘一样。我劝你快快逃避他方，不可留恋红尘，枉遭灾祸。可晓得我头上钵盂，渐渐要压下来，实是难当呢！”小青听了这话，把头点了一点，身体一滚，径向楼梯滚将下去。

娘娘知道他要和法海斗法，连忙一把扯住尾巴，复道：“小青，小青，你要下去与法海斗法么？想我修炼已及千年，受过神仙道术，尚难脱他的手，少停便要归天。你比我功行更浅，怎能与佛法相争？好似飞蛾投火，枉自烧身。还是到他方隐迹修仙，将来自有成功的希望。快去罢！”用手一推，小青虽变了蛇形，不能开口讲话，趁势向窗外一钻。回转头来看看娘娘，似乎有恋恋不舍的形景。娘娘更是心酸，又叫声：“小青，你也不要记挂我了，快些去罢！”道言不已，呼的一阵风，小青早已不见。你道他到那里去的？他到北玄山黑风洞修炼飞刀，还要与法海斗法。此话慢表，后书再行交代。

仍说娘娘挽转手来，把许仙一扯，叫他不要害怕。许仙略定一定神，心里又悔又恨又悲伤，也和泪人儿一般。娘娘道："我今头如山重，实是来不得了。今后相逢，除非在三更梦里的了！"二人万语千言，说不尽分离的话。外面法海禅师颇费周章，想那白氏眷恋许仙，说话不了，不如把他收镇了罢！嘴里便念念有词，把禅杖在地上一卓（竖立）。说也希奇，里面楼上仙官，顿时眼花撩乱。"豁辣"一响，娘娘喊一声"阿呀"，已经不见了。许仙定睛一看，但见一个钵盂在楼板上面。口中叫着："娘子在那里？"伸手撩起钵盂，仰转过来，看到里面有一条白曲鳝鱼的形状，在钵盂当中转来转去。他就将钵盂放在妆台上，卷起衣袖，用手捞摸，暗自诧异。看看只有茶碗般大，里面却无边无际，团团一捞，空空洞洞，再也摸不着他。常言道"一粒粟中藏世界"，佛法无边，果然不错的。

此时许仙肝肠痛断，几次救不起姣妻，只得哭哀哀捧着钵盂，下楼也到厅堂。众邻友都来动问，仙官却噎住了咽喉，说不出话来。法海哈哈大笑道："如今可知道你妻是人是妖么？"许仙怨恨道："不干你事！你是出家人，何苦把我恩爱夫妻拆散了！于心何忍？"法海道："你却有所未知。这是他自己不好。水漫金山，伤害无数生灵，犯了弥天大罪，因此天数难逃，注定收镇雷峰。待他大难完时，再可修炼，有出头日子，得成正果了。"这几句话，很说得冠冕堂皇，当时许仙未尝不好驳他，说："水漫金山，果是娘子不好，但我在镇江时，你为什么借着募化檀香，把我骗上金山的呢？后来水漫斗法，激成大祸，岂不是你开衅的么？"这样说来，法海也有罪了。不知此等情节，原是做书人的笔法，有意发生出波澜来，可以归结全部。不但曲曲折折，使人动听，并且故弄狡狯，要骗人代抱不平，下几点眼泪，何尝与看书人讲什么理信呢？闲话少叙。

却说众邻友闻知许仙娘子收去，内中有一个说道：“许大爷，你上他的当了。这个和尚，是会变戏法的，竟把尊夫人搬运了去哩！如今不要放他走，我们大家动手来打他！”一人喝打，大众赞成。陈彪连忙过来说道：“众位不要动手。你们那知此中的缘故？我家舅妇，是蛇妖，我也曾亲眼见过原形。此刻老和尚收了去，也就罢了。”众人一听，更无别话，都觉得在此没趣。本来是贺喜的，反做了送终，看上去，酒是吃不成的了。彼此一商量，倒不如溜他娘罢！于是堂上众客，一哄而散。外面的事情，不必细表。

再说里面的秀琴丫头，先到厨房报知小青，后又回到东楼，见了许氏大娘，把细底根由诉说一番。大娘得此凶信，心里十分悲愤，慌忙忙来到厅堂上。见当中坐着老和尚，左边站着许仙官，他便走出叫那许仙道：“我问你，你的娘子呢？”许仙忙答道：“姊姊，被这和尚合在钵盂中收了去。”许大娘道：“拿来我看！”许仙就捧过金钵，递与姊姊。许大娘接过来一看，只见一条小小蛇儿，伏在钵中间，泪如雨下。虽然现了原形，心里是仍旧明白的，正在那里想念姑娘：“可怜此刻来迟了，如果早来看我，我还要托夫寄子，有多少说话在肚皮里，对你细说。到了现在，却又说不出来，惟哭而已。”

许大娘看了，好不悲伤。明知白氏丢不下丈夫儿子，有牵挂的意思。故意问道：“许仙，这就是弟妇么？”许仙点头称是。许大娘放声大哭，翻身欲倒。还亏旁边有人扶住，不曾倒下。哭叫道：“许仙，我还有话问你：是妖僧到楼上去的呢？还是你亲自进房下的毒手呢？”许仙道：“拿是我拿上楼的。想不到作怪的钵盂，突然飞起，合到他头上去呀！”许大娘恨极了，就叫：“你这畜生走过来！”狠狠的咬了一口。许仙一声呼痛，忙叫“姊姊放松些，不要咬得这般

紧了！”许大娘道：“你道痛么？譬如你妻子死去，是因疾病缠身，还可急救。再不想这样结局，一旦分离的。”说到这里，哭一声：“贤哉弟妇呀！”又道：“你一身枉嫁了无情汉子，勤俭持家，万分艰苦，三从四德全备，谁知祸事临头，遽遭不测！从今以后，再不能与你对坐谈心的了。我看你泪落纷纷，似有说不出的话儿在心。但据我想来，谅必为着这小小婴儿。我当抚养他成人长大，与我女双双配合，决不食言。你请放心便了！”说了这几句话，那蛇儿便把头一点，似乎称谢的样子。

许大娘看了，又惨伤，又恼怒，回转身来，也不管什么和尚，一把扯住了法海，骂道：“你这秃驴，甚么意思，好好人家妇女，平空捏造，谎说妖精，变弄神通，擅把弟妇收藏！如今不必多说，好好放了我弟妇出来，万事全休。你若不放，我与你势不两立，决不肯善罢干休的！你既是佛门弟子，为什么活活拆散人家恩爱夫妻？况且白氏弟妇大贤大德，数年帮夫兴家立业，现又产下婴儿，才及满月，怎能抚养到成人长大？许氏门庭，被你弄得妻离子散，我好恨呀！我与你冤仇结得海样深了！”一场痛骂，骂得法海“秃驴长，妖僧短”，就把头儿撞过去。

法海忙说道：“女菩萨放了手，待老僧细述根由。若说这个白氏，他是峨嵋山上一条白蛇。千年修炼，得变人形，与仙官夙世有缘。只因他水漫金山，残害生灵，罪犯弥天，怎能逃脱？注定收镇在雷峰塔。只待他罪孽满时，便好飞升上界。他生此子，是文星下降，后来执掌朝纲，高官厚禄，许氏门庭，不但显耀一时，并且后代儿孙，留传千古呢！”许大娘道：“秃驴！你说这些话，只好哄骗那三岁孩子，一派胡言，那个信你！你快些还我弟妇来罢！”法海道：“女菩萨休得动怒，只要问你丈夫就是了。”许大娘道：“好个刁恶的秃驴，要问我丈夫则甚？”

其时陈彪也在厅上，便过来说道：“弟妇实是蛇妖，我久已知道，见过他的原形。那和尚是不错的。况你是个妇人家，扭住了和尚，成了什么体统？快快放了手再讲。”许大娘道：“你怎么也是这般说来？秃驴说我弟妇是个妖精，我也好算得妖精了，你也收了我罢！若收我不动，总不肯饶你的呢”！法海道：“女菩萨，你是凡间俗骨，不比妖魅魔头，叫老僧怎样收你？”许大娘骂得性起，更是恶恶毒毒的说道：“看你这秃驴花言巧语，谅必自作妖孽，见我家弟妇貌美，谋夺人妻，使弄邪法，拐去奸淫，罪当万死。我也不要活了，拼了你这妖僧罢！”

法海被许大娘扯住，又听了这几句恶毒话，实在当不起了，弄得法海有法变做无法。许仙却立在旁边，口也不开，如同死的一般，只是点点滴滴的下着眼泪。法海心下为难，想那妇人少有智识，和他辩也辩不清楚，讲也讲不明白，只得说道：“女菩萨且请息怒放了手，叫许仙拿了金钵，同到西湖雷峰塔下，待老僧放白氏出来，现一现人形，你自去问他如何？”陈彪就向大娘道：“和尚这句话，倒也说得是。且待同到那边，看他果现人形，能够话儿说得真确，也就罢了；如无形迹，然后再与他争论，送官究治未迟。”许大娘听了，也就放了手，趁势暂且落场。便对着陈彪道：“只是妖僧的话，未可轻信，却不要被他逃走了。”陈彪道：“不妨。我当叫人将他看管，断不会逃走的。”当即唤了一乘轿子，大娘坐了，许仙捧了钵盂，陈彪同着一个伙计，跟随了法海，都到西湖上来。

不知白娘娘可会再现人形，夫妻会面，与许氏大娘叙话一番，且看下回分解。

第四十四回　剪发

却说许氏大娘与法海吵闹了一场，弄得法海没法，方准暂放白氏出来，再会一面。于是陈彪从旁劝解，唤得一乘轿子，请大娘坐了，他与许仙、法海等相随，一行人众，出了墙门，在街坊上一路前行。那大娘身坐轿中，思念弟妇，哀哀啼哭，好似送丧一般悲痛。嘴里唠叨诉说，骂了法海“秃驴”，又骂许仙“畜生”，再恨丈夫兄弟不肯出力，告到当堂。只苦死了贤德的弟妇，冤沉海底。哭到伤心处，许仙听得姊姊的话，更加悲悲切切，泪下千行。这时候，引动了街上闲人纷纷谈论，当作新闻，毋须缕述。

少时出了城关，已到西湖塘上，面前就是雷峰夕照了。法海止住了步，便与众人聚集在山兜里。许大娘起身出轿，站在一旁，看法海如何动作。法海忙将钵盂拿到手中，叫声“众位请看”，向下一倒。只见一道白光，白氏娘娘坐在地上，他的花容月貌，仍和从前一样。大娘过来叫“弟妇”，他回叫一声“姑娘”；许仙过来叫“娘子”，他也回叫一声“官人”。两下相见，哭做一堆。左边许仙将娘娘扶住，右边许大娘挽住了手，又叫“弟妇”，道：“我方才闻得你受了飞灾，害我哭死还魂，想念及你。你是个贤德的千金，秃驴偏说你是妖精，不该变弄神通，暗使邪法，把你身躯藏入钵中。我与秃驴拼命，才肯将你放出。如今我和你一同回去罢！”娘娘道：“姑娘，我是不回去的了。”

大娘问是何故，娘娘便据实说道："我本是峨嵋山上的蛇妖，与仙郎结下夙缘。只为受恩深处，终须报德。那知祸起金山，难逃罪孽。这是注定的劫数，劝姑娘不必伤心掉泪。他年罪满，有归山的日子，原可以修成正果，位列仙班。现在我并无别事牵挂，只要你代我抚养蛟儿，费这一点心，我在空中，定然保佑你身体康健，福寿绵长。此刻不能久待，与众人叙话，我要下去了。"许大娘道："梦蛟孩儿，是我女婿，自然尽心抚养，长大成人，与我女儿团圆花烛，诸事放心。我只是舍你不得呢！"娘娘道："多谢姑娘。我要去了。"许仙忙叫："娘子不要去。"娘娘道："我和你尘缘已满，本属前生注定，劝你不必悲苦，当心保重身躯为第一。做妻的千言万语，难以细嘱，从此恩情两处分开了！"许仙道："阿呀娘子，我情愿和你一同下来的！"

娘娘只回答一声"使不得"，那法海把禅杖在地下作一个圈，口中喝一声"地下速开"，只见雷峰塔下，裂开一条缝，约有二尺许宽阔。法海就对着娘娘说道："我有偈言四句，听我道来：安心静住在雷峰，二十年时苦用工。倘得红尘永不染，飞升天上乐无穷。牢牢记着！"娘娘道："谨遵佛爷指示。"法海道："就此下去罢！"娘娘对着许仙，含了一包眼泪，把头一摇，化作一道白光，众人觉得一阵眼花撩乱，娘娘竟不见了。地上仍旧合而为一，毫无形迹。许仙哭倒尘埃，滚来滚去，好不惨伤。口中不住哭叫妻房，情愿和你死在一处，忽然跳起身来，要将头撞到山石上去。却被法海唤住道："许仙休得如此！白氏与你还有重逢之日，老僧和你三年后，再在金山一会便了。我自去也！"道未了，顿起一道金光，腾空而去。众人见了，尽皆惊骇，望空礼拜。

只有许仙痛哭不止，倒在地上。大娘也陪着出了许多眼泪。陈彪在边劝道："仙弟不要哭了。常言道：人死不可复生。况且他又未死，何苦这般悲伤？待我扶你起来罢！"回头又唤大娘道："你为什么也是这样痴心？方才弟妇对你说过的了，还要哭他什么？快些回去罢！"当即命轿夫打轿过来，大娘坐了，郎舅二人携手同行，一径回到家中。秀琴扶大娘出轿，到了房内，就叫丈夫雇定乳娘，怀抱梦蛟孩儿。

杂事休表，单说许仙归家后，如痴如醉。陈彪又劝解了一番，送他回房安睡。便得了一病，来势甚凶，一连数日，家下事情都亏陈彪替他料理，还要去请医生诊治。总算服药有效，仙官脱离了床席，身体强健如初。但想起娘子身埋塔底，不知何年何月，再得相逢，所以无情无绪，闷闷昏昏，走到那里，心中便想到那里，落下泪来。陈彪见他这般光景，无非劝了几句。只因事情忙碌，里面乏人使唤，忽然想着了小青，眼前不见他的面，便向许仙查问。许仙不好实言，只说小青已经逃走了。陈彪心内明白，一定也是甚么妖精，看见主人这样，他就远避他方了。不再向仙官根究，自去办理他事。

只可怜许仙寂寞凄凉，每日啼啼哭哭，连店中生意也都不管。这一天，走到西轩看了一回，又上楼看看娘子遗留的形迹，弄得这般冷落萧条，索然全无生趣：倒不如我也抛撇红尘，游身方外，免受那愁烦的苦况了罢！但是娘子已冤沉塔下，我也遁迹禅林，叫那梦蛟孩儿，他日长大起来，难觅父母形踪，如何是好？呆想了片时，暗说："有了，我不免画就娘子真容，自己剪下青丝，留在家中，好待他成人以后，知道爹娘遗迹便了！"想定主意，就到书房中坐下，调好丹青各种颜色，铺好一张素纸，取笔画将起来。莫说他不是画家，就是画家名手，也难画出娘娘千娇百媚的真容。

此时许仙只有先闭上了眼，定神想了一想，然后落笔描摹。好得他生性聪明，略知一些画意，所以画将出来，虽不能十二分相像，却也有七八分样子，尚不失庐山真面。等到画完，眼泪下了不知多少！自己细细看过后，决计将自己头发剪下，除却这三千烦恼丝。取得剪刀在手，肚里还是寻思：想我父母遗下的身体肤发，岂敢毁伤？今日将发剪下，未免身担不孝。但此时弄到这般光景，我也顾不得了。便咬紧牙关，除下头巾，将发一齐剪去。仍旧扎好网圈，戴上头巾，外面还看不出是光头。他就把画图卷一卷，连头发一并用纸包好，放在一只描金匣子里面，封锁停当，预备交与姊姊，将来归还梦蛟，好知道爹娘的遗物，宛似与双亲聚首一般。还有他亲娘自做的衣服两箱，一齐交出。

上楼收拾完了，方在墙壁上题了四句诗。又恐怕姊姊拦阻，回身取了几两银子，藏在怀中，作为盘费。然后拿了箱匣，匆匆走上东楼，叫声“姊姊”，道：“我有几件东西，托你收藏好了。这两箱衣服，是我妻做给孩儿穿的，一岁到七岁都在里面。那一只封锁的匣子，不知放着什么物件，临别时嘱咐我，极关重要，将来付与孩儿观看便了。”说到其间，眼泪扑簌簌掉将下来。许大娘道：“我看你悲哀过甚，哭得两眼都肿了。怪也怪不得兄弟，我做姊姊的尚且抛撇不下，常常悲痛，何况你三年恩爱的夫妻，怎能一旦抛却呢？但是哭也无益的了。我好比泥人劝着木人，劝你以后宽怀些罢！”许仙颤声应了一声“是”，又叫一声：“姊姊，我去了！”大娘还算机警，忙问：“你要到那里去？”许仙并不露马脚，回说到街坊上去闲步散闷，就要回来的。大娘听他说得是，也就放他走了。

妻亡子在绝红尘 并与凡人不是亲
禀告同胞休挂念 单下深处去修真

此时许仙含着眼泪，走出门来，要到西湖拜别姣妻。行至雷峰宝塔相近，移步上山，仔细认了一认，正是此间。他就放声大哭，跪倒在地，哭叫贤妻，自怨“误听人言，弄出是非，害得妻离子散。我本欲一死相从，只为临别时听你吩咐，故此偷生在世。如今我已剪发为僧，愿在深山静处栖身。还望你怜念我思妻一念，休恨做夫的薄情，暗中保佑我无灾无难，得遇名师，唤醒迷途。得使他年有相逢之日，好与贤妻分诉离情，我愿已足了！”说罢，抽身起立，一径如飞而去。此刻半像痴来半像呆，不分南北东西，逢人便问名山何处。后来有人指引到云栖去，就此披剃（削发出家）做了和尚，无非拜佛诵经。三年之后，出游到金山寺，遇见法海，说明因果，待到十九年，才会亲生子，不须先表，按过一边。

仍旧回转身来，再说许仙出走的那一天，太阳已将西下，家中不见他回来，陈彪命人分头寻觅，好几日不见踪迹，毫无着落，忙进去告诉大娘。大娘道：“前天兄弟只说街坊上闲步散闷而去。看他愁容满面，半像痴呆，只怕寻了短见，也未可知。”陈彪道：“我且与你到他房中，看看光景，可有形迹没有？”大娘点头称是。便一同来到西楼上面，看了一回。陈彪见墙上题的诗句，就念与大娘听道：“妻亡子在绝红尘，并与凡人不是亲。禀告同胞休挂念，禅林深处去修真。”大娘道：“照诗上说来，我兄弟已去做和尚了。”陈彪道：“怪不得没处追寻了。只好慢慢察访的了。”大娘越发心中悲苦，想兄弟已看破红尘，把这千斤重担，要我一人挑着，眼看兴旺的门庭，霎时冰消瓦解，好不痛心。如今没有别法，只得把西楼封锁，待儿成人长大，重振家声，方不负我抚养一番心血！

当下从西楼回来，陈彪见他心头烦恼，常用好言劝慰。从此大娘渐渐舒放愁肠，尽心抚养梦蛟，比亲生的尤加几倍。数年以来，却喜无灾无晦，光阴迅速，好似飞一般的过去。看看梦蛟已有七岁了，生得品格轩昂，相貌出众。陈彪夫妇商量要延师教授。况且遗下薄薄家财，足敷应用。梦蛟又聪俊异常，可以读书赴考。将来倘得功名成就，岂不光耀许氏门庭？大娘把这意思说出，陈彪大为赞成，便说："我也久有此心。我早已访得一位姓张的儒生，他的品行端方，学问渊博，就住在我家左近。暂缓数天，便送他上学便了。"

夫妻商议已定，拣选了吉日，先行通知了张先生。然后到了这一天，陈彪亲送梦蛟去上学攻书。朝夕往来，绝无间断。年虽幼小，天天在书馆中勤读，不贪游戏，只爱读书。而且聪明绝顶，过目不忘。原来天上文曲星官转世，和那常人不同的！不但陈彪夫妇十分欢喜，就是馆里这位张先生，也很爱护，另眼看待着他，反招了同学们的妒忌。

那日张先生有事出去了，一堂学生，好似老鼠不见了猫，就大大的放肆起来。有的捉七子（吴方言，即"抓子儿"。小儿游戏之一。用手抛抓果核、石子或装有沙泥的小布包以比赛胜负），有的摸四方，有的串戏法，有的说笑话。惟有许梦蛟动也不动，看也不看，只顾读他的书。这一来，更叫同学们注目。内中有两个学生，一个叫周文信，一个叫卫奇官，文信是生徒中的魁首，生性刁滑，善说笑话，最妒忌许梦蛟，有心要毁谤他。还未曾过来开口，那个卫奇官却先到梦蛟跟前说道："我和你来豁蛀虫蛀杀老土地罢！"梦蛟道："卫世兄，我是不会的。"奇官道："那么，围六局，或是变戏法，你道好不好？"梦蛟也回说不懂。奇官道："这也不会，那也不懂，难道你只晓得读书么？"此时周文信趁势过来插嘴道："卫奇官，你还不知道他的来历么？他不是人养出来的人，自然不会游戏了。”奇官道：“不是人养的，倒是石头里生出来的么？”文信道：“你既不知道底细，我来对你说了罢！”

不知周文信说出甚么话来，毁谤梦蛟，且看下回分解。

第四十五回　哭塔

却说许梦蛟在馆中读书，因为陈彪夫妇把前事隐瞒，暂且改姓为陈，梦蛟还未知道。所以周文信有心要说笑他，对着卫奇官说道：“你不晓得么？陈世兄的娘，是个蛇精呀！”梦蛟道：“周世兄，为怎么这般出口伤人！为人在世，那个没有父母？我的母亲是蛇，你的母亲也不是人了！”周文信道：“原来陈世兄一向还在梦里不成？你叫梦蛟，现在的不是你亲生父母，是你的姑爹姑母呢。你亲爹名叫许汉文，你亲娘是个白蛇精，养了你刚及满月，就被那和尚拐去了。还有多少说话，我也不对你讲了。”梦蛟听他说得有头有脑，不像捏造出来的，不觉吃了一惊，暗想：“我母亲好好住在家里，怎生就是妖精？但他的言语讲来确实，我且回家去问母亲，倘属虚伪，再和他理论未迟。”因此伤心下泪，拿了书包，就此一路归家，奔到里面，双脚乱跳，哭叫：“母亲在那里？”

要知梦蛟为什么叫许氏大娘为母亲呢？原来彼时托孤的时节，梦蛟只得满月婴儿，尚不知人事。许大娘将他抚养，直到今年七岁，还将他父母的细情，隐瞒未露。所以认作姑母为母，姑爹为父，如何得知此中委曲！

那时啼啼哭哭，见了大娘，哭诉道：“阿呀，母亲吓。今日孩儿真要羞死了！”许大娘问他：“何故这般模样？你且好好的说与为娘知晓。”梦蛟道：“孩儿今天到了学堂，先生出门会友去了，一班同学，都好游戏，独有孩儿依旧勤读，不肯和他们胡闹。那时有个同学叫做周文信的，自将言语毁骂我爹娘，我好恨呀！”许大娘道：“周文信怎样说你？你且说来。”梦蛟道：“他说孩儿本是姓许，母亲是个妖怪。说我母亲被那僧人拐去，父亲也早已远往他乡去了。我说母亲现在家中，他说现在母亲是你的母姑。孩儿听了这话，好生骇异。我又有甚面目，再在书房诵读呢？故此拿了书本回家，望母亲还我亲娘。”大娘道：“你休听旁人胡言乱语！儿本是陈姓亲生之子，这话当不得真的。你应该坐在书房，等候先生回来，把这话告诉他，自然先生要处置他们了。”梦蛟道：“他说得孩儿置身无地，非寻常戏言可比！道我不是陈家骨血，与堂上爹娘是两姓的，故而不及等候先生，我便回来了。因想此话定有来历，到底姓陈还是姓许，生我的亲娘在那里，请母亲说明了罢！”嘴里说着，身子跪倒在娘怀里，啼哭不休。

许大娘因他年纪尚小，告诉他也是无益，恐他反要分心，思念亲生母亲，虽见他这般形景，也不免淌下泪来。但此时未便说明，只好硬着肚肠，仍旧逼令他再到书房。怎奈梦蛟执意不肯，哭得死去还魂，无休无歇，定要母亲说出根由。“若再隐瞒，受同学们的羞辱，情愿悬梁自尽。”许大娘道：“你乃孩子家，不可执之一见。爹娘现在这里，何须再问？怎说另有爹娘？我只恨这个周文信，捏造谎言，没来由凭空骗你这孩子呢！”梦蛟道：“那个周文信，不是孩儿的对头，倒是孩儿的恩人，怎好恨他？”许大娘道：“别人家的父母，也能谎说，如何倒是恩人？”梦蛟道：“他若不说，叫孩儿那里知道？”许大娘道：“既如此，你去问周文信就是了。”梦蛟道：“母亲尚不实说，怎叫孩儿去问别人呢？我劝母亲不必隐瞒，究竟亲生父母，现在何方，还请母亲快快说明，好待孩儿认这么一认。”

许大娘不接他的话，故意问道：“学堂里你执意不去么？书也不要去读了么？”梦蛟道：“书是要读的，只要快些还我亲娘来。”许大娘道：“难道我不是你的亲娘么？”梦蛟道：“你是我的姑母呢！”许大娘听了，假作怒冲冲的说道：“畜生，敢在我跟前这等大胆放肆么！”立起身来，在桌上取了戒方，又骂道：“畜生你听信谗言，回家与我淘气。我就打死你这无知畜生，料也不妨！”梦蛟并不畏惧，甘心打死，只求还我妖怪亲娘，和那姓许的亲爹，现在到何处去了。跪在地上哀哀痛哭。

大娘看了，也是悲伤，要打也打不下去。“看来瞒不过的了，我就将始末根由，与他讲明了罢！”便把戒方放下，说道：“儿不要误会我意。我因你年纪尚小，暂且隐瞒过去，欲待你长大成人，自然要对你讲明了。如今被人说破，你又执意要问，我也不得不说了。但是说将出来，好不令人心痛呢！”此时梦蛟停止了哭，静听母言。大娘叫他起身站立一旁，先说你父亲姓许名仙号汉文，与自己是同家姊弟，然后说如何在湖塘遇见你亲娘白氏，成亲以后，因赠银是赃物，徒配苏州；如何重与汝母相见，在苏开张药店，到了端阳，现出原形，把你父亲吓死，幸得你亲娘盗得仙草，救活还阳的；如何昆山治病，顾公子来苏酬谢，正值中秋赛宝，见了三件宝物，说是你父亲偷盗的，告到当官，幸蒙昭雪，方始来到镇江。说到这里，欲待不说下去，怕他听了伤心。

梦蛟却定要根究此事，大娘只得继续说出，说你的亲娘，如何先到镇江开店，再与你父相逢，不料金山寺有个法海和尚，募化檀香塑佛，你父独助成功，被他款留住了。你亲娘上山取讨不成，和那法海斗法，水漫金山，激成大祸。你亲娘逃到此间，又得与你父相会，投奔我家。他腹中已有了你，数月后你方产下，刚及满月，法海又找寻你父，就把亲娘收在钵中，现出小小一条蛇形，镇压在雷峰塔下。从头至尾详细说了一遍。若照原书弹唱起来，足有一大篇。是从前经过的事实，说了又说，岂不惹厌？所以大加修削，只说道几句，就算数了。

大娘说到他亲娘合钵一段，泪下如雨，捧住了孩儿，双足乱顿，苦塞咽喉。梦蛟也是滔滔泪下，叫声“母亲”，道：“但不知我亲爹现在那里？”大娘道：“你父亲一去七年，毫无音信。临行时有遗迹留在楼房，你且随我去看来。”梦蛟点头应是。大娘便手携孩儿，来到内房，开了一只描金匣子，取出许仙剪下的头发，和一幅真容画图，给他观看。并说道：“这是你爹爹为你亲娘受难之后，剪下的头发，画就的真容。遗留在此，他就不别而行，连音信也不通了。”梦蛟见了亲爹的头发，亲娘的真容，虽知道亲娘在雷峰塔底，却不知亲爹现在何处，不禁大哭悲伤。心头痛切，一时昏晕了过去。慌得大娘捏人中，唤孩儿。渐渐苏醒，叫“爹娘”，道：“想我梦蛟枉做男儿，已有七岁，到今日方知始末。恨只恨法海这狗秃驴，造孽人家，罪难宽恕！我有朝一日遇见了你，定要斩下你的头颅，方雪我恨！只是我虽见遗容，图画究属虚空，我想到西湖上去，寻见亲娘，才得放心。”

说至此，拔脚就走，只叫声：“母亲，孩儿就此去了！”大娘不防他这一来，忙叫：“我儿年纪尚小，去不得的！”那里还能够唤得住？人小脚快，早已如飞的出门而去。急得许大娘没有法子，先命人追寻了一回，并无踪迹，只得去报告大爷知道。

陈彪闻信，却巧县衙中公事方毕，慌忙回到家来。见娘子着急下泪，急问梦蛟儿为了何事，走出门去的。大娘细诉情由，陈彪听了上项的话，便道：“这等看起来，他已不在城内了。你且不用悲伤，待我亲自到西湖上去，包管寻得孩儿回来。”说罢便行，一径向西湖方面赶去。我且慢讲。

再说梦蛟才得七岁，怎知西湖在那里？只因寻亲心切，一路逢人便问，打听雷峰塔在何处。自有人指引路径，一直向前行去。见雷峰塔已近面前，他就走上山坡，高叫：“亲娘在那里？孩儿梦蛟在此，快快出来呀！”走一步，叫一声。就是铁石人听了，也要下泪。好容易走上山坡，已到雷峰塔边，他便双膝跪地哭叫“亲娘”，道：“你生下孩儿七岁，一向如在梦中，那知道亲娘这般的苦楚！直至今日才得梦醒，特地赶来拜见亲娘。为什么儿叫亲娘，亲娘竟不答应一声？难道亲娘不曾听得，不知道孩儿在此么？如果知道我孩儿，为什么不出来见见，好叫孩儿安心呢？阿呀亲娘呀，想孩儿劬劳未报，枉为男子，生存在世。亲娘休怪孩儿来得不早，实因向来并不知闻。孩儿今以后誓不归家，情愿陪伴亲娘，过此一生的了。怎奈空费找寻，亲娘仍未见面，倒不如撞死山坡，到地下去找访亲娘罢！”

梦蛟越哭越苦，咬紧牙关，正要在山坡上撞死。幸亏陈彪气吁吁的跑到塔边，嘴里连说“好了好了，在这里了”，叫声“梦蛟”，道：“你竟独自一人到此，可晓得亲娘在那里？”梦蛟道：“在这宝塔底下。”陈彪道：“小小年纪，知道甚么！既知在塔底下，怎能看见？快快同我回去。”梦蛟道：“孩儿是不回去的了。”陈彪道：“你不回去，住在此做甚么？”梦蛟道：“孩儿要见了亲娘，和他一同回去的。”陈彪佯怒道：“你这无知的孩子，益发痴了！这样性儿，怎生是好！此刻劝你不听，执之一见，不肯回去，在此啼哭，有甚益处？家内母亲虽不是亲生，也抚养到今七岁，一番心血，如今害他十分悲苦，

十分着急，又累我寻到此间，吁吁气喘。你自己仔细想想，只怕你心上也过不去。况且天色晚下来了，还不快快同我回去么？”

梦蛟见陈彪有些动怒，并且听了这几句话，心中暗暗思想，却是不差，便回心转意道：“孩儿愿同爹爹回去了。明天再要来的呢！”陈彪含糊应允。梦蛟重又跪倒尘埃，拜别亲娘，泪下成行。陈彪将他搀起，叫声：“我儿，待我抱你回去！”梦蛟道：“孩儿还能走得。”嘴里虽是这般说，其实已经乏力，勉强跟着陈彪行走。三回五次，叫着“亲娘”，真可称得世间罕有的孝子。

到得家中，天已薄暮。陈彪带着梦蛟进房，埋怨大娘道：“这都是你不好，险些儿弄出大事来了！”大娘道：“这原是我不好。如今不必说了。”又回头对梦蛟道：“儿吓，你怎么这等胆大，独自走了出去，害我心头着急异常。以后不可如此！若说张家书馆中，谅你也不肯再去的了。明天待你爹爹访个名师，请到家中教读。你须要格外用心，日后得能上进，也使我不负你亲娘一番托孤呢！”陈彪道：“你母亲的话，句句金玉，须要依从才是。何况你是许氏一脉单传呢！”梦蛟道：“孩儿谨遵爹爹母亲训示，再不敢胡乱行为。将来倘能读书成名，侥幸博得一官半职，孩儿不是忘恩负义之徒，总要报答抚养深恩的。”陈彪又嘱咐他不可把思亲之苦，常挂在心。梦蛟口虽答应，心中放不下悲苦，急成一病，绵延多日。后得名医诊治，转危为安，陈彪夫妇才得安心。辞去了那位张瑞和先生，另请名师教读，不须细表。

如今却要说小青了。小青虽是个妖怪，也曾修到数百年，能知人事，与白氏意气相投，主婢相称。自从娘娘合钵后，那日便逃走到北玄山黑风洞，修炼飞刀，要替娘娘报仇。

不知小青炼就了飞刀，可曾去找寻法海，雪此仇恨与否，且看下回分解。

第四十六回　收青

却说小青在北玄山黑风洞中，坐了十四年，修炼飞刀，一定要替白氏娘娘报仇。那一天尘缘忽起，移步下山，想起法海妖僧，仇还未报，当日娘娘被他欺侮，合在钵中，收镇雷峰，至今未脱此难。“我不如驾云前往南方，探视一遭。”他自仗法力高强，炼成了九把飞刀，无人能及，定可斩此秃驴。所以定了主意，一径向南方而来。不料这番举动，早被法海知晓。毕竟法海已归人道，修成正果，殊非等闲可比。他仗着佛法无边，前番收了白妖，镇压雷峰塔下，却逃走了青蛇，知他避往北玄山，已有一十四年。这天法海忽然心血来潮，算得他尘心已动，不日来要与我缠绕。便带了白玉瓶，准备收镇青妖。因此借住在灵隐寺中，布下了天罗地网，管叫他自来送死便了。等候了多日，却不见他招寻到此，我不如迎上前去，收服此妖，完了这一段公案。当即走出山门，向前缓缓而行。早望见前边烟雾迷漫，凄风飒飒，迎面吹来，不知为了什么，书中暂且慢表。

再说小青自北向南，来到杭州，落下妖云，正在雷峰塔前。他便双膝跪下，叫声：“娘娘，我小青在此！自别到今一十四载，那一天不想念你！追思前事，怎不痛心！我几番劝你回山，修炼玄功，你却要报他救命之恩，千辛万苦，并无怨言，还要替许氏传宗接代。那时产下官人，我又劝过你一次，你又说等他到了满月，方可告别归山。那知道大难临身，仙官听信法海谗言，忍心把钵盂合在你头上，好比鱼入网中，难以逃脱。此时夫妻分别，说不尽千般痛苦，还撇不下小小婴孩。我却愤恨已极，要吃仙官和法海，怎奈你扯住了我，不许我在此放肆，叫我逃生保全性命。我只得离了许家，隐避在黑风洞内，修炼飞刀。故此十四年用尽苦工，一心要找寻法海，斩断雷峰，一雪此恨。只不知这几句话，你可在塔中听得么？"

其实娘娘早已听得，现在假作耳聋，心中也转着念头，暗暗说："小青呀小青，你虽待我不差，谁知你今日大难临头，不能逃遁！我若对你说明，又恐泄漏天机，反增罪孽。只好硬了心肠，各顾自己的了！"所以任凭小青诉说，寂然不发一声。小青那里知道内中的情由，又叫声"娘娘"，道："你平日与我声应气求，为什么今日寂寂无声？若要和我小青见面，须在里面帮我一帮。"说罢起身，用他的法力，把那宝塔摇上几摇，那知动也不动。他还道古塔造的坚牢，想不到佛法高深，怎能破得！好比蜻蜓撼石柱一般。急得小青十分暴躁，柳眉倒竖，怒气冲霄，暗说："我小青变化无穷，难道这小小塔儿，就推不倒了么？"既而一想："我何必空费气力？倒不如变出火来，烧去了罢！"所以有人说火烧雷峰塔，并不是白状元烧的，实在是小青烧的。原来雷峰塔是一座玲珑宝塔，四围都有彩画栏杆，和从前的虎邱塔，现在的北寺塔一样，却被小青当时烧过，变成了一座光塔。曾经到过杭州的人，想必见过的。因为此塔传到民国手里，索性完全坍倒了。还亏得近代有摄影机，留下几张照片，后人还可以相见雷峰夕照的遗影呢。

数言表过。仍说小青作法，放起一把火来，顷刻间烟雾冲霄，火焰高逾千丈；妖风煽动，势更猛烈。早惊动了湖塘上许多的人，仰着头远远观望。都说雷峰塔失了火哩！这一来，足见小青莽撞得很。幸喜雷峰塔不曾烧坍，如果烧坍了，只怕娘娘也要烧死了。

小青正当用火烧塔，却来了法海禅师喝声："逆畜，休得无礼！胆敢用妖法烧塔么！"手里举起拂尘，展了几展，那阵妖风已定。立即走上山坡，大骂道："小青逆畜，你不思漏网一十四年，我因好生之德，前番任你逃遁，不来追寻。今日你又到此间，擅使妖法烧塔，作此大孽么？"小青正在那里烧得高兴，听得有人高声喝骂，回头一看，见是法海，不觉怒从心上起，恶向胆边生！骂道："秃驴！我正在寻你，你倒自来送死么！"法海道："我今特来收你。早早俯首皈依，还可稍赎前愆！你可知道白蛇比你的功行高大，尚且收埋塔底，何况是你？"小青道："秃驴休得多言，看我的法宝来了！"手起一把飞刀，向法海顶上砍下。金光一道，飞在半空。法海抬头一看，念一声"阿弥陀佛"，就将莲花禅杖向上一撩，早拨入西湖水中。小青见他破了法，又飞起一把刀来，照样无效。他便一时性发，将七把飞刀尽行祭起。虽然利害，怎及得法海的佛力！禅杖向空一连几拨，竟把十四年修炼的工夫，尽归流水。

此时小青计穷力竭，只得现出原形，好大一条青蛇！眼似铜铃，齿如利刃，扑将过来。法海却不慌不忙，在怀中取出白玉净瓶。真是佛家宝物，金光闪闪，直透九霄！小青见了，要想逃遁，那知天罗地网，早已密布！宝瓶的光芒，将他照定，小青怎能逃得脱身！便把头摇了一摇，蛇身渐渐缩小，对着瓶中钻进去了。

法海收了小青，正欲抽身下山，闻得香风阵阵，瑞气腾腾。举目一看，却来了南海大士观音菩萨，善才龙女侍立两旁。降下祥云，开言问道："法海，你在此做甚么？"法海稽首答道："启上菩萨，弟子收了白妖，不意青妖又来作怪，故而在此收除。"菩萨道："如

今青妖在那里？”法海不敢朦蔽，便说：“现在瓶中。”双手将瓶呈上。菩萨接过宝瓶一看，不觉又起慈悲之念，便道：“你今除了二妖，那白氏皈依正道，功成满足，待他贵子出仕，自可超升。那青妖目下虽已收伏，日后恐生他患。此瓶待我带去，可无他虑。你自去罢！”法海不敢不遵，就此拜别了菩萨，回转金山不提。菩萨也驾起祥云，带瓶回南海去了。小青在瓶内安心修道，且待他功成脱难，书中再行提及。这一节，归结小青，原本就算一回。似嫌篇幅太短，因此将下回“逼试”并入内。

又要说起许梦蛟了。梦蛟自从七岁上学攻书，直至如今，不觉又是十二年了。回想父亲离家远去，已有十九个年头，杳无音信。母亲白氏被法海所害，埋身塔底。因此他时时想念双亲，心灰意懒，无意功名。虽去年身入泮宫，也是无心插柳柳成阴，再不想飞黄腾达的了。“抱恨终天，百身莫赎，就是做了高官，有什么荣幸呢？”那日正想到伤心下泪的时候，许大娘推门走入，梦蛟起身叫应母亲，然后彼此坐下。许大娘道：“目前会试在即，你应当打点进京，以图上进才是。”

原来元朝向来不考举人，秀才一直进京会试，所以大娘有这几句话。梦蛟听了，一声也不答，双眉紧锁，坐在一边。大娘又道：“我见你说起‘功名’两字，脸上顿有愁色，却不知为了何事？况你年已成了，难道读了书不想登科的么？”梦蛟道：“不是孩儿不想功名富贵，不想耀祖荣宗。只因思念双亲，此心如醉，还贪图什么金榜题名呢？”大娘道：“你说那里话来！想你父亲幼失爹娘，一无所靠，也是我将他料理照管。后来娶你母亲，成为夫妇，生下你来，传流许氏宗祧。虽然不在眼前，你可知道那十九年来，怎得过去？也是我费尽心机，终有今日。想我抚养着你，哺乳三年，也可算得母亲。我的说话，也该略听几句。为什么全然不顾，这样的执拗成性呢？幸喜你青年已入学门，还指望你名题雁塔，价重龙门。谁知你不愿身入宦途，岂不是寒窗勤读，枉费工夫么？”梦蛟道：“孩儿并非不听母言。只因亲生爹娘不在眼前，故而这样的。”大娘道：“我也不来怪你。不过我还有一说：彼时不读书、不上学，倒也罢了，也可做些生涯，把持家业，生男养女，过此一生，原不必妄想了。如今你身入泮宫，青云有路。你若还不想功名，苗而不秀，一世做个秀才，辜负我多年抚养，不伶不俐，虚度光阴。知道你根底的，尚可原谅，只怕不知道的，背后讥笑你无才无识哩！”

许大娘这几句话，竟把许梦蛟提醒了：此时我若不想做官，一来要被同庠文生讥笑，二来自己亏得姑母抚养长大，难道一生靠着姑母养老不成？如此一想，实在我太觉拘执不通了。忙说道：“母亲言言金玉，使孩儿茅塞顿开。从今以后，决不负母亲训示，用功读书便了。”大娘听他回心转意，称赞道：“若得如此，不枉我一番心血，把你抚养成人。也叫旁人敬重我了！但如今正逢大比之年，开科取士，你应该整备进京赴试了。”梦蛟道：“若说赴试入围，却不是孩儿夸口，功名犹如拾芥一般。”

许大娘闻言大喜，来到外面对丈夫说了。陈彪也很快活，连忙拣选了吉日，整备行李，打发他起身。梦蛟禀告堂上，要到雷峰塔去走一遭。当即单身来至雷峰塔下，见此塔已与从前大不相同，惨然无色，已变了塔儿的形状，竟有些不认识的。幸向旁人盘问，方知火烧的情由，心里愈加悲痛。便在塔前跪倒，诉说进京赶考一事，特来拜别亲娘。拜罢抽身回去，不必细表。

到了下一天，收拾停当，船只早已雇定，行李发下，陈彪夫妻相送梦蛟，吩咐了几句说话，梦蛟就此拜别。许大娘又叮嘱他路上要格外小心，保重身体，洒了几点别离的眼泪。陈彪也道："我夫妇二人全靠着你。若得状元及第归来，我就退除差役，不到县衙了。望你一路平安，不必记挂我二人。"梦蛟唯唯应命。陈彪又唤进童过来，吩咐道："大相公不曾出过远门，路上须要你小心服事，回来重重有赏！"进童应了一声"是"，便说："大相公下船罢。"梦蛟辞别向外，许大娘送到堂前。陈彪却陪到船边，看梦蛟踏跳登舟，船家解缆开船，方始回转家中，毋烦细述。

只说许梦蛟离家远行，身坐舟中，寂寞无聊，惟下思亲之泪。幸得天助顺风，一路挂着风帆，滔滔前进。那天进了江南地界，到了姑苏，看不尽青山绿水的风景。又过几日，行抵镇江，舟船将近金山脚下，船家走入舱中，说："这里是金山寺，称为名胜之区，大相公可要上去游览？"梦蛟听说到了金山，触动了往日心事，便道："我要上去的。"船家答应退出，就把船摇到那边来。梦蛟走出舱门，抬头向金山一望，心中十分痛恨，暗骂："法海秃驴！我与你不共戴天！如今顺路到此，我要认认他怎样一个凶恶的和尚！"

腹中一路寻思，船已到了，傍岸停泊。梦蛟回身换过衣巾，飘然上岸，观看山景。只见寺院嶷峨（形容高峻的样子。嶷，yí），非寻常庙宇可比。两旁排列着合抱的松柏，东西围绕着曲折的石栏杆；一对青狮，分开左右；正中朱漆山门，上悬金字匾额，写着"江南第一山"。进得寺门，又见佛像森严，炉香缭绕。从石砌的甬道上了月台，便是大雄宝殿。一排长窗开着，走出一个小沙弥来。梦蛟便上前去动问。

不知可会遇见法海，是否与父亲相会，且看下回分解。

第四十七回　见父

却说许梦蛟进京赶考，路过金山，想起前事，当即将舟船停泊，上岸来到寺中。行近大雄宝殿，见一沙弥走出，问道："相公是烧香呢，还是随喜？"梦蛟道："都不是的。我要见法海和尚，可在这里么？"沙弥道："我寺中并没有法海和尚的。"梦蛟道："他是主持方丈僧，怎说没有？"沙弥道："若说方丈和尚，有三年一换的，也有五年一换的，那有常住此间的道理？"梦蛟道："如今往那里去了？"沙弥道："出家人好比闲云野鹤，各处游行，那有一定的地方？况且我初到寺中，连人都没有见过呢！"梦蛟道："既如此，相烦你进去，请一个年老的僧人出来，待我问他。"沙弥答应，去不多时，换了一个五十多岁的和尚出来。梦蛟便问："法海和尚在此么？"那僧人听了，微笑道："相公这句话问得奇了。法海禅师不是凡人，乃是上方活佛，十九年前，会到此间，收妖灭怪。以后又来过两次，近时却并不在山。"梦蛟一听，心中早已省悟。正欲辞别向外，被那僧人握住了手，挽留道："相公既到此间，暂请到客堂少坐用茶。"梦蛟见他殷勤款待，同到客堂坐下。小沙弥送过香茗。方谈了几句浮文，外面又走进一个和尚。

你道这和尚是那一个？便是许仙。从云栖披剃后，云游至金山，与法海会过一次，就在此间修道。当年法海曾说十九年后，定然贵子相逢；到了二十年外，妻房白氏也得罪满飞升。因此他常挂心头。

大雄

那日听得客堂有人说话，出来探视，见是一位文生相公，和本寺知客僧叙谈，他就踱步进来。知客僧因有他事，便让他去招待客人，告退出外去了。许仙即上前问讯，梦蛟也起身还礼。对面坐定下来，许仙先开言道："请问相公高姓大名，府居何处？到此荒山，有何贵干？"梦蛟道："姓许名梦蛟，家住杭州钱塘。特地来到宝山，一来瞻仰佛像，二来拜谒大师，三来欲与法海和尚一会，谁知又不在宝山了。"许仙道："是的，不在山上多年了。"梦蛟道："请问大师法号。"许仙道："贫僧名叫道宗。"

两下问答的时候，许仙心里暗暗思量，这个杭州许梦蛟，好像我的儿子来由，却不认识儿子的面目。因为许仙出门的时候，儿子刚才满月，所以梦蛟也不认识父亲的相貌。虽家里画有许仙的形像，不过略略相似罢了。并且此时已有三绺长须，年在四十以外，面色苍苍，不比画图上的后生气象。更兼他是出家人打扮，怪不得对面不能相认。但许仙见梦蛟形容，与那白氏仿佛，又听得"许梦蛟"三字，提醒彼时法海之言，故而一双眼睛，只向梦蛟注视，不敢相认。心里却踌躇不决，面起愁容。

梦蛟察言观色，便有些疑惑起来，重又开言问道："近来法海和尚可曾来过？"许仙道："数年前我也会过，如今久不到此。相公何以问及？"梦蛟道："我与他是旧交，故此特来相访。"许仙道："请问贵府钱塘县，有一个叫陈彪的，相公可认得否？"梦蛟定睛对道宗一看，因他问到陈彪姓名，问得太奇怪了，便说："大师所问的，可是钱塘县中充当差役的陈彪么？"许仙点头称是。梦蛟道："不知大师何以问及？"许仙道："若说陈彪，我和他是郎舅至亲。"梦蛟道："请问大师俗姓？"许仙道："俗姓许，别号汉文，家住钱塘门内。”梦蛟听得“许汉文”三字，将身站起，心内惊惶，忙问：“大师未出家时，作何贵业？”许仙道：“我的生业，是开张药店的。”一边即问药店是何堂名，他便说名叫保和堂。一边又问何故出家，他却摇头不答。一边越问越急，再问他离家已有几时，可曾有信息回去，家中还有何人。一连三句，许仙方答道：“我离家一十九年，并无信息回去，家里只有我姊丈经营。”梦蛟至此，始问道：“大师在俗时可有宝眷么？”许仙道：“有的。白氏是我的妻房。”梦蛟道：“既有家眷，为什么要披剃呢？”许仙道：“说来话长。我是个出家人，未便在这里谈讲，请相公到里面静室禅房少坐，待我细剖衷肠便了。”梦蛟连称“使得”。

于是一僧一客，携手进了静室禅房，回身闭上了门，方始坐下开谈。许仙道：“说来你莫见笑，贫僧在俗时，原是平等出身，那年我因扫墓回来，在湖塘游玩，忽然遇见两个女子，一女叫白素贞，旁侧跟随的使女，唤做小青，也在那里游春玩景。偏是天不做美，下起雨来。那时我急欲归家，买舟而返。我可怜他主婢二人，求舟不得，允许他搭船同行。白氏顿时有意于我，留到他家中面议婚事，当晚成亲。”

梦蛟问：“以后便怎样呢？”许仙续说道：“以后就发生祸事来了。只因白氏赠我两锭元宝，却是钱塘县的库银，路遇公差，将我拿住，解到当堂审讯，我只得供出妻房，立刻命差役拿住白氏。那知主婢双双各显神通逃遁，故此众人纷纷议论，都说他们是妖怪了。幸得县官超豁，办了个真赃假盗的罪名，徒配姑苏，又与白氏相见，开张药店。不料重遭屈事，迁徙镇江。金山法海和尚到来募化，我竟一时心粗，不该独助檀香，因此又害及我妻呢！”

梦蛟复问：“因何被害的？”许仙道：“我独助檀香，装塑大士佛像，原为一家祈福。到了开光那天，我上山拈香还愿，法海将我留住，说我妻不是人类，乃是个妖怪。我妻上山来搜我，两下里大动干戈，水漫金山。原是我妻不好，淹死了千万生灵，造成罪孽。后来夫妻又在杭州相会，就寄居在姊丈家中了。”

梦蛟道：“照大师这般说，令正到底是怪是人？”许仙道：“初时我也难分皂白，将信将疑。产下孩儿，才及一月，那法海又来了，托着一个紫金钵盂，叫我拿进房中。说也凄惨得很，这金钵一见我妻，就飞到他头上去，一声响亮，便不见形影了。我向钵盂内一看，微现原形，只有三四寸长，方知他实是妖魔。收镇雷峰塔底。从此家庭萧索，生趣全无。我就看破红尘，抛撇孩儿出门，在云栖披剃为僧，云游来到金山，已住十余年了。”

梦蛟道：“不知令郎叫什么名字？”许仙不便直言，说道：“若说名字，又恐惹了相公气恼，还是不说的好。”梦蛟道：“但说何妨？”许仙道：“却与尊名一般无二。”梦蛟道：“在于何处？”许仙道：“彼时寄托与胞姊的。许氏宗祧只有这小小孩儿了。”梦蛟听得话儿，完全吻合，心里十分悲痛，泪下如雨。大叫一声“爹爹”，将身站起，扑将过来，说道：“如此说来，是我爹爹了！”许仙忙道：“相公请起，不要错认了呀！”梦蛟道：“阿呀爹爹，孩儿梦蛟在此！”许仙道：“住了。你既是我孩儿，可有什么凭证？”梦蛟道：“怎么没有？姑母许氏，姑丈陈彪，多蒙姑母抚养，孩儿七岁，上学攻书，被同学说笑，归家盘问姑母，方知爹娘始末根由，还有爹爹留下的头发，母亲的遗容。并且孩儿也到过雷峰塔的。”

许仙点头道：“照你这般说，果然是我孩儿了！你全仗姑母抚养成人，但不知你读书可能巴图上进么？”梦蛟道：“孩儿幸叨福庇，已入泮宫。只因思念双亲，情怀抑郁，心神不定，百结愁肠，惟有观看遗物，借此消遣罢了。如今辞别姑母，要往京城应试，顺路访寻到此。天赐我金山父子相逢呢！”许仙道：“我记得那年出门的时候，你还是个满月婴儿。继而想念及你，你却靠着姑母抚养，可保无虑。所以我放下此心，把各事一齐付与东流了。难得你少年已得成名，这都是你姑母血汗的功劳呢！”梦蛟道：“不知爹爹离乡一十九年，苦况若何？”许仙道：“为父的倒也逍遥自在，看得万事皆灰，粗茶淡饭，滋味更长。今日梦想不到，天赐父子奇逢！但愿你此去京师，名题雁塔，身到凤池，也是许门有幸。就是为父在此，心中也觉欢喜。”梦蛟道：“孩儿倘得功名有望，还要进表朝廷，替我母亲讨个封赠旌奖。就是爹爹也须留发归家，待孩儿晨昏侍奉才是。”许仙道：“为父既已出家，还俗这句话，你且休谈。若要我回来，除非佛祖有法旨下来，得与你母亲重聚一处，我是决不归家的了。”

这几句话，虽是我读书的点缀出来，未免有些画蛇添足。但其中也有意思，实为《后白蛇传》，留下这转圆的余地呢！闲话少表，只说当时梦蛟听得父亲拒绝归家，便道：“爹爹不肯归俗，孩儿也不回去了。父作僧人，儿在家内，何必再去求干功名呢？况且伴君如伴虎狼，倒不如也出了家，常在此陪伴爹爹罢！”许仙道：“这是断然使不得的。当初你母亲因恐许氏香烟中绝，所以堕落红尘，受尽许氏多少痛苦！幸得生下了你，才得宗祧有靠。若是你跟了为父出家，岂不是绝了后嗣，罪仍归于父母么？”梦蛟道：“爹爹训教得极是，孩儿怎敢不遵？只是心上如何过意得去？”许仙道：“此事不必说了。我且问你，你今番进京，是单身呢，还是有伴同行的？”梦蛟道：“孩儿只带一个小使进童，现在舟中。”许仙又问道：“姑丈姑母在家，身子可安好否？”梦蛟道：“姑丈姑母平安无恙，惟有姑母时刻思念爹爹母亲，常怀不悦，有时垂下泪来。孩儿自幼至今，全亏姑母嘘寒问暖，比着亲生的妹子碧莲，越加宠爱。”

许仙听了，心中很感激姊姊，叫声：“儿呀！只要你功名成就，须要报答姑母抚养的恩德，休得忘了！”梦蛟唯唯应“是”。许仙又道：“我本想留你暂住两日，怎奈场期已近，而且路途遥远，未便耽搁。你可作速进京，恐误了场期，反为不美。”梦蛟道：“谨遵严命。只是才得相逢，即行辞别，孩儿怎不痛心？”许仙道：“这又何必？我儿此去，不论功名有望无望，回来的时候，务要到此寺中住几天，好和你细剖衷肠。”梦蛟道：“不劳嘱咐，孩儿自然要来的。”

起身告别，彼此洒了几行别泪。许仙虽舍不得孩儿远去，却指望他一举成名，不得不叫他速行。当下陪着梦蛟走出禅房，眼睁睁看他去了，方始回身入内。梦蛟也是依依不舍，硬着头皮出了寺门，到岸边下落舟船，天已傍晚了，就在此过了一宵。待至黎明，船即开行。一路顺风相送，径向京都进发。

要知梦蛟到京后，进场应试，是否得中头名状元，荣归祭塔，且看下回分解。

第四十八回　　祭塔

却说许梦蛟在金山拜别父亲后，下落舟船，一帆风顺。那日已抵京师，寻了个清静的寓所，耽搁了几天。场期已到，开科取士，各省士子，纷纷进场考试。梦蛟真是天赐奇才，文章锦绣，试官考中了会魁。三月初三殿试，天子驾设早朝，当殿献策，钦点许梦蛟一甲一名状元。其余应试抡才，擢选鼎甲（科举制度中状元、榜眼、探花之总称。以鼎有三足，一甲共三名，故称）游街。此时许梦蛟乌纱盖顶，双插金花，圆领遮身，红绸披体。跨下一匹白马，气宇轩昂，引领同年鼎甲，游览皇城，荣华无比。满城百姓，个个称羡。

游街已毕，驾前覆命。天子钦赐琼林御宴，命翰林院陪待。席间大众称贺。宴毕各归，天色已晚，许状元写下了陈情表章，略睡片刻，等到天交五鼓，便捧了奏本，来至朝房。只听得景阳钟响，文武排班，龙凤鼓敲，群臣聚集，天子临朝，百官俯伏三呼，各赐平身，分列两班，黄门官带领鼎甲三人，上了金殿。先行谢宴，然后许状元俯伏金阶，细陈始末。天子览过表章，降旨下来："卿且候朕命下之日，自有封赠。"许状元三呼万岁，谢恩毕，天子退朝，文武百官散出午朝门，各归府第，梦蛟也回到寓中。

过了一日，天子御笔亲题的诏旨，已从九重降下。许状元迎接天使入内，那天使立在正中，便说圣旨已到，跪听宣读。

诏曰：

今据新科状元许梦蛟所奏情由，朕心甚悯，兹特加恩奖赐。汝父许汉文守义出家，归俗与否，听其自便。钦赐玉佛一尊、玉如意一柄。着地方官在民殷户，捐派良田千亩，作为产业。亲母白氏，虽是修炼成人，却是义妖，念许门传留宗祧，生子成名，着礼部尚书发旨一道，着地方官起造牌坊于雷峰塔旁，不负养子成名，永昭大典。亲姑陈许氏抚侄功成名就，亦着地方官给付币银千两，以为养赡之资。其亲生女陈氏，恩赐恭人诰赠。赐卿还乡祭祖完姻，一年限满，来京授职。钦此。

读毕谢恩，梦蛟三呼万岁，叩拜如仪。那天使起身就去，回朝覆旨表表。

这一段诏书中，与原本略有异同。因为《后传》里许仙还要归俗，故而不得不稍加修改，看官们休道我译错了。并且还有一说：这回本是考魁，笔法草草，敷衍了事，除去中状元，上表章，再与父亲一会，别无精采。所以我也拿来并入“祭塔”中，作为《前传》的结束。一来充足篇幅，不致长短参差；二来作法紧凑，呵成上下一气。不知看官们以为然否？

叙明本意，再说许状元接到了这道圣旨，当即选定了长行的日子，入朝辞驾。一班同年都来相送，在旗亭中饯别，饮酒三杯。天子钦差四翰林，送到几件恩赐宝物。梦蛟谢过了恩，方与众人拱手作别，下船开行。可喜他一棒锣声，状元归去，与来时大不相同。今日奉旨荣归，带着进童小使，坐了一号大船，钦差礼部尚书，另有一号坐船，一路风光，好不热闹。地方上这些官府，迎的迎，送的送。不一日到了镇江地方，在城大小官员，纷纷迎接，同到金山寺内，那改称道宗和尚的许仙，十分快乐，迎接钦差天使，和那各位官员。许状元随后也到大雄宝殿，开读了圣旨，竹隐堂中，安排素馔，领了几件御赐宝物，然后状元拜见了父亲，相送钦差开船，先到杭州而去。众官府也辞别下山，各归衙署。

此言慢表。且说父子今日重逢，喜煞了僧人道宗。感念妻房生此贵子，又亏姊姊抚养，真是祖宗积下的阴德，致使孩儿及第归来。但见他面有愁容，因说道："难得我儿独占鳌头，可称万千之喜。应该大开欢颜，为什么依然郁郁不快乐呢？"梦蛟道："孩儿虽得侥幸成名，算来也是无益。父在此间皈依佛教，母亲埋没在雷峰塔下，反不及田舍儿郎的父母双全。因此孩儿难撇愁肠。"道宗道："儿说那里话来！为人在世，那一个不想荣宗耀祖？就是没有父母的人，也是不少。况你青年登第，有甚么不快活？就是为父的出了家，如今得受皇恩隆宠，也算佛门大幸，那一个和尚及得我呢？"说罢掀髯大笑。

梦蛟却是半悲半喜，定要劝父亲暂归家中，居住数日。道宗执意不肯，只希望自己修到功德圆满，日后好上西天。这一来，可见许仙后生时节，有些呆头呆脑，到了现在四十多岁，呆性还未脱除。常言道：江山易改，本性难移。才出家十九年，便想飞升到西方极乐园去，真看得太容易了。在那《后传》中说法，许仙要再过二十年，佛祖令金童下凡，与他换了凡胎，方得修成正果。惟本传只说他坐化金山，上升天界，原是草草归结的意思。

数言表过。仍说眼前状元在此，寺中和尚都来恭喜道宗，又向状元叩贺毕，父子方到里边叙话，一喜一悲，当日别无他事可说。

过了一宵，次早府县官员到来问安。梦蛟因父亲在此寺中修行，便托知府照应。又托他查点本寺僧人名数，各做袈裟一件，给与他们。府尊应允，告别回衙，一一照办。不数日做成袈裟一百五十件，差人送到寺中。众僧拜领后，个个欢喜。这笔银子，日后到杭归还不提。当下梦蛟住过了几天，不忍别父还乡，常常下泪。反是道宗再三安慰，劝他“作速回去，休得挂念及我，说我致意姑丈姑母，代言问安，御赐牌坊，早些建造，你娘在雷峰塔内，也得宽心了。只要你此后身入仕途，为官清正，报答君恩，尽心民事，这就是移忠作孝，与我身受一般了。”梦蛟听了这番言语，没奈何起身拜别父亲，又不免伤心落泪。合寺僧人相送状元下船。就此解缆开行，径回杭州而去。

其时钱塘县知县官，早接到钦差礼部尚书颁来的圣旨，自有一番忙碌。家里也得着信息，陈彪夫妻好生欢喜。报到孩儿状元及第，预先把门庭改换，竖起两根大大的旗杆。又听得孩儿即日归家，他二老更是忙乱。等到地方官送钦差回京覆旨去后，陈彪便与县官接洽，当即择期兴工，建造牌坊。县官又在库中兑了白银一千两，送到陈家，给与许氏大娘收用，都遵着圣旨办理。不多几日，许状元到了杭州码头，在城官员齐来迎接。接官厅上排设奢华，陈彪家里也是挂灯结彩，厅堂上预先摆着香案，祠堂里点好蜡烛，大娘又在灶上拈香。

正忙乱时，听得三声炮响，许状元身骑骏马，同了许多执事，文武官员鞠躬伺候，状元辞谢。街坊上哄动了东邻西舍，多来观看，纷纷议论，称赞不休。状元已到门前下马，走上厅堂，站立绒毯，行三跪九叩礼。望阙谢恩毕，又到祠堂拜了许氏祖宗，又拜陈氏宗亲，然后请出陈彪夫妇拜见。拜罢就坐，陈彪满怀喜气，大娘笑口常开，问长问短。提起到他亲生父母，梦蛟止不住泪落腮边，叫声“爹爹母亲，孩儿有话告禀二位大人知晓”。大娘忙问：“有何话说？”梦蛟道：“孩儿自从拜别起身之后，一路托赖平安。这天行抵金山，上岸游玩，那知爹爹就在这寺中做了和尚呢！”

大娘道：“你怎么认得你爹爹的？”梦蛟道：“不瞒二位大人说，孩儿本想寻访法海，谁知法海他往，出来了一个道宗和尚，与儿叙谈了一回，方知就是爹爹。拜认后，细诉往事，怎不令人痛心！”陈彪夫妇齐说道：“你既然见了爹爹，应该一同回家才是。”梦蛟道：“孩儿也劝他归俗，爹爹却执意不肯，只得拜别进京。后来中了状元，表奏朝廷，蒙恩钦赐宝物，并着地方官捐派良田千亩，作为赡产，永垂不朽的了。”大娘道：“你父自幼性情拘执（拘泥固执），待过几时，我到金山去看他就是了。”梦蛟深以为是。大娘又向陈彪道：“如今孩儿奉旨完姻，你还该料理料理才是。”陈彪道：“这个自然。就去料理便了！”当日合家欢乐，毋待细叙。就是陈彪一面料理婚事，地方官一面建造牌坊，也不必烦述。

单表许状元奉旨荣归后，这些东邻西舍，以及仕宦乡绅，现任官府，都来贺喜。车马盈门，纷纷热闹。状元一概辞谢。次日备了名帖，先去拜了先生。以后出拜邻舍，再答拜了乡绅官府。又过了数日，备了礼物，请了陈彪夫妻，一同来到坟堂（建于墓地、用来祭祀的祭殿），祭扫了宗亲。然后来到雷峰塔，排设各种祭礼。这时候，惊动了街坊百姓，有称羡的，有谈论的，一人传十，十人传百，人山人海，纷纷都到西湖观看。

我今不去说他，只说状元祭过宗亲坟墓，同着姑丈姑母下船，开至雷峰塔岸，两旁众人将祭礼排开。

状元一见此塔，泪如泉涌，过来行礼。三上香，三奠酒，跪在绒单上哭叫亲娘：“孩儿梦蛟今日衣锦荣归，为何娘亲还没有起身的日子？怎不叫孩儿痛死呢！”絮絮叨叨，哭诉一番。听得旁边丫嬛小使，尽皆下泪。陈彪过来把梦蛟扶起，劝他不必哭了。梦蛟方揩着眼泪，站立一旁。陈彪升单行礼，梦蛟连说不敢当的；阻止不住，只得跪在旁边答礼。陈彪拜罢抽身，唤许大娘过来一拜。大娘更是伤心痛哭，一头诉说，一头悲苦，哭得无休无歇。鼻边送来一阵清香，见有一朵祥云，从空坠下，来了法海禅师，合掌当胸，叫声：“状元，老僧法海在此！”

梦蛟听得“法海”两字，顷刻双眉倒竖，二目圆睁。先过去扯住了法海，举起拳头要打，怒气冲冲的骂道：“秃驴离开人家母子，该当何罪？妖言惑众，卖弄蹊跷，今日见面定不饶你！”法海道：“状元不须动怒，老僧还有话讲。”梦蛟道：“我与你冤家对头，狭路相逢，还有什么话讲！”旁侧陈彪开言道：“我儿不可如此。有话好讲，动怒则甚？”法海又叫声“状元”，道：“你母本是千年修炼的灵蛇，因他水漫金山，伤害生灵，罪犯弥天，故而收镇雷峰。且喜他二十年来，静心修道，罪孽已满。如今我奉佛祖法旨，到此将他释放，同往西天去见佛祖，当可脱却凡胎。你不要错怪了老僧！”梦蛟道：“如此说来，我亲娘能出塔底，便与你万事全休。若是胡言乱语，管叫你死在目前！”法海道：“要他出塔，这也何难？”就把手中禅杖，在塔边连击三下，喝声“地府速开”。只见地分两段，一道清风，白氏从地底而出，才知道佛家的妙法无穷！

梦蛟喜极涕零，扑身过去，大叫：“亲娘，今日才得见面，想杀孩儿了！”白氏道：“做娘的二十年前之事，谅你已经知晓，不

必细讲了。你父在金山，我也知道。就是你托赖姑母抚养，致有今日，我实是万分感激的。”说到这里，又向法海说道：“请问佛爷，我白氏昔日之罪，多蒙开导。在塔底潜修二十年，不知可能赎罪否？”法海道：“我奉法旨前来放你，还要同你去见佛祖覆旨。”白氏又问小青可有出头之日，法海道：“不久也可超升。你见了佛祖，自然知道此中的情由了。”当下梦蛟定要亲娘一同回去，共享荣华，许大娘也劝弟妇回家，看看儿女团圆花烛。法海从旁说道：“状元休得如此！你娘罪孽已消，还须去见佛祖覆旨，此刻未便留恋在此。”说罢，就把拂尘向上一招，半空中降下一朵祥云，便与白氏登云而去。梦蛟向空哭叫亲娘不止，许大娘也揩着眼泪。还亏陈彪过来劝慰道：“你亲娘罪满出塔，白日升天，你得亲眼看见，该当欢喜。虽不肯回家享人世之福，你也何必悲伤？我们还是回去罢。”梦蛟只得依允，一同回到家中，可称得悲喜交集。

过了几日，许大娘与丈夫商议儿女成亲一事。因为此次是衣锦荣归，奉旨完姻，非比等闲。当即选定了吉日，陈彪夫妇大费心机，内外料理一切。到了完姻这一天，挂灯结彩，鼓乐喧天，宾客满堂，大开筵席。许梦蛟状元与陈碧莲小姐参天拜地，团圆花烛，说不尽富贵荣华。这些俗套烦文，不必细叙。

再要交代钱塘县奉了圣旨，在雷峰塔前建造牌坊，兴工动作，已经完竣。各官员邀了状元，同至西湖，设了香案，谢了圣恩，上面加了“白日升天”四字。状元谢了大小官员，各回衙署不表。后来一年限满，许梦蛟回京就职，只因思念父亲，又到金山去见了一面，方始就道进京。在那原书上说，道宗已经坐化升天，那一部《后白蛇传》，便接续不上了。所以收束的时候，只得也改了几句。就是白娘娘此番出塔，原本说他回返神仙，如今也改变了，同着法海去见如来佛祖。其时小青也从宝瓶中放出，与白氏重行相见。以下这许多情节，都在《后白蛇传》中。爰作七绝俚言四句，为本传告一段落。诗云：

人心反不及蛇心，识得寓言讽世深。

不比他书神怪话，好将小说作良箴。

后白蛇传

第一回　脱胎

这一部《后白蛇传》，和《前传》比较起来，很有许多不合处，分明是他人的续笔。既然续将下去，为什么矛盾的地方，不能泯然无迹，使上下呵成一气呢？这倒不好怪他，实因《前传》原本有“仙圆”一回，结末收束得十分道地，下了铁板注脚。如许仙坐化在金山寺，白娘娘出了雷峰塔，超升仙界，小青也在南海菩萨处放出宝瓶，回到北玄山修成正果。照这般说来，凭你有生花妙笔，如何写得下去！即使勉强接续，也难免画蛇添足，节外生枝了。

所以称为《后传》，不称《续传》，也是他的取巧处。但其中错误叠出，姓名互异，穿插事实，无中生有，用笔僵硬，不能自圆其说，乃是他的粗心处。在下本拟把《后传》抛弃，仍照原书归结。既而一想，却又不好。一来埋没作者的苦心，二来恐未餍阅者的愿望，反道我有始无终，不肯替白娘娘张目伸眉，成全好事。因此我做到《前传》“祭塔”时，便告段落，删去“仙圆”结末一回。好在这一回词句甚少，只有寥寥数百字，与前本不相称，草率完事，倒不如略用几句，并入上回，余皆删去的为是。且又在各回中详细修改，或加表白，或增辞句，或减除决绝语，换得灵活些。种种设备，无非为下文张本，预作转圆地步。

我今不用说别的，即是许仙还俗一节，最关重要。《前传》里他对儿子说得斩钉截铁，决意不归。到了《后传》，偏说他在金山，尚未落发；又添出一个月印长老来，叫他跟着儿子归家，了却后来的因果，并且在家思念姣妻，岂不是前言不对后语吗？我若照着原书马马虎虎的写下去，不先考虑一下子，倘被阅者来批驳我，笑我盲人骑了瞎马，我就算把原唱本交给他看，只怕未必肯原谅我的罢。虽是小说无足轻重，也是讲得有头有尾，入情入理，前前后后，脉络贯通，才能够引人入胜。否则依样葫芦，一味胡言乱语，谁要看你新出的译本呢？话纵如此说，凭我一人的眼光，总不免捉襟见肘，露出许多的破绽来。若要天衣无缝，那是没有这种心思才力，还望阅者诸君原谅是幸。在下说明本意，如今要说到《后传》的正文了。正是：

辟蠹方成讽世语，续貂又作快心编。

话说许梦蛟中了状元，奉旨荣归，正在雷峰塔前哭祭亲娘，忽见法海禅师从空降下。你道他从那里到此？原来法海收镇了青白二妖，如来佛早已知道。因念白氏素贞在塔前潜修，忏悔水漫金山、残害生灵之罪，迄今已有二十年，也应孽满升仙，重归瑶岛。但白氏与许仙原有二十年姻缘，虽已拆散，还须重续鸾胶。就是小青也有缘分，当留在尘世间，享受夫荣子贵之乐，了却前因，方得同升天界。故而一面召取法海听训，命他去放白氏出塔，一面差伽蓝去见南海菩萨，将小青放出宝瓶，带回西方缴旨。

我今先表法海到了雷峰塔，与许状元相见后，讲明原委，方将白娘娘放出塔来。这段情节，《前传》里已经说过，毋须再述。单说当时白氏见了梦蛟儿，只叙了几句话，不敢在此逗留，便向众人告别，跟随法海驾云而起，要紧去见如来覆旨。这条路，白氏从未走过，比前昆仑山更远。如今仗着佛力高深，十分快速，不多几个时辰，早到了西方极乐世界。在灵驾峰前落下云头，二人步行上山，看不尽佛地胜景。况且白氏此番是第一遭，格外小心谨慎，不敢放肆。但见祥云缭绕，瑞气氤氲，旃檀（即“檀香”。旃，zhān）香送，钟鼓声传。已走上五十三参阶级，将近山门跟首，上面有一极大的匾额，写着“大雷音寺”四字。这种庄严气概，果然世上所没有的。正举目观看时，忽听得后面有脚步声。回转头来一看，说也巧极，就是伽蓝带着小青来了。可见得书是并行的，小青罪孽较轻，故能同时放出宝瓶。当下谢过南海菩萨，便跟着伽蓝到此。但是原本小青镇压在西湖，仍由法海放出，与《前传》在南海不合。所以我变更说法，不能怪我有意捏造的呢！以下此类正多，除重要的或加表白外，恕不一一烦絮了。

此刻小青也看见娘娘和法海，即过来叫应禅师、主母。法海道：“你二人且在此伺候，待我见过佛祖，再来召唤你们。”说罢，便与伽蓝先行入内。主婢却在外面各诉离情。说不多几句，法海奉旨出来宣召，白氏、小青相随入寺。一路从甬道来到玉霄宝殿，见两旁金刚、罗汉、揭谛、伽蓝，分班站立，气象森严。正中莲花宝座上，坐着如来佛祖，文殊、普贤分立左右，不敢仰视。

法海引领上殿，白氏、小青跪伏在金阶下，口中同说：“佛爷在上，弟子白氏、青氏叩见，愿佛爷圣寿无疆！万寿无疆！”佛祖开言道：“你二人可知罪么？”白氏道：“弟子蒙佛爷摩顶受戒，镇压雷峰，清修多年，尘心已退，今得赦罪出塔，以后不敢再蹈前非了。”佛祖道：“你与青氏本得超升仙界，

怎奈身是蛇妖，未换仙胎仙骨。况且你二人与许仙俗缘未尽。今将你二人换了仙胎，再下凡间，续其旧好。更兼你的丈夫，不久便有一难，要被狐精迷恋。他也有百日姻缘，此乃前生注定。日后还有陷害万万生灵一事，你可从中救济，以偿水漫金山一案。但他也是千年修炼，非比泛常，切勿伤他性命，你可牢记在心！今有葫芦一个，金函两封，你当好好收藏，倘到急难的时候，即可开看，自有解危的方法。”又回顾法海吩咐道：“你可将白氏、青氏本身送入七宝池中，封为青白二龙，待他净心修养。今将慈航座前玉女、青女，与白氏、青氏换了凡胎仙骨，下山相会丈夫，自可除妖灭怪。”

法海领了法旨，又听佛祖唤白氏、青氏过来，训示了一番，并说：“你二人同是佛门弟子，以后当称为姊妹，下山去罢！”二人谢恩毕，法海方引着他们下殿退出，只待二人换过仙胎，然后下山分道而行。还有许仙一方面，也须法海去暗中指示，才得蓄发归家。不过许仙此时尚是凡夫俗子，直等到二十年，佛祖命金童下凡，方始换却凡胎，与青、白二氏一同修养。这原是后来的话，今且慢表，书中却要另行表出一个妖精来。

那妖精自称姓胡，小字媚娘，本是昆仑山上的狐精，修炼千年，能变人形，现在隐居浙江绍兴府前蒋宅花园中。有几间空屋无人居住，十分清静幽雅，他就在内安身修养。只是静极思动，尚未脱妖怪本来面目，要想采取男子精华。又须得一俊俏才郎，兼有德行的人，方能如愿。此念一起，时常出外走动。竟没有可意人儿，因此心中日夜愁闷。那天打扮得花容月貌，对镜直照，自然动人。梳妆方毕，又换衣裙，真可称得天姿国色，盖世无双。若在唱篇里弹唱起来，定要一一描写，从头至足，编出不少句子，拖长篇幅。如今我变成了说部，只赞他一声美丽，就算完了。因他是个玉面狐狸精，所以格外千娇百媚，另有一种妖气，勾搭情人，只怕白娘娘也不及他的风骚哩！此时媚娘的穿着，居然像一位宦室千金。自己对自己看看，照这样装扮，怎好一个人独自出外呢？况且我想到武林去，这个地方，是富贵人家仕女荟萃之所，更不能单身前往，必须得一个丫嬛作伴才好。正思想间，忽听得窗外蛙声阁阁（象声词。拟蛙鸣声），触动了他的心，便说：“有了！我不妨点化青蛙，变做丫嬛模样，一同前去便了！”

主意打定，便移步到天井里，捉住一只青蛙，按在地上，就取一件衣服罩下，

和那变戏法一般，再取杯中法水，含在口内向上一喷，念动真言。煞是奇怪，衣衫底下就有女子的娇声。真言念完毕，又喝一声：“千变万变，丫头出现。”那衣衫中忽地跳出一个女子，生得娇小玲珑，令人可爱。走近身来，便问：“娘娘唤我有何使令？”媚娘道：“我今唤你出来，非为别事，只因我要去游玩钱塘，单身多有不便，故而喊你来作伴。你能侍奉我娘娘，日后我倘得超升，带你同去就是了。”青蛙自然情愿服从使唤。此后便做了一主一婢，早晚相随，媚娘很是欢喜。又加上一番训教，竟与常人一般无二。就带着他出外游行，一路上谈谈说说，颇不寂寞。

这一日到了西湖塘上，见那青山环绕，绿水潆洄（水回旋貌。潆，yíng），倍添兴趣。媚娘向青蛙说道：“你看今日春光明媚，我与你在此游玩一天，或可访得一个俊俏才郎。前面已是断桥残雪了。”青蛙应了一声“是”。媚娘又道：“人说断桥，原不断；虽云残雪，雪迹全无。我记得从前白氏，在此间与许仙相会的，到如今已有二十多年了。”说到这里，用手向那边一指，复道：“你看孤山高耸云霄，湖水照人面色，四望犹如画图一般，足饱我们的眼福了。”

一路闲话，一路行走，早到了平湖秋月，可惜春天没有桂花开放。只见湖中舟船来往，雅奏笙歌。又见塘边一班游春的蠢汉，吃得醉醺醺地走将过来。媚娘怕与他们缠扰，便和青蛙转到三潭印月游览。景致虽佳，只是这里那些轻浮小子，浪荡青年，满面堆着俗气，竟没有美貌如意的郎君。倒不如再到曲院荷风，寻访得情人归去，也未可知。少顷主婢走到，依然扫兴，只得再向前行。见那一边是岳王坟，留下宋朝的古迹。又举目一望，却是南北高峰，双插云中，锦屏对峙。暗想：山峰尚且成双，不知我媚娘何日得遇才郎？心里这般想，前面已是花港观鱼，慢慢的走将过去。这个地方，游人稀少，无可选择，就在港边观看游鱼，却添了不少情兴。更有鸳鸯戏水，双宿双飞，反动了自己的愁肠。所以呆立了一回，便到小有天园中游玩。耽耽搁搁，天将傍晚，主婢双双走到南屏，听得钟声响亮，僧人在那里叩拜慈航。媚娘也进去参拜顶礼大士，默诉衷肠。叩毕抽身，走出山门，和青蛙来到雷峰。这时候夕照西沉，别有一种风景。见这座雷峰塔斜靠在山间，不觉垂下泪来。

要知媚娘作何感想，怎样去迷恋许仙，且看下回分解。

第二回　　思凡

却说胡媚娘带着青蛙婢子游玩西湖，来到雷峰塔前，触景生情，不觉两眼垂泪，动了兔死狐悲之念。想起从前白娘娘道术高深，能够千般变化，尚不免被法海的金钵罩住，现出原身，镇压在雷峰塔下，受尽寂寞凄凉之苦，怎不令人伤心！青蛙在旁问道："娘娘何故忽然下泪？"媚娘道："这事你还不知，我不过吊古伤怀，回想我自己的终身呢！"说罢，下了雷峰，又到柳浪闻莺看了一回。西湖十景都已游遍，却未遇见才郎，心中闷闷不乐。天已薄暮，只好怏怏而归。

一路留意观看，引动了湖塘上许多闲人，有的品头评足，称赞他的美貌；有的交头接耳，商量拐骗他回去；有的说是富室宦家的小姐，若然想吃天鹅肉，要惹出祸事来的；有的说既是闺阁千金，应当乘轿坐船，不该主婢二人在外游玩，失了体统的；也有说他们举止轻狂，不像大家闺女的。七张八嘴，议论纷纷。正说得高兴，旁边又来一个老年人，说道："你们几个后生家，不要胡思乱想。这个女子，也不是宦家小姐，也不是平等人家。"话未毕，有人插嘴道："那么，莫非是观音仙女变化临凡，到来游戏人间的么？"老人道："据我看来，他们通身打扮，不像杭州款式，丰姿袅娜，动人怜惜，口也不开，只向前走，原是点化民间罪恶，要劝人勿食牛犬，放生戒杀，吃素念佛，还要保佑人家人口平安。因此独自在湖塘上行走，超度一班有缘的人。我们都是凡夫俗眼，怎能近得他的身！只好回到家中，悔过行善，暗中礼拜菩萨，不作妄想才是。”

这几句话，顿时把众人吹散。媚娘听了，脸上微微一红，暗想：这班游人胡言乱语，实是可笑。不觉失声叹气道：“咳！我好恨呀！”青蛙问道：“娘娘恨着谁来？”媚娘道：“我自恨前生未曾修到，今日变了一个女子。想我有甚本领，倘若一朝被害，死无葬身之地了。每每念及，毛骨竦然。止望飞升仙界，得成正果。却因元神未足，少用功夫，只有采阴补阳，信重旁门之术，或可成功。但不知何日得遇风流种子，与他欢叙几时？”青蛙道：“这又何难？只要我与娘娘到处寻访，定有机缘相遇。采得元阳，就可以飞升仙界了。我劝娘娘休得心灰意懒，快上前找去！”媚娘被他鼓动了兴致，便道：“既如此，我们暂不回去，且进城去察访一回，倘有夙缘，亦未可定。”青蛙道：“娘娘说得是。天色已晚，我们紧行一步罢！”

于是一主一婢赶进城关。六街三市，灯火齐明。先从热闹丛中经过，看不尽两旁店铺林立，来往人多，无非是商贾经营，和那肩挑步担之辈，并没有出类的人材。再从私街小巷转湾抹角的穿将过去，见这些一门两闼，平常穷苦的居民，大半吃过夜饭，都已睡了，所以街上行人稀少。那些豪富人家，乡绅门第，墙垣高耸，房屋连云，虽有几家大门开着，也是静悄悄地，少有声息。除去桥头巷口开着小店的，晚上还做些生意，灯火点得明亮，此外黑暗的地方很多。一路前行，毫无兴趣。这时走过了藩台衙门，又从贡院文场前转了一个湾，该处更是清静。抬头看见了状元坊，石刻精工，上写着“状元及第”，旁边题着“隆兴甲子恩科第一甲第一名许梦蛟”，不觉心里一动，想：“这高大的石牌坊，就是白娘娘的儿子许梦蛟，生子成名，这也难得，虽死亦得瞑目的了。若我与白氏比较，只怕大不相同。”

想到这里，见那旁一带围墙，十分高峻，知是官宦人家。便对青蛙道：“我与你借着一阵风，隐身入内瞧去，看看可有贵介公子，与我有夙缘的。”青蛙唯唯应“是”。媚娘就作起法来，带着青蛙借风隐入。到了里边，细细探访。正走到内书院中，见有一人在那里发声悲叹。二妖便闪到门外，听他说些甚么话来。你道此人是谁？即就是许仙名叫汉文的！在下骤然说出，看官们一定要称奇道怪，说他出家在金山寺，做了和尚，儿子几次请他还俗，他却坚执不肯，怎么此刻忽然躲在家里呢？岂不是大大一个漏洞么？这一节，我也知道的，原本确有些不是，虽在许仙口中说出归家一事，却未细剖根由，且有言语不合处，怪不得阅者要批驳了。所以我照原书译到这里，不得不加上几句表白。先说明还俗的缘故，再行接续下去罢。

原来许仙在金山寺修行，改名道宗，静坐了二十年，一心要到西天去。虽儿子中了状元，苦苦相劝，只是不肯。后来寺中来了个月印长老，做了方丈。他也很有道行的，向来与法海认识，那天出外闲游，遇见了法海，细说此中因果，长老便回来告知道宗，并说：“你尘缘未了，妄想参修佛果，亦属无益。倒不如暗中蓄发，归享荣华，且待日后佛缘凑合，包管你飞升天界了。”许仙听了长老这一番话，虽知道不是说谎，却还有些疑疑惑惑。只因长老承法海谆嘱，不便预泄天机，说出他近有一难，故而只说“尘缘未了”四字，劝令归去。当时许仙应允，也知如此苦修，原无益处，心中就活动了几分，依着长老的吩咐，暗暗蓄起发来。

过了几月，家里许氏大娘来了。大娘时常挂念着兄弟，前番梦蛟及第归家，知道兄弟素来性子拘执，说及自己要亲身去见他，或可回心转意。但一年以来，家事纷烦，未便出门远行，因此耽搁下去。如今梦蛟限满进京，家中渐渐清闲无事，所以决意雇船出行。带了家人小使，托言烧香还愿，来到金山。寺中会见了许仙，用一番言语相劝，并且备述弟妇出塔情形，日后或有会面的希望。许仙便顺水推舟，辞了月印长老，跟着姊姊同船回家。脱去僧人服色，改换俗家装束，居然是一位老太爷了。我拿这段情节表明，方见得许仙在家，已有数月，也算是书中倒装的笔法，不能当做漏洞的。大约原本就是这个意思。表过后仍归正文。

许仙回到家中后，虽说享受荣华，反觉得寂寞异常。日间还可与姊姊闲谈，到了晚上，独宿孤眠，那有什么情趣！转不如身在金山，参禅打坐，一念不兴，死心塌地的做着和尚了。如今名为还俗，实与僧人无异。凡心一动，百虑丛生，时时念及白氏姣妻，不知他出塔以后，现在何处？况且出塔的时候，自己不曾目睹，但据他们传述，只怕未必真有其事。或者他们因我不愿归家，有意捏造事实，哄骗着我。我本有些不信，意欲拒绝，怎奈月印长老也说我尘缘未了，劝令蓄发，弄得我将信将疑，跟着姊姊回来。依然是昔日凄凉景况，不见白氏归家，重圆旧梦。故此今晚独坐在书院中，把这幅白氏遗容图，挂在壁上，从灯光里仔细观看，越看越要心伤。这时候的许仙，好似痴呆一般，想起从前经过各事，妻子怎样的爱护我，怎样的扶助我，怎样为着我吃尽千辛万苦，我却耳根太软，轻信人言，弄出事来。最惨伤的莫如决别之时，尚无一言怨我，叫我那一桩对得住他呢？真容现在，你到那里去了，可知道我的一片苦衷么？对着图自言自语，说到伤心处，眼泪不住的淌将下来。又哭叫了几声："贤妻！你怎么不答应我一声呀！"

这许多话儿，若照原本唱句里说法，好像许仙还不知娘娘出塔一事，竟当他已经死了一般，岂不是自相矛盾么？所以我将他的意思改变，似乎觉得妥当些。

当下许仙嘴里唠唠叨叨的诉说，以为家人小使们不在旁侧，无人听见，谁知惊动了二妖。胡媚娘听得句句清楚，心里一想，暗说："我道是谁家宅舍？却原来就是许仙官的府上，里边坐的并非别人，正是白氏的丈夫许汉文，实在巧极了。"顿时心生一计："我不免变成白氏容颜，叫青蛙变成小青，和他两下亲爱，胜比凡夫几倍。因他是佛门弟子转世，根基甚厚，得能采取他的元神，我就可以飞升仙界了。正所谓踏破铁鞋无觅处，得来全不费工夫！"

主见已定，便将青蛙拉过一边，自己默诵真言，摇身一变，变做了白氏模样。又对青蛙一指，变做了小青。立时隐身入内，将壁上的真容图画，扯得粉碎，方始叫声"亲夫"，在灯前现出形容。突然这一来，吓得许仙魂飞魄散，只道是鬼魅前来侵犯。还算他吃过仙草，没有吓死，颤声问道："小……小……小娘子，你是那一个？"媚娘道："仙郎休要害怕。难道你不认得我了么？我正是你妻子白氏，今日回来了。你看，小青也在这里呀！"许仙听了，还算是梦中相见，向他呆呆的认了一认。尚没有开口，那媚娘又道："我蒙佛爷赦罪出塔，本欲回山修养，只因旧缘未尽，重来与你相会。你还记得昔年湖塘遇合时么？如今不用悲苦，正好与你重整家园，享那百年偕老的艳福哩！"

许仙方转惊为喜，把满天的愁云惨雾，霎时扫一个干净，忙说道："果然是我娘子，青姐也在此间。想不到今宵相会，真可称

妻
在绝红尘
禀告
胞休挂念

得喜从天降了！”媚娘道：“你可知道做妻的为你受尽苦楚，实因报恩起见。今日难得珠还合浦［亦作“合浦珠还”。据《后汉书·孟尝传》：“（合浦）郡不产谷实，而海出珠宝。与交阯比境……先时宰守并多贪秽，诡人采求，不知纪极，珠遂渐徙于交阯郡界……尝到官，革易前敝，求民病利。曾未逾岁，去珠复还。”后以“合浦珠还”比喻物失而复得或人去而复回］，夫妇重逢，自此以后，我与你朝欢暮乐，正不必两地相思了。”许仙道：“但愿如此，我许仙侥幸极了。可怜我二十年来，甘心在金山削发为僧，暮鼓晨钟，粗茶淡饭，苦捱着凄凉岁月，为着谁来？后因姊姊到寺劝慰，又得到你出塔的消息，故而勉强归家。数月以来，朝思晚想。你怎么不早些来见我呢？”媚娘含糊答道：“你的苦处，我也早已知道。如今不必说了，快寻欢乐为是。”说话时，做出多少风流状态，引动郎心。

可见妖怪当中，惟有狐狸精最能媚人，所以唐朝骆宾王讨武曌檄文中，有“狐媚不肯让人”一句。许仙原是个凡夫，虽修养过二十年，不曾动过凡心，但是近来数月中，思念姣妻，心已紊乱如麻，早感觉独宿孤眠的苦况。故此禁不得媚娘眉目传情，在旁挨挨擦擦，又被一股脂粉香气，送入鼻中，早已把心窝迷住，还辨什么是真是假？也无暇提及往事，便叫那个假小青拿了灯照，在前先走，他与媚娘就此上楼。到了内房，打发丫头出去，当即闭上房门，同床安睡。这一宵的晚景，倒合着了一句俗语，叫做“新婚不如远归”。在许仙方面，原是不错，媚娘却假冒白氏，还和他是第一次，只好算作新婚。这种秽亵情形，不劳细说。总之他们也有百日缘分，原是前生注定的。

要知百日以后，如何两下拆散开来，辨明真假，是否白氏和小青到此，且看下回分解。

第三回　假冒

却说白娘娘和小青出罪后，多蒙佛祖垂怜，度脱凡胎，改换仙骨；并说二人与许仙还有未了姻缘，赐给葫芦一个、金函两封，促令再下凡尘。青白二氏奉了佛旨，却因脱胎换骨，稍有耽搁，方始下山。不知天上一日，世间已有一年。那天来到西湖塘上，正值夏末秋初，湖山不改，风景依然，只少了春天的桃红柳绿。略略游玩了一回，走到雷峰塔边，娘娘想起前事，珠泪双流。记得当年埋身塔底，好比在黑暗地狱中，何等苦闷！还亏我修炼千年，能保得身躯不坏。不然，只怕已经粉骨碎身了！伤感了多时，方回头叫声“青妹”，道：“我想昔日与郎君在此相遇，正当青春年少。到如今一别二十载，从未会面，谅必容颜已改变了。”小青道：“听说他在金山做了和尚，却不知归家与否？我们今到那里去找他。若说他的容颜，虽然改变，也不过苍老些，那有见面不相识的道理？”娘娘道：“我们不要管他，且进城去，到了家中，再作理会。”小青点头称是。

于是二人转身一径进城。沿路景致无心观看，到得城中大街上，行人拥挤异常。见了他一双姊妹，还道是一主一婢，少年们纷纷猜测。旁边有一个老者，年纪约来有六十多岁，平日最喜在街上闲游，众人大半认得他，称他为老百晓。过来说道：“你们不必猜想他是谁家妇女，究竟年纪还轻，据我看来，好像当年白蛇精出世。后面跟随的，是他的婢子小青。迷恋许仙成为夫妇，因为盗库银惹出事来，那天我亲眼见过的。如今这两个生得一般无二，难道又跑到杭州来了么？”有人接嘴道：“你老人家说得不错的。我听得他人讲，据说西湖水干，雷峰塔倒，白蛇出世，今年天气很旱，湖水果然干了。雷峰塔年久失修，差不多也要坍了。不要就是这个白蛇精呢？”话虽无稽。却也猜得有些道理。

我不表众人在那里谈论，只说白娘娘听得街谈巷议，竟当作二十年前一桩故事，也不去理会他，一心要访问丈夫，匆匆向前行走。转过了几个湾，猛抬头一看，见有一座牌楼，上写着“状元坊”。小青道：“这座牌楼，就是我家小相公的。照此说来，这里本是自己住宅，怎么有些不认识了呢？”一来日子隔得长久，形式略有变迁，二来梦蛟中了状元后，改换门庭，药店早已收歇，面前一带都砌了围墙，更变了当年景象。若不是看见了状元牌坊，简直要找寻不到了。娘娘料想墙门就在那边，便同小青走将过来。

果然走不到十几步，就见大墙门开放在那里，阶前站着一个老家人，认得他叫做秦高。但秦高这个人，《前传》中并未提及，怎么娘娘认得他呢？原来这个秦高，就是当年苏州保和堂里的小二。收店后，他到大生堂去帮喜官的忙，后来得着杭州信息，知说许仙在家开店，仍由王永昌荐他到此。这里虽已用定了一个小二，名字叫做陶仁，在店服务，就派秦高做些内外杂事。不幸娘娘被难，主人出走，店仍闭歇，他便与陶仁飘流在外。那陶仁往京都去了，他却就在左近地方谋事，听得小主人中了状元，仍回到许府中来。现今小主人进京就职，因他年纪已老，留在家中管理一切。不久许仙也回家来，许氏大娘就派他伏侍老主人。可喜娘娘出塔，重聚家园，又见今日中兴的气象，比从前益发隆盛了。

这天正在门前闲立，却巧白娘娘和小青走将过来。秦高见了一呆，忙问："娘娘有何事情呼唤，与青姐一同出外来的？"娘娘道："我也要问你，你可是秦高么？"秦高应了一声是，心里好生诧异：怎么忽然又问起我来？娘娘就叫声"秦高"，道："我即是当初被害的白氏，今蒙佛爷赦罪还乡，难道你也不认识我主母么？"秦高失惊道："这又奇了。里边现有个白娘娘，旁侧也有个小青伏侍，一般容貌，化作两人，真叫老奴难解难详。还望娘娘细细说个明白。"娘娘道："秦高你且听了！前番来的并不是我，实是千年修炼的老狐精，变化我的容貌，冒名到此，迷恋你的老主人。如今你可明白了么？"秦高摇头道："话虽如此，我却难以深信。"娘娘道："你若不信，待我进去一看，便知分晓。"秦高道："娘娘还须见机而作才是。"娘娘把头一点，便和小青走向内来。只见一股妖气，从里边冲出，果然有妖狐在此迷恋仙郎。"待我进内把他冲散，看他藏躲到那里去！"

我且慢说娘娘入内。再说那胡媚娘今日身在内堂，闷闷不乐。你道为了何事？却原来媚娘昨天心惊肉跳，掐指一算，暗叫一声"不好了"，知道白氏娘娘到来，非同小可，这便如何是好？心中着急，顿生一计，装出满面愁容。许仙一见，忙问道："贤妻今日面有忧色，却是为何？"媚娘十分做作，揩着眼泪答道："我有一事，总要你夫君替我主裁的。因为明天有两个妖精到此，狠心假冒我的名字，声言要认亲夫，我愿你早早安排才好。"许仙听说有这等事，倒也新奇，便不加思索的说道："娘子不必愁闷，但请放心。我只听娘子的话，旁人一概不听就是了。"媚娘自以为得计，把这条心放下。

不料到了第二天，正与许仙在堂中闲话，一双姊妹突然闯入。

媚娘见了，心里十分害怕，好似天雷击顶一般，大叫一声“不好”，翻身跌倒在地，嘴里还喊着：“妖妇来了！”许仙也吃一惊，从座上跳起身来，高声骂道：“你这妖精，到来是何意思？好生大胆，跑到我乡宦人家来！更不该假冒我妻，那还了得！我许仙从来不听旁人说话的，快与我滚出去，免得我太老爷生气！若然再来缠绕，我就要取刀杀你们了！”这几句话，说得夹七夹八，仍不脱从前呆头呆脑的性格，煞是可笑。

那娘娘本要上前争吵，被他一阵的乱骂，知道他的本性，已经迷住，不便骤然分辨。一来还恐丈夫不信，二来又怕吓坏了丈夫不是耍的。所以忍气吞声并不动火，好好的说道：“我正是你妻子白氏，官人怎么反怪起我来？”许仙道：“好一个妖妇！我也不与你讲话，快快走罢！”娘娘见多说无益，便指着媚娘道：“明日再来，少不得与你算账！”又回身对小青道：“青妹，我与你且到东楼，见了姑娘，再商一同擒他便了。”说罢便走。

那媚娘见白娘等已去，方才放心，对着许仙说道：“官人辱骂他时，我本要与他争斗一场。又恐惊吓了你，故而做妻的，只得忍耐些儿了。”许仙道：“好一个娘子，果真是大贤大德的！此刻天将傍晚，你吩咐青姊端正夜膳来罢！”媚娘应是，不须絮述。

再说白氏和小青来到东楼，放轻脚步，走上楼头。先向里一张，见许氏大娘靠在窗前坐着。忙即移步上前，叫应“姑娘”，许大娘起身迎接。娘娘行礼毕，小青也过来相见，仍叫一声“大娘”。叙坐后，娘娘未及开言，眼泪好似断线珍珠般先已滴下，呜呜咽咽的说道：“姑娘呀！我与你阔别了二十年，直到今日，才得与姑娘相见！”话至此，许大娘插嘴道：“弟妇何出此言？我与你才得数日不见，怎说阔别了二十年呢？”娘娘道：“姑娘原来有所未知。我自镇压雷峰后，小青也收入宝瓶。我在塔中二十年，甘心净养，幸蒙佛爷垂怜，赦罪出塔，同时小青亦邀恩赦，在佛前改称妹妹，脱却凡胎，即命我二人下山，与仙官重聚良缘。如今来到此间，寻访亲夫。刚才我们到那边西楼去，果有两个妖魔，与我二人十分相似，怪不得我夫辨不出真假，连我也像对镜自照一般。我夫反道我是妖怪，将我辱骂，因此来见姑娘的。”许大娘道：“既有此事，你也神通广大，怎么不把他收伏，绝了后患呢？”娘娘道：“事属两难。这叫做投鼠忌器。我若将他收伏，未免又要大动干戈。倘然吓坏了我夫，岂不是罪归于我么？故而要与姑娘商酌，定一条万全之计才好。”许大娘迟疑道：“这话我总有些不信。”小青在旁插言道：“既然你姑娘不信，姊姊可把昔年之事细说一遍，便知分晓了。”许大娘道：“青姐之言，说得很是。我当洗耳恭听。”

娘娘便从头至尾细诉情由，无非是前番经过的事实，惟水漫金山后，逃到此间，怎么夫妻不睦，多蒙姑母劝解，怎样身怀六甲，在席上指腹为婚。这都是外人所不知道的，说到其间，不由许氏大娘不信。眼中止不住两泪交流，起身抱住了白娘，悲喜并集，叫声：“弟妇呀！你今朝若不细说分明，我还道你们是妖精哩！”小青也在一旁垂泪。因为此刻与娘娘姊妹称呼，也就改口叫“姑娘”道：“你不曾见我姊姊临危的时候，头上罩着金钵，凭你有千般变化，难以逃生，说来好不痛心。”许大娘道：“我也知道的。为了这件事，几次要和法海拼命哩！只不知青姐去后，怎生又被他镇伏的呢？”小青就把自己要替娘娘报仇，致被收入宝瓶一节，照实说了。许大娘也称赞他主婢的义气，胜比同胞姊妹。娘娘道：“已往的事情，不必说了。我今要与姑娘相商，打算明日捉住妖妇要紧。”

口中说着，眼见桌上摆着花样针线，便问道：“姑娘在此做些甚么？”许大娘道：“不瞒弟妇说，这就是西楼上弟妇拿来的，说是我兄弟的兜肚，要我与他做。今天才得完成。”小青接嘴道：“这样针线还做不来，尚且要劳动姑娘，真是可笑极了。”许大娘道：“他既是妖妇，虽能变化人形，那里能够做得针线呢？”

谈话之间，丫嬛送过香茗。便吩咐厨房里端正酒肴。少顷送上楼来，三人叙坐饮酒。娘娘问起姑夫因何不见，许大娘道：“你姑夫送你媳妇到京都去了。我本来也要同去，只因兄弟从金山归家后，思念弟妇，不肯进京，所以我也只得在家照顾着他。”这几句话，也是我译者的改笔。倘依原本唱句，错谬百出，把“祭塔”误为“哭塔”，更可笑的，梦蛟不曾见亲娘出塔升天，好像作者没有看过《前传》，在那里另起炉灶呢！

数言表过。仍说三人用过了酒，许大娘命丫头打扫一间卧房，请他们二人歇息，自己也回房安睡。娘娘和小青到了房中，放不下心事，暗想：“这妖妇也有千年功行，未可轻视，叫我怎生救得丈夫？现在我见了姑娘，也商量不出什么法子，这便怎处？”默想了一回，忽地叫一声：“有了！”

你道娘娘想得甚么计较，可将那妖妇捉拿？且看下回分解。

第四回　驱妖

却说白娘娘见了姑娘，虽说明了真假，要想捉拿妖妇，搭救丈夫，一时商量不出甚么计较。后来进房欲睡，仔细一想：“记得下凡的时候，如来佛祖赐我金函，命我有难之际，即当开看，如今丈夫被妖狐所迷，失了本性，难分皂白，使我没法与他争辨。倒不如把金函剖视，谅必有解决的方法了！”主意打定，便起身焚香稽首（古时一种跪拜礼。叩头到地。是九拜中最恭敬者。稽，qǐ），在灯下取出金函。拆开一看，果有两封在内，注明第一第二。先将第一封剖视，见上面有四句诗词写着道：“书符传四将，兜腹保郎君。逢妖休加害，慢慢好收行。”

看毕，方知佛爷写得明明白白，便回头叫青妹道：“你可到姑娘那边取兜肚来，我有用处。”小青奉命即去，少顷将兜肚拿来，放在桌上。娘娘就同小青摆好香案，靠近案前，再取一杯法水，含在口中，向那兜肚一喷。又在上面写了一道符咒，免得仙郎失了魂魄。画符后，嘴里念道：“天灵灵，地灵灵，我奉如来佛令，速请天神下降，休得迟误。”真言念动，果然灵验，忽见空中降下四位天神，上前把手一拱，问：“娘娘呼唤四将，有何法旨？”娘娘道：“请诸将到来，非为别事，只因我丈夫许仙，明日有难，伏乞四位天神保护，免受惊吓。”四将领命暂退，那兜肚也飞起空中。娘娘把手一招，收转兜肚，便叫小青收藏好了，准备明朝行事。

在下做到这里，又要交代几句。原来白娘娘起初是妖法，最忌佛法。现在他也是佛门弟子，比前大不相同，要风就是风，要雨就是雨，所以遣得动四位天神，服从他的命令呢！此刻天神退去后，夜已深了，娘娘与小青略睡片时。等到金鸡三唱，天光明亮，许氏大娘过来问候弟妇："昨夜好睡么？"娘娘道："多谢姑娘，好睡的。"便叫了小青拿出兜肚，又道："这个兜肚，上面书着符咒，要相烦姑娘送与官人收带，自有妙计在内。"许大娘点头道："我自晓得。待我拿去就是了。"立即抽身来到西楼。

好一个妖狐媚娘，正在妆台畔梳头，十指尖尖理着青丝，一见姑娘进房，便含着笑容，叫声请坐。许大娘却将兜肚交给他。媚娘道："我因梳洗未完，不便接受，还请姑娘转送与官人罢。他因昨夜多饮了几杯酒，故而此时还未起身呢！"许大娘听了，也不多言，就走到床边，叫声"兄弟"道："你还在这里睡么？"许仙已经睡醒，即忙起来叫应"姊姊"。许大娘便把兜肚交付与他，转身来看媚娘梳妆。暗想："他这般姣媚，怪不得兄弟要迷恋他，就是我也难免一见倾心呢！"少时梳妆完毕，洗过了手，见许仙下床走来，他又问长问短，表示他敬爱的诚意。弄得许大娘心里忐忑不定，略略闲话了一回，作别回到东楼。

娘娘忙问："妖妇怎样的装腔？"许大娘就把始末情由一说。娘娘暗自思量，骂声："妖妇呀妖妇！凭你装尽恩爱的状态，免不得当场出丑的了！"便向小青道："我与青妹一同过去，看他如何？"许大娘是胆小的，嘱咐弟妇去见他，须要小心才是。娘娘连称晓得，便同小青来到西楼。见那胡媚娘正与仙官坐在中堂，就此走将进去。媚娘吓得魂飞魄散，明知今日难免一场争闹，想："昨天被我花言巧语，哄骗丈夫，将他辱骂，才得出去，怎么今日又来？恐怕他未必肯善罢干休。你看他主婢双双，这样无理，我且放了胆，不要害怕，也骂他几句。好得许仙在迷梦中，我可以靠着丈夫回护的。”因此开口骂道：“你这妖精，不该冒认我夫！敢是今天来送死不成？快快与我滚出去，还是你的造化；如若不然，管叫你死在顷刻。”

娘娘听他嘴凶，不觉心头火起，也骂道：“好个妖妇，胆敢在我跟前放肆！你自己冒认丈夫，情实可恨，反又骂我娘娘，难道你不怕五雷击顶的么？”两下里正当吵闹不休，你一句，我一言，难分胜负。许仙那里辨得出谁真谁假，只在中间呆着观看，由他们两边争闹。

此时娘娘知道妖狐倒也利害，便叫小青道：“你可将捆仙绳擒他便了！”媚娘听说大惊，即忙伸手抱住了许仙，嘴里叫着：“官人救我一救！”那知空中来一天神，举起金鞭打下。那媚娘究

竟有千年道力，原本与白娘娘差不多，所以十分灵警，即忙借着土遁逃走。许仙却觉得金光撩乱，眼前显出一位天神，嘴里只喊一声“阿呀”，吓倒在地，已经死去了。那娘娘一见心慌，本欲追赶妖妇，却因佛爷吩咐，逢妖不可加害，只得暂软心肠，饶他逃生走罢。其时小青见妖精遁往东方，正要追赶，也被娘娘劝住，快救仙郎要紧。

娘娘一面叫小青去请姑娘，一面自己与仙郎接气。少顷许大娘同小青赶到，许仙虽未醒转，喉间已略有气息。大娘见他面如黄蜡，伸手一摸，四肢冰冷，只有心口尚温。便道：“这是吓坏的，总要弟妇设法相救才好。”娘娘道：“我有丹药在此，谅可起死回生。但仙郎还阳之后，须得姑娘从中解劝。不然，他还疑我是妖狐，岂不屈杀了我么？”许大娘道：“这事在我身上，你快救我兄弟罢！”

娘娘便叫青妹取丹药过来。小青将葫芦送上，去了塞盖，倒出一粒金丹。娘娘放在自己舌尖上，送入许仙口中。这金丹果然灵验，一吞下肚，腹中“咕噜噜”一响，喉间吐出一块顽痰，霎时手足温暖，气血调和。睁开两眼，喊声“吓死我也”！将身站起，好似无病一般。只是他看了白娘，仍骂道：“何处妖魔，假冒我妻到此！连日吵闹，已是可恨，今天又来，险伤我命，还不与我滚出去么？”娘娘也不和他分辨，只等姑娘代为解释。许大娘走将过来，便把情由细述一遍，并说道：“兄弟，你休错怪了他。今天若不是弟妇到来相救，只怕十个仙官也要死了。”许仙性情迂执，心里全然不信。娘娘不觉珠泪双流，即将从前经过的事实，直说到现在驱逐妖狐救护夫君为止。

若照着原书叙述，如何做妻的为你受尽苦楚，如何做妻的为你险丧性命，一样一样的细诉苦情，在唱本里还不惹厌，如今变了说部，也是这般译下去，好比一桶水倒出倒进，有什么趣味呢？还有一说：这段救夫情节，说得白娘娘太觉软弱，动不动下泪叹气，大有一筹莫展的样子，亦有些儿不对。所以我又删改了一下子，只不把本意失去就算了。

闲话少叙，仍说娘娘诉说了一番始末，还恐怕许仙不信，复道：“我今奉着佛旨到此驱妖，现有四位天将未退，官人与姑娘焚香顶礼，便可叩见天神，剖白此事了。”即唤青妹取过净瓶法水，含在口中一喷，念动真言，朗声诵道：“四大天王，劳你主张。今日太平，请上天堂。”诵念毕，云中现出四位金甲神将，躬身说道：“小神有言奉赠：望娘娘不忘本心，一俟红尘缘满，与青姑速返天庭。小神告退了。”娘娘拱手称谢，四天将驾云而去。许大娘和仙官亲眼看见，连连叩头不止。等到天神去后，方各起身。许仙此刻疑团尽释，过来叫应“恩妻”，深深作了一个揖，也算是赔罪的意思。这一来辨明真假，娘娘和小青才得放下了心。许大娘见他们和好如初，也作别回东楼去了。

这时候，许仙复了本性，开言问道：“如今这个妖魔，不知逃往那里去的？”娘娘道：“那妖妇现虽逃遁，日后自能收伏，未可预泄天机。”三人谈谈说说，天色将晚，吩咐厨房里备办酒肴，搬到内堂，叙坐饮酒。可称得破镜重圆，更是十分欢乐，彼此说不尽离别衷肠，直吃到月上花梢，许仙微有醉意，青姐姐也含笑看着仙官。娘娘已知道他们的心意，便道：“小青已与我姊妹相称，与前主婢不同。况且昔年有三七均分一语，如今正好实行。但官人须要格外温存，不可轻慢为是。”许仙听了，却不明白“三七”这句话。小青不觉脸泛红霞。因为娘娘从前要他帮忙，许过他事成后，与许仙做了夫妻，我七分，你三分。这是私下的话，所以许仙并不知道。只有小青觉得不好意思，暗想娘娘说话太刁，便答道：“你是大贤大德的主母，我做丫嬛的，怎好与娘娘比肩并立呢？”娘娘听得小青多心，陪笑道：“青妹不必说了，我们今夜大家吃个合欢杯儿，须要尽兴才好！”又一连吃了几杯，方才用过了饭，一同起身上楼。

许仙眼看着小青，意欲打发他走开。娘娘心里早已理会，眉头一皱，假作不快活的样子。仙官忙问道：“娘娘怎么面带霜色？莫非身子有甚不适么？”娘娘道：“实不相瞒，我因路上受了风寒，身子微微发热，故而脸上生寒，今夜不能奉陪官人，先要到后房去安睡了。”许仙道：“娘子说那里话来？今宵破镜重圆，正好与你一叙欢娱，为什么到别房去安睡，反使我独守孤单呢？”娘娘听了，假意作难道：“你说这话，太觉糊涂了。我与你阔别了二十年，何必争此一夜？以后欢娱的日子正长哩！况且我也不要你独守孤单，可叫青妹来陪伴你罢！”小青一听娘娘这般说，忙道：“这个如何使得？理当与姊姊同床共枕的。”娘娘道：“我实在因为身子不快，青妹休得多疑！我是要进去了。”说罢，竟进后房安睡。

那许仙本来深爱小青，早有此意，只因从前在苏州时候，娘娘吃过一回醋，不肯实行三七均分，弄得小青出走昆山，与顾公子迷恋了多时。所以许仙从此之后，不敢与小青勾搭。如今娘娘让他们正式成婚，可称为受宠若惊，那有不愿意之理？便与小青同归罗帐，共效于飞。这一宵的美景，谅看书诸君都是过来人，更不劳在下细说的了。只交代一句话：小青此夜已有了身孕，后来产生贵子。

今且慢表。书中要另行提起一个人来了。此人是当朝赫赫的大奸臣，姓仇名练，金陵人氏。昔年因平蛮有功，官封平番王之职。

勋高爵显，位列三台。夫人徐氏，年方三十有六，比仇练小八岁。膝下并无儿女，望子甚殷。现在夫人身怀六甲，却不知是男是女，因此常常挂在胸怀。还有一事，他也牢记在心：原来他有一同胞妹子，配与昆山顾蕙兰为室，那蕙兰就是《前传》中的顾公子，今已做了淮安节度使。只因天南地北，路途远隔，多年不通音信，心里也常常牵挂。并且想起昔年有一件宝物，是外国进贡来的，堪称希世奇珍。他恃着圣上十分隆宠，就把这件宝物，藏匿在家中。谁知被盗贼偷去。他却未便报案，因恐事机泄露，反为不美，只好命人暗中打听，一时并无消息。不料事过一年，这个窃贼，被苏州府陈伦捉住，审问出来，方知宝物已卖与许梦蛟家，便不追究下去了。后来，梦蛟拿来献上朝廷，更得圣上宠用。为了这一件事，反疑是许汉文之妻白氏所窃，暗暗与许梦蛟结下冤仇，常存报复之意。可见得贪婪不法的权奸，他的度量最为狭窄，他的心思最为凶狠的。

不知仇练怎样的报仇，要害许梦蛟受种种磨难，且看下回分解。

第五回　封王

却说仇练身为藩勋，暗地与许梦蛟作对，怀恨在心，又妒忌圣上宠用着他，要想把他谋害，一时没有好的机会。这天也是合当有事，众文武大小官员上朝见驾，天子忽然启口问道："朕躬前日阅看外国进贡表章，九蛮十八相及各国都到，惟有北番连罗麻，多年不来朝贡，藐视天朝。朕欲兴兵讨伐，众卿以为何如？"那仇练心生一计，忙跪下奏道："臣思番邦虽不服我中原，尚无背反形迹，且慢兴师问罪。只要差一官员，出使前往，晓谕一切，自然到来朝贡了。倘若违抗圣命，不肯归服，那时兴兵征讨，他们方无怨言。"天子道："卿言甚是，正合朕意。未知何人能出使外国封王，不辱君命？"仇练又奏道："依臣愚见，只有殿元许梦蛟，才学过人，可以出使封王。"天子听了，龙颜大喜道："卿家举荐甚善。"便即传下一道圣旨，命许梦蛟出使番国封王。梦蛟奉了这道旨意，心里暗自叫苦：可恨奸臣弄权，蛊惑圣聪，今朝要害我许梦蛟了！我将来少不得报还此仇！眼前却无可如何，只得接旨回转衙署而去。我且慢叙。

先说那梦蛟的岳父陈彪，自从去年送女儿碧莲进京，不觉耽搁了半载，因此要打点回乡。进来与女儿商议，丢不下老妻独自在家。碧莲道："爹爹既要回去，且待你女婿归来，再行商酌便了。"父女正在中堂闲话，许梦蛟已回署走入。碧莲起身迎接夫君，叙坐后，方说道："我爹爹思念家中，意欲动身回去，不知相公意下如何？"梦蛟听了，长叹了一声，转向陈彪说道："岳父大人有所未知。今日不幸发生一事：只因小婿与仇练不睦，他在圣上跟前，阳为举荐贤才，阴实陷害小婿，叫我出使外国封王。现今圣旨已下，无可挽回，即日便要长行。我去之后，署中无人照料，只得屈留岳父在此。待小婿封王回来，再行还乡的了。家中幸有岳母掌管，谅无妨碍，还请岳父放心。"

这几句话一说，弄得陈彪心乱如麻，开口不得。碧莲更是伤心落泪，悲声说道："我想相公此去外邦，长征万里，跋涉关河，到这沙漠之地，去见番君，正不知吃尽多少困苦，才得回来。可恨权奸这般刁恶，叫妾身怎不痛心！我在这里，虽有父亲作伴，也不免带累他心分两地呢！"陈彪眼见女婿要往番邦，女儿单身在京，事属两难，只好把还乡这句话，暂且搁起，反劝慰女婿、女儿："不必悲苦。常言道：吉人自有天相。大丈夫从征万里，立功边塞，干一番大事业，都要经过这种患难的。这里有我照料，尽管放心便了！"当即摆酒饯行，翁婿间别有许多谆嘱的话儿。

到了晚上，夫妻进房，更说不尽别离的悲苦，我书中毋烦细叙。只有一句话，我好似骨哽在喉，不得不表白出来。你道为了什么，其实是很可笑的。《前传》里做捕役的陈彪，是许仙的姊夫，后来许大娘与白娘娘指腹联姻，生了女儿碧莲，配与梦蛟，陈彪当然是岳父了。这一段情节，谅必看过《前传》的，还没有忘怀呢！如今这部《后传》里，细细将原唱本查看，不见了陈彪，却变做了李君甫。起初我译的人也弄不清楚，不料续书的健忘到如此地步。及至考求其中的事迹，和两下的称呼，分明陈彪即是李君甫，李君甫就是陈彪。前后判作两人，连姓名也不合，岂不是荒荒天下之大唐吗？所以我译本中仍改为陈彪，把李君甫除去，免得前后有不符的弊病。但恐看过原书的，不明此意，反道我译错了，故而我伸明这几句。不过也有一说：或者“君甫”两字，是陈彪的别号，也未可知。他只将姓氏弄错，还算不得十分荒谬呢！好在传奇小说，无从考据，只求委婉动听，前后贯串，或是或非，在所不计，埋埋虎虎的过去，就是我译错了，也要阅者原谅则个。

表白说过，仍归正传。再说许梦蛟到了下一天，入朝辞驾，圣上赐了三杯御酒，命众文武相送出朝。照面子上看去，果然圣上隆宠非常。梦蛟又带了一千护卫军卒，就此离了京城，径向北番而去。一路上威风气概，难以尽述，我且按下一边，却要提起这个逃走的胡媚娘了。

他本是千年修炼的玉面狐狸精，很有些法力，所以当时被神将一鞭打下，他还能在仓猝间借着土遁而逃，望着东方奔走，脱离此难，也算是侥幸的。他全不想自己不好，假冒着白娘娘，前去迷恋许仙，采取人的元阳，反怨恨着白氏，拆散他三月夫妻。又想念许仙，待我这般恩爱，实在抛撇不下。不知他吓坏后，如今怎样了。这一来，总算是有良心的。不过怨恨白娘娘来夺他的丈夫，可见得妖怪的念头，是别有肺腑的了。此刻逃走出来，在路上遇见了青蛙，依然作伴同行。一主一婢，却到那里去安身呢？当时并没有一定的主意，驾云向前，来到一座山上。见此地风景清幽，十分可爱，苍松翠柏，林木参天，怪石奇峰，花草遍地，是个人迹罕到的所在，很可以做我安身之处。媚娘按落云头，正与青蛙四下游玩，走到最幽僻的山谷中，忽然树林间跳出一群小妖，拦住去路，不放他二人前走。媚娘一见，便知是花妖木怪，和那些猪猫鹿兔的精灵，三分像人，七分像鬼，大大小小，高高矮矮，参差不齐，喝叫："来者往那里去！"

媚娘本身是个老妖精，有千年的道术，见了这班妖子妖孙，那里放在心上！便厉声骂道："你们这些小妖，休得无礼！擅敢挡我白娘娘去路，敢是来送死不成？"说时，举手便打，早把一个在前的小妖打倒。那班小妖听说是白娘娘，怎敢抵抗，没命的四散奔走了。内中有几个，飞也似的奔入洞中报信道："爷爷，不好了！外面来了白娘娘和小青主婢二人，到此寻事，凶狠异常，要与爷爷比个高低。请爷爷快去出战！只怕要打将进来了。"

要晓得小妖报告的爷爷，是怎么一个老妖，说出来也有根底的，就是《前传》里的蜈蚣精。他与茅山道士张英是朋友，张英因在苏州神仙庙里，被白娘娘羞辱一番，他便怀念在心，力图报复。回到茅山，途中遇见了蜈蚣精，就教他炼一条金蜈蚣，把自己的灵魂附托在上，藏入盒子中，仍由他送到许仙家中。谁知白娘娘命不该绝，倒翻了净桶，破了妖法。金蜈蚣返本还原，只逃走了附托的灵魂，回到这里山洞中，重行修炼本身。并知张英已被小青抛入江中，死于非命，因此深恨白娘娘、小青狠心辣手，决意要替茅山道士报仇。现在他招集群妖，自称为蜈蚣大王，很有些儿声势。今天正在聚妖厅上饮酒，见有几个小妖，慌慌张张的进来禀报。听说白娘娘和小青到此，不觉怒从心上起，恶向胆边生。立起身来，叫声："众小妖，你们须要小心，休得放走了青白两个妖妇！"他一面吩咐着，一面全身披挂，走到庭心中，拿了两把钢刀，率领群妖奔出洞来。

正见胡媚娘带着青蛙过来，他那里辨得出真假，只道在前的是白娘娘，就把钢刀举起，照定媚娘头上飞掷过去。媚娘法力很高，不慌不忙，一伸手接住了刀，骂道："孽畜休得无礼！快快受伏，免汝一死！"蜈蚣精听了，大怒道："好妖妇，我和你仇深如海，前番你害了茅山道，俺也险遭不测。如今你送上门来，定要取你的性命。不要走！看刀！"嘴里说着，恶狠狠把刀舞动，和旋风似的劈将过来。那媚娘将刀架住，对他吹了一口气，他的刀便折断了。

蜈蚣精又惊又恼，丢去刀柄，就在小妖手中取过一条长枪，猛力刺来。媚娘举刀招架，并不惧怯。旁边青蛙也夺得双刀，过来帮助。那些小妖不敢上前，只在那里高声呐喊。蜈蚣精见势不佳，急忙将身倒退几步，口中运动一股气，吐出一粒火珠，就是他修炼结成的内丹，竟向媚娘劈面打去。虽然利害无比，一道红光，好似火球般猛烈，若换了真的白娘娘，倒也怕他三分，因蛇也属火，火与火相斗，一时恐难分胜负。

现在媚娘是狐狸精，不但功行与白氏差不多，并且他效学天上的心月狐，探取月中的精水，炼成内丹，性属纯阴，所以毫不退避，也从口中吐出一颗水精珠来。白光起处，那红光便向后退缩，足见阴柔能克阳刚。蜈蚣精知难抵敌，急将火珠收回，吞入腹中，高叫："娘娘恕罪！"跪伏在地，乞求饶命。其实他自知力不能胜，要想用诈降计，暗地里谋害仇人。媚娘却见他从顺，不敢倔强，便把宝珠收转，说道："我且问你，你几时来到这里的？此山叫做什么山？说得明白，我就饶你。"蜈蚣精道："这山名叫凤凰山，山前有绿水回环，湾湾曲曲，通入大海。后面有一条路，可通北直雁门关。俺从前被娘娘制伏，逃到此间存身。一来修炼宝物，二来招集妖兵，意欲干一番大事业，结连番邦，夺取那花花世界。"

媚娘听他说出根由，方知他与白氏也有冤仇，我不如对他说明，预备将来一同报仇便了。想定主意，就叫声“将军请起”，据实说道：“我今与你说明了罢！我不是白氏素贞，乃是昆仑山得道的狐妖。千年修炼，法力高深。只因动了凡心，花朝月夕，顿生愁闷，意欲采取男子的元神，补我不足，俾得速成道果。谁知一念之错，下山来到临安，找寻那有缘人，却巧遇见了白氏的丈夫许仙。他本是佛门弟子，夙世根基甚厚，与那寻常凡夫俗子不同。得此元阳，胜人百倍。我就变了白氏模样，与许仙恩爱了三月有余。那知白氏亲自前来，把我百夜夫妻顿时拆散，并召天将来捉我。若不是我逃走得快，险些儿枉送性命。如今无意中走到此间，得遇将军，也是有缘。我愿与将军同心协力，共报此仇！”蜈蚣精道：“原来如此！小将愿听指挥，誓与他拼个你死我活，以泄此恨。”说罢，便请媚娘等到洞中，摆酒接风，商量日后兴妖作怪的大事。原不是一朝一夕办得成的，书中暂且丢下。

再说白娘娘与小青回到家中后，辨明真假，驱逐妖狐，得与许仙重为夫妇，小青也做了二夫人，可称得心满意足，苦尽甜来。那日娘娘向许仙说道：“我前年出塔升天，我儿虽见过一面，却不知道我此刻已回家中，难免他要思念我亲娘的。我今欲修书一封，命秦高即日进京传达，好叫我儿放心，你道好么？”许仙点头道：“贤妻说得甚是。孩儿只闻他岳父报告，知道我已从金山归来。现在你也回来，理当报个喜信。从此我儿可以安心在京供职了。”于是娘娘亲笔写了一封家信。信里写些甚么？无非是出塔升天以后，种种离情，以及归家降妖各节。写毕封好，另取白银三十两，给与秦高做盘费，命他打点动身进京，不必细叙。

此时娘娘又想起一事，要与许仙同去上坟祭扫，连小青一并前

往。许仙道：“这是应当的。我还记得从前端阳那天，娘子要去上坟，不料走下楼时，跌了一交，以致不曾同去，在家养病。这事相隔二十余年，你可还记得否？”娘娘道：“怎说不记得？我也耿耿在心！不幸后来遭了祸事。我竟从未到过坟堂，所以我要和你同去祭扫呢！”许仙道：“如此，待我命人备办祭礼，明日同去上坟便了。”

这些祭礼，无非香烛锭帛，和那酒菜等类，早已备办定当。到了下一天早上，夫妻三人坐了三乘官轿，带领从人，挑着祭礼，出了府第。上街坊一路向前，哄动了两旁来往的行人，老的少的，纷纷谈论。有几个认得他夫妻三人，知道许家的底细，都说这位白娘娘，平日做人极好，所以生下个状元郎。如今赦罪出塔，又是这样的风光了。

我不说众人背后谈讲，其时一行人簇拥着三乘轿子，出了城关，从西湖塘上匆匆行去，早到了许氏坟堂。停轿出轿，许仙着从人在坟前石台上供好了祭礼，然后过去拜了四拜。白氏也上前跪倒，默祝祖先保佑仙郎，日后同上天堂。小青叩诉祖宗，保佑你媳妇早生贵子。拜毕起身，吩咐从人烧化了纸钱，收拾了祭礼，准备乘轿回去。娘娘开口说道：“近日暑气全消，秋光可爱，意欲与官人在西湖塘上游玩一回。”许仙道：“极可使得。方才坐着轿子，匆匆经过湖塘，未便游览，倒不如步行向前，命轿夫跟随在后。待我们游兴已尽，方始上轿归家。娘子你道好么？”娘娘点头赞成。夫妻三人就此步行，一路游玩西湖十景。

我若照着原本唱篇直译，再将西湖十景，一样一样的叙述，纵然点缀分明，也觉得重复可厌。因为上段书里，胡媚娘玩景思凡，早经说过的了。况且此次祭墓而来，无关重要，只算得连带文字，还是少说几句的为妙。但是娘娘今日随夫祭塔，重到湖塘游玩，未免有今昔之感。人情大抵如斯，所以我提及往事，也算是回顾《前传》的笔意，理上说得过去的。

要知白娘娘心里有甚感触，与许仙说些什么话来，且看下回分解。

第六回　产子

却说许仙等夫妇三人，一路在西湖塘上游玩，娘娘道："你看西湖景致，与前无二。只是我们三人，略觉苍老一些。"许仙道："娘子们却也还好，只有我受了胡须，愈觉得老了。"一头走，一头说。娘娘看见那边雷塔夕照，更是伤怀，便用手一指，说道："二十年前，我在此中沉埋，受了多少寂寞凄凉！如今又得夫妇圆圆，在此游玩，真是天大的幸事。只可惜此峰被青妹用火焚烧，变得这般模样了。"小青道："我也是一时气愤，欲救姊姊不得，因此放火焚烧。今日想来，实是卤莽。毁坏了前代的古迹，到变做我们的遗迹了，姊姊以为如何？"娘娘点点头，看过了别的景致，走到断桥残雪，不觉有些力乏了，就在亭中少坐片时。许仙与小青也坐了下来。娘娘忽问道："官人可还记得断桥相会时么？"许仙道："记是记得的。不过已往之事，我劝娘子不必提及了，说起时反增悲苦。现在且图欢乐要紧。此刻天将旁晚，我们回去罢！"

于是三人起身上轿，一径回到家中。吩咐厨房备好酒肴，畅饮到初更时候，方始归房安睡。今夜许仙睡在小青床上。小青因为腹中有孕，劳动后稍觉疲乏，双睛一闭，魂已出定，悠悠扬扬，身入梦中，那梦神便来托兆了。因为奉了佛旨，特地相送武曲星临凡。喝声："青娘听者！汝今有孕在身，切勿心中焦急，我奉上天敕旨，特送贵子与你。也是你命中注定，若遇分离，不必悲苦，日后自有相逢的日子，

名显朝廷。汝当紧记在心，吾神去也！”小青失声高叫：“菩萨！我还要问……”这句话尚未说出，早把许仙惊醒。忙问道：“青娘你要问什么？”小青方知是南柯一梦，便道：“我在朦胧之间，得一奇梦，梦见那神人对我说，如此如此，这般这般。未知吉凶若何？”许仙道：“这是大吉之兆，后来定生贵子，要干一番大事业的。”小青微笑道：“若得生儿，日后与小相公一般，也不枉我重下凡尘，接续旧缘了。”

说话时，听得樵楼（谯楼。樵，通“谯”）已敲四鼓。再睡了一回，天已明亮。许仙起身到白娘娘房里，告知此梦。娘娘道：“梦虽奇异，其实我早已未卜先知了。”许仙很为得意，笑说道：“娘子有先见之明，能知过去未来，真不愧为黎山老母的高徒！”娘娘听他戏言取笑，因为从前做妖怪时，托言是黎山传授，此刻他说这话，分明是嚣我的冻疮疤，便戏答道：“青妹得此一兆，害你又要惧怕他了！”许仙道：“做梦有什么害怕呢？”娘娘道：“你可记得昔年我与你同床安睡，变一条十丈长的大蛇，将你欺侮？不知如今可有第二个法海和尚，再拿金钵来收我么？”许仙忙道：“娘子太多心了。若提往事，总是我许仙没有情义，连累娘子受苦的呢！”娘娘见他认了真，也陪笑道：“这不过戏耍的话，以后大家不必说了。”这些闲文，毋烦细叙。

数月以来，家中并无别事可记。光阴很迅速的过去，要说到小青怀孕以后，已将达月临盆了。那天小青独坐在房，觉得腹内一阵一阵的疼痛，莫非那婴儿要离身了么？想起从前娘娘产生梦蛟时，全亏我一个人做独脚戏，在旁服侍，眼见娘娘十分痛苦，我却不慌不忙，镇定心思，办理得井井有条。如今临到自己身上，不知道怎样过去？他虽修炼了七八百年，年纪还不及白娘娘，却也算不得不老了。而且换去凡胎，他已不是蛇身，反比娘娘高出一筹，变做人养人了。但他还是头生，第一次养儿子，从未经过此事的人，心里总要慌乱的。所以他腹中越痛越紧，又好似乱箭穿心，钢刀剖肚，一阵连一阵，那里还忍得住！眼中泪落如雨，叫声："不好了！再要疼痛时，恐怕性命要不保了！"只得双手捧着肚子，高叫："姊姊快来！"

娘娘听得叫唤声甚急，连忙走将过来。见他这般光景，便问道："青妹敢是要分娩了么？"小青皱着眉心，点头应是，连身子也立不起来。娘娘就搀扶他到床上睡下，方说道："你今痛阵紧急，即时要分娩了。我和你仿佛同胞姊妹一般，我就权做稳婆，也是应该的。"小青道："怎好有劳姊姊？还是去知照相公，唤个稳婆来罢！"娘娘道："这算什么！一来恐怕不及，二来我也懂得收生，更比那班稳婆妥当些。"

此时小青痛得牙关紧咬，口也难开，下部胞浆水已下。娘娘急忙脱去外衣，把应用的东西，摆在一旁，然后取一块大包袱，束在腰间，爬上床去，双手将小青身子捧住，往上一提，叫声："青妹！你只要用力迸一口气，忍着疼痛，小儿便下来了。"小青这番痛极，闭着嘴一迸，眼睛前一阵黑暗，那婴儿已经脱离娘胎了。总算顺流顺水，快生快养。娘娘伸手托住小儿，听他哭声洪大，知是英物。正要下床命人去唤稳婆来洗浴，却巧许仙上楼进房，知道这个喜信，便去唤一个稳婆来。这稳婆住在邻近，所以命人一唤就到，与小儿剪了脐带，沐浴穿衣，包扎停当，领赏而去。

但是我有一句话，不得不讲明的：许仙家里，呼奴使仆，比前更为富饶，难道稳婆不好早些唤来的么？还是恐怕他生下几个蛇蛋来么？都不是的。为什么娘娘定要权做收生？有个缘故在内。昔年娘娘生梦蛟时，小青当过稳婆，今日小青生子，娘娘也亲自服侍他，这叫做以德报德。况且现在改称姊妹，比不得前番有主婢的名分呢！

数言表过。再说许仙今番又得一子，喜气满怀，府中热闹异常。诸亲百眷，前来道贺，厅堂摆酒，宾客欢呼。三朝设席，更不必说了。到了弥月（小儿出生满一个月。也称满月），亲戚朋友，都来送礼。正所谓不是亲来也是亲，比三朝更为热闹。厅堂上挂灯结彩，庭心中搭台唱戏，笙歌盈耳，宾主联欢，杯盘交错，水陆纷陈。有两句俗语说得好，叫做“富家一夕酒，贫汉十年粮”，一些也不错的。这一天人人快乐，个个欢喜。只有娘娘想起前情，频弹珠泪。许仙一见，忙问娘子为了何事？小青也来细询情由。娘娘苦塞咽喉，停了半晌，方说道：“青妹，你是我心腹之人，怎么还不知道我的心事呢？”小青听了，自然会意，虽不明言，也不觉滴下泪来。娘娘又向仙官道：“我记得那年梦蛟弥月这一天，正是做妻的被难之期。今虽出罪重续旧缘，却不见孩儿在我面前，因此我睹物伤心呢！”

小青见许仙呆立不语，只好在旁劝道：“姊姊不必悲苦。小相公在京做官，少不得有见面的日子，请姊姊且免愁烦。”娘娘原是个豁达的人，也不过一时感触罢了，此刻听得这话，心里一想：“今朝青妹生儿满月，理当庆贺才是。我若只管悲苦，反道我度量太小，有心触他的霉头。何况我儿已经做官，不久就有相见之日了！”所以娘娘转悲为喜，抱了满月的孩儿细细一看，果然生得眉清目秀，品格超凡，将来一定名登甲第，夺取魁元。就替小儿取了一个名字，叫做梦龙。日后一蛟一龙，当可显耀许氏门庭。许仙听说大喜道：“好个‘梦龙’两字！他日须要努力攻书，方不负此名儿！”说罢，转身出外，招待宾客。忙碌了一天，直闹到更深方散。果然是状元府第，毕竟与众不同！

这一段小青产子情由，我算叙过了。我且暂把家中搁过一边，要说到出使平番的许状元。奉旨封王，非同小可。那一天已到番邦，这里番王早已得报，即命左相喏噜苏，前来迎接南朝天使，在本国边界上等候。是日遥见一队军马，威威武武，簇拥而来，想必是天使大人到了，果然一些不差许梦蛟！番界左相过来迎接，并马同至迎宾馆，下落雕鞍，携手入内。彼此见过了礼，分宾主坐下，梦蛟先启口说道："本院因奉圣旨出使贵邦，非为别事。吾上邦圣主，自先皇开国以来，凡外邦九蛮十八洞，都有朝贡进京，无国不服。惟有尔番君近年以来，并无贡税。且又口出不逊，夜郎自大。所以我圣上命本院前来，通问此事。请番相速即奏明汝主，议决作覆。如若不然，天朝兴师征伐，决不姑宽！"番相道："天使大人，何出此言？我主虽是番邦，也有九卿六部，四文四武，将相完全，各府州县，界画分明，那一桩不如南朝？大人怎么轻视我邦，狂言征伐，是何道理？"梦蛟道："番相言之差矣！我圣朝入主中原，统一九州，恩覃（蔓延；延及。覃，tán）四海，遐迩偏邦，谁不敬服？只有你番君不遵王化，恃强顽抗，欺侮中华，有乖臣道，故命本院到此责问。望即奏明汝主，来朝纳贡。我圣上深恩厚泽，决不追咎既往。倘敢有违，迟疑不覆，只怕天威一震，举国顿成齑粉（同"齑粉"。细粉；碎屑。此处比喻粉身碎骨。齑，jī）了！"

这几句话，义正辞严，可谓不辱使命。但是少年气盛，激烈了一点，竟触恼了番相，喏噜苏怒骂道："好个年轻无知的天使，口出朗朗狂言，藐视我番国无人，逞强压迫，这般无理！待俺奏与我主知晓，把你拘禁在此，休想回转家邦！"说罢，站起身来，吩咐小番传令出去，立即调勇卒三千，守住中原渡口，不许南兵过界。

又命手下将许梦蛟拘押营中，不得有误。

番相命令一下，怒冲冲回朝禀覆去了。只可怜许梦蛟被几名番卒押入番营拘禁，心里好生悲苦："这次出使封王，明知是仇练的奸计，有意陷害着我。但我既奉君命，理当为国增光，折冲坛坫（本指诸侯盟会的场所。此指谈判场所。坫，diàn），直言向番邦诘责，虽死亦无怨言。只是丢不下家中妻父，还不知我在这里受苦呢！"

书中暂将梦蛟被困番营一节按下，却要另行提起一人。此人说将出来，想必看过《前传》的，还未忘却，就是那个昆山顾公子，官名蕙兰。昔年被小青迷恋，那时小青未脱凡胎，身有大毒，因此弄得顾生骨瘦如柴，成了痨瘵（肺结核病。瘵，zhài）。幸亏许仙驱妖治病，才得起死回生，十分感激。那知中秋节登门拜谢，见了家内失去的三桩宝物，又见妖精出现，便疑心许仙不是好人，命家人告到当官。他却先自归家，禀告母亲。那太夫人十分贤德，反斥责儿子卤莽，以怨报德："况且这几件宝物，久未检点，或者被他人所窃，转卖与许仙，也未可知。你便告到县衙，仗势欺人，竟忘却自己的性命，是那里得来的！虽说妖精在他家出现，也许他收伏后，听候仙人使唤，好比南极仙翁在仙山上，有鹤鹿二童看守洞府，难道鹤鹿不是妖怪么？"这一阵埋怨，顾生只好唯唯听命。仔细一想，却也不差，心里很觉懊悔。便将此案搁起，不差人去追究了。所以许仙得安然无事，来到镇江与白氏相会。《前传》里未曾说明，也是缺点。故而在下译到这里，替他补叙这几句，方觉得前后呼应了。

此事相隔二十余年，如今顾蕙兰已有四十岁了，自从那年病愈后，进京得中第八名进士，点入词林。未及数载，钦命擢升为淮安节度使之职。只因前妻陆氏病故，继娶夫人仇氏。即是仇练的胞妹，颇为贤能，与自己同庚四十。怎奈膝下无儿，仅生两个女儿，长女金鸾，年方十九，次女银鸾，只小一岁，都配与陈伦为媳。两婿一个榜眼，一个探花，与许梦蛟同榜，共居翰苑。

这些事实，我拿来叙明后，方说顾蕙兰到了淮安任上，倒也弊绝风清，政声卓著。只有地方上不甚太平，近来凤凰山上，出了两个妖魔，势极猖獗。本来要与亲家陈伦商酌此事，替当地百姓除害。又听陈伦奉召进京，将要动身去了，因此心内踌躇，好生忧闷。正坐在书房思想间，他的夫人仇氏自内走出，叙坐后，蕙兰问："夫人出来何事？"仇氏夫人道："妾身非为别事，只为我胞兄五十寿诞，就在本月中旬，故此来与相公商酌，端整了礼物，我欲与女儿同去祝寿，倒不如备了舟船，一起进京。未识相公意下如何？"蕙兰道："夫人若往京城，又恐衙中有事，无人照料。我劝你不去的好。还是把这份寿礼，托陈亲翁带了去。我二女也要拜母舅的寿，就叫他向舅兄致意一声。"夫人点头称是，也赞成这样办法。当下将行礼整备停当，顾爷便吩咐打轿，来到陈伦衙署中拜望。

我就趁势将陈伦这个人，表个明白。但依据本传里说，陈伦初任钱塘县，后升苏州府，好像《前传》里的周士杰。先做钱塘时，因库银一案，将许仙徒配姑苏。及至昆山盗宝事发，告到吴县堂上，这县官也就是他。不过不是苏州府，似乎两样。一而二，二而一，我却无从考据。或是或否，只好依样画葫芦，照着本传写将下去。好在周士杰非比陈彪，陈彪误作李君甫，断然不可，我在上回早经说明。如今这个陈伦，并不是许仙的亲戚，无关重轻，恕我不再更改了。现在陈伦已升任了淮安道，地方上很有贤名，因此有圣旨下来，召取进京。

不知陈伦进京之时，那边许梦蛟可曾封王归国，回京覆命，且看下回分解。

第七回　归国

却说陈伦是四川人氏，夫人陆氏同庚五九，从前因遇难产，幸得许仙良药相救，母子转危为安，均喜无恙。大儿陈连中了榜眼，次儿陈达，中了探花，与许梦蛟同榜，都在京中为官。他的两个媳妇，乃是昆山顾蕙兰的女儿。一双姊妹，嫁给同胞兄弟，珠联璧合，可称为美满姻缘。现下二媳随侍翁姑，都在淮安道署中。陈伦莅任以来，将及三载，近来却多了一桩心事：因为凤凰山妖寇作乱，搅扰得地方不安，正想设计收伏，将此事奏闻朝廷。怎奈眼前要行取入京，故而迟疑未决，尚没有一定的主见。忽见陆氏夫人同着二媳出外，行礼坐定后，陈爷问夫人出来何事，夫人道："只因二媳有事禀闻，特地陪他们出来的。"陈爷道："不知有什么事情呢！"二媳便说："仇家母舅，今年五十大庆，欲往京中祝寿，该备二付寿礼才是。故此同来禀告公公。"陈爷道："我今行取进京，你婆婆也要去的，不如一同去罢。"二媳唯唯听命。

正说之间，阍人进来禀报说："顾老爷到此拜望。"陈伦即忙出外迎接。到了厅上，两亲家见过了礼，分宾坐定。顾蕙兰先开言道："闻得亲翁即日荣行，一则特地相送，二则有事相商，还请亲翁裁酌。"陈伦道："不知亲翁为了何事，倒要请教。"蕙兰道："我因为本处西北有座凤凰山，地极荒僻，行人稀少，那里出了两个妖魔，啸聚山林，比那凶狠的盗贼，还要利害几分，弄兵作怪。而且他的妖法，变幻无穷，闹得该处一带地方，日夜不安。甚至扰乱江山，未可轻视。更兼淮安通连南北，是个要害的重镇，一旦举事，那还了得！故此来与亲翁商议，未识尊意如何？”陈伦道：“此刻弟也别无良策。况且即日就要进京，只好将此事奏闻圣上，然后聘请能人，发兵驱妖便了。”蕙兰道：“如此甚好。弟还有一事奉托：妻舅仇练五十生辰，略备几种礼物，要相烦亲翁带往京城。”陈伦道：“这是很便的。拙荆与二位令爱一同进京，到仇家去拜寿时，只须令爱致意令舅一声，岂不更妙？”蕙兰道：“足感亲翁盛情！小弟就此告别。”陈伦挽留他到内堂，与二女相见，叙了一回闲话，顾爷方始作别而去。

书中单说这里陈伦收拾行装，挈领家眷，就此离了淮安，直抵京城。路上并无书说。到京后，暂在寓中耽搁。次日五更三点，入朝见驾。三呼万岁，天子龙心大悦。因知他为官清正。办事贤能，故加以不次的擢赏，补授了吏部尚书之职。陈伦谢恩毕，重又奏道：“臣在淮安道任上，国泰民安，年丰物阜，固是可喜。但西北边隅，有一凤凰山，山深林密，妖物潜藏。今据府县报告，该山有二妖作耗，扰害闾阎。虽是么么小丑，惟恐盘据日久，滋蔓难图。设或暗通番国，恐成心腹之患。伏乞圣上乾纲独断，即日遣将前往，扫除妖孽，国家幸甚！百姓幸甚！”天子道：“据卿所奏，朕已知悉，但妖物虽然利害，尚未侵及疆土，且慢妄动干戈。可着令淮安将军严防谨守，只待他反形毕露，那时兴兵剿灭未迟。”谕毕退朝。

陈伦出了朝门，早有两个儿子过来迎接。回到寓中，将夫人和媳妇等一并迁入衙门。部署方毕，文武众官齐来拜贺，还有一班属员进见，自有一番忙碌。这些繁文，毋庸细表。现在要说到番邦去了。

那个左相喏噜苏，因见中原差来的天使许梦蛟，责问朝贡理直气壮，言出如山，甚是可怕，当下争论了一番，即时将许梦蛟拘禁番营，已经长久了。那天奉了国王之命，来见梦蛟劝降。到了营中，两下相见坐定后，番相便将自己的来意说道："俺今奉命到此，劝你归降我主，仍封为殿元显相之职，免得异乡受苦。还望天使细加详察！如愿从顺，便同你去见我主，加官受禄。"许梦蛟听得此言，勃然大怒道："人各有志，你主何苦强逼忠良！想我堂堂中国，乃是真命帝主，我当效死以报君恩。生为中国人，死为中国鬼，岂肯降你这偏邦小国，落下万古臭名？我请你回覆番君，休得妄想。如若再来相逼，我情愿刀下身亡的。"

番相见他这般坚强不屈，心中虽暗暗称赞，嘴里却恨恨的说道："许梦蛟呀许梦蛟，你今不肯从顺，只怕你懊悔无及。"说罢，就去回覆番王，奏明"许梦蛟忠心赤胆，坚执不允，誓死报国"。番王忽然问道："许梦蛟是那里人氏？今有多少年纪了？"番相道："据说是中国浙省杭州府钱塘县人氏，约有二十余岁了。"番王点点头，略想一想，便道："孤在二十年前，扮做客商模样，来到中原，游玩杭州西湖，见塘上有一少年后生，手抱婴孩，两眼垂泪。又见一白发头陀，手持金钵，钵内有一条小小白蛇。我便问那些游玩的人为着何事？这后生何人？那人说明后生叫许汉文，盂内小小蛇儿，千年修炼，变做美人，就是许汉文妻白氏娘娘。只为水漫金山，害了万万生灵，故此前来把他收伏，镇压雷峰。那抱的弥月孩儿，就是白娘娘所生之子，乳名梦蛟。所以这个后生，难舍难分，在那里啼啼哭哭。这时候，寡人也在旁观看，不觉感叹了一回。事隔已久，如在目前。想不到如今差来的天使，正叫做许梦蛟，莫非就是此子不成？也可算得一桩奇事！左相可传他进来，待我细细问他，不知是也不是。”

以上这段说话，虽觉离奇，且与《前传》稍有不符，也还说得过去，真叫做无巧不成书呢！

仍说当时左相领了旨意，再到营内，召请天使许梦蛟入朝相见。梦蛟听得番王旨意中，有个“请”字，在他口中传出，谅必有事相商，并无恶意。“我且跟了他去，行个君臣之礼便了。”主见打定，就随着番相入朝行礼，口呼千岁，叩伏金阶。番王很为谦逊，连称不敢，平身赐坐，然后说道：“殿元奉着圣旨，来到敝邦出使封王。但我国虽属番邦，也是顺天行事，规模礼教，原与中国无异。你南主不度德，不量力，意欲兴兵敝国，寡人何足为惧！因此将殿元拘禁营中。今见卿一片忠良，实为可敬，特命左相召卿相见，一问情由。不知殿元何处人氏？你可将本身履历，细细说来。”许梦蛟奏道：“使臣是浙江杭州府钱塘县人氏，父名汉文，现在家居，并未出仕。”

番王又问道：“你的母亲谁氏？你怎么不说呢？”梦蛟听了，心里有些诧异，不敢说谎，据实奏道：“臣母是千年得道的精灵，与父亲夙世有缘。后被法海僧人所害，镇压在雷峰塔二十年，如今已出罪升天了。”番王道：“如此说来，可是水漫金山的白娘娘么？寡人想起，也觉悲哀。只可喜生子成名，鳌头独占，今得出使到此，也可算得天缘巧合了！”梦蛟道：“请问千岁，怎生知道使臣的家事？”番王道：“寡人昔年乔扮客商，来到中原，在西湖塘上游玩，正见那日的情形，故而向旁人动问，得悉此中的原委。不意今日天遣相逢。事皆前定，寡人岂肯违天行事，将你屈留在此，埋没你的风云壮志呢！”又回顾左相喏噜苏说道：“你可整备奇珍异宝各种贡物，即日送殿元归国；另备黄金千两，彩缎百端，赠与殿元还朝。”

许梦蛟听了这话，暗自欢喜，即忙起身叩谢，感激番君贤德，三呼千岁，告辞退下。文武相送出朝，与左相上了青鬃马，一千军卒护驾随行。梦蛟自此转忧为喜，遇难成祥。今日能够封王归国，真是难得。

起程后一路回去，并无书说。到了本国地界，途中官员迎送。这些常套，不必细表。那一天进了京城，许梦蛟带同番相入朝见驾，细奏出使后经过情由，并呈上番国朝贡的表章。天子大喜，即命光禄寺备宴，款待番臣，也赐金银彩缎等物。那番相谢过了恩，先自

退出朝门，带着番卒回本国去了。这里殿廷之上，天子钦赐状元加升三级，仍回翰苑掌教。满朝文武，谁不钦敬！惟有仇练心中难过，暗说："小子真好侥幸，少不得还在我手中呢！"

我不说奸臣心事，再说许梦蛟退下朝来，得意洋洋，回到本衙，碧莲夫人出来迎接夫君。到了厅堂上，夫妻行礼毕，岳父陈彪也出外相见，各诉离情。当即整备接风酒席，合家欢乐，毋待细叙。

过了一天，陈彪因久未得家中音信，思乡甚切，所以一见女婿归来，次日便向梦蛟说道："我只为贤婿奉旨出使封王，至今耽搁

在此。虽家里有信寄去，却没有回信到京，不知何故，弄得我心中日夜牵挂极了。”梦蛟道：“岳父既要回去，待小婿择日送行便了。”陈彪道：“我今归心如箭，明天便想起行了。你岳母不知在家安否？为什么至今杳无音信呢？难道没有便人投递到京么？”梦蛟道：“小婿在当日限满进京时，爹爹尚未归家。后来岳父送令爱到此，方知父已还俗，不肯来京共享荣华。累及岳母在家照料，小婿心实不安。更兼外国封王，又累及岳父耽搁了长久，常常悬念家乡，就是小婿也挂念着爹爹。今得岳父回去，最好也没有了！”陈彪道：“凡事都出人意外，此刻却不必说了。你的意思，我也明白的。”梦蛟道：“既如此，明天准备船只，我叫陶仁相送就是了。”

商量停当，梦蛟写好了两封家信，一封禀告父亲，一封问候岳母。当晚备了酒席，与岳父饯行。饮酒之间，无非谈些家常话儿。夫人也向外来，要请爹爹在母亲前代言问安，说“女儿在京安乐，不须牵挂”。又叫家人陶仁进来，命他伴送太老爷回杭，路上须要小心伏侍。陶仁唯唯听命而退。少顷席散归寝。到了来朝，梦蛟已命人备了一号大船，所有铺陈行李，也收拾好了，便亲送岳父登舟。并嘱陶仁当心侍奉，事毕速即回京。翁婿作别后，梦蛟踏跳登岸，看那号大船解缆开行去了，方始上轿回衙，不烦细表。

要说到仇千岁庆寿一事。那仇练是个权奸，封藩以后，仗着圣上隆宠，气焰薰天，炙手可热。他虽陷害许梦蛟不成，却得了举荐贤才的名誉。只可惜天不佑助，膝下无儿，幸生一女，闺名秀凤，年方八岁，生得聪明伶俐，因此他与夫人爱如珍宝，总觉得美中不足。明天是他五十生辰，厅堂上早已悬灯结彩，寿幛寿联，挂得密密层层，都是王公大老的官衔。中间供着御赐白玉寿星等各项珍品，其余摆列种种器具，可称为穷极奢华。红氍（即“氍毹”。毛织的地毯。氍，qú）贴地，绣幔遮天。又唤到一班梨园子弟，搭台演戏，准备款待来宾，开筵听唱。就是那边的瀑纱厅、花厅、官厅、后厅等各处厅堂，以及两旁的内外书院，后面的内外花园，都收拾得金碧辉煌，点缀得花团锦簇。正是天上神仙府，人间富贵家！别有一种豪华气象。

仇练亲到各处看了一看，心中十分喜悦。又见今日各地送来的寿礼，比前几天更多了，无非金珠珍宝，和那锦绣幛联等物，此外糕桃烛面，这些食用的东西，更不必说了。因为他是极品藩勋，所以宰相以下六部九卿等文武官员，那一个不要来趋奉他？即使与他不睦的忠良，也不免送一份薄礼，遮人耳目。故而格外热闹异常。仇练又唤府中军官王贤进见，料理一切，并命厨房中备办酒肴，格外丰盛。

正吩咐间，见一家人进来禀报道：“启上千岁爷，昆山两位顾小姐来了。”仇练即命他传话内堂，致照夫人小姐出去迎接。少顷两位顾小姐来到厅堂，一同上前拜见，叫声：“母舅舅母！甥女等特来拜寿。”双双跪下。仇练受了两拜。便说：“贤甥女请起请起。”顾小姐起身说道：“家母本欲来京庆祝，只因衙内事忙，不克分身到此；特备些些薄礼呈上，聊表寸心。如今公公行取进京，婆婆也一起同来，命甥女致意母舅，改日再行登门谢罪。”仇练道：“你公公行取到京，圣上加封为吏部，甚是荣显。奈他不来拜我，故而我也不去贺他呢！”顾小姐听他话中暗藏抱怨，忙道：“我公公性情固执，还望母舅不必介怀！”

此时夫人即吩咐备酒，与二位小姐洗尘。并且这天有亲戚至交先来暖寿，所以大厅上也摆着许多酒席，欢呼畅饮，庆祝寿星。直吃到三更过后，方各散归。下一天是诞期正日，满朝文武齐来贺寿。有几个翰林院里的官员，或做寿诗的，或献寿文的，恭维祝颂，无微不至，各厅上的宾客，坐得满满，比那日大不相同。少顷肆筵设席，仇千岁按照众官员的名单定座。细细查看，席中只少了两个：一个是陈吏部，一个是许状元。心头怀恨，暗骂："梦蛟这小畜生，你不过封王得胜还朝，圣上十分宠爱着你，你就不放老夫在眼里，如此欺侮，老夫怎生容得！只须略施小计，管教你十年窗下，枉费工夫了！"仇练恨恨不已，单恨着许梦蛟。因为陈伦有亲戚关系，所以这一笔账，都划到许梦蛟身上去了。

我且将这里庆寿情形，丢下不表。再说许梦蛟因与陈伦家有年谊，并且他官为吏部，执掌铨衡，应当前去拜望。这日乘轿来到吏部衙门，把名帖送将进去。

不知陈伦是否接见，和许梦蛟谈些什么话来，且看下回分解。

第八回　报信

却说吏部陈伦秉性固执，因与仇练薰莸（香草和臭草。常用以比喻善人与恶人。薰莸，xūn yóu）各别，不愿去趋奉他，只命二媳前往拜寿，代为致意。所以今日退朝回来，静坐在书室中，批阅文书，办理他的公事。忽见司阍人（看门的人。阍，hūn）走入，呈上贴，禀报许状元来拜会。陈爷把名帖一看，上写着“年侄许梦蛟顿首拜”。暗想：“他是许汉文之子，与我孩儿同榜及第，闻他封王得胜回来，到此拜望，我当以优礼相待，不可轻慢。”便吩咐阍人开了正门，亲自出来迎接。与梦蛟相见之下，携手入内。

到了厅堂上，见礼分宾坐下，送过香茗，陈爷先开口问道：“年侄出使封王，耽搁番邦甚久，不知何日动身，才得回朝。乞道其详。”梦蛟道：“小侄奉旨前往，被番相喏噜苏禁押番营，为时甚久，反要我屈辱归顺，小侄誓死不从。还亏番君感悟，说我能尽忠孝，才得放我还乡，并愿遣使贡献奇珍。蒙圣上恩典，加升三级。但恐仇练与我作对，再生恶计害我，还望年伯垂怜，小侄不胜幸甚！”陈爷道：“年侄尽可宽心。你与他两不相犯，各行其道，怕他则甚？”梦蛟道：“全仗年伯庇护，小侄感激不尽！”陈爷道：“岂敢岂敢！请问年侄，如今令尊在京，还是在府上呢？”梦蛟道：“本欲接至京中居住，只因家父自遭变故后，心灰意懒，偏喜独居清静，故而不肯来京。”陈爷道：“我记得昔年在苏州时，贱内难产甚危，群医束手。因闻昆山顾家舍亲，病入膏肓，是令尊医治好的，所以我也请令尊诊视。果然金丹一粒，妙手回春，保全母子二命。老夫至今耿耿不忘。”

梦蛟道：“小侄闻得岳父谈及，家父曾在姑苏开张药铺。不料顾家误会，控告县衙，使家父险遭陷害。若不是年伯从中挽救，便难昭雪了。”陈爷道：“老夫不过剖明冤屈，解释误会，故命县中从轻发落的呢！我还有话动问年侄：令堂归天以后，不知可有消息么？”梦蛟含泪答道：“我母虽得出塔升天，至今并无消息。小侄因限满来京供职，只知我父已从金山归家。又未便请假还乡探望，并且奉旨出使封王，留番甚久，未得家中音信，不知何故，殊令小侄悬念之至。”

这一番问答的话，虽不十分重要，原书却与《前传》不合，难免阅者指摘。故由在下删改，较为妥当些。哈哈！在下简直做了圆谎先生了！数言表过。再说梦蛟与陈伦叙谈了多时，方始起身告别。离了吏部衙门，一路回去。

这个当儿，要提起那报信的老家人秦高了。秦高前年奉了主人之命，来京报告喜信，不料行至黄河渡口，遇见一群强盗，把他的行李书信，尽行劫去，险些儿丧了性命。可怜他盘资全无，只得沿门求乞，飘泊异乡。又遭了一场大病，虽亏得仁人君子，替他出钱医治，迁延日久，才得活命。此时仍旧进退维谷。过了几月，稍得路人周济了些，方才一路求乞进京。耽耽搁搁，好容易抵达京城，却不知小主人住在何处，一时那里寻访得着！只好以求乞为生。并且他还不晓得小主人出使番邦，真怪他初来时无从打听了。

秦高受尽困苦，今日合该苦去甜来！正从大街上经过，瞥见迎面一顶红伞，八名护兵，簇拥着一乘绿呢大轿；后面还有两名家丁，骑马跟随，好生威武。只因皇城之中，比不得各省地方官，可以开锣喝道的。知是一位大官员，却不知何许样人，一时看不清楚。他便转向旁人动问，叫声：“大爷，这是什么官府？真好威严呀！”那人道：“这就是封王回国的许状元老爷，今日在那里拜客呢！”秦高听了，即忙赶上前去，向轿子里面仔细一看，果然是小主人，他便跟着轿子同走。来到一所衙署，看小主人下轿进去，略停一停，方走到门房跟首，对那管门人说道：“相烦老哥通报一声，说浙江杭州太老爷差人下书要见。”

那管门的听了，对秦高看了一看，和那乞丐相似，本欲赶他出去，后来一想：“不好，他说是投递家书要见，我不得不进内禀报的。”便道：“你且在外候着，待我通禀去。”说罢，转身入内去了。此

刻许梦蛟正换过了便服，在书室中坐着，见司阍自外走入，禀告道："启上大老爷，浙江杭州太老爷差人下书，现在外面。"梦蛟一听，忙道："既是太老爷那边来的，快叫他进来见我！"司阍应"是"退出。

不片刻，秦高进来叩见。梦蛟问道："你几时动身到这里的？太老爷在家可好？你为什么身上弄得这般模样？"秦高道："老奴奉命来京，不料中途遇盗被劫，将书信行李一并抢去。流落异乡，无以为计，沿街乞食。过了几时，可怜老奴急出一场病来。还算上天保佑，有人救济，得庆更生。怎奈盘费全无，只好一路求乞进京。不知走了多少日子，竟被我到达京城，这还在数月以前。那知四处寻访，找不着老爷的衙署呢！"

梦蛟道："这时我出使番邦，怪不得你无从寻访了。我且问你：那封书信既已失去，但你在临行时候，太老爷可有什么言语嘱咐着你呢？"秦高道："别无他语，只命我来京报告喜信的。大约信中也是这个意思，待老奴细细告禀。"梦蛟道："如此快讲！"秦高道："太老爷回家以后，初时心中愁闷，思念往事，常常掉泪。过了几月，太夫人竟回来了。"说到这里，梦蛟将话打断，说声："且住，我只问你那一个太夫人？"秦高续禀道："就是老爷的生身亲娘。出塔升天后，多蒙佛祖赦罪，脱了凡胎，奉命下山，再与太老爷继续前缘。还有一位青氏夫人，和太夫人同来的，欢叙一堂。因此太老爷十分快乐，身子也比前康健多了。"梦蛟道："照你这样说来，那位青氏夫人，是二太夫人了？"秦高点头称是。梦蛟听了，喜极生疑道："莫非我今日许梦蛟，在这里做梦不成？"秦高道："老爷休得多疑，并非做梦，实是真的。"

梦蛟方定了一定神，再对窗外看了一看，果然光天化日，并不是梦。不觉喜气洋洋，把从前一切愁云惨雾，完全化为乌有。足见他天生纯孝，真是世上所罕有的，故而他平日心里，除却亲生父母外，还有一个许氏大娘，一来是他的嫡亲姑母，从小把他抚养成人的，二来又是岳母，所以格外敬重，心里永不会忘记的。此刻知父母消息，就问及陈太夫人可安好否？秦高道："家里全仗陈氏太夫人代为掌管，办得井井有条。不然，起初只有太老爷在家，虽有老奴等在旁侍奉，怎解得心中烦闷呢？好在陈太夫人身子强健，天天到西楼来的。谁知发生了一桩奇事，忽然来了两个妖精，冒充着太夫人入内，蛊惑太老爷，一住三月有余。又来了两个其实真的太夫人回来了，当时一场争吵，那里认得出真假？还亏太夫人法力高强，顷刻召到四位天将，那两个妖精就逃走了。事定之后，太老爷和太夫人便差我进京来报喜的。想不到老奴命苦，中途遭此大难。如今在街坊上遇见老爷，也可称得绝处逢生，不幸中的大幸了！"

梦蛟道："原来有此奇事，真是可喜之至！"秦高道："家内二位太夫人，天天与太老爷讲起老爷的。"梦蛟道："我也在此日夜思念。只是我方从番邦回来，一时未便辞朝还乡。今幸你来此报喜，好叫我略放愁肠了！"当下吩咐另一家丁道："你带他到外厢酒饭，与他换了衣服。"秦高谢了主人，即跟那家丁去了。梦蛟便起身入内，将此事告知夫人。夫人也是十分欢喜，只记挂着父亲，回转家乡，不知路上可平安否。

我就把这里丢开，提起陈彪还乡一事。他在路上并无书说，那天船抵杭州，到了家中，好不热闹，喜气充满了门庭。夫妻相见，方知弟妇重下尘世，与仙弟再续前缘，可称奇事！少顷许仙过来叙谈，各诉离情。又命仆妇抱出孩儿来，陈彪见了，称赞不止："骨相峥嵘，将来必成大器！”

这许多家常琐事，我都不表，只说家人陶仁进来叩见主母，娘娘问他一向流落在那里，陶仁道：“自从老奴见娘娘被难后，只身来到京都，流落了二十年，无依无靠。幸遇小主人中了状元，收留在衙署中。今送陈大爷回杭州，就要进京回覆老爷的，免得老爷悬望。”娘娘道：“陶仁，我且问你，你状元老爷与夫人可好么？”陶仁道：“好是好的。只因权奸仇练，与我家老爷不合，他用一条恶计，在圣上跟前，保奏老爷到北番去出使封王。我老爷到了外国，拘禁番营甚久，直至今日，才得回朝覆命，高升三级，命老奴伴送陈太爷归家。喜得又见娘娘之面，但老爷在京还未知晓，且待老奴回去报个喜信罢！”娘娘诧异道：“我自归家以后，即着秦高报信。因长久未得回音，又寄了几封书信，也是石沉大海。这又奇了！”陶仁道：“秦高并未进京，也没有书信寄来，老爷又出使番邦去了。夫人日夜挂念，陈太爷又难以动身还乡，故此耽搁至今呢！”

原来另有一个道理在内，在下也要表明的。许梦蛟不知道娘亲归家，那仇练却消息灵通，早已打听明白。恐怕白娘娘神通广大，如果母子相逢，我就害不得许梦蛟了！故差心腹得力家丁，在途中查看，倘有浙江杭州府差来的人与京中出来的书信，一齐阻止。所以数年来两下音信不通。秦高遇盗被劫，就是这一班人呢！表过不提。

再说娘娘听了这番话，便吩咐陶仁：“在此休养一天，待我写好了信，明日你动身就是了。”陶仁唯唯退出。过了一夜，娘娘早把书信写好。无非叙说回家一事，嘱咐儿子谨慎为官。许仙也在一旁看过。当即交付陶仁，并赏给盘费银四十两，打发他进京去讫。

书中有话则长，无话即短。近数年来，总算相安无事，过那欢乐的日子。光阴迅速，二公子梦龙年方五岁，生得眉清目秀，头角峥嵘，聪明伶俐，活泼非常，便送到学堂里去读书。不多几年，过目成诵，与昔时梦蛟相似，真可称得神童。那一天娘娘与青妹正坐在中堂上，和许仙闲话，见梦龙放学回来，品格魁梧，比起初上学时大不相同。上前拜见爹爹与二位母亲，把近日所作的几篇诗文呈上。娘娘接来一看，居然做得很有意思，回顾小青道："青妹你看，这小小年纪，能够做得几句，总算亏他，将来孩儿必然辅佐王家。"梦龙听得赞他，便道："孩儿读了书，就要想做官了。"许仙笑道："你年尚小，晓得做什么官！"梦龙道："哥哥做的是文官，孩儿要学武做武官的。一文一武，岂不是都出在许家么？那时爹爹是老封君，二位母亲要升做天仙了。"娘娘听了梦龙之言，把头点了几点，预知此子日后飞黄腾达，不在梦蛟之下，小青也深为欣喜。

这个当儿，梦龙一跳一跳，同着一个小丫头，来到后面花园中游玩，随手拿了一根齐眉木棍，横七竖八，打了一路。正打得高兴时，天上来了一位九天玄女娘娘，因为奉了如来佛旨，要度梦龙上山，学道成功，干一番大大的事业。知他是武曲星官降世，性格极高，须得用一法儿，引诱他来。便命从者变一神莺，停在树枝上，叫了两声。梦龙一见心喜，要想捉他下来，拔步向前。那神鸟又连叫几声，振翅一路飞去。梦龙追将出来，正走到假山深处，那鸟腾空飞上云霄，忽然不见了。举头仰望，只听得空中高叫道："许梦龙随我去罢！"就地卷起一阵大风，梦龙不知不觉，身在云端，两足如履平地一般。他睁眼四下一望，见那九天玄女在前行走，他就在后跟随，好似身登仙界，颇有兴趣，竟忘却人间父母，到仙山上学道去了。

我且丢下慢表。再说陪伴梦龙的那个小丫头，追随在后，相离

不远，忽然一阵狂风，吹得眼前昏暗。等到风定一看，不见了二官人，慌忙到假山跟首各处叫唤。寻来寻去，那有二官人的踪影！急得他魂也没有了，三脚两步，奔出花园，死也似的来到中厅，报告主人主母。娘娘一时也呆了，许仙更是心慌，大骂丫头不小心，叫他再去找寻。小青一闻孩儿失踪，悲伤痛切，忙叫声姊姊道："事出蹊跷，莫非有甚妖怪，前来作祟不成？还望姊姊代为详察，我的方寸已经乱了。"娘娘却心神镇静，原不过略呆一呆，早已袖中算定，便劝慰道："青妹不必悲苦。难道你昔日梦中之言，忘记了么？神人早经说过，有'若遇分离休悲切，日后相逢达圣朝'两句话，大约被仙人度往深山，学习法术去了。我劝你忍耐几年，自有好音回来的。"小青一听，心里顿然醒悟，暂把愁肠放下；许仙也不去责问小丫头了。

叙过一边，再说一边。陶仁这天回到京城，走进衙署，一眼看见秦高，即问道："秦兄弟，你几时到这里的？太夫人说你进京已有多年，一向耽搁在什么地方呢？"秦高道："啊呀陶仁大哥！说来话长！我还是今春才到这里的。"便把经过的事说了一遍。陶仁听了，不再多问，入内走进书房，见了主人，叩头请安。梦蛟道："陶仁你回来了！太老爷与二位太夫人可好么？"陶仁回说"都好"，就在怀中取出一封书信呈上。梦蛟因是父母训示，很恭敬地双手一接。拆开来细细一看，知道家内父母康健，大小平安，十分喜悦，犒赏了陶仁，别无他事。我且按下，要提起那凤凰山上的胡媚娘了。

不知媚娘在山作何举动，是否与蜈蚣精兴兵作乱，且看下回分解。

第九回　征妖

却说胡媚娘自与白娘、小青结下冤仇，与青蛙逃到这里凤凰山来，收伏了蜈蚣精，便尊他为一山之主。全不想自己是个狐精，并非人类，就算你夺了锦绣江山，也无所用。更不想自己力量不足，虽有千年道术，能够变化无穷，擅长许多妖法，但是邪不胜正，一个白娘娘，尚且斗不过，尚且天上还有神仙，要来拿你，你如果顺天行事，或可避免雷劫，修成正果，若是罪孽深重，犯了天条，还想逃到那里去呢？如今他一意寻仇，仗着蜈蚣精的势力，收集一班精灵古怪，小丑么么，约有数万之多，兵精粮足，自以为天下无敌，不难在世界上横行一时。他本欲奉使出雁门关，结连番邦，一同举事，入寇中原。后来打听得白娘娘的儿子许梦蛟出使平定北番，心中又是一气，因此耽搁到今，未尝发作。此时却熬不得了，命传蜈蚣大将军上殿进见。

原来现在凤凰山上，声势浩大，非比从前。建筑坚固的寨栅，里面也造着殿廷房屋，果然气概非常，做了一个极大的巢穴。当日媚娘坐在殿上，蜈蚣精进来参见，便问道："娘娘呼唤小将，有何号令吩咐？"媚娘命他一旁坐下，方说道："相请将军，非为别事。只因我们坐守山中，也不是长策。现下我山虽则兵精粮足，但恐淮安重地，十分坚固，又有重兵驻扎，进攻不易。故与将军商议，如何定夺？"蜈蚣精道："这有何难？娘娘法力高强，何惧这班凡夫俗子？

只须行兵时，中间摆下一个迷魂阵，敌人兵将虽多，来一个，杀一个；来两个，杀一双。娘娘不必出阵，待小将做个先锋，与他们大战一场。不是小将夸口，稳稳可以取胜。”媚娘听了大喜，与蜈蚣精计议已定，准备拣选黄道吉日，兴兵起事。所以近来山上大张旗鼓，日夜操演兵马，炮响震天。并且在邻近各处州县境内，劫夺牛羊牲畜，以及应用各物，骚扰得乡村市镇，鸡犬不宁。有钱的百姓们，大半逃入城中去了。其余没钱的逃走不得，只是叫苦连天。

这个消息，早传到淮安城中。淮安是南北冲要的重镇，有节度使、道府等官员，俨然江北方面一个省会，地方辽阔。那座凤凰山在西北边境，距离尚远，前番淮安道陈伦进京，将此事奏明圣上，却因反形未露，不曾出师剿伐，空费国帑（国家的公款。帑，tǎng），因循直到如今。近日各州县的警报，如雪片般飞来。这里的节度使，仍是顾蕙兰，未曾调任。听得信息紧急，举事就在目前，召集道府等文武属员会议后。一面传令各处分别防守，一面拜本（向皇帝上奏本）进京，请兵讨伐妖狐，为民除害。

我且待这道本到时再表。先说许梦蛟伴驾在朝，虽知道亲娘归家已久，总未到膝前叩见，心中尚觉抱憾。故而写就省亲本章一道，上奏朝廷。幸蒙圣上恩准，命“即日还乡，以尽孝道，三年后再行来京供职可也”。梦蛟谢过了恩，心里好生欢喜。不料灾星未退，还要受一番磨折，才得官居极品，享受荣华。这也是天数注定的。当下见黄门官李言，手捧本章，步上金阶，来到驾前俯伏启奏道：“今有淮安节度使顾蕙兰告急本章到京，奏呈陛下亲览。”将本呈上龙书案。天子览奏，见是凤凰山妖寇造反，骚扰淮安西北一带地方，势甚猖獗，颇为心腹之患。这事怎生办法，一时委决不下，便向两班众文武问道：“今有淮安告急本章到来，奏称妖兵作乱，不知众卿中谁有肝胆，可平此妖？”

两旁文武各官听了，面面相觑，寂静无声，都在那里默默思想。千军万马倒也不怕，单怕那妖精作怪，所以一言不答，好似寒蝉仗马（寒蝉，寒天的蝉。仗马，皇帝参加祀典、朝会和出巡时作为仪仗的马。二者皆喻指缄口不语之人），脸上反现着惊慌之色。天子向左右一看，不觉龙心大怒道：“可笑众卿枉在朝中伴驾，食君之禄，不思忠君之事，实是惶恐。难道几个妖精，就不能降伏了么？”圣上一怒，有几位大臣正要启奏，那仇练早在班中闪出。他存着不良之意，一心要害许梦蛟，借此公报私仇。便上前奏道：“臣仇练有事启奏陛下。”天子问道：“卿有何事？就此奏来！”仇练道：“臣保奏一员文武兼全大将，兼通异术，可当此任。”天子道：“爱卿所保何人？”仇练道：“依臣愚见，前番许梦蛟安定番邦，足见能文能武，胆识兼优。且其母白氏传有家法，精通捉怪降妖之术，故臣特保许梦蛟为主将，定能胜任愉快。伏乞陛下准奏。”

当下许梦蛟在旁一听，暗说一声不好，仇贼又要来害我了！想：“我好容易奏准还乡，若被此事阻住，莫说回去不得，只怕性命也难保了。”心里好生着急，殿廷上又不便说话，故而一双眼睛，只对着吏部陈伦观看，似乎要托他辩奏的意思。陈伦非但早已明白，而且听了仇练的话，他先怒气勃勃，不等到圣上开口，立即出班跪奏道：“臣启陛下：仇练保奏许梦蛟为统兵主帅，只怕文臣难充武职，有误军机。况他具本在前，蒙准还归乡里，请不必收回成命，另选英雄上将，平妖荡寇，奠定国基。还望圣上详察！”仇练因他帮助梦蛟，我也顾不得亲情了，便道：“陛下不须疑虑！许梦蛟虽是文官，却能精通幻术，熟谙韬略。此次用兵，实非许梦蛟不可。臣更保举陈伦二子，指挥军马，定可奏凯回朝。现当国家多事，正宜移孝作忠，且待得胜班师后，再行归里未迟。”

天子听仇练说得振振有词，自然准奏。只气坏了吏部陈伦：他害了许梦蛟，又害我二子，狠毒已极！却又辩驳不得，惟有暗骂老贼，心里恨恨不已，无可奈何，站过一旁。天子即唤梦蛟上前，谕道：“朕原准你回乡省亲，怎奈妖精作乱，猖獗异常，非有奇才异术之人，难以胜任。今封爱卿为护国侯兵马招讨使之职，敕赐上方宝剑，先斩后奏。得胜回朝，荣归故里，以尽孝道，钦哉谢恩。”许梦蛟只得俯伏金阶，三呼万岁，谢过了恩。天子又封陈连、陈达为左右总兵之职。这道旨意一下，谁敢违逆？只好领旨退朝而出。到了外边，商议统兵征讨一事。

不说陈爷发怒，仇练快心。且说许梦蛟回到衙中，陈氏夫人接见坐定，便问道：“相公今日上朝回来，因甚眉头不展，面带愁容？却不知为了何事？”梦蛟叹息道：“这事说也可恨！今日上朝面圣，止望省亲回浙，那知被仇练保奏，命下官领兵征剿凤凰山妖寇。还有陈家二位世兄一同前往。不知此去兵连祸结，几时才得还朝？况我不谙兵法，又无异术，怎生收伏妖魔？并且陈家世兄，又是书生之辈，如何做得将领？全军覆没，也是论不定的。”夫人听了，泪下如雨，含悲说道：“我实指望养亲回浙，一家团聚，谁知奸贼又起风波！圣上不察，偏信谗言。昔日番国封王，今又去剿灭妖狐。那妖狐非寻常山寇可比，怎么叫一个文官前去讨伐呢？分明奸贼有意害人！未知何日才得班师。如今我爹爹又不在此，只剩我孤苦一人，留在京中，如之奈何？”梦蛟劝慰道：“夫人不必悲伤。自古道：

吉人自有天相。听天由命罢了！”

正叙话间，阍人入内禀报，说吏部陈老爷前来拜望。梦蛟连忙出接，同到中堂，见礼毕，分宾坐定，送过香茗。陈爷先启口说道：“年侄，再不料仇练如此奸恶，公报私仇，背反天理，把这件事来陷害你！老夫心怀不平，奏上了几句话，他就移祸到我身上来了！我儿是他的甥婿，他竟全然不顾，也可称得大义灭亲！这般狼心狗肺，屈陷忠良，实是可恨！但愿贤侄得胜回朝，看这个老贼，还有何面目站立朝纲？他日功成回来，贤侄不必留他的脸面！”梦蛟唯唯应是。陈爷又问道：“未知年侄何日进兵？”梦蛟道：“小侄以为兵贵神速，不宜迟缓。后天正值黄道吉日，就要起马。望年伯致意世兄一声，后日一同起行便了。”陈爷道：“既如此，老夫就此告别。”梦蛟并不挽留，便送他上轿而去，毋烦细表。

再说仇练一心要害死梦蛟，又生一计，再入朝保奏王贤为参谋官，同去办事，襄助军机。圣上自然照准。那王贤本是仇练部下的中军官，又是平日的心腹人，今番保举他同去，分明是监察许梦蛟，叫他在营中做个通信的线索，把军情泄漏出来，你想可恶不可恶！但是许梦蛟到了此时，身为主帅，也只好硬着头皮，听天由命，向前干去。那日带同陈连、陈达、王贤等众将，来到大校场中，点验了军马，祭过了大纛（古时军队或仪仗队的大旗。纛，dào）旗，就此传令三军起行，一路向淮安进发。沿途州县接送，这许多浮文，不劳详叙。

只说许元帅自出兵以来，军律森严，到处秋毫无犯。那一天已抵淮安边境，当地大小文武官员，自节度使以下都来迎接。元帅便传令安下营寨。众文武进来参见毕。吩附各回汛地把守，单留节度使顾锦云在内叙话。元帅问起近日妖兵如何猖獗，那位顾爷就据实禀告道：“这里有一座凤凰山，山势险峻，地面甚大。数年以来，被妖魔做了巢穴。因此商旅视为畏途，连那樵采的也不敢前往。风闻土人传说，里面有个狐狸精，盘据在山洞中。起初尚不出来作怪，还算相安无事，不料近来两年间，啸聚群妖，奚止数万，在山筑起寨栅，大张旗鼓，公然下山骚扰地方。弄得淮安一带，鸡犬不宁。百姓们都逃避入城，谁敢抗拒这些妖怪？照此看来，莫道妖怪没有大志，他竟要夺地攻城了。一样行兵布阵，队伍分明，而且法力高强，形状可怕。故此下官不敢妄动，一面命各州县文武，坚守城池，一面拜本告急朝廷。今闻圣上有旨征剿，所以专候元帅到此，计议良策。”元帅听了，略想一想，便道：“妖营离此不远，且待黄昏人静后，在营前搭一高台，窥探他的形势如何，然后明日兴兵破妖便了。”顾爷也赞成此说，告退回城防守去了。

这里许元帅到了晚上，命军士将高台搭好，他就登台瞭望。见那边妖兵的营帐，密密层层，不计其数。中间冲起一股黑气，愁云漠漠，毒雾蒙蒙。营头上虽挂着号灯，却是疏疏落落，都带着惨绿的颜色，煞是可怕得很。细细察看形势，他的中间，好似摆着一座迷魂阵，左吊客，右丧门，前面白虎当头，后面披头五鬼，十分凶恶。你道许梦蛟是个文官，如何识得此阵？原来他天生的聪明绝顶，平日也看过兵书战策，毕竟是文曲星官下降，而且他得白氏亲娘的遗传性，故与世人大不相同。就是出阵交锋，他自有天生的神力，可以上马提刀，做得一员战将。还有一说：我记得元明时候，文人入围考试，也有一场弓马。所以跑马射箭，原是常事，算不得希奇的。

在下表明之后，仍说梦蛟看探妖营阵势，下台回到帐中坐定，

暗想："古法便有此阵，无甚希罕，只好吓吓三岁孩童，何足惧哉？我今也摆一阵，管教他的迷魂阵立时可破。"主见已定，当即传下令去，命众将调集一万军马，在中间摆一个神仙聚会阵，两旁是福海与财神，前面青龙镇宅，后面五路招财，正与迷魂阵相对。这也是正能克邪的意思。阵图摆好，并预备猪羊狗血，待等明日众将士各把血涂在脸上，好叫妖法不能近身，那时以阵对阵，会仙便可破得迷魂了。调排停当，除防备妖兵偷营劫寨外，其余将士各自安歇。

一到次日五更时分，众将士饱餐战饭毕，许元帅升坐大帐，命陈连把守营门，陈达随军同行。又吩咐参军王贤带领五千人马，在离营数里外埋伏，接应本帅，不得有误。遣派已定，即刻提枪上马，带同众将出阵。

此间距离妖营约有十余里之遥，那边胡媚娘早已得信，也督率妖兵出营会战。蜈蚣精一马当先，来到战场，与陈连斗了十余合。他要引诱官兵进阵，佯输诈败，往后倒退。许元帅便把令字旗挥动，大队兵马一拥上前杀入阵中，勇气百倍，妖兵阵势渐乱。胡媚娘一见呆了："怎么阵法不灵，我兵近不得官兵的身子？真是奇怪！"即忙指挥妖兵，从中间一路攻出。为首的便是青蛙精，带有五千军马，势甚勇猛。许元帅恐怕身入重地，包围在内，急领军退出妖营。自己手提一条银枪，与青蛙交战。斗不到十余合，蜈蚣精从后面抄杀过来。梦蛟抵敌不住，又不见王参军接应兵到，只得引军落荒而走。见四面都是妖兵，进退不得，因向陈达说道："你看妖兵势大，把我们围在核心，如何冲杀得出？只怕今日性命休矣！

这时候，妖兵越杀越近，只好将兵马退到一座山上困守，等候救星。梦蛟到底是个文弱书生，急得高叫："母亲！既然精通仙术，法力高深，能知过去未来，可晓得孩儿被奸臣陷害，在这里受苦呀？"这几句话，却被那蜈蚣精听见了，心中大喜：原来这个年轻主将，就是白娘娘的亲生儿子！今天正好报仇雪恨！立即督率妖兵杀将上来。

正当万分危急之际，不知有谁到此，救得许梦蛟回营，杀退妖兵，且看下回分解。

第十回　　下狱

却说许梦蛟被妖兵困住在山边，只因王贤不来接应，弄得无计可施。那蜈蚣精闻知他是白氏的儿子，也可借此报复前仇，便飞也似的赶来，准备将自己腹中炼成的火珠，伤他的性命。梦蛟正着急到万分，忽见那边来一绿衣道童，红鞋白袜，左手拿着宝剑，右手提着拂尘，大叫："孽畜休得猖狂！俺来也！"

你道来者是谁？就是小青所生的二公子许梦龙。梦龙自从那年被九天玄女娘娘，奉佛旨引领到仙山上，学习武艺道术，现已纯熟。不觉过了多年，这天，玄女娘娘算得他哥哥有难，便把梦龙唤将出来，吩咐道："眼前你哥哥有大难临头，你须速速下山相救，迟恐不及！"梦龙忙问道："不知我哥哥现在何处有难？"娘娘道："如今你哥哥身为主帅，征讨淮安妖寇。你驾云到了淮安，自然知道了。"就在袖中取出一件宝物，给他收藏，又道："我有仙诗四句，你且听了：赐汝雄黄蛋，须速到军前。急救亲兄长，相逢在帝前。你可牢记，快快去罢！"

梦龙当即拜别出外，驾云而起。不消片刻，已抵淮安，拨开云头一看，早见妖兵无数，猖獗异常，把官兵困住在山前。内中有一少年大将，从前虽见未过，相貌却与白氏母亲相似，谅必就是我的哥哥梦蛟了！现当危急之际，那个为首的妖精，好生凶恶，在那里逼近我哥哥了，快去相救要紧！立刻落下云来，喝叫："孽畜休近前，

俺来取你性命!”

那蜈蚣精见突然来个丫髻道童，却不放在心上，也挥动手中刀，劈面砍将过去。梦龙用剑招架，斗了十几合，不分胜负。蜈蚣精怒不可遏，便张开血盆大口，吐出一粒火珠，红光闪闪，准对着梦龙打去。梦龙不慌不忙，取出玄女给他的雄黄蛋，举手一掷，也和火球相似，一声响亮，把他的火珠打落；内丹失去，顿时现出原形，是一条赤色金头蜈蚣，足有一丈多长，形象实是害怕，伏在地上。梦龙将宝物收转，一剑挥为两段。众小妖见老妖死了，各顾自己性命，四散奔逃，重围已解。

梦蛟过来称谢道：“今日若非仙童到来相救，不但本帅身亡，难免全军覆没。此恩此德，感激不忘！这里不是讲话之所，且到营中细谈罢!”梦龙唯唯，就跟着元帅军马回到营中，在大帐上坐定。梦蛟方细问根由：“怎知本帅有难，到此相救？一向在何处仙山上修道？乞道其详。”梦龙道：“元帅不必烦絮，待俺奉禀。俺姓许，家住杭州，父名汉文，母亲白氏。还有一位青氏，是俺的生母。俺在八岁的时候，跟随师父上山，学习武艺，传授兵法。如今奉命到此，叫我来救哥哥的。”梦蛟道：“如此说来，你就是我的兄弟了！从前陶仁回京禀告，知道二夫人产一公子，从未见过，想不到今日此处相会，且救了我的性命，真是可喜之至!”当下吩咐备酒。兄弟二人说说谈谈，欢呼畅饮。

酒罢之后，许元帅重又升坐中军帐，命将王贤绑上来，怒气冲冲的骂道：“你这该死的狗官，本帅与妖精开战，正在危急之际，你却带着五千军马，不来接应，坐观成败！我若没有小将军到来相救，性命休矣！左右与我绑出辕门，枭首示众!”王贤自知理屈，只得伏在地上，哀哀求告：“请元帅暂息雷霆，念我一时心中慌乱，来迟一步，并非有意失机，还望元帅开恩恕罪。”元帅那里肯赦免他！还亏旁侧陈连、陈达一同过来讨情道：“王贤违令不发救兵接应，理宜斩首。但此刻妖孽未除，正当用人之际，先斩大将，恐军中不利。元帅可看小将等薄面，暂恕他这一遭！”元帅便道：“既是两位年兄替他讨饶，死罪免了，活罪难宽！发到营前责打军棍四十，不得容情！”那王贤即忙高叫：“元帅，望看仇千岁分上免了罢！”谁知这一句话，竟触恼了元帅！梦蛟越发大怒道：“你这该死的狗官，胆敢仗了仇练之势，故而抗违我令，不发救兵接应，今日还要看奸贼分上！再加四十！少不得平妖回朝，把你这狗官枭首示众！”

这时候，左右见元帅大发雷霆，便不由王贤分说，拖了下去，重责八十。那无情军棍打得他皮开肉绽，鲜血直流。少顷上来谢罪，元帅总算出了心中之气，退帐回到后边，与陈氏兄弟等商议灭妖之策。只可怜王贤打过了军棍，疼痛难当，手下扶他回入自己帐内，用药敷治，他不怪自己失机误事，反恨许梦蛟太无情面，使我当场出丑，连仇千岁的面皮都翻尽了！此仇不报，非为人也！只要你有些差迟，待我去告诉了仇千岁，看你这官儿还做得牢么！”当日王贤心里恨恨不已，我且丢下慢表。

再说胡媚娘听得蜈蚣精被一道童所杀，大吃一惊！但是一不做，二不休，既已兴兵起反，未便中途罢手！况我有千年道术，变化无穷，敌兵中虽有能人，我也不惧！便叫青蛙做了先锋，又选十几个凶狠恶毒的精灵，做了副将。调排定妥，到了下一天，青蛙当先出马，到元营前讨战。胡媚娘率领群妖，在后督阵。你看他怎生打扮？头戴着珍珠八宝嵌就的凤尾冠，雉尾双挑，身穿大红绣花战袄，腰束五色月华裙，跨下一匹桃花斑点马，手执两口绣鸾刀。立马阵前，看那青蛙出战。元营中得报，许元帅即带同众将出营。见青蛙手舞双刀，在那里耀武扬威，便命陈连出去会战。斗了十几个回合，难以取胜。元帅看那青蛙的刀法，倒也利害，“待我亲自出马，擒此女妖！”原来现在的许梦蛟，非比往年，对于战事很有经验，而且生有神力，秉性聪明，刀枪弓马，一看就会。所以他敢大胆临阵，毫不慌怯，和那老军务一般。不然，他是文状元出身，就算胸有韬略，怎能出去冲锋打仗呢？原唱本并无这等说法，只图书中热闹，不顾情理，胡乱的说下去，难免被阅者批评。故而在下又唠叨咭咯的表明了几句，也当做补补漏洞的。

此刻仍说梦蛟手挺银枪，飞马来到战场，高叫一声：“陈将军，本帅来也！”那边胡媚娘吃了一惊，心知青蛙的双刀，虽然了得，久战下去，如何抵敌得住？我须上前助战才好。不是我自己夸口，要杀许梦蛟也不难。但他好一个俊俏风流人物，文武双全才子，我若将他杀害，岂不辜负了昔日仙郎的情义？又可惜他十年窗下，枉费工夫！那么一想，倒有些为难起来。既而心中思得一计，暗说：“有了！待我变了白氏娘娘的模样，把那许梦蛟冒认亲儿，他自然不敢出战，收兵退回去了。”

主意打定，立即催马上前，高声叫道：“来将且慢交战，快通名姓，自有分晓！”梦蛟听得叫唤，举目一看，不觉呆了一呆，方答道：“你这妖妇，要问本帅的姓名么？你且听着：姓许名梦蛟，官居平妖大元帅，奉旨到此。若不早早降伏，管教你死在临头！”胡媚娘佯为惊讶说：“阿呀！如此说来，你就是我梦蛟孩儿了！为娘的在此！你可知道生母白氏，二十年塔底潜修，幸蒙佛祖将我赦罪，我便与青妹同住在家。”说到这里，用手将青蛙一指，又道：“这就是我青妹妹。你的兄弟，是他所生，幸遇神仙指引，在外学道多年。我与青妹久不见亲儿之面，故此同向外来，要到京城寻访。打从凤凰山前经过，遇见一队小妖精，阻住去路，我便占据了山头，招兵买马，积草屯粮，准备干一番事业。不料来了你两个亲生儿，不思报恩，反是兴兵与我作对，理上太不应该！你须及早觉悟，快快与做娘的合为一路，杀进京城，另立帝主，还我大汉的河山！”

梦蛟听了这些话，又细细的对他看了一看，回想到从前爹爹画下的一张真容图，又记得自己中了状元，还乡祭塔，法海把我母放出，也曾亲眼见过一面，只是当日匆匆即别，未曾十分注视，到如今觉得有些模糊了。但不肥不瘦，形容很有些相像，弄得心里将信将疑：“我且暂时收兵退下，与梦龙弟商议后，再作道理。”当下并不答话，回马到营前，吩咐鸣金收军。那边妖兵已退去，这里将士也归队，梦蛟方与梦龙说道：“方才愚兄临阵，见那女将很像母亲，他也唤我为儿。我却未能深信，不知贤弟在后面看了如何？”梦龙道：“弟在八岁时，便离了父母上山，因此认不真切。”梦蛟道：“此事关系甚大。我若贸然相认，难免祸及满门。如果不问真假，大义灭亲，又恐身耽不孝，罪犯弥天。事属两难，这便怎处？”商议了一回，别无弥缝之策。梦蛟叹了一口气，复道：“天下无不是的父母，如今只好暂停征战，将免战牌挂出，待辨明真假后，再行定夺。一面差人快到家中探望，访问情由，便能深知详细了。”梦龙也深以为然。就此传下令去，将人马退十里屯扎，任凭妖兵前来讨战，只是坚固不出，专等差人去到杭州探得实信后，自然明白了。

这一来，也是梦蛟失算！此时若差梦龙归家，来往何等迅速，数日之间，便知此中根底。就是奸臣要陷害你，他也来不及呢！现在却差一心腹随从前去，未免赶路迟缓，反被那仇人着了先鞭。这也是命中注定的，该受那牢狱之灾。你道仇人是谁？就是这个参军王贤。此刻棒疮还未全愈，怨恨梦蛟太不情理，耿耿在心。今番得悉此事，"原来他母子通同造反，思量夺取京城，该当何罪？待我连夜修表进都，通禀仇千岁，管教你性命也难保了！"于是修好了书信，差人火速进京报递。日夜赶奔，不多几天便到，把紧急公文送入王府。

仇练见了大喜，正中下怀，即便写了本章，次日入朝启奏。天子听了，吃惊道："朕待你并无差错，官上加官，恩非不厚，你竟与妖母通同一气，背反朝廷。欺君大罪，有犯典刑！"即差校尉连夜赶赴淮安，将许梦蛟扭解来京问罪，以正国法。吏部陈伦一闻此言，心里好生着急，虽知仇练要陷害梦蛟，事出冤枉，但一时无从证明虚实，我也有力难助，只好勉强出班奏道："臣闻仇练所奏，虽有事实可据，非出无因。惟臣素知许梦蛟是一忠良，岂有从妖谋反之理？况且妖狐善能变化，从前假冒青、白两氏，搅扰许家；今番或者复萌故智，也未可知。还望陛下细加详察，赦免无辜，国家幸甚！"天子道："爱卿所奏，尽似有理。但目前未知真假，且将许梦蛟扭解来京，暂下天牢，命卿二子努力擒妖，与梦蛟质讯，再行定夺便了。"这道旨一下，陈爷心中暗暗欢喜。准备他扭解到京，自然真假分明，不难设法相救了。只为仇练大为不悦，总要将梦蛟置之死地，方觉快心。可见一忠一奸，各人的心肠不同。我且慢表。

再说许梦蛟，身在营中，方寸已乱。自从那日临阵，受了妖狐蛊惑，弄得如醉如痴，一筹莫展，欲认不可，不认也不可，进退两难，疑信参半，只好坚守不出。托言静待时机，要议定平妖良策，暂时按兵不动，把免战牌挂出，也不过遮人耳目罢了。因为此事未便在营中发表，摇乱军心，只有差人暗赴钱塘探信，却不是一朝一夕的事情。故此天天惶惑不定。

那日正与梦龙在帐中计议，忽有小军入内禀报，京中有圣旨下来。梦蛟慌忙迎接进营，到了大帐上，那位天使南面一立，便说：“圣旨下，跪听宣读。诏曰：今有许梦蛟出使征妖，身为主帅，不思尽心报国，胆敢母子串通，扰乱江山，欺君太甚！特差校尉前来，将许梦蛟扭解来京，囚下天牢，再行审讯定夺。但今妖孽未除，命陈连、陈达努力擒妖。得胜回朝，重加官职。钦哉谢恩！”

梦蛟三呼万岁，请过圣旨供奉。天使方启口说道：“请问元帅，此事从何而起？乞道其详。”梦蛟道：“大人听禀：犯官自领军到此，指望克日荡平，即与妖寇交战。第一次，妖寇摆下迷魂阵，势甚凶恶。犯官不谙道术，无计可破，只将狗血涂面，未曾被鬼魅所伤。两次交锋，妖兵把我围困山边，参军王贤，违令不发救兵接应，犯官险遭不测。幸亏来了胞弟梦龙，奉师父玄女娘娘之命，到此相救。那妖精正口吐火珠打我，却被我弟用宝降伏，现出原形，乃是一条丈余长的蜈蚣，一剑挥为两段，总算除了一害。那时犯官才得回营，要把王贤斩首，以肃军纪。因陈总兵代为求免，饶了死罪，但活罪难宽，责打他八十军棍，将功折罪，还是从宽发落。那知他不思自己罪恶，反想恨着犯官，起此风波。未知大人在京，也有所闻否？”天使点点头。梦蛟又道：“犯官奉旨征妖，忠心耿耿，欲报君恩，不辞生死，到此魔怪巢穴。谁知妖狐说是我生身之母，面貌声音，一般无二，就是我弟梦龙也难分皂白。因此我乱了方寸，暂将免战牌挂出。这也是缓兵之计。立即差人回杭打听实信，只等回音一到，得悉根由，方敢将此事奏闻朝廷。不料王贤公报私仇，先行出首，报与仇爷知道，蒙奏天听。圣上怎知仇练与犯官不合，要把我扭解进京。料想犯官此去，一定有死无生的了。”

那天使却是忠良一派，便安慰道：“元帅但请宽心。那仇练上本之时，圣上十分大怒，要将元帅典刑。幸赖吏部陈大人保奏，故把元帅囚下天牢，且待擒妖后辨明真假，再行取决。目前受些委屈，谅可无虞。”说到这里，忽问：“令弟现在何处？请来相见！”梦蛟即唤梦龙出来行礼。那天使见他还在童年，得受仙法，称赞了几句，方起身告辞而去。这里梦蛟将兵权交与陈氏兄弟，就此由校尉起解进京，梦龙也随后同行。

不知到京以后，还有何事发生，且看下回分解。

第十一回　　订婚

却说校尉等将梦蛟起解动身，梦龙也相随在后，晓行夜宿，一路平安。这天向哥哥说道："小弟意欲闯入仇家，与这奸徒算账。他虽势焰薰天，俺也不怕！"许梦蛟道："那仇练奸恶万分，府中又防范甚严，你去做什么？"梦龙道："实俺心里气他不过，要见见这个奸贼，究竟怎样一个刁恶之徒。会面后，看他用甚么法儿来奈何我！"梦蛟道："你去虽去，须要防备，不可落他圈套。"梦龙笑道："弟有仙法传授在身，哥哥尽管放心便了。"所以那日到了京城，许梦蛟便投送刑部，下入天牢监禁。因外面有了照应，还不算十分受苦。

那天使覆了圣旨，丢过不提。单说许梦龙见哥哥已下天牢，当日寻个寓所，暂宿一宵。心中只恨着奸贼仇练，是我许家的对头人！忍耐到了来朝，他身上结束停当，一径来到仇家王府门首，便高声叫喊道："呔！门上有人么？"那门官听得外面大呼小喊，从门房里踱将出来。见他还在童年，头戴紫金冠，足上穿一双红鞋，打扮得非常特别，气概轩昂，不敢待慢，便问："小相公到来何事？"梦龙道："你进去对仇练说，杭州许舍人要见。快些通报！"那门官看他这般大模大样，谅必有些来历，即忙应声入内通报。仇爷正坐在中厅上，听了这话，暗想那个许舍人？他来做什么？心里略一踌躇，忽见夫人、小姐自内走出，便吩咐门官道："来的那人，不用睬他，由他自去便了。”门官应是退去。仇爷便叫夫人、小姐坐下叙话。

夫人见他面有愁容，便问：“老相公为了何事闷闷不乐？”仇练道：“我只为许梦蛟这小畜生，与我作对，故而我欲设计将他害死，心里好生懊恼。”夫人道：“原来为了此事，未免度量太窄了！”绣凤小姐也上前劝解道：“爹爹何必着恼？凡事还须三思而行。据女孩儿想来，爹爹虽与许家有仇，也不过寻常细故，尽可从宽解释，不必固执己见，须防日后翻云覆雨激生变患。况且许梦蛟几次吃尽苦痛，也可以消此仇恨了。还有一说：爹爹膝下无儿，单生我女孩儿一人，理宜积德行善，做些好事才是。”夫人道：“女儿之言，说得有理。老相公还请三思。”仇练道：“夫人你且进去，不用多管。女儿家懂得甚么来？还不快快回房！”夫人与小姐只得起身告退，含着眼泪走了。

再说门官退出，才走到外面正厅上，那知梦龙已经闯了进来，高坐在堂中，和那些家人们吵闹。此刻见门官回出，梦龙问道：“你去禀过了么？”门官道：“王爷今日不会客，请小相公回去罢！”这句话还算婉转，梦龙却愤怒道：“那个不能！今天一定要见！俺许舍人非等闲之辈，乃是九天玄女的门徒，许梦蛟的亲兄弟，特地下山来救我哥哥的。你与我再去通禀，如若不然，俺就要不客气了！”门官见来势甚凶，不敢驱逐，只得重又入内禀报道：“启上千岁：外边那个许舍人，自称是许梦蛟的胞弟，名叫梦龙，要见千岁。现在厅上吵闹，出言无理。”仇练一听，方知梦蛟还有一弟，便骂声：“畜生吓畜生！我千岁不来寻你，也就罢了，你今反来送死么？好好好！你可着他进来，待我亲自处置便了！”

这时候，绣凤小姐跟着夫人走入，夫人先行进去，他却还在屏门背后。听得门官通报，说是许梦蛟的兄弟梦龙，特来求见，小姐便立定了脚，叹了一口气，暗说："梦龙此来差矣！想我爹爹心肠狠毒，决不肯轻轻放他回去。且待我打听一个明白，看爹爹怎样的处置他。"因此仍在屏门后探听。

少顷，许梦龙昂然即入。年纪虽小，相貌超群，可称一表人材。大踏步走上堂来，见了仇练，自称小将，作了一揖。仇练喝道："你是甚么样人，这等无礼？"梦龙道："仇练，你且听了：小将许梦龙，家住杭城，父名汉文，母亲白氏，青氏是我生母。八岁上身入蓬莱，学成道术，奉师命来救兄长。我因家兄被你数次陷害，要绝我许氏宗祧，故此今天到来与你算账。你肯听从我言，快快保奏我兄长出狱，就此善罢干休，彼此言归于好。如果你冤仇结到底，后来只怕懊悔无及！"仇练听他当面诘责，怒气冲冲的骂道："好大胆的小畜生！我道你是谁？原来就是叛逆之弟！正所谓天网恢恢，疏而不漏！你今自投罗网，正好将你拿住，请旨定夺！"梦龙道："你说我哥哥是叛逆，有何证据？"仇练道："母子通同谋反，还说不是叛逆么？"梦龙道："我母子通同谋反，你可是亲眼见的么？你这老贼，心肠狠毒，残害忠良，欺我同胞，只怕天理难容！"仇练被他骂得气满胸膛，便恶狠狠的说道："小畜生这般放肆，那还了得！今日看我千岁的手段，才知利害！先把你逆兄处斩，看你到那里去伸冤？然后把你活活处死，好叫你手足两人在泉途相会！"说到这里，高叫一声："左右何在？"只见四名家将应声而出。仇练便吩咐道："你们把这畜生监禁在后园亭子中，待老夫慢慢的拷问他。"那家将便上前来拿捉。梦龙却不慌不忙，脸上全无惧色，暗骂："老贼吓老贼，看你有何毒计害我？不是我夸口说一句，腾云驾雾，也属平常，我总能逃得性命。只是那老贼口口声声要害我哥哥，我哥哥未曾学得仙法，如何脱离虎口？我且存身在花园中，还好打听奸贼怎生行事，再想一别的计策，相救哥哥便了。”腹中算计已定，所以并不倔强，也不动手，嘴里只骂了几声“老贼”，就顺水推舟的被他们推入花园中去了，监禁在小亭内，我且慢表。

再说仇绣凤小姐在屏门后探听明白，见梦龙已被家将们押去，即从门后转出，叫应爹爹。仇练见是女儿，问道：“你已进去，又出来做什么？”小姐道：“女孩儿进去的时候，听说来了个许梦龙，是梦蛟的胞弟，因此窃听了一回。爹爹又要将他陷害，太觉得伤天害理了。况且白氏、青氏只有这两个儿子，若是害了他们，难道不要报仇的么？我闻说他们都有仙术，爹爹还是不惹他的为妙。”仇练因是女儿劝谏，并不十分动恼。但觉这种不入耳之言，很为惹厌，便道：“女儿家晓得些甚么？只管在这里唠唠叨叨！还不快快进去，免得为父气恼！”小姐见劝阻无效，只得含着眼泪，回进香房，闷昏昏手把香腮，自思自叹，斜靠在妆台坐着。

却巧来了顾家表姊金鸾、银鸾二人，都是吏部陈伦的媳妇，今日特来探望表妹。绣凤小姐即忙揩干眼泪，起身招接。二人见他面有忧色，便问：“表妹为着何事，这般悲叹？”绣凤道：“二位姊姊请坐了，待我细说情由。我只因父亲生性残忍，要谋害那许梦蛟，现已落在天牢，日后生死未可预料。谁知今天又来了梦蛟的兄弟梦龙，又被爹爹监禁花园中，故此小妹大为不忍，伤心落泪。两次劝爹爹不允，又无妙计相救，怎不叫人愁闷呢？”

顾氏姊妹也说道：“我想母舅存心不良，度量太窄，动不动害人性命，习以为常。虽我夫是他的甥女婿，又是文职官员，不该保奏为统兵将领。自家亲戚，尚且如此，何况许氏弟兄？怪不得要设计陷害了！这样狠心，天下少有！不过愚姊出言率直，还望贤妹原谅。”绣凤道：“实是我爹爹的不是，怎怪得他人背后唾骂？”顾氏姊妹道：“我家公公也有不是处。虽与你爹爹同朝伴驾，见面并不交谈，因此他怀恨在心的。如今这些事不必说了，只有一事奉求：现在许梦蛟已入天牢，妖狐势必愈形猖獗，我夫断难抵敌，非但误了军机，并且性命又恐难保。所以特来与表妹相商，再劝母舅将梦蛟放出，速往军前平定妖孽。更须设计相救园中梦龙才是。”那绣凤小姐本有此心，忙应道：“姊姊言之有理。待我慢慢从中打算，救他出园便了。”

当日表姊妹三人谈谈说说，颇为投机，同在楼头用了夜膳，两位顾小姐就留宿对面房中。只有绣凤小姐还是闷坐在床，想：“我怎生救得梦龙出去呢？”寻思无计，且唤春兰、勇喜来商议，再作道理。

原来房中服侍小姐的，共有八个丫头，四文四武，四个文的，名叫春兰、夏莲、秋桂、冬梅；四个武的，名叫勇福、勇禄、勇寿、勇喜。八个当中，只有春兰和那勇喜是小姐的心腹，如果小姐有事，一定要与他们商酌的。此刻春兰、勇喜闻唤走入，小姐道：“日间千岁爷拿住许家二公子，推入园中，不知怎样了么？”春兰道：“春兰正在这里思想，却因顾家二位小姐在此，不好说得。如今小姐问及丫头，只得实说了。这事总是千岁爷不好，不该谋害着他。他来求救兄长，谁知飞蛾扑火，反害了自身。还望小姐垂怜相救。事贵从速，若然迟了一些，虽有张良妙计，也救他不成了。”小姐一听此言，心乱如麻，无从定计。“倒不如与丫头同到园中，向他细细盘问一番，再想救他的方法罢。”

主见已定，始说道：“这时候，更深人静，前面园门，谅已封锁严紧，不能出入的了。”春兰道：“有小路可通，不难进去的。”小姐道：“这条路，也曾走过几次，只须绕出回廊，转入小弄，就是花园门首了。我与你快快下楼，料想无人知晓，放胆去走一遭。”春兰点点头。于是小姐并不更换衣裙，起身就走。只带着春兰下楼，悄悄地迈动金莲，穿过一条小弄堂，早从侧门里进了花园。只见一轮明月，照耀花阶，宛如白昼一般。一路兜抄过去，走不到百余步，偶一抬头，那边亭子中跳出一只斑斓猛虎，吓得小姐魂飞魄散，险些儿跌倒在地。急忙回转身躯，叫声：“春兰，我们进去罢”！春兰道：“那许公子现在亭内，小姐怎么要进去了？”小姐再转头一看，那有猛虎的踪迹！难道我多饮了几杯酒，眼睛有些花了么？既而一想：“或者是许郎的元神！自古道：君龙臣虎。将来此子必成大器，是个国家栋梁之才。若与他成了连理，也是我终生的幸运。但我一个女儿家，羞人答答，怎好上前去与他相见呢？”

旁边春兰晓得小姐的心意，先走到亭子边，向里面一张，见梦龙睡在榻上，便叫声：“公子醒来！”梦龙究竟是个将才，十分机警，闻声即醒起身，问：“那一个？”春兰道：“我家小姐私自到此。只是门儿紧锁，不好开放，这便如何？”梦龙道：“这两扇门儿不打紧。我因为探听消息，所以由他监禁在此。不然，要去就去，莫说是亭子里面，那怕封锁在牢狱，我也走了。”说罢，嘴里默默念了几句咒语，外面锁已落下，轻轻一拉，门便开了。

梦龙自内走出，叫声“小姐”，道：“某被令尊锁住在此，不知小姐半夜前来，有何事故？还请早早说明情由，免被令尊知晓，

惹出祸来。”小姐却脸泛红霞，含羞不语，一时半吞半吐。没奈何说出话来，低低叫一声“公子”，道：“只因令兄无辜受罪，原是我爹爹的不是，使我心中十分抱歉。”梦龙道：“足见小姐一片好心，令人钦佩！”小姐道：“我也曾几次相劝爹爹，怎奈他性情执固，偏要将令兄陷害，凭你直言进谏，也是枉然。我们自家人尚且如此，何况公子是我父的仇人，当面与他算账，那有听从之理？岂不是惹祸招灾么？故此夤夜（深夜。夤，yín）到来相见，表明我的心迹。”梦龙道：“此事总要小姐相救才好。”小姐道：“为今之计，你只有早早归家，相请二位令堂来京面圣，那时方可辩明真假，好救令兄出狱。否则黑白混淆，是非颠倒，就算有人代为保奏，也难解释这个疑团了。”梦龙道：“小姐话虽有理，某也久有此心。但有一事可虑：我去之后，倘然令尊在早晚间要害我兄，这便如何是好？”小姐道：“这还不妨。待我再劝爹爹从缓办理，令兄可保无事，公子放心回去便了。”梦龙道：“多承小姐美意，感德不忘！俺梦龙就此去了！”

小姐见他即刻就去，忙道：“公子且慢！我也还有话讲。”梦龙道：“小姐有话，倒要请教。”小姐却欲言不语，面晕桃花。要想说呢，实在不好意思；要想不说呢，又恐错过了良缘，倒弄得进退两难了。梦龙究属年幼，还不解小姐的用意，在旁连连催促。小姐总觉得难以启口，低垂粉颈，眼梢对春兰一看。春兰何等玲珑乖巧，早已会意，走上一步，叫声“公子”，便代着小姐说道：“我家小姐，虽是一个闺女，颇有怜才之意。只因千岁作事谬妄，小姐闻知，常常下泪。今见公子才学超群，愿以终身相托。还望公子不弃，细说年庚，好教郎才女貌，订结丝萝。”梦龙听了，方知小姐欲将终身付托。“我若因他家有仇出言回绝，恐负了他一片美意；况且此时要救哥哥，也只好从权应允；再者小姐貌若天仙，多情多义，做得我终身伉俪。好在我尚未联姻，并无关碍，我就此允许了他罢！”

要知梦龙对春兰说些什么话，如何允许亲事，如何回杭相请二母，且看下回分解。

第十二回　请母

却说许梦龙被困在花园中，多蒙仇绣凤小姐十分关切，夤夜到来相见，意欲面托终身。只是宦室千金，含着羞惭，难以启口，当由丫头春兰代达此意。梦龙深感他一番情义，便道："某今年方十五，八月初一子时建生。曾在仙山学法，久离父母膝下，以致蹉跎至今，尚未定亲。虽蒙小姐不弃寒微，只是未敢仰攀。"春兰道："公子说那里话来？彼此阀阅（古代仕宦人家门前题记功业的柱子，在左曰阀，在右曰阅。因称仕宦门弟为"阀阅"）门楣，说什么'仰攀'两字？公子未免太谦了。我家小姐今年也是十五，与公子同庚，七月巧日生的。非不达周公之礼，恐错过了天赐的良缘，故此面托终身。还望公子勿却是幸。"梦龙道："既如此说，俺竟遵命便了。"

应允后，两下里重又见礼。春兰道："公子与小姐既已相订，须要立个誓儿才好。"梦龙道："这个不消说得，一定要立的。"春兰便一手扯住公子，一手来扯小姐；小姐却含羞不肯。梦龙道："姐姐放手，待我先来立誓。"他就双膝跪下道："皇天在上，我许梦龙与仇家小姐……"说至此，回头问道："小姐叫甚名字？"春兰道："我家小姐，名叫绣凤。"梦龙点点头，又对天说道："弟子许梦龙，今日与仇绣凤在园亭面订终身。倘日后有负他心者，就要身首异处。"誓毕，站起身来，便叫小姐来立誓。春兰见小姐涨红了脸，总是摇头不肯，只得说道："我家小姐不会立誓的。"梦龙道："那是一定要立的，怎说小姐不会呢？"春兰道："小姐确是不会，待我丫头来代立，可好么？"梦龙道："这倒可以使得。你快些代立罢！"

于是春兰跪下说道："皇天在上，我春兰若忘了公子……"梦龙插嘴道："你是代小姐的，怎么说自己的名字呢？"春兰道："阿呀，我竟说昏了！待我重来罢。"又对天说道："皇天在上，我仇绣凤与许梦龙面订终身。若日后有负心者，天雷击顶。"

代誓之后，小姐方叫一声"公子"道："不是我不知廉耻，只为爹爹作事错谬，心实不安。今朝无物相赠，一双玉凤，聊表寸心。"梦龙道："多谢小姐。只是我不曾带得信物，这便如何是好？"略想一想，暗说"有了"，就将紫金冠上插的金龙簪子一枝，拔了下来，递将过来，说道："赠与小姐，权为信物，请收了。"小姐称谢道："如今公子速返钱塘，急求二母来京，把你哥哥救出天牢，重又兴兵到淮安，得能平定妖寇，奏凯回朝。那时显姓扬名，好消息传到京城。你不要怀恨我爹爹，又不要学那负心的王魁（戏剧故事人物。贫寒时和妓女敫桂英邂逅，定下婚约。桂英资助王魁读书赴考，而王魁应考得中后，竟负约另娶高门，以致桂英愤而自杀。终为桂英鬼魂所活捉。后王魁成为薄情郎负约遭恶报的典型人物），我总立志相守。愿公子勿忘此言。"梦龙道："小姐且自放心，我不是这等样人。就此去了！"小姐道："园门都已封锁，怎好出去呢？"梦龙道："我自有法术，可以腾空飞去，那怕万仞围壁，我也能一跃而过。但我去之后，还有一言相嘱：我哥哥的性命，全在小姐身上。若能劝得令尊回心转意，保出天牢，只待我收伏妖魔，当即央媒说合便了。"

说罢，告别欲去。小姐不再多言，便叫春兰代为相送，并嘱公子路上保重。梦龙也请小姐回房去罢。小姐见天上星移斗转，月落花梢，急忙转身进去了。这里春兰相送公子步出回廊，也有许多话儿叮嘱，一手携了公子的衣袖，依依不舍，洒下几点情泪。梦龙道：

“姐姐不必介怀，我若与小姐成了连理，决不忘却姐姐的恩情。”春兰听了，心里暗暗欢喜。梦龙年纪虽小，却也是个风流种子，便道：“如今姐姐也要立个誓了。”春兰道：“我方才立过的了，何须再立？”梦龙笑道：“前次你代小姐立的，此刻该抡到你了，快些来立罢！”春兰不觉脸儿一红，跪下立誓道：“我李春兰若忘了许公子恩情，惟天可表！”梦龙听他立过了誓，便说一声：“我去也！”腾空直上九霄，早已去得无影无踪了。春兰称奇不置，回房禀覆小姐。此后心里反添了一重牵挂，毋烦细表。

再说许梦龙飞身离了花园，来到天牢中见梦蛟。他有了法术，尽可以出入自由。弟兄会面后，便把以上情由，告知哥哥，并嘱他安心在牢，决无变端。“弟现在到杭州去，只须请得二母进京，便可救得兄长出狱，再去领兵征妖了。”说毕即行。又去通知了嫂嫂，安慰了几句。天已明亮多时，方步行到吏部衙门，拜望陈伦。陈爷迎接入内，便问：“年侄这两天耽搁何处？使老夫时刻记挂在怀。”

梦龙道：“小侄到了仇家，要和那奸贼算帐，他就把我关禁在花园亭中。到了深夜，来了一位美容千金，与我谈话，方知就是仇练的女儿，闺名绣凤。不但千姣百媚，并且知书达礼，识三从，明四德，性格温良，言辞委婉。他也叫我速往杭城，相请二母来京面圣，救兄出狱，同去降妖。又承他面许终身，情难固却，所以待至后来，此事还要与年伯细细商量。”陈爷道：“原来如此！这位小姐，我也知道的。”梦龙因回杭要紧，起身拜别，并说：“哥哥全仗年伯照拂。”陈爷自然应允，也不挽留，便送他出衙而别。梦龙来到清静所在，就此驾起云头，径向杭州而去。

我且慢叙。先说仇练到了来朝，听得家人传报，许梦龙已不在园亭中了，勃然大怒，不知被何人放走的，真叫人难解难详，园门又好好的封锁在那里。吩咐众家人四面搜寻察访，全不见一点踪迹，心中好生诧异。这个当儿，绣凤小姐早到了屏门背后，探听动静。现因父亲发怒，便假意来到堂前，问道："爹爹为了何事，这般着恼？还请略为忍耐，不要气坏了身子。"仇练道："女儿那里知道为父的心事！我只因昨天来的这个许梦龙，被我拘禁在园亭中，不知是谁人将他放走了。"绣凤道："园门是封锁的么？"仇练道："依旧封锁在那里，并无开放的痕迹。因此为父心中恼怒，定要向家丁们追究此事。"

绣凤道："据女儿看来，其中定有缘故。劝爹爹不必牢记在心，万事从宽，总要看破些。我闻得他人传述，许梦龙曾在蓬莱学道，是仙家的门徒，别有奇才妙法。莫说小小的花园，封锁在亭子中，就是万丈围墙，他也能飞了出去，那有什么来踪去迹，可以寻访呢？现在爹爹说他母子通同造反，不过据王贤一面之词。倘是妖妇变了一个白氏、小青模样，有意迷惑我军心，也未可知。据女儿意料所及，梦龙昨夜拘禁在园，忽然不见，谅必回杭去了。他的母亲现住杭城，只须他回去查明根底，便可来京面圣，当殿奏明此事，不难真假立辨。到了此时，爹爹不免有欺君之罪。还是不追究的为妙。况且我与他家的冤仇，也算报过的了。昔年叫他万里封王，拘留番地，吃尽风霜劳苦；后来领兵征妖，扭解来京，又在天牢中受罪。几次三番，险遭不测。如果许氏儿孙昌盛，不该绝灭，爹爹定要将他害死，恐他二母到京，剖明皂白，要与爹爹算帐，这便怎处？所以我劝爹爹早为之计，先将梦蛟保奏。免得事到临头，懊悔无及！"

这一篇相劝的话，更说得入情入理。仇练听了，心里仔细一想，女儿很有见解，话儿一些不差：“那梦蛟屡次摆布不死，梦龙拘锁园中，倏又不见，想必他腾云返杭，去见二母。果然一同来京面圣，证明此事，我倒有些吃罪不起！还是听从女儿之言，待我慢慢保奏他出来便了。”主意已定，因说道：“女儿言之有理。你要我修善积德，也是好意。况我膝下并无儿媳，我还做什么冤家，逞什么凶狠？自今以后，我当依你的话儿，留些情面，预备日后相见就是了。”绣凤听得爹爹回心转意，已经应允，暗自欢喜，便起身告退入内，同了春兰回房。却不向顾家表姊面前，口中露出风来。

我今丢下一边，再提一处，要说那驾云回杭的许梦龙了。不及半天，已到家中。许仙夫妇正坐在堂前叙话，突然见梦龙走入，不觉呆了一呆。因为一别多年，他已身材长大，与前八岁时大不相同了！那梦龙走上堂来，拜见爹娘，自述离别经过。小青喜得亲儿回来，娘娘也十分欢乐，忙问他一向耽搁在何处？怎么直到如今才得回来？梦龙道：“爹爹、二位母亲听禀：孩儿前得仙家指引，来到蓬莱学道，传授法术。只因要救兄长，奉了师命，奔赴淮安。正值官军与妖兵开战，见哥哥被妖兵围住，那为首的一个精怪，更是利害异常，张开血盆大口，叫声：‘许梦蛟！俺与你家有夙仇，今日相逢，正好报复，还想逃往那里去呢！’此时我哥哥只恨王贤不发救兵接应，心中慌急，哭叫‘娘亲’。却亏我已赶到，便与他交战。他要想吞噬我，被我用法宝降伏，一剑斩了。母亲，你道是甚么妖精？原来是一丈多长的蜈蚣精！”娘娘道：“莫非是从前茅山道送来作怪的那条金色蜈蚣？”小青也以为是。梦龙道：“既有来由，想必就是他了。他帮助那妖狐造反，真是该死。”娘娘问：“以后便怎样？”梦龙道：“后来救了哥哥回营，把王贤责打了八十军棍。那王贤是仇练的心腹人，保举他为参谋官，分明是监察我哥哥的。”娘娘道：“原来就是这仇练老贼，苦苦与我家作对！如今打了他的私人，谅来决不干休！”

梦龙道：“是的。那王贤怀恨在心。到了第二天，那边来了两个女妖，说也奇怪，容貌与二位母亲一般无二。他一到战场上面，便说：‘孩儿休得无礼！你母与青娘在此！’那时孩儿与哥哥见了，卓然一呆，难分真假，疑虑满怀，只得暂且退兵，差人返杭探信。谁知王贤先发制人，连夜修书报告仇练老贼，说我母子通同造反，把哥哥扭解进京，囚下天牢受苦。孩儿因放不下哥哥，相随到京，便往仇家与老贼面讲，被孩儿痛骂一顿，他将我禁锁在花园中。想不到他的女儿，名叫绣凤，倒是一位贤德小姐，几次劝父不听，黄夜前来救我，叫我速即回家，相请二母进京面圣，好救哥哥出狱，再行领兵征妖，并将终身托付与孩儿。我只得从权应允，把哥哥托他暗中保护。他也担任此事，孩儿才得放心回来。还望母亲速速打点进京。爹爹不妨同行，免得在家牵挂。事不宜迟，恐生不测。”

娘娘听罢这一番言语，虽知道梦蛟儿该有此次磨难，是命中注定的；然而天数也须人力挽回，若不进京辩白，断难解决的了。便回头叫声“青妹”道：“我们与孩儿可以驾云进京，即日便到。仙郎不妨慢慢坐船而行，待他来时，事已辩白。免得他心中焦急了。”许仙道：“你们都驾云去了，只有我一人坐船，我是不惯寂寞的，这几天岂不要闷死么？”小青道：“姊姊总有法儿可想，包管你一两天就到京城了。”许仙方不多说。娘娘即命家人去备了三号大官船，并将各种行李，发下船去。先送许仙登舟动身后，母子三人方驾云而行。足见仙家妙法，果是不同。顷刻之间，便可到达京都。就是许仙坐船，也贴上一张顺风符，不多几日就到。

我且按下慢叙，先说胡媚娘扰乱淮安，近日势更猖獗。起初见许梦蛟营前高挂了免战牌，只道又有什么兵法，心里捉摸不定。过了几日，命青蛙前去索战，仍无动静。又过了半月，料想元营中必有变故，他就亲自率领大队妖兵，猛力攻打。陈氏弟兄只得勉强出兵抵御。大战了一阵，怎奈军无主帅，心已慌乱；更兼妖法利害，伤亡了不少人马，败退二十里下寨，谨守不战。陈氏弟兄无计可施，忙去与岳父商议。他的岳父，就是节度使顾锦云，立即拜本进京告急。

天子见了这道表章，愁眉不展，正要启口动问，吏部陈伦上前奏道："臣闻许梦蛟有一胞弟，名叫梦龙，幼时在蓬莱山学成仙法，前番奉命救兄，斩除妖党。因此妖狐畏惧他三分，用那迷惑手段，暗使反间之计，变化形容，冒认为亲生母。故而梦龙随兄进京后，回返钱塘，相请二母来朝见驾，辨明真假，以便收灭妖狐，表示忠心。还望陛下准奏。"天子听了，龙心大悦，便道："依卿所奏，若得青、白二氏来京，自然真假立明。朕当放出梦蛟，即命他同二母领兵往讨。如能得胜回朝，平定妖孽，那时加恩赐爵，自当表示他的忠心。只不知何日到京，以慰朕意？"陈伦道："他们母子三人，都有仙术，云来云去，十分迅速，料想一二日间，便可到京面圣。"奏罢退朝，回到自己衙门，心里好生欢喜，专等许氏母子来京，再行引见。暂且按下。

那边仇练听了女儿之言，也巴不得放了许梦蛟，前去征伏妖魔，脱卸去自己的干系。所以陈伦启奏的时候，他并不出言破坏，默默站在班中，就是这个意思，真与从前大不相同了。

要知白氏等来京面圣情形，且看下回分解。

第十三回　照鉴

却说许梦蛟自从打入天牢后，他的夫人陈氏碧莲，思念丈夫，独在署中悲苦，痛恨仇贼陷害，无法相救。那天幸得梦龙到来安慰，方知他要回杭请母，“若得二位婆婆来京，我夫便可以出罪了”。心中正在悬想之际，听得外面家人入报，说杭州二位太夫人来了。可见仙家妙法无穷，云程来往，何等迅速！不须多时，白氏与青氏、梦龙已到京城，在僻静处落下云头，当由梦龙引领，来到状元府前。家人一见，急忙入内禀报。陈夫人出外迎接，到了中堂。还是第一次见婆婆之面，这两位婆婆，都生得如花似玉，比自己还觉娇嫩些。上前行过了叩见礼，梦龙叫应嫂嫂，一齐坐下，婆媳叙谈，又悲又喜。少顷厨房备酒接风，饮至更深方睡。

到了来朝，二位娘娘乘轿来到吏部衙门，拜谢陈伦从中保护。陈爷与夫人接入内堂，设席款待。先叙了一番往事，方说到近来情况。

白氏便向陈爷道：“我儿梦蛟，屡被仇练陷害，若不是大人保奏，母子今日怎得重会？此恩此德，妾身时刻不忘。”陈爷道：“夫人说那里话来？老夫救护忠良，为国尽力，理宜如是。”白氏道：“妾等姊妹今日来京，实因仇练陷害我儿，囚下天牢。还望大人引见，诉明心迹。”陈爷道：“是的。前日我儿有本进京，奏称妖狐猖獗，比前更是利害，圣上览本甚忧。朝中并无征妖之将，因此老夫就保奏了二位娘娘，与梦龙小将军同去。那时圣上大悦。幸得二位夫人即日到京，可喜可喜！待老夫明早五更引见便了。”白氏称谢了一声，便与小青起身告辞回去。别无他事可说，只准备明日入朝见驾，等候宣召。

次早五更三点，天子临殿，百官齐集。吏部陈伦出班启奏道：“臣陈伦有事奏闻陛下：杭州白氏、青氏、许梦龙三人，昨日已到京中，现在午门外候旨。伏望陛下宣召。”天子闻奏甚喜，立即传旨宣入。白氏、青氏、许梦龙三人，俯伏丹墀（亦称“丹陛”。古时宫殿前的石阶以红色涂饰，故名）下，三呼万岁毕，白氏独奏道：“许梦蛟是臣妾亲生之子，蒙圣恩得中头名状元。奉旨领兵征妖，被仇练谎奏下狱。今望圣上赦出天牢，以便前去降妖伏怪，报答圣恩。”

仇练在班中听得娘娘所奏，一想：“不好！我不去寻着他，他反要寻着我了！”不觉引起旧恨，即忙出班奏道：“臣仇练有奏：现今白氏、青氏二人，都是妖精所变。不该母子通同造反，又来摇惑圣聪。还望陛下将他诛灭，免生后患！”白氏见那权奸果然口舌利害，好生可恶，又奏道：“仇练心怀不善，屡次要害我儿。即今妖狐在外作乱，真假不难立辨，反说我母子通同造反，有何证据？”陈伦也辩奏道：“臣可证明白氏、青氏二人，确是梦蛟、梦龙之母，与造反的妖狐不同，有淮安奏本可凭。请陛下详察，昭雪冤情。”

天子听了，略想一想，便道：“二卿不必争论。朕有妙计，可辨真假。”立即传下旨意，命内监到宝藏库中，取出先王所传的照妖镜来，供在案上，又道：“可命白氏、青氏照镜对照，待朕亲自观看，便知真假了。”娘娘听得这话，心中暗喜：“幸亏佛爷将我换去凡胎，否则镜中现出两条蛇形，一来中了仇练奸计，二来陈伦面上太不好看了。今日御目亲览，只可喜畜类名儿，从此消灭，免

被他人谈论了。”小青也存着这个念头。陈伦很替他们欢喜，一听圣上有旨下来，便引领白氏、青氏走上殿廷，来到宝镜面前。只见镜中现出如来佛像，身坐莲台，左边是慈航大士，右边是法海禅师，上首立一白面郎君，下首宛似白氏、青氏二人。还有一个孩童，头梳双髻，站在旁侧。天子便向白氏问道：“那个郎君与孩童，不知是何许样人？”娘娘奏道：“一是臣妾之夫，一是青氏所生之子，名叫梦龙。”天子又问：“你的丈夫现在何处？”娘娘道：“丈夫许汉文，现住杭州，目前将到京都。只是未奉宣召，不敢冒昧入觐天颜。”

此时天子见白氏、青氏并无妖形，确是两位仙女，此去征妖，易如反掌，当可定国安邦。即传旨将许梦蛟放出天牢，重加官职。这道旨一下，不消片刻，许梦蛟入朝见驾，三呼万岁，叩谢圣恩。

天子道：“爱卿平身。今有爱卿之母在此，确系仙子临凡，你可曾见过否？”梦蛟道：“臣蒙圣恩得中状元，奉旨还乡建坊祭塔。其时正值佛祖赦罪，我母出塔升天。虽曾见过一面，却未奉养在家。直至如今，不曾再见，臣实深抱不孝之罪。”天子道：“为公忘私，移忠作孝，理所当然。你今过去见来。”梦蛟即忙到二母跟前叩头，止不住眼中流泪。天子道：“爱卿不必悲伤。昔日分离，今又会合，真是天大的一桩喜事。但眼前妖狐在外作乱，望卿母子早赴淮安。若得收伏妖孽，自当重封爵禄，决不食言。今赐卿二母一品夫人，宫绣龙袍两件，锦绣宫衣两套，复卿原职，封卿弟为平妖大将军，带领御林军三千，即日与兵前往。早早奏凯班师，毋负朕意！”母子谢恩毕，退出朝房。文武官员齐来道贺，梦蛟母子等一一致谢。择定次日一早起程。黎明即下校场，梦蛟、梦龙先行，娘娘与小青随后即到。

今日娘娘打扮得好不风光！头戴八宝金凤冠，身披御赐衮龙衣，腰悬宝剑葫芦。小青也是这般装束，不过颜色稍有不同。在校场演武厅中，点齐三千御林军马，就此放炮起行。一路上威风凛凛，杀气腾腾，不多几天，过了徐州，已抵淮安。顾节度使以下文武官员，和陈连、陈达二弟兄，都来迎接。

停营后，单留陈氏弟兄谈话。娘娘问起近日军情情形，陈连道：“近来妖狐十分猖獗，自年兄下落天牢后，连次到来攻打。小侄等出战不利，只得退保要隘，严守营寨，高挂免战牌。尚未被他逼近城池，已算万分徼幸了。”娘娘道：“二位年侄防守严密，功也不小。如今我母子已到，可将免战牌收去，明日与他会战便了。”陈连道：“那妖狐气焰甚炽，法力很高，不知婶母有何良策，可以破得妖兵？”娘娘道：“年侄不须多虑。今晚待我登台瞭望，看他的阵势如何，明天方可出兵破敌。”

商议已毕，陈氏弟兄告别回营，把洗尘酒席送来。内外用过晚膳，一面许元帅命军卒塔好高台，方请二母登台观看敌势。娘娘举目一望，距离约有二里之遥，见那妖狐屯扎营头，疏疏密密，东也一簇，西也一簇，分明摆下一个阵图，四方围住，有生门，有死路，水火刀兵，层层埋伏，果然利害得很。因向小青说道：“此阵很为凶恶，若不是我与你母子三人，那些肉体凡夫，怎能抵当得住！所以此次出兵，必须引他来交战，断不可身入险地，多伤人马。明朝青妹出阵，先与青蛙交战。斩了青蛙，也可挫他的锐气，我们不妨再作计较。”小青道：“我想小小蛙儿，有甚法术，也是这般的猖狂？”娘娘道：“青妹有所未知。却不要小觑了他！他也在水边修炼多年，受过日月精华，又被妖狐点化，自能变幻人形，也有些法力了。如今青妹先把他收去，也除却妖狐一臂。”说罢下台，回到帐中安歇。

再说胡媚娘那一边，正在心中筹画，怎样分兵夺取各处城池，忽然心惊肉跳起来，知道明日必有事故。便把阴阳一算，抡动指头，不觉大吃一惊，叫声：“不好了！”暗自嗟叹道：“我实指望得了江山，要报自己的仇恨，谁知大祸临头，恐难保全性命。蜈蚣将军早已阵亡，弄得我孤立无助，进退两难。”想到这里，眼中流下泪来。“我虽有千年道行，与那白氏同是妖怪，他却侥幸皈依佛教，脱了凡胎，我至今仍是披毛畜类。明日与他交战，如何是他的对手？但事已弄到这般地步，欲罢不能，欲赶不得，只好将我炼成的摄魂旛（同“幡”。长方而下垂的旗子。亦为旌旗的总称。旛，fān），悬挂在空中，待他来时，倘能将他摄伏，我就保得性命，可以收拾回山了。”既而一想：“自己真在那里说梦话了？白氏法术，非比从前。你看他今日到此，率领雄兵，指挥将士，刀枪耀日，旗帜如云，威严气概，好不怕人。我今要想逃遁，只恐四下里已布下天罗地网了。然而怕也无益，倒不如拼个死活，与他大战一场，再作道理！”

我不说胡媚娘心里安排已定，准备交锋。再说白氏娘娘五鼓起身，打扮整齐，即同青娘、梦蛟、梦龙等升坐大帐。众将参见毕，便命青娘为前锋，梦蛟、梦龙、陈连、陈达为后应，娘娘自率三千御林军督阵。传令下去，只听得号炮三声，营门开放，人马排队而出。青娘手挺长枪，一马当先，来到战场。那边胡媚娘也在营前排列阵势，就叫青蛙出马。青蛙手舞双刀，马已近前。青娘见他果与自己相似，便厉声骂道：“你这无耻的孽畜，前番迷恋我家丈夫，本待结果你主婢性命，因我姊妹慈悲为念，暂且饶你。你竟不想根本，早为修养，反与妖狐串同谋叛，扰乱淮安一带地方，罪大恶极，故此俺青娘娘特来擒你！”手起长枪刺将过去。

那青蛙把刀架住，也说道：“青姊，你不要开口就骂。我青蛙也是修炼成形的，算来与你一样，你休看得我一钱不值。我和你同是婢子，怎么忘了本来面目，这样的笑我骂我呢？”青娘听了这几句话，气得杏眼圆睁，柳眉倒竖，便举长枪直刺面门。青蛙也舞刀奋斗。战到十几个回合，未分胜负。青娘就从囊中取出飞刀，向空一掷，一道青光，把那青蛙斩了。

胡媚娘立马阵前，见那青蛙被斩，吓得魂胆皆消，又惊又恨。他便挥刀飞马而去，大骂小青：“泼贱婢，敢伤我的丫嬛，我和你有切齿之仇。不要走，我来与你拼个死活！”此时白氏娘娘见青娘已斩蛙儿，胡媚娘亲自出战，正好上前擒捉。所以娘娘也骤马到战场，骂声：“妖狐休得无礼！你犯了迷天大罪，荼毒生灵。今我到此，你还敢抗拒天兵，实属胆大妄为，只怕你死在目前了！”说罢，手举宝剑，劈面砍来。媚娘却公然不惧，也舞动双刀招架。刀来剑去，剑去刀来，战了多时，打了一个平手，难判输赢。青娘要想过来助战，那媚娘便将刀架开宝剑，突然圈转马来，口说：“我不是你对手，休追赶，我去也！”飞也似的败入营中，好叫白氏中他的毒计。娘娘见他力还未竭，遽然退走，分明是佯输诈败，要骗我军追入阵去，心中早已理会其意。便勒住了马，吩咐众将不可深入重地，落他的圈套，就此传令鸣金收兵。锣声一响，人马归队进营。

回到帐中坐定，因向青娘、梦蛟、梦龙及众将说道：“今日见了一阵，斩了青蛙，只算得小胜罢了。我因妖狐营内，暗藏阵势，定有玄妙，未可轻视，所以我并不追赶。也想要假作退兵，使他无从逃避，入我牢笼。我营中大小三军，各各预为整备，免得临时慌乱。明日不可与他交战，只宜智取，不费吹灰之力，便能降伏此妖。”众将遵命退出，自去安排一切。

当晚娘娘等母子四人，又上高台瞭望。向那边妖营一看，与昨夜大不相同。云漠漠，雾漫漫，天昏地黑，上下凝成一片，瞧不出内中的景象。远远吹来几阵阴风，似有神号鬼哭之声，不觉令人毛骨竦然，十分可怕。你道妖营中如何有这等样子？原来胡媚娘败入本营，便把摄魂旛挂上高竿，好似黑色的一面大旗，飘荡半空。他即念动真言，施符诵咒，要叫元营将士，到此旛下，魄散魂消。这一来，说也奇怪，霎时间乌云四合，日月无光，阴风起处，神鬼悲啼。足见他的妖术，果然与众各别。故而今晚娘娘见了，也不免胆怯心寒，暗想：“此番我若不来，只怕万万生灵，都不能脱逃了！”看罢之后，四人下台到帐中，娘娘便向青娘说道：“此等恶阵，非寻常法术可破。我记得下凡的时候，佛爷赐我金函两封。前番因为相救官人。开拆一封；如今又被妖狐陷害，将这一封也开拆了，当有处治之法。”青娘也以为然。娘娘便把金函取出，拆开来一看，佛爷有四句话写着道：

若是妖狐行毒计，要害生灵万万千。

葫芦丹药能三救，救续金山一段缘。

看过金函，才知有一番因果在内，便命人传陈氏弟兄进见，说明此事。陈连问：“如何救得万万生灵？”娘娘道：“这个自有妙计。我本欲明天退兵引诱，此刻看了佛祖之言，可以不必为此举动了。只须今夜年侄与梦蛟儿，巡营防哨，留青妹、梦龙上台听令就是了。”梦蛟与陈氏弟兄奉命出外，自然格外小心，巡逻各营，严加防守。这里娘娘吩咐军士在帐后搭好一座平台，上面摆着全付香案。

耽耽搁搁，等到二更时分，便叫青妹听令。将令牌、七星剑、净瓶、法水，安排桌上，梦龙手执招旗，站立一旁。娘娘披散头发，在案前点烛焚香，书符诵咒，将真言在口中念道：“天灵灵，地灵灵！我奉如来佛法令旨，速请天神台前听令。”手取令牌，连拍三下。只见四位天神，从空而降，齐说：“娘娘在上，四将稽首！”娘娘道：“四将少礼！今有昔年逃遁妖狐，十分猖獗，毒害万万生灵。明日收妖，又恐逃遁。如此特请四位尊神，各守一方，不可被他漏网。”四天将领命去讫。娘娘又将令牌高拍，口念真言，梦龙在旁将旗摇动。天上来了三界符官，金盔金甲，站在案前拱手道：“娘娘有何法旨，召取天兵？”

不知娘娘吩咐什么话来，怎样降伏胡媚娘，且看下回分解。

第十四回　降魔

却说娘娘在法台上召来三界符官，听候法旨，便道："三界符使听者：今有昆仑山妖狐扰乱江南，横行不法，难以除灭，特备表章一道，相烦递至天门，速请关圣帝君、二郎神一同下降擒妖，不得有误！"三界符官奉令，直上天庭去了。娘娘又要救世上生灵，叫青娘取出葫芦，内中有两粒丹药，托在掌中，用法水喷过，嘴里念道："佛法有灵，苍生有命，净水虽微，立时可救。"念完，把丹药放在净瓶中，和成丹水，便向空中一抛，霎时间化作倾盆大雨，在这里方方一带，四周约有百里光景，普遍甘霖。连城里城外，以及四乡八镇各处生灵百姓，魂魄俱安，都不被妖气所迷，真是造福不小。佛法无穷，四下里乌云尽散，阴风已息。来朝又见红日东升，邻近各地方，人人欢悦。我且慢表。

再说三界符官，将表章送至天门，天神奏达帝君，即会同二郎神下降。按落云头，来到台前问道："请问仙姑，何方妖怪这等利害？快快说明，好去擒伏。"娘娘道："圣君有所不知。那妖魔非别，就是昆仑山上一个狐精。修炼千年，颇有道行。昔年曾在钱塘作祟，陷害我夫许汉文。后来被他遁走东方，占据凤凰山作乱，妄动干戈，扰害百姓。又恐他逃往别处，再生后患，因此奉请圣君荡平妖孽。"圣君道："既如此，待我明日擒他便了。"说罢退去。娘娘请神已毕，下台稍歇。

再说胡媚娘当日与白氏交兵后，回到营中，自思自叹：“青蛙为我而死，只剩我孤苦一人，怎生支持下去？”越想越怕：“若是摄魂旛被他所破，我的性命就不保了。”这一夜未曾安睡。才一合眼，天已黎明，只见红日东升，天上云雾四散。听得外面人马叫喊之声，急从帐中走出，举头一望，见那摄魂旛依旧高挂营前，大叫一声：“不好了！怎么我用尽心机，全没有一点应验呢？你看四下里祥光瑞气，都有天神驻守，伏魔大帝也到此间，好似布下了天罗地网，叫我胡媚娘还想逃往那里去呀！阿呀娘娘！你今日下得好毒手呀！定要将我置之死地不成？想我与仙郎也有百日交情，并非有心陷害着他，分明与你姊妹一般，你是前生修到，如今已换了仙胎，我却枉费千年功德，依旧丧了性命。阿呀娘娘！你总要可怜我，饶恕我的嘘！”嘴里这般说着，既而一想，实是可笑：“我自言自语，有甚用处？我与其要求张良，倒不如去拜韩信为妙！况娘娘素有慈悲心肠，待我到他营中哀求苦告，倘能饶恕，才是我的幸运呢！”

媚娘主意打定，换了一身旧衣服，也不顾手下大小群妖，悄悄地来到元营前，跪请求见娘娘。军士入报，娘娘即传令押入。来到大帐之下，双膝跪倒，泣求饶命，哀告道：“伏乞娘娘念我修炼多年，只因一时冒昧无知，误听蜈蚣精之言，占据山头，其实尚未伤害生灵。还望娘娘网开一面，饶恕了我罢！”娘娘道：“哼！你要走，只管走，何必求我？”媚娘道：“阿呀娘娘！你看伏魔大帝威灵显赫，钢刀一举，我命难全。二郎神又是这般凶狠，叫我怎能逃出这天罗地网呢？”娘娘听了，勃然变色，怒骂道：“你这孽畜，休得胡言乱语，说甚么未害生灵！你看近处一带地方，弄得百姓遭殃，逃亡在外。如此伤天害理，还想抵赖不成？你不该冒我名儿，将我夫陷害。

我来把你驱逐，你反与我结下冤仇。这还算小事。你不该与蜈蚣精结合，扰乱江山，屡次起兵犯界；又不该冒认母子，害我儿梦蛟陷入天牢受苦，险丧性命。到如今我来拿你，还敢抗拒王师；更不该悬挂摄魂旛，荼毒生灵万万。罪在不赦，就把你碎骨粉身，也不为过！此刻我娘娘亦难做主，且送与大帝发落便了。”

回头叫青妹取捆仙绳过来，急得媚娘叩头如捣蒜，悲声央告道：“阿呀娘娘！万般请看仙郎之面，我未曾薄待丈夫，用那采补的邪术。虽则假冒娘娘，原该万死，也是命中注定，应有百日姻缘。若娘娘定要把我诛戮，且容我一见仙郎之面，那时死也甘心了。”娘娘听他说得悲惨，动了慈悲之念，不觉滴下泪来。独有青娘心中恼恨，要想用飞刀将他斩决，反被娘娘阻止，怜念他千载修行，颇非容易，不忍决绝下手。

正在排解时，帝君下降，青龙刀响，欲斩狐精。媚娘放声大哭，转瞬间要丧残生。忽见空中来了法海禅师，口中说着：“善哉善哉！修心学道，事非容易。今日临危，吾且收去。”急急来到帝君面前，请从宽免斩此妖。“念他千年修炼，亦非偶然，待老僧带去镇压，以观后效。”帝君当然应允。那媚娘听说免死，心始放下，叩头称谢佛爷，便问：“弟子何时才得超升？”法海道：“你要问超升的日子么？你且听了：只要你潜修静养，一念不生，须看黄河水底见天，四十年后，方许出头，待老僧引你上西天去。你若尘心不净，罪孽未满，纵使河清，也没有见天的日子。如今不必多言，快快同着老僧去罢！”又对白氏、青氏说道：

“现在你们二人，金山孽债已完，妖狐也收去了。奏覆朝廷，圣上自然格外隆宠，夫荣子贵，骨肉团圆，极尽人间之福。还宜存心忠厚，普济世人，待等俗缘一了，便可升天。不要久恋红尘，忘了根本。须知仙佛的功果，原是一样的。老僧暂且告别，日后与你们再会罢！”

青、白二氏唯唯听命，看那法海带着媚娘，腾空而去。又见二郎神扫荡了山中许多小妖，与那四天将都来缴旨。娘娘稽首拜谢，便请伏魔大帝及诸神回天。一时祥云冉冉，彩雾濛濛，神灵各归本位。转瞬红光已散，天朗气清。满营将士个个惊奇，人人称异。就是淮安一带百姓，亦无不额手称庆，都说此次乱事，从古以来罕有的，若不是娘娘的道术和那佛家的法力，请

得天神下降，怎能降伏妖狐？否则凡夫俗子，任凭你良将千员，雄兵百万，也不过枉送性命罢了！

闲话少表，仍说娘娘见事已平定，即传令犒赏各营军卒，休养三日，整备班师覆旨。这个当儿，人皆欢喜，单单急坏了一个人。你道是那一个，就是那随军参谋王贤！虽当时责打免死，终觉回京后有些不妙。但此刻欲逃不得，暗中已有人把他看管了。到了第三天，许元帅母子等拔队起行，一省文武官员齐来相送。那些百姓们男男女女，扶老携幼，手中都拿着香烛，沿路跪拜，不知哄动了几千万人。直到出境以后，方始散去。正是：鞭敲金镫响，人唱凯歌还。

一路上并无耽搁。那天已返帝都，京中早得到红旗捷报，众官员都出城迎接。进城后，将军马暂驻在校场中，许元帅母子及陈氏弟兄等都来候旨入朝。其时吏部陈伦即请天子临殿，与群臣朝见毕，方奏道："今有许白氏、青氏与子梦蛟、梦龙，并与臣儿陈连、陈达奉旨征妖，得胜回朝，现在午门外候旨。"天子闻奏甚喜，即召白氏等母子四人，和陈氏弟兄见驾，旨意一下，白氏等领命入朝，俯伏金阶，一同三呼万岁。

天子见是仙佛弟子，朝廷梁栋，可冀永保皇图，不禁龙心大悦道："二仙姑与爱卿等，俱各平身赐坐。可将征妖之事，一一从头明白奏来。"白氏道："臣妾等奉旨前往征妖，该妖法力甚高，形容与臣妾相似，冒名作乱，布阵兴兵，十分利害。那日臣妾之妹，去见头阵，先斩妖党青蛙，挫他的锐气。后来臣妾亲自出马，与他大战一场，却被他假败脱逃，暗地设下毒计，在营前高挂摄魂旛。此旛是阴气所炼，非等闲可比，顿时云雾密布，日月无光，在这方圆一带地方，不知要害死多少生灵。因此官军不敢深入。还亏臣妾下凡之时，蒙佛爷传授金丹妙药，便化入法水中，向空一抛，变作甘霖大雨，倾盆而下，才将阴气消除，保得苍生之命。且臣妾与青氏、梦龙登台作法，召请天神，请得伏魔大帝、二郎真君，及四方神将下降。正将那妖狐擒捉。妖狐知难抵敌，到我营中叩头悔罪。天神岂肯饶恕，定要把他处斩。忽来了圣僧法海禅师，怜他修炼千年功德，带去镇压，妖寇遂平。这也是圣上洪福，才得还朝覆旨。”天子连连点首，便道：“足见仙姑法力高深。此次平定妖孽，卿等功劳不小，待朕一一封赏。”着光禄寺安排御宴，以待有功。

此旨下后，又问许梦蛟、梦龙及陈连、陈达，将随征妖狐争战之事，从头细细奏来。梦蛟奏道：“臣前被仇练奏请出征，自知文臣难当此任。但思尽忠报国，也该效力疆场，当日不敢有违圣命，惟有督率将士，前去征伐妖狐。那妖狐在营中摆下迷魂阵，幸臣登高瞭望，识破机关，即命将士等面涂犬血，可避妖法。那时杀入妖营，暂获小胜。又来了一个千年修炼的蜈蚣精，形状凶恶，势欲吞人。带着许多妖兵，将臣围困在山前。那参谋王贤，违臣将令，不发救兵接应。此时臣计穷力尽，幸亏来了亲弟梦龙。他在蓬莱从师学道，奉命下凡相救，用法斩了蜈蚣，才得收兵回营。却未将王贤斩首，仍叫他带罪立功。

那知妖狐又设一计，次日前来索战。臣与胞弟一同出马，那妖狐与同党青蛙变作臣母模样，冒认臣等为亲生子。一时真假莫辨，只得暂得收兵，再作计较。准备命人返杭探听消息，不料王贤与仇练乃是一党，他竟不顾国家大计，只因昨天照军例责打，从宽免死，他便怀恨在心，暗地修书一封，差人飞报仇练，欲将臣谋害。谎奏朝廷，说我母子通同造反。此事何等重大，幸得陛下明察，未加诛戮，仅将臣扭解来京，待罪天牢。臣实感激圣恩，虽负屈含冤，总得云开见日。臣弟梦龙目击情形，知非口舌所能辩，只得速返杭城，相请二母进京面圣，方显得造反者另有其人，真假不辩自明，妖邪不攻自破，臣蒙恩赦出狱，随母同去征妖，今得奏凯班师，聊表此一点忠心，未敢居功。但是仇练谎奏欺君，与心腹王贤狼狈为奸，情殊可恶，还望陛下惩处，以肃官邪。

天子便道："爱卿所奏，朕已知晓。怜卿在外苦战经年，几被蜈蚣所伤。王贤职授参谋，有违将令，不发救兵接应，反为坐视，又屡屡陷害忠良，罪更难恕。当时若非梦龙相救，险丧朕股肱之臣！传旨：将王贤绑出午门，枭首示众。那仇练身为大臣，不思尽忠报国，反敢蒙蔽朕听，谎言入奏，屈害忠贤，情实可恨。本当立行削职，姑念向有功劳，从宽罚俸一年，以正国典。"这一道圣旨下来，仇练叩谢圣恩，心上倒放下了一块石头。只有王贤剥去冠带，立刻绑出午门斩首。这也是小人奸恶的下场头。到了此时，莫说不能够向仇千岁讲话，就是见了仇练，他自身还有些不能保，怎能来救你呢？

王贤斩讫奏覆后，天子也是一时高兴，欲知许家前后情事，留作千古美谈，因向白氏动问道："朕闻仙姑两次下凡，与许家缔结良缘，此中前因后果，可能细说一番？"白氏道："万岁不问此事，臣妾未敢冒奏，奏时令人悲苦！事涉前生，迹近荒诞。其实不外'恩怨'二字，以致两下牵缠至今。"天子道："仙姑既然知道前生若何，不妨一一诉来。"白氏娘娘却也并不隐瞒，就在天子跟前，据实细说了一遍。

要知所说何话，以及天子推恩赐爵，且看下回分解。

第十五回　赐爵

却说白氏娘娘听得天子问他始末情由，便据实奏道："臣妾等当年本是青白二蛇修炼成形，虽有千年道德，只是孽障未消。因为初时在山溪边游玩，被一乞丐捉住，幸得遇一善人，动了慈心，出钱买放，才得保全性命。回山修炼，算来已越千载，此恩未报，怎能位列仙班？幸蒙天仙指示，得悉那救命恩人，已阅轮回二十世，现今降生许宅，家住杭州，名叫汉文。因此下了凡尘，寻到武林，与青妹作伴，同至西湖塘上，果与恩人相会，结为夫妇。后来夫君有事赴苏，臣妾等又去寻访，便在城内开张药铺，助他振兴家业。只恨端阳节到，误饮雄黄酒，现出原形，竟将夫君吓死，只得抢命往仙山求取仙草，险遭不测。幸亏生平从未伤害生灵，乞得仙草归家，将夫救活，重庆团圆。不意秋间发生变端，被讼事牵缠，室家离散。后闻夫君已至镇江，臣妾等又去寻访。幸在丹徒相遇，再开药店，兼作医生，生涯倒也甚好。谁知夫君听信金山法海禅师之言，竟把三载恩情，一旦抛却。臣妾等登山取讨，那禅师执之一见，不肯放还。未免动了无明之火，决斗不胜，便激起长江中水，淹没金山，害及生灵万万，却未损禅师毫末。此时计穷力尽，逃往杭州。正在西湖断桥上休息，又与夫君会面。两下仍归于好，同返家园，产生一子，即生梦蛟。且喜许氏已有宗祧，指望满月后回山修炼。怎奈罪犯弥天，岂容逃避？空中来了法海禅师，逼令我夫手持金钵，罩在臣妾头上。竟似泰山压顶，顷刻间收入钵中，镇压在雷峰塔下。妾妹亦被禅师收伏，潜修了二十年，罪孽已满。今蒙佛祖赦宥，脱却凡体，换了仙胎，再续前缘，重游尘世，回到钱塘救了夫君，驱逐妖狐。那知他占据山岗，结连蜈蚣精兴妖作怪，搅乱淮安。幸赖圣天子洪福齐天，臣妾遣召天将擒捉，又蒙禅师将他镇压山林，才得世界清平，回朝覆旨。此系臣妾始末经过情由，据实上诉，还希圣上垂听。”

天子听了白氏所奏，不觉发声赞叹道：“此等情节，实属千古以来所罕有的。一生节义双全。生死相随，始终不变。即青氏患难与共，亦堪钦敬。今敕封白氏为御妹，特赏仙侯圣母之职，给予半朝銮驾，并赐宫女十二名、守门太监两人；青氏封赠一品忠正夫人，以酬功绩而昭荣典。”

白氏等谢了恩，又奏道：“臣夫许汉文来京已久，未蒙宣召，不敢入觐天颜，请旨定夺。”天子即传旨，命御妹带领引见。娘娘立刻出朝回府，与许仙相见后，略述圣上召见之意，便换了朝服，同他入朝见驾。俯伏丹墀，三呼万岁。天子见了大喜，敕封许汉文为一品侯王爵；梦蛟晋封护国侯王爵，妻封一品正夫人；梦龙授提督之职，统属文武；陈连、陈达授兵部左右侍郎。

封赠方毕，吏部陈伦出班奏道：“臣闻仇练有一女儿，闺名绣凤，品貌端庄，性情贤淑。与许梦龙同庚十五，郎才女貌，正是相当。臣今愿为媒妁，以绣凤配给梦龙。一来门当户对，二来两家素有仇隙，联姻以后，可使吴越化为秦晋。望陛下准奏。”天子深以为是，便道：“今赐梦龙八宝金环一对纳聘，仇氏赐一品服式，着仇练速备妆奁，亲送女儿到钱塘，与梦龙完姻。钦哉谢恩。”众人三呼万岁毕，圣驾还宫。

文武百官退朝下来，齐来许家趋奉。现在许梦蛟封了藩王，官居极品，声势赫然。并且御妹娘娘十分隆重，半朝銮驾，还有宫女太监护从，竟和那皇亲国戚一般。当日仇练也来府上道贺，见了白氏娘娘，便道：“老夫前番多有冒犯，得罪娘娘，还求宽恕，不念既往。”娘娘笑道：“大人此话未免太谦了！万事须看令爱千金之面。从今以后，请大人不必常挂在怀。”说罢，仇练告辞而去。娘娘便欲择期荣归。

此言慢表。先说仇练从许府回来，心中好生欢喜。夫人与小姐见了，问起今日朝中大事，仇练就将许氏封赠说起，一门尽受恩荣。又说女儿亲事，已配对了梦龙，由吏部陈伦为月老，圣上做了主婚人，好不荣耀。说时，哈哈大笑。夫人听了，自然快活，喜得乘龙佳婿。小姐脸上虽觉含羞，心里更有说不出的欢乐，回到房中，感谢上苍保佑，终身配给梦龙，也不枉我谏劝爹爹三番，成此美果。旁边更喜煞了婢子春兰：若不是我园亭私订，那有今日良缘。暗意再过几时，我们都要做夫人了！外边仇千岁很为忙碌，把那妆奁备好，各样奇珍异宝，色色精工。因为自己只有这个女儿，格外办得周到，足足费了好几天工夫。

这天陈伦父子回衙，一家团聚，也是欢乐不尽。说起许家之事，及自己为媒一节，二媳在旁闻知，少顷便到仇家贺喜。原来陈府二媳，就是书里所说的两位顾小姐，和绣凤是姑表姊妹。在闺房中相见后，便说：“今日是妹妹大喜，听得我公公做了媒妁，配对了避难园中的许梦龙，可称得珠联璧合，天赐良缘，故此特来贺喜。你当先请我们吃一杯喜酒，才好相帮你做些女工呢！”绣凤小姐一听，脸泛红霞，笑道：“我和你姑表姊妹，休说这话。你二人不过侍郎夫人，也来取笑我提督军门么？”两下里并不客气，调笑了一回。外面走进春兰，便叫声“三位小姐”，道：“据婢子看来，大家都已受过皇封，两位是侍郎夫人，一位是提督军门。现在九门提督统属文武，顾小姐见了，也须要恭敬些儿。”这几句话，说得三位小姐一齐好笑。闹到傍晚时候，陈家来接二媳回衙，丢过不提。

再说许梦蛟次日上了一道陈情表章，奏请养亲还乡。天子准奏，恩赐荣归。又传旨：“着浙省文武官员起造侯王宫殿，赐乡归里。”梦蛟谢恩回来，一时许府家人忙忙碌碌，整备头号官船数十只，选定吉日起程。沿途文武地方官，馈送程仪，到处不绝。那天早到了浙江地界，一省官员都来迎接。文的递呈手本，武的挂刀伺候。王爷吩咐各自回衙理事，众文武去讫，不必交代。

只说许氏数十号大官船，已抵浙界，离杭垣尚有三日路程。这天正值中秋佳节，到了晚上，一轮皓月当空，十分皎洁，万里无云，照得水面上犹如银练一般。许仙身坐舱中，见那外面的风景甚佳，月光可爱，他忽然站起身来，也不唤人相随，独自走上船头，只觉得脚步一松罢了！这时候，娘娘早已识得此中之意，今夜官人要脱却凡胎，换了仙体了。所以由他到船头上去，并不谨防他落水呢！有这道理在内。果然料得不差，那个河泊水神，奉了如来佛祖之命，送金童下凡。见许仙一落水，就把他的尸骸，送入御河，与白氏、青氏一同潜修。事毕覆旨，恕不详述。

却说许仙并未知晓，在那恍恍惚惚中，依旧好好的站立船头，自觉心头大为愉快，回身进舱。娘娘见他神清气爽，脱尽了凡夫俗态，居然有仙风道骨的样子，并不去说破他，照常与他谈话，讲些中秋故事。青娘也明白其中缘故。直至更深方睡。

来日开船，正遇顺风相送，未及两天，已经到了杭州。其时许宅门庭，早改了藩王府第，这一座侯王殿，日夜赶工，也建造好了。威风气概，比前更是不同。王爷挈眷离舟登陆，轿马纷纷，并且排着仪仗，前呼后拥，早哄动了城内外百姓，都来观望，无不啧啧称羡。少顷进了王府，内外部署方定，合府官员到来拜贺，亲朋邻友也登门晋谒，府中热闹异常。许仙父子虽官极品，出来招待宾客，脸上并无骄傲之色，依然和蔼春风。又托姊丈陈彪帮忙料理诸事。里面娘娘婆媳同坐内堂，与许氏大娘叙话，说不尽满门喜气，一家欢乐，恕我做书的不再一一细叙了。

过了未及半月，京中仇千岁备了十几号大官船，亲自送女完姻。那日已抵杭城，把那全副妆奁发上岸来。自有许多家丁们扛抬，还有十二名陪嫁丫嬛相随。仇千岁乘轿先行，来到许藩王府中。此时合郡官员也来道贺。许仙闻报，连忙吩咐开放正门，亲自出殿迎接。仇练已出轿走入，两下见面，各以亲翁相称，谦谦逊逊，同至侯王殿上。仇练先开言道："本藩奉旨送小女前来，与令郎完姻。"许仙道："承蒙千岁不弃，愧结丝罗，寒门不胜幸甚！"仇练连称"岂敢"。两人在殿上见过了礼，分宾主坐定，送过香茗，略叙寒暄。只见御妹娘娘自内走出，仇练慌忙站起身子，叫声"娘娘千岁"，过来行礼。娘娘也还了一礼，然后彼此坐下。先是娘娘启口道："多蒙大人不弃寒微，远道送令爱到此。只是我儿才学粗浅，不胜抱愧！"仇练道："娘娘言重了，令郎乃是天上仙将，小女只好侍奉巾栉，怎敢咏好逑之章？"娘娘道："大人这般奖誉，实是不当！"两下谦逊了一回。

见有家人入内禀告："仇府家丁送来全副妆奁，并有陪嫁使女十二名，现在外面。”娘娘即令家人引入。不片刻，妆奁排列在殿上，照喜单检点毕，搬入内堂安置，家丁们退出领赏。一面娘娘吩咐下去，用鸾舆彩轿，迎接小姐上岸。并备半朝銮驾，全副执事，通班音乐，后随宫女十二对，太监两名。还有下属文武官员，骑着顶马先行。前面金牌一对，上写“御赐完姻”四字。金锣开道，两边竖起藩王旗号，颜色鲜明，后面护国侯王及九门提督等金字衔牌，分列左右。又有王府护兵八十名排队相从，家丁跟马也不下数十匹。这样的威风，真是世上所罕见的。

一路滔滔出了城关，来到河埠大船边，放了礼炮三声，相请小姐上轿登岸。这时岸上的看客，人千人万，远远地立着观望。看那仪仗一队队的过去，进了城市，越发热闹异常，两旁挨挨挤挤，直拥至王府门前。

少时，小姐的鸾舆已到，炮声响亮，左右执事分开，轿子从中门而进，抬上殿庭，宫娥分两行站立。轿已停下，侍女过来搀扶小姐出轿，先到中间香案前，向北阙叩谢圣恩，然后拜见公公千岁。转身扶入后堂，再向两位婆婆行礼。又叩见了陈家姑母，与嫂氏陈夫人。合堂的人都对新人观看，果然花容月貌，品格端庄，暗暗称赞不置。娘娘因今日尚非结亲之期，便命仆妇丫嬛，和那些陪嫁婢女，相送小姐到上房休息。一面传话到外边去，款留仇千岁在东书院中，设席饮酒。自有许仙父子奉陪，饮至傍晚方散。我且不表。再说娘娘见这位媳妇美丽如仙，心中大喜，暗地向青娘说道：“青妹得此佳儿佳妇，可贺可贺！”青娘道：“小妹得有今日，也是靠着姊姊的洪福呢！”娘娘道：“这叫做苦尽甜来。我想仇练若不生此贤德女儿，从中解释冤仇，只怕他与我家作对，正不知何日才了。

如今吴越化为秦晋，从此可以太平无事了！”

姊妹正在谈论之时，许仙自外走入，便问：“你们在这里讲些甚么？”娘娘道：“我们正说起今日新娶的媳妇。不知你眼光中看了如何？”许仙道：“好极好极！足见梦龙儿很有艳福哩！”说时，掀髯大笑。娘娘就取过一本黄历，选定结亲的黄道吉日，即是后天，吩咐到外边去。虽觉得办事局促，但王府里人手甚多，银钱有帐房管理，事务有总管指导，一切应用的东西，大半是现成的。所以下一天七端八整，内外挂灯结彩，各处厅堂陈设停当，更觉得焕然一新。里面的新房，隔日已由青夫人命仆妇丫嬛收拾好了，把发来的妆奁摆设完备。所有请客的礼帖，早经分头发出。那些乐人鼓手，傧相喜嫔，都已传齐到府伺候。古来有两句俗话云：王府里做亲，大来大往。还有一句说得好，叫做：有钱不消周时办。原不是平等人家所能比较的呢！

要知明日成亲一事，以及后来许仙夫妇得道升天，归结《后传》，且看下回分解。

第十六回　升天

却说许府中到了结亲这一天，仇千岁清早便到。还有合郡大小文武官员，都来贺喜。许仙与梦蛟出外分别招待。其余亲戚邻友，却相烦陈彪姊丈相陪。府中热闹，可想而知。里面绣凤小姐今日要做新娘，在内房开过了面，自有喜嫔伏侍，头戴凤冠，身披霞佩，等候吉时奉请。那位提督新人许梦龙，早已打扮整齐：乌纱帽上，双插金花，身穿一件大红四爪蟒袍，腰围玉带，足踏乌靴，果然少年英俊，气概轩昂！听得外边奏乐，傧相吟诗，高声三请，即便坐上抬身，两对宫灯在前引导，这边有十二对宫娥，簇拥着新娘出外，同上红毡行礼。参拜天地毕，然后双双叩谢圣恩。又到祠堂里去拜谢祖先，回身拜见翁姑与岳父。在堂前结了花烛，方始送入洞房。挑方巾，坐床撒帐，一切繁文俗套，我书中就算交代。外边开筵唱戏，宾客满堂，自早上直闹到更深方散。

新房里饮过了合卺交杯，仆妇丫嬛们退出，梦龙方与小姐谈话。无非述及园亭订婚一事，至今日才能如愿。小姐含羞应是。略谈了一回，双双同归罗帐。良宵易过，又到来朝，新人起身后，打扮停当，一同步出厅堂，拜见大人。新郎又见岳父行礼，小姐也出庭拜见父亲。殿前热闹，一言难尽。

到了三朝，依然宴乐佳宾。是夜新夫妇回到房中，小姐便叫相公道：“妾今有一句知心话儿，未知相公尊意如何？”梦龙道：“夫人有话不妨说来，我是无有不依的。”小姐道：“那春兰虽是个婢女，与妾犹如姊妹一般，平日在闺房作伴，左右相随，不忍分别。望相公收为侧室，招他做个二夫人。”梦龙笑道：“足见夫人贤德，度量宽宏。下官早有此心，只是未敢明言。今蒙提及此事，下官那有不允之理？”回头便叫春兰过来谢了小姐。春兰叩了四个头，又拜谢老爷收房，就此改称为二夫人，与小姐以姊妹相称。梦龙大喜道：“今日克践园亭盟约，也不过聊以酬报罢了。”

下一天便去禀明堂上，自然应允。即叫春兰换了衣裙，出外拜见翁姑。另设新房，当夜梦龙睡在二夫人处。只可称得美满姻缘！又过了几天，仇千岁辞别回京，梦龙与绣凤小姐前去相送，父女间依依不舍，未免下了几点别泪。这些琐事。毋烦细表。自此以后，许家一门团聚，过那快乐光阴。

只说梦蛟夫人陈氏，身怀六甲，临盆那一天，午时产下男孩。三朝满月，亲朋贺喜，又是一场热闹。驹光迅速，容易过去，春鸿秋燕，来往如梭，不觉又是一年。那提督夫人怀孕已将足月，二夫人结下珠胎，说也巧极，同日产下两位官官。都生得眉清目秀，品格非凡，也是将来栋梁之器。那陈夫人生的长子，取名德福；仇夫人生的次子，取名德禄；侧室李夫人生的第三子，取名德寿。两房有三位贤公子，十分聪俊异常，皆因白氏娘娘积下的阴德，子孙兴旺，瓜瓞绵长。青娘也得靠福，子贵夫荣。

我今慢说许府中事，再说京中吏部陈伦，现升为内阁大学士。那淮安节度使顾锦云，也授了吏部尚书之职，奉旨进京，见过圣驾，将家眷搬进衙门，方始前来拜望亲翁。陈伦迎接入内，两下见过了礼，分宾主坐定。只因多年阔别，分外殷勤。陈爷即传话到内堂。

二媳闻知爹爹来了，立刻出来拜见。晓得母亲也随父进京，便道："女孩儿明日定来探望亲娘。"顾爷道："如此甚好。汝母正在那里想念你们呢！"顾小姐道："现在母舅为人改变，自经绣凤表妹谏劝后，与许家结了婚姻，他的存心作事，比较从前大不相同。爹爹明天理当去拜望母舅，也是我母亲脸上的光辉。"顾爷听了，点头称是，即起身辞别亲翁，上轿而去。也不等到明天，就吩咐打轿往仇府。

仇千岁闻报出接。从前虽意见不合，此刻却言归于好。究竟是郎舅至亲，挽手到厅堂上。礼毕坐下，顾爷便把手一拱，说道："那年舅兄寿诞，令妹欲到京都，面祝千秋。怎奈路途相隔太远，只得差人带些礼物送呈，实深惭愧！"仇练道："老妹丈说那里话来！我与你至亲情重，何须客套？承蒙厚贶（赐予。贶，kuàng），不当之至！"当即吩咐整备酒席，留顾爷在此饮宴。丢下不提。

再说陈伦自升任内阁后，未及数月，大媳妇陈连夫人生下一女，取名云霄。二媳妇陈达夫人，一胎生下二女，取名碧霄、琼霄。一时亲戚都来道贺。仇爷也来恭喜，见了陈伦父子，便道："闻得两房都生千金，老夫特来叩贺，聊作汤饼之会（旧俗寿辰及小孩出生第三天或满月、周岁时举行的庆贺宴会。因备有象征长寿的汤面，故名）。"陈连弟兄齐答道："不敢！不敢！两房共生三女，虽则聊胜于无，终究是别人家的。"说罢，微微一笑。仇爷听了，忙说道："如此说来，待老夫作伐为媒，你道如何？"陈爷问道："不知是那一家？倒要请教。"仇爷道："如今杭州许梦蛟年侄、陈夫人生下一子，取名德福；我家女儿，花朝生下一子，取名德禄；那春兰李氏，也同日生下一子，取名德寿。一月之间，连添三位公子，都生得聪敏可喜。这也是他家积德所致，将来定做公卿。据我想来，彼产三儿，此生三女，堪称天缘配就，实非人力所为。可将云霄配了梦蛟子，碧霄许了我外孙，琼霄对了春兰的孩儿，真是门当户对，璧合珠联，最好也没有了。”

陈爷听说此话，不觉哈哈大笑，道：“那有三女同配一家，姊妹竟成为妯娌！真可算为奇事。这个媒人做得正着，花红银两却也不少。今日先请你一杯酒，浇浇你的媒根。”正在厅堂上谈笑，来了吏部顾爷，一同坐下饮酒。直闹到更阑人静，方才尽兴各归。

撇开京中，再讲到杭州去。许仙在家纳福，朝欢暮乐，享受荣华。三房儿媳妇添丁，心中无限的快活。那日正与二位娘娘谈话，外边有一宫娥走入，跪下禀道：“启上千岁爷，外面家人传话，京中有书信一封，说是仇千岁那边遣人送来的，请千岁爷观看。”许仙接书在手，拆开来细细一看，不觉把头连点了几点，即便交与二位娘娘过目。见那信内情由，是为着联姻一事，许仙先开言道：“京中两位陈年侄，生下三位千金，今由仇亲家作伐为媒，愿与我家三个孩儿。我一门娶彼三女，实是千古美谈。况且亲上加亲，也是三生石上订定的前缘呢！”娘娘唯唯应是。又唤梦蛟、梦龙进来，聚议这段亲事，个个赞成。就写了一封信，差人到京去回覆仇家，不须细表。

光阴去得很快，又过了一月，其时正值小春天气，白氏娘娘忽然心血来潮，把袖里阴阳一算，便开口向许仙道：“千岁爷，你今日可省悟么？佛家有云：要晓前世因，今生受者是；要知后世因，今生作者是。所以照现在想起来，我与你一代只好管自身，儿孙自去管儿孙，何劳我们代为烦心，恋恋不舍呢？譬如我当年不再转世，怎能今日享此荣华？你若当年不再还俗，怎能得此富贵？但是彭祖

年高，转瞬已逾八百；陈抟睡去，醒来已过千年。倒不如山中无甲子的为妙。我三人凡缘已满，快快收拾回返蓬瀛去罢！”青娘也道：“不觉又是二十年了，好似大梦一场！”娘娘道：“青妹之言甚是。自古道：浮生若梦。又道：知足不辱。你一世为人，享受富贵；我二人两度降世，偏多苦恼。可见仙家不宜久居凡间，还是及早回头的好。”许仙听了，早已合意，便道：“我也看破世事，只不知何日始脱凡尘。”

三人正在叙话时，空中来了法海禅师。他前番奉了如来法旨，放出白氏、小青，换骨临凡。如今夫荣子贵，骨肉团圆，二十年尘缘已满，又奉到佛祖之命，宣召许仙夫妇归入仙班。故此法海驾起祥云，从空来到许家。却巧三人坐在中庭，便叫：“三位仙人，老僧稽首了！”许仙与白氏、青氏见是禅师降临，一齐起立，忙问：“佛爷何来？”法海道：“吾奉如来法旨，相请三位同登天阙，故命老僧前来指引，并劝仙姑不要贪恋红尘，被世上虚荣所累，速即与家庭诀别，同着老僧去见如来，修真学道，将来定能身坐莲台。如今老僧在空中等候，切勿迟疑了！”说罢，法海已升空而去。

那许仙便与娘娘传唤儿媳等都到堂上，吩咐道：“今晚摆列香案在庭前，做爹娘的要脱离尘世，与你们长别了。我儿三媳切勿悲哀，不得视为丧事。快去请亲戚邻友，都来会面，好与他们一一永诀，留作将来纪念。”这句话一说，那敢怠慢，连忙差家人到各处去知照。不多一回工夫，诸亲百眷都到。陈彪夫妇先来相送，个个称奇道异。虽此次算不得丧事，然而人生永别，怎不伤怀？此时梦蛟、梦龙，泪下双行，哭叫“爹爹、二位母亲”，道：“何故今朝遽返蓬莱，使孩儿们不能侍奉晨昏，终天抱恨，那得不叫儿等痛心！”三房媳妇也跪下相送道："我等侍奉公婆未久，今日便欲升天，不能稍尽孝道，叫我等做媳妇的何以为情！"旁侧还有老家人陶仁、秦高，也伏在地上下泪，舍不得主人、主母归天。许仙与娘娘同说道："你们大家起来，不用悲苦。须知此次回返天阙，是奉如来佛祖法旨，可称世上难逢的机会。古云：佛度有缘人。如今我爹娘有缘得度，你们应当代为庆贺，享受那西方极乐，悲伤则甚？就是我儿也非凡间人物，将来亦能位列天堂。只等你们儿妇团圆，那时再来度你便了。"

梦蛟道："儿闻神仙定多法力，可能使儿再见爹娘？"娘娘道："这有何难？青妹可在葫芦中取出降神香十六枝，给与我儿，每年到中秋月明之时，将香焚起，你双亲自然驾云而来。十六枝降神香，也有十六番相会。你到功果圆满，儿媳完叙，我当来度你登天。但作事须要小心，处世谨防堕落，儿辈牢记勿忘！"嘱毕，又向陈彪夫妇说道："本欲追随姑父姑母再过几年，以报当年恩德。怎奈红尘缘满，未便久留。幸有蛟儿侍奉天年，半子收成有靠，请勿悲哀。"陈彪夫妇含泪以应，说不出别的话来。娘娘更嘱咐了陶仁、秦高几句话。

天色已晚，方起身到庭心中，站立在香案前，许仙夫妇便叫一声："诸亲友儿媳们听者，吾三人就此去也！"道言未了，脚底生云，冉冉腾空而去。梦蛟、梦龙等不禁痛哭失声，抬头一望，见天上一朵彩云，飘飘然向西方去了。当下诸亲友散归，只苦了梦蛟等儿媳五人，惟有等候来岁中秋佳节，点了降神香，再请父母相会的了。

从此以后，无事可记。光阴迅速，如流水一般的过去，不觉又是数年。这一班小弟兄，渐渐大将起来。勤攻书史，能武能文，十二岁上就入泮，十六岁金榜题名。京中陈老爷便将三个孙女，送到杭州，与德福、德禄、德寿团圆花烛。是时正值荣归祭祖，又是大大的一番热闹。再过了几年，三房媳妇各生子女，好不欢喜。后来梦蛟、梦龙也得白日飞升。我这部《后白蛇传》便告终结，又作俚言四句以留纪念云：

功成缘满见真如，岂是寻常怪诞书。
方信人间伉俪福，迥殊天上挽仙车。